U0458633

红潭庐照录

欧阳健 著

山西出版传媒集团
山西人民出版社

图书在版编目（C I P）数据

红潭犀照录 / 欧阳健著. —太原：山西人民出版社，2017. 9

ISBN 978-7-203-10122-2

Ⅰ. ①红… Ⅱ. ①欧… Ⅲ. ①《红楼梦》人物—人物研究 Ⅳ. ①I207.411

中国版本图书馆CIP数据核字（2017）第226272号

红潭犀照录

著　　者：欧阳健
责任编辑：阎卫斌
特约编辑：安莉霞
复　　审：樊　中
终　　审：秦继华
装帧设计：陈　婷

出 版 者：山西出版传媒集团 · 山西人民出版社
地　　址：太原市建设南路21号
邮　　编：030012
发行营销：0351-4922220　4955996　4956039　4922127（传真）
天猫官网：http://sxrmcbs.tmall.com　电话：0351-4922159
E-mail：sxskcb@163.com　发行部
sxskcb@126.com　总编室
网　　址：www.sxskcb.com

经 销 者：山西出版传媒集团 · 山西人民出版社
承 印 者：山西出版传媒集团 · 山西人民印刷有限责任公司

开　　本：720mm × 1010mm　1/16
印　　张：20.5
字　　数：253千字
印　　数：1-3000册
版　　次：2017年9月　第1版
印　　次：2017年9月　第1次印刷
书　　号：ISBN 978-7-203-10122-2
定　　价：48.00元

目　录

序

● 侯忠义

欧阳健是我相知相交三十多年的莫逆之友，他为人豪爽正直，勤奋执着，甚至有些特立独行，标新立异；他治学眼光敏锐，思想开阔，不墨守成规，不恪遵传统，尽显胆气和才华。有人评价他是“一生傲岸苦不谐”，其实“傲岸”是实，“不谐”则未必；欧阳健不乏知音，不乏同情者和支持者。我认为，用“不愁天涯无知己，只需傲岸天地间”来评价，似乎更为确当。

红学的纷争，无疑是他遭遇的最大坎坷和经受的最大考验。1992年，他出版了《古代小说版本漫话》，对《红楼梦》版本有理有据地提出了“刻本在前，脂本在后”、“刻本是真，脂本是伪”的观点。未料这一观点在红学界掀起轩然大波，被视为“洪水猛兽”，诬之谓“歪理邪说”，甚至发展到人身攻击。中国红学会会长冯其庸，在1994年全国红楼梦学术研讨会上致词，公然谴责“南京欧阳健”与“北京杨向奎”是“与红学的前进背道而驰”的“非学术和非道德的喧闹”，号召“要为真理而争！要为除谬论而争！”这无疑是红学界黑暗的一页。一时间阴云密布，杀气腾腾，将一个学术争鸣的问题，制造成一场全国性的大批判、大围剿。请问：是谁给了他这样的权力？在曹学泛滥，脂学成灾，红学蜕化的时刻，难道就不允许有一点点不同的声音吗？

面对这一空前的打击，欧阳健气定神闲，从容应对，不急不躁，让证据说话，以道理服人，相继出版了《红楼新辨》、《红学辨伪论》、《曹雪芹》、《红学百年风云录》、《还原脂砚斋》、《红楼诠辨》、《红谭 2014》等红学著作，与曲沐、陈年希、金钟泠合作校注了《红楼梦》程甲本。他对版本与史料的辨析、考证，是基于辨明真理的学术探讨，具有拨乱反正的划时代意义。他的“程前脂后”论、“脂砚作伪”论，逐渐得到广大读者的理解和支持，成为真正的一家之言。

现在我们都已步入老年，但我们并不寂寞，仍然做我们愿意做的事，写我们愿意写的东西。近来他又写出这本《红潭犀照录》，将小说群籍独享恩宠的《红楼梦》，比作稗海间的潭渊，而其之所以“白波奋流，自成潭渚”，除了学术内涵之复杂，亦有纷繁因素之纠结。他以辛弃疾“待燃犀下看，凭栏却怕，风雷怒，鱼龙惨”的心绪，实践着朱熹“虚心涵泳，切己省察”的境界，运用“证”和“悟”的结合，还原《红楼梦》版本递嬗的真相，将红学公案一一记诉到位，为相关人事观点树碑立传，留下我们这代学人如何认识问题处理问题的客观记录，堪称洞察幽微的“红潭犀照”，后来者定将从其提供的材料与思路中，寻得更好超越前人之路径，故吾乐为之序。

二零一六年五月，于澳大利亚。

自 序

浩如烟海的小说，向不登大雅之堂，被贬为“稗官野史”。“五四”提倡白话文，通俗小说成了“正宗”，公然入了“国学”门槛，也可以说是逢时代之幸。“稗海”云云，原为商浚所编丛书名，后借作小说研究界的别称。“稗海”既曰“海”，则必有浪花的飞溅，狂潮的荡激。而在浩如烟海小说群中，《红楼梦》独享恩宠，阅读研究者最多，俨然“稗海”间的潭渊。“红潭”之深不可测，除了学术内涵之复杂，难以入其潭奥，亦有纷繁因素之纠结，“白波奋流，自成潭渚”者也。

我于1979年发表第一篇论《水浒》的文章，迄今已历三十七年，恰与“新时期”同步。而自1980年幸成专业研究人员，却从未染指红学之禁脔，十年里未有一文论红，亦未出席一次红学会。1990年因撰写《古代小说版本漫话》，从版本鉴定和内容对勘切入，意外察觉现世于1927年的“脂砚斋重评石头记”不像《红楼梦》原本，方不得已涵泳乎红潭之中。转眼二十五年过去了，确乎感知了红学既是显学、又是“险学”的滋味，领略了辛弃疾“待燃犀下看，凭栏却怕，风雷怒，鱼龙惨”的意绪，却也迫使我浸润其间，一一解剖《红楼梦》之文本、文献，实践朱熹“敛身正坐，缓视微吟，虚心涵泳，切己省察”的境界，日渐有所开悟。

据《晋书·温峤传》载：“峤旋于武昌，至牛渚矶，水深不可测，世云其下多怪物，峤遂毁犀角而照之。须臾，见水族覆火，奇形异状，或乘马车著赤衣者。峤其夜梦人谓己曰：‘与君幽明道别，何意相照也？’意甚恶之。峤先有齿疾,至是拔之,因中风,至镇未旬而卒……”后遂以“犀照牛渚”譬喻洞察幽微,如高启《青丘子歌》:“高攀天根探月窟,犀照牛渚万怪呈。”后亦省作“犀照”,如袁枚《黄河秋决闻陕督尹公移节清江寄呈》:“麈谈立止黄河浊,犀照应愁水府寒。”《世无匹》第六回:“幸各大人犀照高悬,冤情洞见,乞赐超豁。”四分之一世纪涵泳“红潭”的经历,确实值得回味和反思,于是唤起了撰写这本《红潭犀照录》的动因,意在留下我们这一代学人如何认识问题、处理问题的客观记录,从而为后来者提供一些材料与思路,以使他们能够更好地超越前人。

写到这里,不由得想起周汝昌先生。我初涉红潭,是以周汝昌先生为辩论对手的,1994 年《红楼新辨》所附“红学人名索引”,周汝昌名下有 38 条,冯其庸名下仅 4 条,就是确切的证明。周先生不赞同我对脂本的质疑,更反对我的“程前脂后”说,但从未口出恶声;当程俊仁先生征求应否出版《还原脂砚斋》时,他即表示“应该给予此说以讨论问世的馀地”,这就是大学者的气度,也是我怀有敬意的原因。前不久买了他的《诗红墨翠》,见百多幅宣纸上写了百多首咏红诗,不打稿,不修改,那诗,那字,是我辈万万不及的。周先生的红学观虽和我大不相同,但他关于《红楼梦》是包涵总结了我们民族的文史哲和真善美的前无二例的最美的大整体的观点,以及用“大视野”的眼光和心态来研究《红楼梦》的态度,却是我异常钦佩并且完全赞成的。

周先生与孔夫子旧书网网友进行交流时,谈到研究《红楼梦》的三点体会,我特别欣赏第一点:

> 考证是为了把历史上的各种疑难问题尝试解答得清楚一些,这需要史料证据;但考证又不能成为“有一分证据说一分话”的机械思维和方法;最需要的是“证”和“悟”要紧密结合。(http://zhan.renren.com/kongfuzi?checked=true)

这真是深谙考证三昧的至理名言。红学长期不解的诸多纠葛，都与对“证据”的机械理解有关。历史犹如长江大河，不舍昼夜向前流逝，一去不返，后人只能凭借证据，去了解过去的一切。但留下的证据数量极少，有的还被人有意无意地隐匿销毁，强调“有一分证据说一分话”，就意味着“有十分证据才能说十分话”，然而这是完全做不到的。王夫之《读通鉴论》卷三提到一位汉代廷尉杜周，就是个“十分证据”的信奉者。他每审理一个案件，为找到充分证据（所谓“明慎”），往往连逮证佐数百人，于是制造了大量的冤狱。王夫之质疑道：“非同恶者，不能尽首恶之凶；非见知者，不能折彼此之辩；非被枉者，不能白实受之冤。”意思是说，能够掌握“十分证据”的只有三种人：一种是同案犯，一种是见知者，一种是被害者；而其他人等，都不可能做到“明慎”。王夫之感慨道：“明慎而不知止，不如其不明而不慎也。”再以天气预报为例，记得上世纪五十年代，我在淮阴农村，那小小的土气象站，凭借风向、气压、温度、湿度等仪器，加上民间的谚语，就能做半个月的预报，居然还相当准确。而今有了高速计算机，兼有雷达、激光、遥感、卫星之类先进仪器，预报的准确性却不见得高，常有明明是红日高照，却预报“阴有小雨”的。这是什么原因呢？可能是搜集到太多的无用数据，扰乱了正常的判断力。

与《红楼梦》版本相关的人和事，更发生在一二百年前，后来人不可能做到“明慎”，不可能掌握“十分证据”。我们只能凭借有限的证据，运用“证”和“悟”的紧密结合，找出肉眼看不到的内在联系，这就是“小处着手，大处着眼”，在宏观的意识和眼光指引下，运用抽象的思维来判断和推理，从而还原《红楼梦》版本递嬗的真相。当然，一种观点出来，往往是信者益信，而疑者自疑，要每一个人都承认，除非发现一个“铁证”方可；但果真能如此了，又要大家去“考证”什么呢？

周汝昌先生研究《红楼梦》的第二、三点体会是：

需要长期坚持前进，才能回顾过去的简单幼稚。

《红楼梦》体裁是小说，但内容实质是一部重要的人生哲学和美学的伟大著作。现在人读《红楼梦》要多读一些传统文化；其次是读《红楼梦》不要一心一意地追求功利的“利益”。

遵循周汝昌先生的思路，这本《红潭犀照录》重在某种学术意念、学术见解的萌生、衍绎、充实、成型，即对文献文本的审核、考察、认定，以及由学术意念派生的研讨、对话、商榷、争衡，目标是“求真”，把“利于”或“不利于”自己的证据都摆出来，实践证明对了的就坚持，错了的就纠正。我自信在这本书里有的，是充沛的学术激情，至于是否有“片面的深刻”，那就有待于广大读者的鉴定了。

昨日之我，已非今日之我。本书是把自己当作客体，当作对象来叙写和评述的，所以采用了第三人称的叙事法，这是需要特别说明的。

出于职业积习，我总是偏爱“证据”的。原先备有相关书籍、资料、人事图片百二十余幅，拟以证事证理，庶省读者查找核验之力。后虑及“证据”无法全备，况也无须应付某些“较真者”的质疑，故仅留有关学术辨难的若干幅。此又说明。

书后附有《人名索引》，数量竟达六百四十余，殊出意料之外。其中既有正统红学家，也有草根甚至网络红学家，大体已将当代“红迷”囊括无遗，庶可为相关人事立传树碑，亦示余“不势利、不苟安”的处世之道也。

2016 年 5 月 26 日 于福州花香园

第一章　误陷红潭

一

没有上过大学的欧阳健，凭着发表于《学术研究》1979 年第 2 期的《柴进·晁盖·宋江》、《群众论丛》1980 年第 1 期的《〈水浒〉"市井细民写心"说》、《学术月刊》1980 年第 5 期的《重评胡适的〈水浒传考证〉》三篇论文，1980 年以"同等学力"的资格，参加了中国社会科学院招收研究人员的正式考试，被江苏省社会科学院录取为助理研究员，就此告别竹篱茅舍乡村教师生涯，走上以古代小说为方向的专业研究之路。

有人说：你周围的人水平有多高，你的水平也就有多高。欧阳健在浩如烟海的小说群籍中游泳，既充分领略读书与写作的乐趣，也与研究界的朋友结下深厚情谊。耕耘十年，他出版了专著《水浒新议》（重庆出版社 1983 年），将论文结集为《明清小说采正》（台湾贯雅文化事业公司 1992 年）、《明清小说新考》（中国文联出版公司 1992 年）。1982 年协助刘冬组织新发现施耐庵文物的实地考察，结识了朱一玄、马蹄疾、范宁、何满子、张志岳、袁世硕、刘操南、章培恒、王俊年、李灵年、张惠仁、张啸虎等学人，所编《施耐庵研究》，由江苏古籍出版社 1984 年出版。他还组织了十八省的 108 位学者编纂了《中国通俗小说总目提要》（中国文联出版公司 1990 年版），被林辰赞为"读小说最多的人"。

欧阳健在稗海弄潮，唯独没有想到要染指“红学”，十年中没写过一篇有关《红楼梦》的文章，没有参加过一次有关《红楼梦》的会议。对外说明的原由：一是“红学世界”太拥挤了。如1985年发表的有关明清小说的论文1076篇，评红之作有359篇，竟占总数33.36%，以全国研究力量的三分之一，用于上千部明清白话小说中的一部，总叫人感到布局的不够合理。生性不喜欢热闹的他，宁愿把精力投向为人冷淡的其他作品，去做一点“发现”的工作。二是《红楼梦》这部小说确实太伟大了，有关红学的问题又确实太复杂了。有那么多的专家学者建立了如许宏伟的红学大厦，一个后来者要获得一点发言权，甚至插进一两句有价值有分量的话都相当困难，更遑论有所创新有所突破了。——而内心的潜台词则是：在稗海间的“白波奋流，自成潭渚”的红潭，除开学术内涵之复杂，更有说不清道不明的纷繁因素之纠结，这在他初进江苏省社会科学院时就强烈地感受到了。

1981年3月27日，欧阳健应邀去南京大学听冯其庸关于“首届国际《红楼梦》研讨会”的学术报告，对于《曹雪芹家世史料的新发现》，兴趣不是太大，倒是对《论脂砚斋重评本甲戌本“凡例”》书贾伪造之说，留下较深印象。报告结束后，王立兴、李灵年领着欧阳健去见冯其庸。冯其庸看了欧阳健一眼，依旧顺原先的话头讲下去，言谈之中，听得出是对于出席会议的另外两位学者周汝昌、陈毓罴的微词。

1982年施耐庵文物的发现，让欧阳健与冯其庸、刘世德两位红人发生了联系。冯其庸对新文物是肯定的，王同书《施耐庵之谜新解》就请冯其庸和欧阳健都作了序。刘世德因胡乔木“《水浒》全书无一处留存苏北方言的痕迹”的批示，奉命前来江苏“证伪”，欧阳健得以会到。刘世德说明来意，道是：“中国科学院文学所1962年版三卷本《中国文学史》，《水浒传》部分就是我执笔的。听说江苏发现了施耐庵的文物，领导很重视，很关心。这次就是为了这件事派我们来的。我们准备吸收新发现的资料，把《文学史》改写好。”

7月2日下午,刘世德与文学所全体同仁见了面,介绍中国社会科学院文学所的情况,说到定项目,配人力,首先着眼于大作家、大作品的研究,其次是次要作家、次要作品,补空白,加强薄弱环节,说:“一旦做起来,大家都找名著,次要的作家作品没人写。名著又有个突破现有水平问题,以《红楼梦》为例,突破从什么地方着手?有的提出从艺术性入手,我的基本观点还是要从思想性入手。目前的研究,没有超出‘十七年’的水平。主题思想,谁也没有说服谁。过多地发表探究艺术的文章,会使人败胃口。我主张《红楼梦》是写四大家族兴衰史,其他都是可以商榷的,如爱情掩盖政治等——这是从政治出发,还是从主观出发?六二(1962)年茅盾说索隐派是进步的,理由是蔡元培是进步的,而胡适是反动的。平心而论,胡适批索隐派,把《红楼梦》当作文学作品来研究,这是一大进步。索隐派任何合理的东西都没有,它是荒谬的。”

又说:“我这次来江苏,我爱人是不主张我来的。说‘人家好容易发现了一点关于曹雪芹的东西,你说是假的,煞风景;现在江苏发现了施耐庵材料,你不要又去煞风景了!’”

欧阳健脑子里转了一下,想起黄裳《从吴恩裕逝世想起》中说:“有关曹雪芹自己及其家世、交游的材料是非常稀少的。许多研究者都在努力探索、寻求,希望多少能找到些什么。……多年来我们仿佛看到这样一种现象,一些人从广阔无垠的矿坑里摸来摸去,有时摸出一块什么,当然不一定是金块,黄铜也说不定的。另一些人则蹲在坑边,手提锤柄,摸出一块就敲碎一块。”那时他还不清楚曹雪芹材料的真伪,只觉得“一些人则蹲在坑边,手提锤柄,摸出一块就敲碎一块”,真是太传神了。

到了1990年,一个偶然的机缘,让欧阳健误陷红潭之中。

那一年春天,侯忠义受全国高校古委会委托,启动了《古代小说评介丛书》的编写。丛书要求既要有宏观的气魄和眼光,也要有微观的发现和深化,还要写得深入浅出,生动活泼,不是教材或讲义,又要有一定的学术性;作者应该是这个领域的专家。用林辰的话说,是大专家为孩子写的小丛书。侯忠义 1985 年 5 月徐州《金瓶梅》学术会与欧阳健相识,次年又在沈阳明清小说研讨会重逢,欧阳健主持《中国通俗小说总目提要》,曾得侯忠义的大力支持,对于彼此的为人和治学,双方都是充分信任的。所以他立刻想到邀欧阳健为编委,以助一臂。

1990 年 7 月 3 日,《古代小说评介丛书》第一次编委会,在北京大学举行。主编侯忠义、安平秋主持会议,首先确定分类选题,然后推荐合适的撰稿人。对于“小说知识类”,是花工夫最多的。起初确定了《书目漫话》、《史料漫话》、《作家漫话》、《评点漫话》、《序跋漫话》、《禁书漫话》,欧阳健又提议列入《版本漫话》,以为版本学是中国最有成就的传统国学之一,但古代小说的版本研究,却几乎是一片空白。胡适大约是头一个大力倡导小说版本之学的,其后,孙楷第、郑振铎、阿英等老一辈学者,于此亦有所建树。但以往的小说版本研究,多偏重于单部作品版本的考证,小说版本学的系统,并未正式形成,故须着力为之。编委会一致称善。然由谁来承担呢?一时无合适人选。古委会主任安平秋发话道:“我看,谁出主意谁出力。”欧阳健推托不了,只好应承下来。

在欧阳健明清小说研究实践中,他先后对《水浒传》的繁本与简本、《平妖传》的原本与补本作过探索。为了编纂《中国通俗小说总目提要》,曾到全国五十多家图书馆访书,接触过大量古代小说版本,包括木刻本、石印本、原稿本、手抄本,有一定的感性认识,这是他敢于接手《古代小说版本漫话》的底气。

1991 年 1 月 17 日,欧阳健给魏子云写信,中说:“下一步当着手作《古代小说作家漫话》、《古代小说版本漫话》二题,凡涉及《金瓶梅》的内容,我将仔细学习魏公之著述,并努力贯彻其中的治学精神与科学方法,望能得到魏公的教诲。”——这时,他还未虑到《红楼梦》的问题。

1991 年 2 月 2 日,《古代小说版本漫话》动笔。前三章为“版本和版本学”、“古代小说版本的特点”、“研究古代小说版本的意义和方法”,

概括了古代小说版本改动、增删、补削、连缀、续作、重作、作伪、分割、归并、改名十大特点，及“用文学特殊方法来研究小说版本”等，皆为前人之所未发，再以“版本研究例案”以证实之，已陆续写好“《水浒传》的简本与繁本”、“《平妖传》的原本与补本”、“《孽海花》的‘金本’与‘曾本’”，大功即将告成时，忽然冒出一个意念：谈不谈《红楼梦》的版本？——《红楼梦》是小说名著，版本又最为复杂，若绕道而行，漫话“古代小说版本”，就不算名副其实；若直面去谈，于此又素无研究，怎么办？

1991 年 2 月 6 日，在给魏子云的信中写道：“近日因准备《古代小说版本漫话》的写作，翻了一下《石头记》甲戌本，忽然产生许多疑问。第一，是关于此本的来历。卷首三行的下半角被撕去，莫非有什么隐情；本子中‘玄’字不避讳，令人怀疑不出清人之笔。第二，是关于胡适的判断。他以为曹雪芹的第一个本子就是这一残破不全的十六回，且就命名为‘重评……’，都极不合事理。我于红学素来不敢问津，碰到这些事，还得小心摸索一番才行。”——这时，他方正面接触《红楼梦》版本。

神僊玄幻

甲戌本 1

后来有人批评他“有一种否定一切，唯我独科的意味……并非出于敢于突破证伪成说的胆识功力，而是出于对学者专家治学努力缺乏应有的尊重理解”（郭树文：《〈脂本辨证〉质疑——与欧阳健先生商榷》，《红楼梦学刊》1995 年第 4 期），是对情况不够了解所致。就他的本意而论，哪敢有“否定一切，唯我独科”的胆量？他起先想到一个最省事的办法：以“脂本是《红楼梦》原本、程本是《红楼梦》改续本”的成说入书，一一注明出处，便可交差完卷。于是找来了胡适、俞平伯的奠基性著作，以及周汝昌、冯其庸、应必诚的版本研究专著，准备略加研读就摘引成文。不想乍一步入此境，就产生了许多的困惑。他发现红学家关于《红楼梦》版本的论述，不仅相互之间矛盾甚多，同一论者也前后不能一致；许多判断，又往往缺乏实证基础，有的甚至与版本学的基本规律、一般常识相悖违。无奈，只好又找来脂本（甲戌本、己卯本、庚辰本）的影印本，以及被认为是脂本系统的梦稿本、列藏本、有正本、舒序本等来读，凭着他在访书时读到的小说抄本如《金云翘传》、《风流悟》，稿本如《明月台》、《妆钿铲》的经验，直觉告诉他脂本不像是什么曹雪芹的原本，甚至也不像是原本的过录本。红学家的结论，是不能够完全信任的。碰到问题了，总不能绕道而行罢？

欧阳健谈学术研究，最讲究"意念发端"，这一回是否疑之有故呢？

先看第一点。胡适在1928年说，甲戌本"首页首行有撕去的一角，当是最早藏书人的图章"；1961年补充说："我在民国十六年夏天得到这部世间最古的《红楼梦》写本的时候，我就注意到首页前三行的下面撕去了一块纸：这是有意隐没这部抄本从谁家出来的踪迹，所以毁去了最后收藏人的印章。"细检甲戌本首页，见第一行顶格写"脂砚斋重评石头记"八字，第二行低一格写"凡例"二字，第三行为"红楼梦旨义□是书题名极□□□□□"，行末撕去五字，胡适补写了"多"与"红楼"三字，盖有"胡适"图章，读作"红楼梦旨义□是书题名极多□□红楼"，是肯定不对的，因为古籍除了"敬空"，是不允许出现空格的。凭自己读线装古籍的经验，正文前三行紧贴装订线，不易损坏，"有意撕去"是肯定的。图书的批校、题跋、藏章，能证明其传承有绪，向为藏书人所重；从商品角度看，若"抄本从谁家出来的踪迹"、"最后收藏人的印章"有助于提高身价，卖书人决不会无端将其毁去。抄本"玄"字不避讳，且突然出现在清亡十六年以后，连是否清人所书都难说，遑论曹雪芹自己的批本？

再看第二点。胡适判断甲戌本是"世间最古的《红楼梦》写本"，是"雪芹最初稿本的原样子"，甚至说："甲戌以前的本子没有八十回之多，也许只有二十八回，也许只有四十回。为什么呢？因为如果甲戌以前雪芹已成八十回，那么，从甲戌到壬午，这九年之中雪芹作的是什么书？难道他没有继续此书吗？如果他续作的书是八十回以后之书，那些

密青果為
食蜜青菓

甲戌本 2　　己卯本

书稿又在何处呢？”这种自问自答是很古怪的。按理说，甲戌年已经写成八十回，以九年时光完成余下的四十回，是绰有余裕的；但这与他认定后四十回为高鹗补作相扞挌，只好咬定甲戌本没有八十回之多。到了 1961 年，更断定乾隆甲戌写的稿本只有十六回，“凡最初的钞本《红楼梦》必定都称为‘脂砚斋重评《石头记》’”，都是不合事理的。甲戌本错字太多，如“龙钟”误为“聋肿”，“膏肓”误为“膏盲”；又多缺字，如“诗礼簪□之族”（缺“缨”字），“更衣□手”（缺“盥”字），分明是底本蠹蚀，抄写者空格以待考，怎么可能是“曹雪芹的稿本”呢？

欧阳健当然明白，脂本出于后人传抄，并不能判定其底本是否原本。故又对版本形式（书名、回数、评语）与内容进行校勘，发现脂本与程本的异文，有相当部分不存在可逆性。如绛珠仙草修成女体，程本说是“饥餐秘情果，渴饮灌愁水”，甲戌本却说是“饥则食密青果为膳，渴则饮灌愁每水为汤”，己卯本、庚辰本更作“饥则食蜜青果为膳，渴则饮灌愁海水为汤”。“密青果”分明是据“秘情果”抄录致误，己卯、庚辰又把“密”字改为“蜜”，“秘情果”成了蜜渍之果，岂非大谬？可见程本不仅优于脂本，而且早于脂本。这一发现和他三十三年前日记里评价“高鹗续得很好”相呼应：“看完第一百回《红楼梦》。林黛玉死了，向封建制度喊出了她最后一声抗议。高鹗写的这几回：《蛇影杯弓颦儿绝粒》、《泄机关颦儿迷本性》、《林黛玉焚稿断痴情》、《苦绛珠魂归离恨天》，特别感动人。”解释了久蓄于心的疑团。

欧阳健顿时意识到事态的严峻。红学界尽管门户林立，且时不时有不安分者闹一点小乱子，在在证明红学定论之脆弱；但发难者虽能掀起一阵波澜，结果总不免归于失势，盖在其所站立者仍是同一个基点——脂砚斋及其批点本。要质疑被奉为神明的脂砚斋，无异于将一切流派驱赶到同一个营垒，在脂砚斋的大旗下集结起来，而使自己居于“社会公敌”的地位。欧阳健不敢自是，便向侯忠义求教，得到的回答是：“学问无禁区，观点无忌讳，只要持之以故，言之成理，尽可公之于众，以求学人共识。我既为丛书之主编，诚愿与你共担责任。”这一博大气度给他勇气，遂写成《〈红楼梦〉的‘脂本’与‘程本’——版本研究例案之三》，《古代小说版本漫话》因得以交卷。

本章结末，他试图概括小说版本的特殊现象：

古今中外，在古字画、古籍及其他文物上作伪造假的事，可以说层出不穷，《红楼梦》版本领域，也不会是一块净土。从技术上讲，古画的作伪远较古籍为难，因为它要求“乱真”，即与原画完全一致。《销夏闲记》载王抒以名手摹《清明上河图》以献严世蕃，裱工汤姓以其“麻雀小脚而踏二瓦角”，知为赝品，可见古画的作伪，必须与原本不差毫分，方能瞒过世人眼目。小说版本的作伪则完全相反，设若书贾以与印本文字完全相同的抄本求售，则必被嗤之以鼻。要给人以“原本”、“真本”的印象，除了在外部形态上制造一些像是“未完成”的“稿本”的假象（《红楼梦》正文说曹雪芹已“纂成目录，分出章回”，甲戌本凡例也有诗曰：“字字看来都是血，十年辛苦不寻常”，都表明《红楼梦》早是“齐、清、定”的本子了）之外，在内容的“求异”上下功夫，就是最主要的手段，如甲戌本第一回增写各本皆无的石头与僧道对话的四百二十余字，诸抄本增写若干程本所无的大段文字之类。不过，作伪者或者由于学识、才力的欠缺，或者由于对原作精神的领悟不深，甚或由于艺术趣味的低下，都必然会留下许多破绽。《乾隆抄本百廿回红楼梦稿》的存在，就是生动的例证。研究者大多承认，这个本子，抄写马虎草率，过录完后，出于某种动机，又用当时流行的程本加以校改，改得密密麻麻，满纸乌黑一片。梦稿本要么就是曹雪芹的稿本，要么就是后人的作伪。因为世界上绝对没有人会按别人的草稿依样抄写的事。不是稿本而又要弄得像一个"稿本"，其间的"某种动机"，不就是欺骗世人、嗜财图利吗？

——古画作伪的手段是"乱真"，古籍作伪的手段是"求异"，这番话确是前人未曾讲过的。

二

欧阳健之误陷红潭，是迫于撰写《古代小说版本漫话》的偶发机缘；然新的意念一旦形成，犹如发轫了的车轮，无法煞住了。

他从甲戌本"诸公之批，自是诸公眼界"的眉批，悟出所谓"重评"，不是脂砚斋本人的"第二次批评"，而是针对社会上风行的"诸公"之批。他还注意到第一个说出"脂砚与雪芹同时人"的刘铨福，曾经说过："《红楼梦》非但为小说别开生面，直是另一种笔墨。昔人文字有翻新法，学梵夹书；今则写西法轮齿，仿《考工记》。如《红楼梦》，实出四大奇书之外，李贽、金圣叹皆未曾见也。"考得《周礼》第六篇原为《冬官》，久佚，汉兴购求千金不得，便以后出之《考工记》替代，以备大数。品味刘铨福之言，认为《红楼梦》"实出四大奇书之外"，该依照李贽、金圣叹加以评点；但昔人只知"学梵夹书"式的转译诠解，而他却假托自己不仅熟悉曹雪芹、还亲自参与小说修改，岂非"仿《考工记》"的最好注脚么？

早在1989年，因得张兵青目，欧阳健的《〈五色石〉、〈八洞天〉非一人所撰辨》在《复旦学报》第2期刊出，在学界颇得好评。《古代小说评介丛书》启动后，作为编委的欧阳健，与承担《话本小说史话》的张兵通

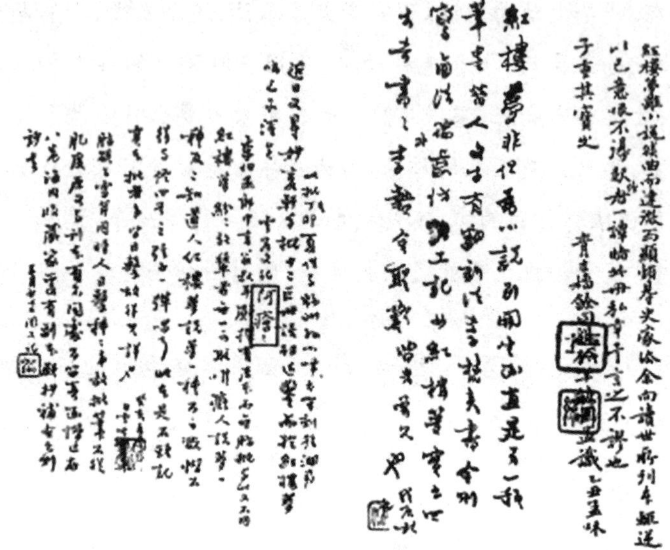
紅樓夢雖小說，然曲而達，微而顯，頗得史家法。余向讀世所刊本，輒逆以己意，恨不得起作者一譚。睹此冊，私幸予言之不謬也。子重其寶之。青士、椿餘同觀於上海，因識。乙丑孟秋

紅樓夢非但為小說別開生面，直是另一種筆墨。昔人文字有翻新法，學梵夾書；今則寫西法輪齒，仿考工記。如紅樓夢實出四大奇書之外，李贄、金聖歎皆未曾見也。戊辰秋記

近日又得妙復軒手批十二巨冊，語雖近鑿，而於紅樓夢味之亦深矣。

甲戌本刘铨福题跋

信时，曾提及自己对《红楼梦》版本的发见。张兵出于编辑职业的学术敏感，要他把文稿速寄上海，遂以《〈红楼梦〉“两大版本系统”说辨疑——兼论脂砚斋出于刘铨福之伪托》为题，在《复旦学报》1991 年第 5 期刊出，旋即被中国人民大学书报资料中心《红楼梦研究》1991 年第 4 期复印。——这是欧阳健最早在学报上发表《红楼梦》版本的新见。

接着，欧阳健又对胡适考证《红楼梦》版本的逻辑顺序进行梳理，发现他 1921 年说过有正本（戚本）“已有总评，有夹评，有韵文的评赞，又往往有‘题’诗，有时又将评语钞入正文（如第二回），可见已是很晚的钞本，绝不是‘原本’了”，理由充足，符合版本学的常识。但 1927 年得到甲戌本后，胡适见上有“脂砚斋甲戌抄阅再评”字样，便判定“甲戌为乾隆十九年（1754），那时曹雪芹还没有死”；第一回又有“壬午除夕，书未成，芹为泪尽而逝”的批语，与他关于曹雪芹死于乾隆三十年的“猜测正相符合”，便放弃了有“重评”字样的钞本“绝不是‘原本’”的判断，改口说唯有题署了“重评”的脂本才是“真本”。这只能以他服膺的“实用主义”来说明。1991 年 2 月 22 日，欧阳健给魏子云写信，中说：

谚云：过年容易过日难。今年春节，我几乎整天伏案，终于写成了一篇《重评胡适的〈红楼梦版本考证〉》。我隐约感到，小说研究中有些地方深入不下去，或者歧见重重，许多问题都通到胡适的身上。比如他考证《红楼梦》，只强调作者与版本，不搞本事，其实，就小说创作而言，本事即素材来源，是最重要的。胡适不要人家搞本事，其实是把作者的生平当作本事。中国人做小说，是有所为而发的居多，而隐射就是重要的一项，红楼梦"大旨谈情"，只是一种障眼法。但要反省胡适的考证，问题很多，我为此先从版本入手，似乎比较容易把握一些。我在文章中谈了四个问题：一、胡适1921年版本考证中的矛盾；二、甲戌本辨疑；三、脂本与程本的比对，以证明脂本之晚出；四、刘铨福是脂砚斋。所谈都是和红学界对着干的，但自觉还是做到言之有据，言之有序的，此文不知能否成立？还望魏公审裁。谨将此稿奉上。若感到有发表的价值，可否请转荐《中外文学月刊》、《大陆》、《书目季刊》等杂志，以引起台湾红学界的讨论？

因得魏子云的推荐，《重评胡适的〈红楼梦〉版本考证》刊于台湾《书目季刊》22卷2期。与十一年前《学术月刊》1980年第5期刊载他热烈赞美的《重评胡适的〈水浒传考证〉》相反，1992年《书目季刊》发表的从版本学视角对胡适的严重质疑，两者都出于学术的良知。

三

1991年5月5日，欧阳健给魏子云写信，介绍四月下旬沈阳、大连召开的《中国古代小说评介丛书》编委会上，《古代小说与历史》、《古代小说作家漫话》、《古代小说版本漫话》、《曾朴与孽海花》已通过审定，并说：

> 这次在编委会上，与几位专家交谈，他们都认为我的想法是有道理的，也许会对红学研究产生某种大的影响。这个领域中，可以做的题目很多，关于脂砚，就可以写出三篇大的文章：一、脂本辨疑，证明脂本不是早期的稿本或抄本，而是晚于程本的本子；二、脂批辨疑，证明脂批不是在红楼梦创作过程中加的批语，而是在成书以后加的批语，加批的目的不是为了作者，而是为了读者，其时间比几家评本还要晚；三、脂斋辨疑，证明脂砚斋绝不是曹雪芹同时代的人，他是同治年间的刘铨福的伪托。写这些文章，又需要时间，现在还无暇顾及。二月间呈上的那篇文稿，只是起了一个头而已。

《古代小说评介丛书》进入最后冲刺阶段，欧阳健除了赶写《晚清小说简史》，还得催稿、看稿、改稿，以尽编委之责。待 7 月 2 日撰就《晚清小说简史》，稍事休整，开始着手写《红楼梦》三辨：《脂本辨正》、《脂批辨疑》、《脂斋辨考》。适闻贵州省红学会拟主办纪念《红楼梦》程甲本刊行二百周年学术讨论会，陈年希动员欧阳健前去参会，还向贵州省红学会秘书长、《红楼》杂志主编梅玫多要了一份请柬。1991 年 8 月 21 日，欧阳健携了《脂本辨证》与《脂批性质辨析》、《脂批本事辨析》、《脂批年代辨析》，经上海与陈年希会合，于 24 日九点抵贵阳。在宅吉路老干部活动中心报到，第一个遇到的便是曲沐，他们曾在 1984 年洛阳、1985 年镇江的《三国》会上见过面。闻欧阳健有红学新说，曲沐欣喜非常，晚饭后即来住处畅谈。

25 日上午，纪念《红楼梦》程甲本刊行二百周年学术讨论会开幕，贵州省文联党组书记胡维汉讲话，提出要给程刊本《红楼梦》以公正评价。下午大会，杨光汉首先讲话，说今天的主题虽是纪念程本，但仍要研究脂本,对有关脂本的问题都要作出坚实的回答,主要意见有:一、《红楼梦》版本问题在短时期内没办法取得突破,因没有新材料的发现,版本只能止于猜想与推测;二、《红楼梦》研究没有尽头,版本考证也没有尽头。

在魏绍昌发言后,第三位张国光一口气讲了一个小时。他说,今天的会议不是一般的会议,而是有着划时代意义的。有专家预言"十年之内不可能有惊人的成果出现",如从新的角度进行创造性研究,《红楼梦》研究面貌一定会焕然一新。他着重阐述他的"两个《红楼》、两个薛宝钗"说,说脂本是平淡无奇之书,是高鹗深化了悲剧冲突,使《红楼梦》成为不朽名著。又以其特有的挑战风格说:胡适、俞平伯不懂文艺理论;蒋和森、李希凡不懂版本;冯其庸花了七年功夫,以庚辰本为底本,把程本后四十回硬拿来凑成一本,整个方向是错误的;探佚学不伦不类,曹雪芹的构思不高明,根本不值得一探。

曲沐以《神龙无尾与连城全璧》为题发言,认为程伟元、高鹗的话是可信的,曹雪芹生前已完成一百二十回,把一部分著作算作高鹗的,是新红学家的一大错误;探佚学毫无必要,应该立足于程本,注重作品的内在精神力量,整部《红楼梦》是"哭泣"之作,后四十回的美学价值、悲剧特色、语言艺术,与前八十回一脉相承。

26日上午改为圆桌会议,欧阳健应邀第一个发言。前一晚梅玫特来嘱咐,早知他有许多新见,所以安排在第一个,且不受时间限制,想讲多久就讲多久。欧阳健见会议气氛甚佳,便放胆畅论起来。他说自己从未参加过红学活动,染指《红楼梦》纯是"误入白虎堂"。感谢贵州省红学会给了他这个新手以难得的学习机会。纪念《红楼梦》程甲本刊行二百周年,涉及两个问题,一是本子,二是人。长期以来困扰大家的是:都说脂本是真本、善本,程本是伪本、劣本;红学的任务,就是要清除伪本,恢复真本的本来面目。而实际情况是:所谓"真本",十分糟糕;所谓"伪本",却流传了二百余年。这是怎么回事?他想贡献给大家的是:程本不仅优于脂本,而且早于脂本。于是他从脂本出现的年代、鉴定纸张墨色、字体行款、题署讳字及异文比对,论证程甲本是“本源的、第一性的”,以甲戌本为代表的脂本则是“派生的、第二性的”,并非胡适所说“是世间最古又最可靠的《红楼梦》写本”。数十年来厚诬为红学建立奇功的程伟元、高鹗为欺世骗人的罪人,这是极不公正的。

下午继续发言。陈年希说,胡适自 1921 年开创了新红学,褒曹贬高,褒脂贬程,后人只是全面继承“胡说”。欧阳健的观点,思维方式是新的,见解也是新的,证据是有力的。如果成立,从 1921 年到 1991 年的红学历史要重写。他侧向梅玫说道:“梅玫,你这个会不得了,是划时代的。”

杨光汉站了起来,劈头第一句是:“欧阳健先生的见解是全新的,振聋发聩,如果成立,以往全部以脂批为基础的红学论著都应重写;但这一新见,会遇到强大的挑战。”然后分析道:欧阳先生所用的材料没有新的,只是对常见材料的新释,这就存在形式逻辑与辩证逻辑的问题。要寻找事物的内在联系,现存十一个脂本上万字的异文及近八千条脂批,均不能回避,需要作出充分的解释。他最后说:“欧阳的想法,我做梦也没有想到。自己束缚自己,做自己的奴隶,这就是异化。向真理投降,是光荣的。希望欧阳先生能坚持自己的观点,并进一步完善他的论证。如果成立,我愿意否定自己。”发言博得了全场的热烈掌声。

欧阳健当即表示,如果没有别的红学家的研红实绩,自己以不到一年的“梦龄”,是无论如何得不到这点成果的。今后将慎重对待《红楼梦》版本中的每一个问题;慎重地对待每一条脂批,特别是其中关键的部分。

曲沐发言说,欧阳健的意见是带革命性、突破性的,如果能够成立,《红楼梦》研究许多方面要重新考虑。魏绍昌也认为这是创见,发先人所未道,如果成立,意义是很大的。

27 日上午游黄果树,欧阳健与曲沐同座,一路畅谈红学与各自经历。曲沐感慨道,以往轻信权威,一层纸,就是无人捅破。晚九点回到贵阳，晚饭后舞会，四川社科院副院长谭洛非舞兴极高，定要拽欧阳健前去捧场。进场一眼瞥去，张国光也在翩翩起舞，圆转自如。后来有人说，贵阳会上有两个“想不到”，一是想不到欧阳健不跳舞，二是想不到张国光会跳舞。两人已九年不通音问，此番贵阳重逢，都是受青睐的贵宾，又俨然成为两大热点，张国光的心思在与罗尔纲的官司里，故得与欧阳健相安无事。

28 日，曲沐邀欧阳健、陈年希去花溪做客，家藏甲戌本的多种版本，三人翻检目验，大有收获。曲沐虽同意脂本晚于程本，但对胡适的“自叙传”还有保留，及至细研脂批，终于转过了这个弯子。中午曲沐陪同去集市买烧鸡，谓本地人皆认“正宗刘老四”，果然满街都是，唯见一家名“刘老五”。欧阳健发挥道，从抬高“古本”身价计，值钱的应是“初评石头记”，但胡适说过“原本”必定都题“重评”，这就把炮制“初评”的路子堵死了；犹如正宗烧鸡的标准是“刘老四”，所以绝无“刘老二”、“刘老三”出来与之抗衡，曲沐点头称是。

大会闭幕后，曲沐将《脂本辨证》荐到《贵州大学学报》1992 年第 1 期发表；梅玫更抢先刊在《红楼》1991 年第 4 期，同期还有金钟泠《贵州省红学会“纪念程本〈红楼梦〉刊行二百周年学术讨论会”述评》，文中说到：

> 许多代表认为，欧阳健先生在治学上既是大胆的，又是谦逊而慎重的。就《红楼梦》而言，欧阳健先生提出的新说并不是偶然的灵机一动创造出来的奇闻，而是对《红楼梦》版本的诸问题作了全面的系统的深研。……毫无疑问，它们将受到红学界的极大关注。我们相信，老一辈红学家定将不囿于旧说，而以公正的、实事求是的态度来对待这样的新说；同时也相信，欧阳先生的新见是经得起时间的考验的，因为他的学说是建立在坚实的版本学和强有力的思辨基础之上的。

四

因得周本淳的青睐，欧阳健又在《淮阴师专学报》1992 年第 4 期发表《程甲本为〈红楼梦〉真本考》，指出真假《红楼》之辨从根本上讲，并不是什么政治问题、社会问题、思想问题，而是一个地道的版本问题。判定《红楼梦》版本真伪，不能“以前人的成说作为立论的前提，甚至以主观的臆断代替客观的事实”，而要“从多种版本并存的‘全部事实’以及事实之间的联系出发，运用古籍版本学和古代小说版本学的基本理论和一般规律，从中引出科学的结论”。

他认为，那种把脂本和程本当成对立的“两大版本系统”，是将“抄本”与“印本”人为对立的“抄本迷信”。抄本和印本，只是古籍版本形态的不同，没有不可逾越的界限。曹雪芹写就《红楼梦》之初，确实只有抄本流传；《红楼梦》第一个刊本程甲本，是程伟元、高鹗广集乾隆年间各抄本校勘整理而成的，抄本于是转化为印本。程本出版后，一般读者倾向于取印本而舍抄本，传抄本于是被逐渐淘汰。但从《红楼梦》的接受过程看，《红楼梦》的印本又在不断转化为抄本。时至今日，于纸上、木上、石上、象牙上书刻《红楼梦》者，亦屡有报道，而其所据之底本，大抵皆为通行的印本，可见“抄本的时代”并没有结束。任何一个不抱先入之见的人，都应该承认程传元、高鹗的“序”和“引言”是实事求是、磊落坦荡的。有关早期抄本的记录，也可证明他们的话是可信的、负责任的，是可以放心用作考证《红楼梦》版本的第一手材料的。

而从版本鉴定的角度看，现存所有抄本都不题撰人姓名，也没有交代抄录的缘起和经过，甚至连“曹雪芹”三字也没有；要判明脂本究竟是不是“先于程本”的“乾隆年间传抄本”，必须首先解决来历的问题：

假如这些抄本中的任何一种，是从清人的墓葬中出土的话(像银雀山汉墓出土的竹简,证明了在《孙子兵法》之外确有一部《孙膑兵法》那样),那它们的可信性是可以绝对肯定的;假如这些抄本中的任何一种,在乾隆、嘉庆,哪怕道光、咸丰的公私藏书目录中有所著录的话,那它们的可信性也是可以相对肯定的。事实上,这些抄本都出现得很晚很晚。

从抄本与印本互相转化的角度考察,无法证明脂本确系程甲本刊行以前的“早期抄本”的幸存物;单凭写在“非常马虎草率”、“错讹夺漏,层出不穷”的抄本上的干支如“甲戌”、“己卯”、“庚辰”,以为指的就是乾隆十九年甲戌(1754)、二十四年己卯(1759)、二十五年庚辰(1760),因而断定比程甲本刊印的五十六年辛亥(1791)要早,是难免有误的。

欧阳健认为,判定程本和脂本孰为真本,必须考虑《红楼梦》有别于以往小说的特殊性质。《红楼梦》不是“世代累积型”的小说,而是天才文人作家的独立创作。从这个角度讲,《红楼梦》版本的“优劣”和“先后”之间的关系是同一的,也就是说,好的本子是出于曹雪芹的原本,差的本子则是出于后人的篡改。因此,鉴别脂本和程本孰为底本,最好的办法是文字的比勘。

如第二十五回脂本多出关于薛蟠的一大段文字:“又恐薛姨妈被人挤倒,又恐薛宝钗被人瞧见,又恐香菱被人燥皮;知贾珍等是在女人身上做工夫的,因此忙得不堪。忽一眼瞥见了林黛玉风流婉转,已酥倒在那里。”宝钗、香菱久居园中,并不存在被人瞧见、燥皮的问题;薛蟠平日不可能没有见过黛玉之面,居然要乘乱觊觎,“酥倒在那里”!脂本以此等下流笔墨唐突黛玉,真恶札也。

又如第六十三回脂本多出八百多字,大写宝玉命芳官改穿男装,改了男名,“又命将周围的短发剃了去,露出碧青头皮来”。宝玉思想的核心是“天地灵淑之气只钟于女儿,男儿们不过是些渣滓浊沫而已”,

岂有将心爱的女儿大加作践之理?

从北静王名字的异文,也可以证明脂本之晚于程本。脂本的拥护者说,“水溶”的原型是乾隆第六个儿子永瑢,他的命名是有来历的。然查永瑢生于乾隆八年,乾隆二十四年封贝勒,乾隆三十七年进封质郡王,乾隆五十四年再进亲王;脂本自谓于乾隆十九年“已抄阅再评”,扣去“披阅十载”的时间,则《红楼梦》在乾隆九年以前已经动笔,怎么可能将尚未出生或还在襁褓中的、直到乾隆三十七年始封郡王的永瑢当作北静王原型呢?

欧阳健准备将论文汇为一书,题曰《红楼新辨》,已有《脂本辨证》、《脂批辨析》、《脂斋辨考》诸章,又添写了《史料辨疑》、《“探佚”辨误》,拟就目录与大要后,寄侯忠义、张俊两位审阅,并请赐序。侯忠义复信道:“内容甚深,构思甚巧。我好久不搞《红楼》了,那还是‘文革’中搞了一点,您请我写序,可谓所选非人,然乐于附张俊之骥尾,为兄摇旗呐喊。”张俊本来是答应的,回信说:“尊稿《红楼新辨》的出版社,不知是否落实?您曾说,如此事成功,当让我与侯兄各写一序,以为纪念。我对脂本,并没有什么研究,但蒙兄所嘱,义不容辞,当尽力而为。此事我只与侯兄与竺青谈过,不知何故,红楼所有人传言说,江苏欧阳健对脂本提出了不同意见,北师大张俊支持欧阳健的意见。褒否贬否,是耶非耶,我一笑了之。”然张俊身处红学圈中,终不如侯忠义之超脱,加之风议一多,不免有些顾虑。欧阳健体谅他的难处,与侯忠义商量是否就作罢论。侯忠义说:“未请张俊兄写序是对的,替别人考虑确是如此。他没有什么意见。”

事业有成,友谊可珍,一切都呈现得美妙而和谐,常挂在口头的“误入白虎堂”,对欧阳健来说,此时还只是一句戏言。

第二章　回响与噤声

一

预期中的回响，很快就传来了。1991 年 11 月 12 日张兵给欧阳健来信说，应必诚已写了商榷的文章，将刊于《复旦学报》明年第一期，“我意您可先听听诸位的意见，过些日子再写文章答复。大作也可寄我。”11 月 20 日又来信告知：“陈诏来说，《红楼梦学刊》约他撰写关于批评您的文章。”“明春‘南北夹击’的形势已明，这既是坏事，也是好事。真理越辩越明。相信随着您的这一块石头掷进红学界，将会引来若干热闹。从某种程度上说，这也是我的意愿。红学太沉闷了，需要披荆斩棘者去开拓。”密切关注欧阳健的侯忠义，1992 年 1 月 29 日来信说：

> 你对红学界的“宗派”、北京的“禁锢”有所察觉，这是你认识上的进步，其实此种现象又何处不在呢？因此有几个知己的、“志同道合”的朋友是必要的，可以互相帮助、扶持、支援。友谊比什么都重要。不能替朋友承担风险的朋友，又哪能算得上朋友呢！这是我的“处世哲学”。
>
> 关于对《红楼梦》的不同意见，你尽可毫无畏惧地表达出来，并想方设法刊登出来，以便引起世人的注意。如你有的文

章无合适之处发表，尽可寄到北京来，在《古籍整理与研究》上发表一二篇是没有问题的。关于这场争论，我已跟张俊打了电话，请他多关注，有事我们会及时联系的。总之，作为朋友，我们做你的坚强后盾。

果然，《复旦学报》1992 年第 1 期发表了应必诚的《关于〈红楼梦〉的版本系统——兼与欧阳健同志商榷》；《红楼梦学刊》1992 年第 3 辑发表了陈诏的《正本清源，厚积薄发》。两篇出于上海学人之手的商榷文，大约是约稿过急，未暇细考，只能说是一种“惊愕”之下的反应：无非是复述“《红楼梦》版本最初只有抄本，它们是曹雪芹稿本的过录本，抄本一般都带有脂砚斋的评语，称‘脂砚斋重评石头记’”的“红学常识”（应必诚语）之后，再加以义正词严的责问：“这真是振聋发聩、令人吃惊之谈！自从二十年代初期胡适介绍脂本以来，多少读者、研究者研读《红楼梦》两种版本系统——脂本和程本，高度重视脂砚斋的批语，毫不怀疑脂本是先于程本、接近原著的早期抄本，难道又上当受骗了吗？！”（陈诏语）曲沐 1992 年 9 月 23 日给欧阳健写信，中说：“陈诏之文，应命而已，也实在没有说服力，只在列藏本的道光年间问题上做了点文章，而且大话说得吓人，仿佛别人都没有经过长期钻研。言下之意，要推翻自胡适以来坚持至今的两大版本系统说是不那么简单的。这点我想兄应该是有自信心的。”

从未谋面的吴国柱 1992 年 9 月 28 日给曲沐写信，中说：

红学急需突破，这已是共识；但往哪里突破，各家看法不一。晚生以为，唯欧阳健才是真正的突破。欧阳的文章其意义在于动摇了新红学的全部根基，使红楼重新回复到历史的本来面目。几十年来权威们对程高全璧本极尽嬉笑怒骂之能事，但它何尝推得倒呢！欧阳的挑战必将在红学界引起轩然大波，晚生早有所料；但目前似只在东北有点反应，其他地方还没动静。复旦学报应必诚的“商榷”毫无说服力。……近十年来，不少红学家和爱好者都对新红学产生了怀疑，但大都处于孤军作战的状态，或没有找到适当的突破口，现在终于被欧阳找到了，而且找得相当准确。曾被认为给红学带来生机的张国光先生的“双两说”，晚生一向以为他仅只回归到了新红学的起点上，并没有真正突破什么。因为张先生的观点实质上只属于新红学内部对全璧本评价上的分歧，其主论的基础仍然是“两种红楼梦”，即在“两个版本系统”的基点上起步的。而实际情况正如欧阳所说，《红楼梦》只有一个版本系统，另一个所谓“脂本系统”完全是1921年以后新红学家人为地炮制出来的。可见，只有欧阳的系列论文，才为现代红学的建设开辟了新的道路，确立了一个新的起点。

1992年1月9日，欧阳健回应应必诚“脂本与程本的四大区别论”（脂本只有八十回，程本增加了后四十回；脂本带有脂砚斋等人的批语，程本除有极小量批语混入正文外，删去了脂本的全部批语；程本把脂本的回前诗和回末诗全部删去；脂本接近曹雪芹原作，程本则有大量的窜改），撰成《脂本程本异文原因辨证——敬答应必诚先生》，挂号寄张兵信。张兵1月15日回信说：“《辨疑》发表后，我确实受到了较大压力，这点，我在发文前思想有所准备，倒也无所谓。因为学术讨论，是需要有点勇气的。校内外一些长辈都说我似乎‘瞎了眼’、‘不识货’，编辑部领导也有此意。据说，应文的写作，也是听了某些人的劝告而为。这些，我倒不怕。只要对促进学术有利，个人受点‘委屈’，又有什么呢？”

——万万没有想到的是，骂张兵“瞎了眼”、“不识货”的长辈，就是大名鼎鼎的章培恒。欧阳健答应必诚文《复旦学报》非但不予刊出，又发表了谈蓓芳的《脂评本〈石头记〉是否后人伪造》，否定脂本书商为牟利而伪造的可能性，云清初并不避讳、不避“玄”字、错别字及简体字不足以证明甲戌本不是早期稿本。欧阳健写了《〈红楼梦〉“旧时真本”辨证》一文，经张兵提出意见修改定稿，已决定1993年第1期发表，然章培恒又出面干预，一定要其撤下，张兵拗不过，只好从命。

但张兵说他“不怕”，却是真的。他与陈年希合写了《“红学”新革命》，刊在《随笔》1993年第3期，中说：“欧阳健的《红楼梦》版本研究，从根本上动摇了胡适等人奠定的‘红学’大厦的根基，向当代红学家提出了新课题。”旗帜鲜明地表述了他自己的观点。

1993年5月12日，侯忠义来信说：“在上海，章培恒单独宴请我和安（平秋），他主动谈及你对他有些误会，关于《复旦学报》驳某人的文章是主编不发的，他不过另组了一篇稿而已；另你跟魏子云谈过章，故魏送章的酒也未送。安当时劝我对你说说，消除误会为好。我想，过去的事就不提了，再见面装着什么也没有发生可也。”

所谓“驳某人的文章”，指的是答应必诚文；所谓“另组了一篇稿”，指的是谈蓓芳文。至于魏子云的酒，指的是他从台湾带了瓶好酒，不知从哪里听到章培恒对欧阳健的压制，这瓶酒就不送了。其实，宽厚待人的魏子云，在1993年1月12日致信欧阳健说：“关于《复旦学报》之事，万不可臆测这那。章先生或是站在复旦的立场，不愿学报陷入此一涉及诸多人事上的成见纷扰，遂有此行为。望能曲谅之。凡事，如能放下自我，走到对方的心理位置，去以对方的立场想想，准会改变自我的臆测，而减少自我烦恼。尤其是学术上的问题，只要在一己论点的基础上，能够日起有功而开疆拓土，各类建筑自会如秦皇之阿房，覆压三百余里，遮蔽天日。纵然被楚人一炬而成焦土，后人亦不能忘却阿房宫之宏伟壮丽。何必计较乎此？问题是治学者的论点，有无基地？换言之，你的论点落实了没有？弟对兄此一问题，曾道及关键在春柳堂这部诗集之真正作者以及此书之成书与一次次出版演变之年月，这些应首先探讨清楚。”

欧阳健 1 月 25 日回复魏子云：

> 辞旧迎新之际，拜诵大札，倍感欣喜。数年来，魏公不仅教我如何治学，亦教我如何为人。即如复旦章培恒先生事，虽说我可能不无影响可循，但尽可心怀放宽，不要陷入毫无意义的烦恼之中，以致影响学术上的冷静判断。再说在《红楼梦》的探讨之中，虽有一二权威因种种原因加以拦阻，但已有越来越多的人表示理解和支持，这是更叫人增添信心的。
>
> 我利用春节的时间，正在写我计划中的《红楼新辨》中的最后一篇《明义〈题红楼梦〉辨疑》。在这本书稿中，所要全力解决的是《红楼梦》的版本问题，包括：一、脂本与程本，究竟谁是《红楼梦》的真本；二、脂批是否真的是曹雪芹同时代的脂砚斋所为。而《春柳堂诗稿》问题，只是《史料辨疑》中的一节，它所涉及的问题，是张宜泉所言曹氏的史料是否可靠的问题，并不涉及《红楼梦》（因张宜泉未说过曹氏写过《红楼》的话）及其版本。所以，《史料辨疑》这一章完全抽下，也不妨碍我的整体判断。当然，此事由我而起，自应由我进一步加以考实。

1989 年魏子云与欧阳健相知相交之后，积极动员他加入《金瓶梅》的探索，写信说：“兄如参加《金瓶梅》一书的研究，不出三年，兄可能驾乎吾侪上。何以？兄之智慧过人，又阅读仔细也。”有趣的是，欧阳于《金瓶梅》始终未登堂入室，反引得魏子云对甲戌本、《春柳堂诗稿》产生了兴趣，被拉进“红学”这汪浊水中来，在台湾报纸发表《〈春柳堂诗稿〉非乾、嘉时代作品》，中说：“欧阳健先生首表怀疑，认为此诗稿的作者张宜泉先生，不可能是曹雪芹同时代人。当我求得此一部光绪十五年刻本《春柳堂诗稿》，首尾阅读一遍，发现诗中有一首《题太阳宫有感》，句中有:‘庙破非今日,萧条已有年。当沾临照普,得仰大明悬。’这首诗中的‘得仰大明悬’文句,似乎‘绝不可能出现在乾隆年间文士的笔下’,这一‘违碍’而且‘悖逆’的诗句,乾隆年间的文士,哪里敢写出?”之后他的《治学考证根脚起——从〈春柳堂诗稿〉的曹雪芹说起》、《甲戌抄本〈红楼梦〉问题求答——〈乾隆甲戌脂砚斋重评石头记〉读后》等,发表于《明清小说研究》,在红学界产生了很大影响。

二

吴国柱预料的“轩然大波”,暂时还未出现。张俊 1991 年 11 月 5 日来信,讲述了北京红学界的情况:

> 您在贵阳红楼程刻本讨论会上的发言,我从友人处略知一二;拜读大札,尽知详情。记得四月在大连时,您曾讲过对程本与脂评的一些看法,短短四五月时间,竟撰写六七篇大作,实令人敬佩。我知道,您治学严谨,是老老实实做学问的人,故每有创见,能多为学界所承认。如关于《梼杌闲评》作者的考证,关于《平妖传》、《野叟曝言》版本的辨析等即是。您对脂本的看法,我虽未能亲聆您的发言,拜读您的大作,但我相信,您一定言之有据,决非哗众取宠。十月十五日,红楼梦研究所召开《红楼梦学刊》创刊五十期纪念暨编委会,有六十余人参加,并有两位外国学者。我在发言中,讲到了您对脂本的看法,杨光汉同志较详细地介绍了您在贵阳的发言,观察与会者的反应,他们似乎颇感兴趣。我因有别的事情,只参加了一天会,后来他们还有些什么议论,就不得而知了。

想到杨光汉贵阳会上的“学术发展所需要的公正的态度”(金钟泠

《述评》)，得知他又在《红楼梦学刊》编委会上介绍自己的新见，欧阳健对他充满感激之情。“观察与会者的反应，他们似乎颇感兴趣”，这让欧阳健相信红学界也是会服膺真理的。

到了 11 月 6 日，江苏省红学会在镇江召开“纪念红楼梦程甲本刊行二百周年学术讨论会”，不是红学会员的欧阳健也应邀参加了。红楼梦研究所副所长、《红楼梦学刊》副主编杜景华，以贵宾身份出席会议，代表冯其庸、李希凡表示祝贺。贵州红学会秘书长梅玫，在发言中详细介绍贵州会议的情况，说贵州在低谷中召开纪念程伟元、高鹗这两位对红学作出贡献的人物，表明了一种学术的态度；欧阳健在会上提出了全新的观点，指出新红学家对出现在民国以后的脂本没有进行鉴定，就深信不疑，是不够慎重的。之后又说到杨光汉：“杨光汉说是做梦没想到的，欧阳健在学问上是扎实的，不同于哗众取宠，但将受到强烈的挑战。由于问题重大，他自己还来不及考虑；如果成立，以往的研究将成为一堆废纸，他将首先否定自己的观点。欧阳先生是大胆的，又是谦虚的，衷心希望新的见解能够经得起考验，并取得成功。”梅玫最后说，刊有欧阳健《脂本辨证》的《红楼》第 4 期将赠给江苏一百册，会后一定寄到。

下午的会议，由毛国瑶介绍俞平伯的遗稿与信函，之后请欧阳健畅论一小时。欧阳健讲到《春柳堂诗稿》有关曹雪芹的几首诗的疑问，以为此书刻于光绪十五年，因其嫡孙尚在青壮年，按年代推排，张宜泉当为嘉庆年间之人，不可能与曹雪芹同处一个时期；又讲了脂本、脂批、脂斋的各种疑点，反响强烈。主持会议的副会长王永健说，这个发言，他是很欣赏的；另一副会长何永康则评以“思维清楚，逻辑性强”。

7 日上午自由发言，话题散杂。贾穗说，欧阳先生的观点对其震动很大，他提醒我们：对定论要进行反思，不能盲目信从。于雷说，欧阳先生的观点如被接受，胡适的考证就彻底被否定了；如百分之二三十正确，就是“伟大的贡献”。

午饭欧阳健与杜景华同席，初次见面，略谈几句。下午的大会，杜景华移席来与谈，欧阳健赠以新作之二文，杜当场阅读甚细，以为颇有道理，且言绵阳要开关于孙桐生的会，欢迎欧阳健参加。会议结束后，于雷、梅玫来谈红学界内情，感叹红学领域处处是雷区，固不应望而生畏，但也须更加谨严，注意以理服人，不搞门户之见。

回到南京，欧阳收魏子云11月1日来信，中说："大作《春柳堂诗稿》中的芹溪问题，收到后就拜读一过。辨疑论点，极具创见。使我感到不解的是，像这样清楚的问题，何以几十年来无人进入解说它？王利器发现了问题，却要为别人圆其说，岂不怪哉？"因得魏子云的推荐，台湾中华文化复兴运动总会文艺研究促进委员会1992年6月出版的《中国古典散文赏析与研究》，刊载了欧阳健《重评胡适的〈红楼梦〉版本考证》与《〈春柳堂诗稿〉曹雪芹史料辨疑》两文，主编许邓璞《编后记》说："近年来《红楼梦》之学术研究，已轰动了全世界文学界，在学术自由研究的领域里，欧阳健先生的大作，是红学中的新发现，所以特地收录了。"

——这一切让欧阳健觉得，一切也许都会相安无事。

三

欧阳健自费订阅的《红楼梦学刊》1992年第1辑送到了。"红学动态"栏有《本刊创刊五十期纪念暨编委会在京召开》，中间说到郝延霖、杨光汉、曾扬华、孙逊、张锦池、马国权等都不远千里，专程赶赴北京参加会议。"杨光汉说，学问有两种：一是极少数人的；一是大多数人的，红学应该属于后者"，却没有他对欧阳健观点的介绍。

《红楼梦学刊》1992年第2辑正式刊登的《本刊五十期纪念暨编委会发言选登》，也没有杨光汉的发言，倒选登了张俊的讲话，末云：

我以为,《学刊》今后还应该进一步贯彻“双百”方针。记得有位编委曾说过,《学刊》可以挑起论战来,这样就热闹了。其实,你不主动去“挑”,论战也并不少,阵地战游击战,热战冷战,够热闹的。因为,《红楼》研究中的问题,见仁见智,分歧本来就很多。比如,它的作者究竟是谁?是曹雪芹,还是曹頫?还是什么石兄?一百多年来,论争并没有停止。再有版本问题,脂评本和程刻本,孰先孰后,似乎也没有什么人怀疑过。今天有同志提出不同看法,认为程刻本早于脂评本。有时甚至连一个简单的词语,理解也往往会有不同。比如关于“碧纱厨”一词,就有过一番争议,而且各自引经据典,还都能自圆其说。我是主张,如搞注释,这些意见,不妨兼收并蓄,让读者自己去思考、去抉择。学术研究,是一个不断发现的过程。只有树立真正的民主学风,宽厚一点,创造出一种争鸣的气氛,展开不同学术观点和不同意见的相互讨论,问题才能深入,学术研究也才能不断拓展,有所前进。

——印证了张俊信中“我在发言中,讲到了您对脂本的看法”:“再有版本问题,脂评本和程刻本,孰先孰后,似乎也没有什么人怀疑过。今天有同志提出不同看法,认为程刻本早于脂评本”。虽然没有倾向性,但“学术研究,是一个不断发现的过程。只有树立真正的民主学风,宽厚一点,创造出一种争鸣的气氛,展开不同学术观点和不同意见的相互讨论,问题才能深入,学术研究也才能不断拓展,有所前进”,却表明了他的倾向。

《红楼梦学刊》还选登了刘世德的长篇发言。开头是冗长的寒暄语:“这几年,有好几次全国性的红学会议,我都因为有别的事而没能去成,错过了跟老朋友聚会和畅谈的机会。这一次真不容易,远在新疆、云南、广东、黑龙江的都来了。我多么想和他们见见面,哪怕是只问上一声好,只说上几句话。记得那年大连会后,就没有再见到过马国权同志。哈尔滨的会,他又没有去。我从哈尔滨赶到沈阳去开另外一个会,满以为到了他的家门口,总可以见上一面,谁知仍然没有如愿。这次才见到了他,还是那么胖乎乎的,满面红光,——用不着搭更多的腔,仅凭这第一眼的印象,心头就泛起了喜悦。这只是一个例子,其他的老朋友也大抵是这样。"发言所表述的意思有二:一、红学就是曹学,曹学也就是红学,它们本是一家,何必强分畛域?二、《红楼梦学刊》已经出版了五十辑,洋洋大观,成绩斐然,对编辑部和出版社的同志们怀着深深的敬意。

——略懂红学界内情的人都知道,中国社会科学院文学研究所主办的《红楼梦研究集刊》1979 年创刊,实际上由刘世德引领风骚,与《红楼梦学刊》分庭抗礼,根本不买冯其庸的账。到了 1989 年,《红楼梦研究集刊》出至第十四辑后停刊,红学阵地便为红楼梦研究所一家独占,刘世德的风光不再,只好接受冯其庸招安;发言称扬的虽是满面红光的马国权,却不啻给《红楼梦学刊》的投名状。惜墨如金的《红楼梦学刊》可以不发杨光汉有质量的发言,却乐于为刘世德的客套话提供篇幅,也就是在品味他的风云消歇。

但作为学者,杨光汉却十分看重自己在贵阳会议上的表态。在《红楼梦学刊》约写的《甲戌本·刘铨福·孙桐生》中,特为加了一段话,不想 1993 年第 3 辑发表时又被编辑部删去。杨光汉心有不甘,又将此文收进巴蜀书社 1993 年版的《孙桐生研究》,使我们得以窥其全豹:

1991 年 8 月,在纪念《红楼梦》程甲本刊行二百周年学术讨论会(贵阳)上,南京欧阳健先生提出新说:"脂砚斋"是刘铨福化名,"甲戌本"是他的伪托;脂砚斋本晚于程伟元刻本,脂本与刻本的价值应作根本性的颠倒。随后,我发表了三点意见:一、这是《红楼梦》版本学中的全新观点,若能经过充分的科学论证而确立，红学史要重新改写。二、祝愿此说能获得最终的确证。果尔，我本人有勇气否定自己所写的脂本有牵涉的全部文章。三、但要确证这一新说，任务极为艰巨，而现有的论证，还很不充分。欧阳先生需要面对两个方面的严峻挑战：一是现存十一个脂抄本上有上万字的异文及近八千条脂批，对此，尤其是对其中的于新说不利的每条异文和脂批均不能回避，均需作出充分的解释（包括推翻前此一切研究者所做的各种解释）。二是准备接受现今几乎所有的红学家的反诘。

《红楼梦学刊》1992 年第 2 辑还载有一篇光之的《1991 年各地红学活动简述》，其第十项活动是贵阳"纪念《红楼梦》程甲本刊行二百周年学术讨论会"，中有"江苏省社会科学院文学所副研究员欧阳健同志发表了他对脂本脂评研究的看法"的话，至于具体看法并未明言；第十五项活动是镇江"纪念《红楼梦》程高本刊行二百周年学术讨论会暨江苏省红楼梦学会第五届年会"，中有"欧阳健谈了他对脂本及脂评的研究，他的基本论点是脂本都出现在刻本之后，与会代表大多不赞成此种意见。"——这是《红楼梦学刊》第一次出现对欧阳健观点的报道，然与同辑"红学动态"栏曹明《江苏省红学会第五届年会在镇江举行》的介绍大有不同：

他（欧阳健）在提交给会议的《〈春柳堂诗稿〉曹雪芹史料辨疑》一文中，运用三种测算方法，推定张宜泉的生年当在乾隆五十四年（1789）至嘉庆四年（1799），最早不会早于乾隆三十四年（1769）。因而他认为张宜泉不可能与曹雪芹相交。……此外，他还扼要介绍了他最近写成的《脂本辨证》、《脂批辨析》、《脂斋辨考》系列论文的内容。他认为，长期以来被视为"伪本"、"篡本"的程甲本，不仅是《红楼梦》的定本，而且是《红楼梦》的真本;而在一九二七年以后突然出现的脂本,其中所标“甲戌”、“己卯”、“庚辰”的年代,都是不可靠的。欧阳健认为,鉴定史料和版本的真伪和年代,是科学研究的“第一义”的工作,“新红学派”没有做好这项工作,需要重新补课。对于欧阳健有关张宜泉《春柳堂诗搞》和脂评本的一系列质疑的见解,与会代表贾穗等人提出了不同的意见,认为欧阳健的论断值得商榷,有待于展开讨论。

曹明客观介绍了欧阳健的基本观点,这是《红楼梦学刊》版面对欧阳健观点第一次相对正面的文字;然曹明说的是“与会代表贾穗等人提出了不同的意见”,与光之所谓“大多不赞成此种意见”,显然大有差距。有人透露说,这位光之就是《红楼梦学刊》副主编杜景华,他恰是参加了镇江会议,与欧阳健本人有过直接接触,并目睹了其发言所引起的热烈反响的。

四

以“大张旗鼓地宣传好书,旗帜鲜明地批评坏书,实事求是地探讨有争议的图书”为宗旨的《中国图书评论》,1992 年第 5 期以《震撼红学的新说》为题,发表了林辰对宛情《脂砚斋言行质疑》(简称《质疑》)和欧阳健《古代小说版本漫话》(简称《版本》)的评论。文章说,如果说《质疑》的作者是以“门外汉”的身份“从门缝里瞧见了专家们熟视无睹的脂砚斋作伪的端倪”,《版本》的作者则“在研究版本学时发现了脂砚斋作伪的证据,恰好回答了《质疑》提出的疑问”,最后指出:“脂批矛盾百出,学界人人尽知,而直指脂批作伪,则讳莫如深。《质疑》、《版本》二书把多年的疑案公开提出,反映了学术界正酝酿着清理脂砚斋作伪案的动态。”

中国《红楼梦》学会对这一“震撼红学的新说”，却并不以为然。1992年10月间拟在扬州召开的’92中国国际《红楼梦》研讨会，曲沐以为会议“开到欧阳家门口了”，高兴地写信说：“到时又可见面了。”欧阳健回信说，自己不是红学会员，与红学会没有任何联系，加之观点与正统红学界相悖，他们不见得会邀请自己。曲沐开初不认为有什么难度，说：“如果红学家们不抱既定成见，肯于广纳不同意见，我想应该主动邀请兄参加会议的。”十分希望欧阳健能参加，让他的观点在国际研讨会上接受同行的检验。为此，他多方联系红学界人士，为让欧阳健出席会议作了许多努力。不料，扬州会议筹办方忽然加了一条规定：请柬一律以冯其庸的签字为准，不接待未经认可的持不同意见者。曲沐仍未放弃努力，8月14日给欧阳健信说：“我也想法鼓动红学界人士，邀请你出席扬州国际会议。”直到动身之前还写信说：“如有可能，在扬州会上，只要有发言机会，我就会支持你的意见。这次会议，老兄的学说恐怕是会议的一个热门论题了。与会代表，我想会有些同志（包括我自己）呼吁请你出席会议的。所以那段时间（十月十八至廿二）最好你在南京等着，只要请你去，就大胆地敞开胸襟阐述自己的学术见解。什么冯啦、周啦，这些权威不要顾忌，大胆地发表意见。我想如果这样，兄的学术成果会得到多数红学家的重视与承认的。”

欧阳健回信说：“北京的红学家，当然不愿让我的谬说扰了他们的清兴，但学术是非，是回避不了的。如果扬州会议正式邀我与会（我是做不出闯会的事的），我自然乐于到会阐述自己的观点，并回答各种质疑。九月二十四日，我参加了江苏红学会的曹雪芹塑像落成仪式。据姚北桦同志说，扬州会议的人员将在十月二十日赶来南京，举行揭幕仪式，当晚即返扬州。若同意邀我与会，我可以随车同往扬州。若不行，亦不必勉强。”

欧阳健知道，所谓“红学界”，除了几位专吃《红楼梦》饭的专家，多半是研究明清小说的熟人；设若自己突然在“红学界”大队人马面前出现，不论是理解为挑衅，还是理解为乞怜，都是不能接受的。既然不被邀请，他就在南京等候曲沐，扬州会议结束后接到家中住下，于 28 日同赴开封参加第六届《水浒》学术讨论会。

第二天，在宾馆大堂迎面遇见刘世德，欧阳健说："刘先生，十年不见，我们两人好像掉了个个儿。"刘世德有点愕然，问："此话怎讲？"欧阳健说："十年前，江苏发现了施耐庵家谱，我说是真的，你说是假的——我是认真，你是辨伪；现在，张家湾发现了曹雪芹墓石，你说是真的，我说是假的——你是认真，我是辨伪：岂不是掉了个个儿？"刘世德噤口无言。盖 1982 年大丰发现《施氏家簿谱》，其第一世彦端，刘世德撰文认为"'字耐庵'三字笔色淡而浮，显系后人所加"。欧阳健将《施氏家簿谱》送江苏省公安厅，检验认定"字耐庵"三字与家谱为同一人所写；而 1992 年通县张家湾发现的"曹公讳霑墓"石，假得不能再假，长于"辨伪"的刘世德为迎合冯其庸，断定"墓石确实不是最近几十年所开采的，说它已在地下埋藏了二百年之久，是完全可以信赖的"。

开的是《水浒》会，与会者却急切地要讲《红楼梦》，强烈地冲击着会议的主题。张国光 30 日下午第五个发言，劈头就提《红楼梦》研究，说它存在：一、浮夸风；二、作伪传伪，庸人自扰；三、抄袭风。随后把话头一转，说"《水浒》这种情况比较少"。31 日晚，张国光召开新闻发布会，大批周汝昌；对冯其庸也没有放过，说："冯其庸花那么多的力气搞脂本，就像把十个人的眼睛、耳朵割下来，分别排在一起。眼睛眼睛眼睛，耳朵耳朵耳朵，简直惨不忍睹。"刘世德也没忘谈《红楼梦》，在 11 月 3 日大会上说："一些基本观点需要搞清楚。先讲《红楼梦》，前提是后四十回是谁写的。是曹雪芹之后，程伟元、高鹗之前的另一个人写的，程伟元、高鹗的话都是真的，胡适说假话，不可靠。"曲沐 11 月 2 日大会上说："欧阳健先生对脂砚斋的考证，我很赞成。脂砚斋完全不理解曹雪芹。金圣叹说小说不等于史传，脂砚斋就不理解，把自己和曹雪芹拉在一起，'事皆目击'，把自己打扮成小说中的人物，更是弥天大谎。"

恪守“不主动出击”的态度，欧阳健在会上一句未谈《红楼梦》，会下却几乎完全用在红学的讨论上了。和欧阳健谈红学的，有年方二十八岁的赵国栋。他因曹雪芹问题，也成了风暴中心的人物，谈的自然是曹雪芹考证种种。和欧阳健谈脂本脂批的，则有郭兴良、马成生、侯会、李春祥、曲家源、朱其铠、黄俶成等。陈洪及其研究生雷勇来谈，对欧阳健的观点大为赞成，说将撰文《釜底抽薪》以声援之。来谈的还有胡邦炜，自 1984 年 11 月桂林《三国演义学刊》编委会分别后，已八年未见。谈几年中的变化，又谈《红楼梦》版本与孙桐生之类，胡邦炜好像都能表示首肯。一天傍晚，胡邦炜忽然来找欧阳健，颇为神秘地说，宋谋玚说找到了一个硬证，《枣窗闲笔》就提到脂砚斋。这是质疑者的硬伤，问他怎么回答。欧阳健哈哈一笑，说早就发觉了《枣窗闲笔》的破绽，正在写《裕瑞〈枣窗闲笔〉辨疑》，他便松了一口气。

在开封，欧阳健第一次见到宋谋玚，此人大大咧咧，倒有一股豪气。他在 11 月 2 日的大会上说，自己出身豪门地主，《大红灯笼高高挂》、《妻妾成群》，写得一点都不真实，“我父亲才是真的‘妻妾成群’！”11 月 3 日，宋谋玚候车去郑州，欧阳健与孟繁仁去陈桥驿回来，正好与他邂逅，便立谈了一会脂本脂批。他说已写了一文与欧阳健商榷，惋惜道：“要是现在来写，可能就不是那个样子了。”在欧阳健的通讯录上留下地址：“山西长治晋东南师专”，匆匆分手了。

会后有人传话，说欧阳健没有上过大学，且只有一年的“梦龄”，竟敢对红学权威信口雌黄，实在是无知妄说、哗众取宠。欧阳健听后，淡淡一笑。

——他知道，被奉为巨擘的冯其庸的红学事业，起步于“文革”中抄录庚辰本；发表的第一篇论红文章，是以“洪广思”的笔名刊在《北京日报》1973 年 11 月 2 日的《〈红楼梦〉是一部写阶级斗争的书》；署名“冯其庸”的第一篇学术性文章，是刊在《文物》杂志 1974 年第 9 期的《曹雪芹的时代、家世和创作》。

而欧阳健在1954年就听到《红楼梦》被誉为“反封建”的新动向，带着疑惑去图书馆借来，好容易读到第十回，感到实在读不下去。一次放学与最好的朋友刘万里同路，问：“看过《红楼梦》没有？”回答：“看了三回。”欧阳健以为有了共识，便说：“我看了十回，看不下去。”不想刘万里回答：“不，我看了三回了，写得太好了！”玉山方言，“回”有“遍”的意思，三回即从头至尾看了三遍。欧阳健听了，惭愧之极。这一番相形见绌，逼他硬着头皮把《红楼梦》看完，仍没有觉出它的妙处。

1957年11月6日他看到《光明日报·文学遗产》第一百期，上有邓绍基《反对古典文学研究中的庸俗社会学倾向——评严敦易同志的〈论元杂剧〉》，便在日记中写道：“邓绍基批判了严敦易的庸俗社会学和主观主义，论点能使人信服。不过我好像觉得《元人杂剧选》后面的严敦易执笔的文章并没有邓绍基所指的错误——严敦易大概改变看法了。”邓绍基与严敦易，是他最早注意到的学术界人物，且已觉察论点与论据的不统一。

让欧阳健开始领略“红学”的是是非非，却是1957年11月7日不经意中读到的报纸。日记写道：“在教工之家看了今天的报纸：《人民日报》、《新华日报》、《光明日报》等。看了两篇文章，聂石樵、邓魁英的《斥彭慧在〈红楼梦〉研究中非马克思主义观点》及欧阳凡海的《右派分子董每戡〈三国演义试论〉的中心思想是什么？》。”这是他第一次注意《红楼梦》研究宣扬“非马克思主义观点”的动向，——此时他当然不知道，彭慧是北京师范大学教授，也是自己爱读的《文艺学习》杂志的编委。

储藏室有多年的旧报纸，欧阳健闲来随手翻阅，见1954年《光明日报》有讨论《红楼梦》的文章，便都剪了下来，残破的还用胶水补好。中有1954年12月30日郭绍虞的《从批判〈红楼梦〉研究问题谈到古典文学教学问题》，还有周扬、郭沫若、茅盾有关《红楼梦》、《文艺报》及胡风问题的发言。

1957年12月13日，欧阳健见《文汇报》载有署名“不武”的《略谈新版〈红楼梦〉》一文，知人民文学出版社出了新版《红楼梦》，大喜，便天天去工会图书馆打听。十天后，他探知《红楼梦》已经购得，还没有编好号码，便求管理员陈学智借一本。该书的作者题“曹雪芹、高鹗”，注释者题“启功”，标点者题“周汝昌、周绍良、李易”。欧阳健先看卷首《关于本书作者》，二十一天看完全书，日记陆续记下与三年前截然不同的感受：

> 中午在工作室看《红楼梦》。写得的确与其他古代作品不同，非常清新而吸引人。（1957 年 12 月 25 日）

> 中午在土壤大楼看《红楼梦》，看完了第八回。八回，在整个作品中只占一小部分，但描写的事物和人物已够多了。（1957 年 12 月 27 日）

与此同时，他在新华书店买到《文学研究集刊》（五），内中有何其芳的《论〈红楼梦〉》；又去图书馆借了《红楼梦问题讨论集》全集及福建人民出版社的《关于〈红楼梦〉研究问题参考资料》第一辑，下决心“仔细地阅读有关文章，连俞平伯的文章在内”。不多长的时间里，欧阳健看了周扬的《我们必须战斗》，李希凡、蓝翎的《关于〈红楼梦简论〉及其他》与《评〈红楼梦研究〉》，钟洛的《应该重视对〈红楼梦〉研究中错误观点的批评》，禾子的《略谈〈红楼梦〉》，吴组缃的《评俞平伯先生的〈红楼梦〉研究工作并略谈〈红楼梦〉》，李易的《评俞平伯先生对〈红楼梦〉后四十回的看法》，李希凡的《俞平伯先生怎样评价〈红楼梦〉的后四十回续本》，韶华的《从〈后四十回底批评〉中看俞平伯的资产阶级和封建士大夫思想》，李希凡、蓝翎的《走什么样的路？》，聂绀弩的《论钗黛合一论的思想根源》，老舍的《红楼梦并不是梦》，刘溶的《不能那样看待〈红楼梦〉》，毛星的《论俞平伯先生的“色空”说》，聂绀弩的《论俞平伯先生对〈红楼梦〉的“辨伪存真”》，王永的《〈红楼梦〉里的诗词曲》，唐弢的《什么叫作“旧红学”和“新红学”》，俞平伯的《我们怎样读〈红楼梦〉？》，邓拓的《论〈红楼梦〉的社会背景和历史意义》，李希凡、蓝翎的《论〈红楼梦〉的人民性》，陈友琴的《我参加〈红楼梦〉研究座谈会以后的感想》，王文琛的《俞平伯受了谁的影响》，若望的《考证引入的迷宫》，余冠英的《为什么不能从大处着眼？》，何其芳的《没有批评，就不能前进》，魏建功的《批判〈红楼梦〉研究中唯心观点的意义》，王瑶的《从俞平伯先生对〈红楼梦〉的研究谈到考据》，蓝翎的《〈红楼梦〉的诗词与人物性格》，殷孟伦的《略谈〈红楼梦〉作者曹雪芹对语言艺术的认识》，谷峪的《谈谈贾宝玉》，刘大杰的《贾宝玉和林黛玉的艺术形象》，李希凡、蓝翎的《〈红楼梦〉中两个对立的典型——林黛玉和薛宝钗》，俞平伯的《红楼梦简论》，刘大杰的《晴雯的性格》，王昆仑的《花袭人论》，舒芜的《〈红楼梦〉故事环境的安排》，韶华的《谈薛宝钗与林黛玉的个性》，俞冬的《试论林黛玉和薛宝钗的思想性格》，佘树声的《略谈林黛玉》，施幼贻、张舒杨的《从薛宝钗的性格看红楼梦的倾向性》，徐士年的《薛宝钗的典型意义》，刘大杰的《薛宝钗的思想本质》，林冬平的《〈红楼梦〉的现实主义成就》，刘秉义的《试论贾宝玉、林黛玉婚姻悲剧的根本原因》，佘树声的《关于贾家的典型性及其他》，何剑重的《论〈红楼梦〉的主题思想》，李希凡、杨建中的《论〈红楼梦〉悲剧性冲突的时代意义》，彭燕郊的《伟大古典现实主义杰作〈红楼梦〉》，王昆仑的《关于曹雪芹的创作思想》、杨荫安的《关于曹雪芹的世界观和创作方法的一些理解》，俞平伯的《〈红楼梦〉的思想性与艺术性》，胡念贻的《评近年来关于〈红楼梦〉研究中的错误观点》，俞平伯的《坚决与反动的胡适思想划清界限》，李希凡、蓝翎的《如何理解贾宝玉的典型意义》，《文艺学习》编者的《关于“宝玉中举”的问题》，王昆仑的《为争自由而死的鸳鸯、司棋、尤三姐》，萧兵的《维护封建统治势力的反面人物——贾政》，袁世硕的《怎样对待〈红楼梦〉》，李希凡、蓝翎的《关于〈红楼梦〉的思想倾向问题》。

可以说，当年关于《红楼梦》的重要文章，他基本上都找来读了，初步了解了各人的论点，并大体记住了吴组缃、冯至、钟敬文、王昆仑、范宁、聂绀弩、启功、杨晦、浦江清、何其芳、王起、詹安泰、董每戡等学界人士。

在阅读《红楼梦》原著同时，欧阳健参看相关的红学论文，对于提高鉴别能力大有帮助。日记云：

看完了第二十五回《红楼梦》。由于看了几篇文章，使我稍稍注意一下人物的性格，分清他们的立场。果然，薛宝钗与林黛玉、贾宝玉的性格是完全不一样的，但是要更好地理解这部伟大作品还必须学习。一定要仔细地阅读有关文章，连俞平伯的文章在内，这样才能辨明是非，提高认识。（1957 年 12 月 31 日）

一时仍回宿舍，坐在床上看《红楼梦》，看完了第四十回。曹雪芹善于刻画人物的性格，这是我深深感到的，那种说古典作品无性格的调子显然是荒谬的。曹雪芹对人物的态度也是很分明的，从各方面看来，他是厌恶薛宝钗的。宝钗的虚伪、封建利禄思想都暴露无遗。王熙凤的毒辣、刻薄也生动地描述出来。看到她设计嘲笑刘姥姥，心里很气愤。作者又处处刻画出林黛玉与贾宝玉可贵的性格。《红楼梦》的确是一部伟大的作品，它竟使我爱不释手。我第一次这样出自内心地、兴趣始终不见衰退地看中国古典作品。（1958 年 1 月 2 日）

看完了五十六回。抽空看了俞平伯的文章《我们怎样读〈红楼梦〉?》，由于自己理论水平的浅陋，未能深透地看出俞平伯的严重错误，仅只感到俞平伯要读者“反照风月宝鉴”，这未免不使人不诧异，俞平伯的这种荒唐的结论是无根据的。（1958年1月7日）

“旧红学”和“新红学”这两个概念，已经开始在他的脑子中确立；而对红学的最重大问题——高鹗续后四十回，虽然接受了某种先入之见，但也有自己独立的思考：

看《红楼梦》。看完了曹雪芹所写的八十回。晴雯的性格给我印象很深，这种向封建势力公然对抗的性格是多么可爱，晴雯的死是封建制度所造成的！宝玉与晴雯的友谊是纯洁而真挚的。

又看了高鹗写的第八十一、八十二两回，发展得很自如，并没有感到是出自两人的手笔，也许以后会感到吧？（1958年1月11日）

看《红楼梦》。看到九十一回。高鹗续得很好。（1958年1月12日）

中午在工作室看书。看了以下几篇文章：蓝翎的《红楼梦的诗词与人物性格》，殷孟伦的《略谈红楼梦作者曹雪芹对语言艺术的认识》，谷峪的《谈谈贾宝玉》，刘大杰的《贾宝玉和林黛玉的艺术形象》，李希凡、蓝翎的《红楼梦中两个对立的典型——林黛玉和薛宝钗》。这几篇文章对我更好地了解《红楼梦》有很大帮助，尤其是末一篇，对我的帮助特别大，使我大体上理解了林黛玉与薛宝钗的对立及表现，从而较清楚地理解了林黛玉性格的意义。（1958年1月13日）

看完第九十四回《红楼梦》。隐约感到高鹗在语言的运用上不及曹雪芹精炼、生动与感人。（1958年1月13日）

看完第一百回《红楼梦》。林黛玉死了，向封建制度喊出了她最后一声抗议。高鹗写的这几回：《蛇影杯弓颦儿绝粒》、《泄机关颦儿迷本性》、《林黛玉焚稿断痴情》、《苦绛珠魂归离恨天》，特别感动人。（1958年1月14日）

看《红楼梦》。看完百十回。贾府已近没落，在这点上高鹗刻画得很成功，如抄家，连贾母为宝钗所举行的宴会也透露出暮气沉沉的景象来。但是关于宝玉与宝钗的关系的处理，却使我不顺眼，心中疑惑地想：曹雪芹一定不会这样写的；但又说不出所以然来。再，鬼鬼怪怪，令人怀疑。（1958年1月15日）

看《红楼梦》。看完了这部伟大作品。心中有很多感想，但因看了有关的许多文章，反倒很难讲出。关于宝玉中举，我似乎感到也是合乎情理的，这表明了宝玉性格及环境的复杂性。倒是贾家的重兴，歪曲了原著的精神。（1958年1月16日）

由于怀着“一定要仔细地阅读有关文章，连俞平伯的文章在内，这样才能辨明是非，提高认识”的意念，对于俞平伯的认识是不断加深的：

看了唐弢的文章《什么叫作“旧红学”和“新红学”》。这篇文章给我的帮助很大。联想《红楼梦》的最初四十回，认识到俞平伯的作者对钗黛没有褒贬，“钗黛合一”的论调是完全没有根据的、荒谬的。我只看到曹雪芹对林黛玉的颂扬与对薛宝钗

的厌恶，宝钗对金钏儿之死的态度，就是一个很好的明证。（1958 年 1 月 4 日）

坐在被里，又看了俞平伯的《红楼梦简论》。作者的论断连我也感到好笑：找几句人物口中的《西厢记》语句，就被认为接受了《西厢记》的传统云云。俞平伯的话很令人发笑，如："这两条评得不错，他说'知乎？'好比问着咱们，'知道么？'"什么"真事隐去"、"反照风月鉴"便是红楼梦的"独创性"，格外令人诧异。俞平伯的头脑何在？总之这篇文章充塞着不知所云的怪论怪调。此外俞平伯认为本书的不幸之一是"续书的庸妄"，这是不公允的。（1958 年 1 月 14 日）

他还注意到鉴别存在分歧的观点：

看了彭燕郊的《伟大古典现实主义杰作红楼梦》、王昆仑的《关于曹雪芹的创作思想》、杨荫安的《关于曹雪芹的世界观和创作方法的一些理解》。王、杨对《红楼梦》前面几回的看法有分歧，我认为前几回是多余的，除了影射结局外，对作品有损害。（1958 年 1 月 17 日）

1959 年 8 月 3 日，十八岁的欧阳健写了《"泄机关颦儿迷本性"——向高鹗学习写作的本领》的读书笔记：

高鹗的《红楼梦》写得确实不坏。今天终于拿到一本《红楼梦》，翻到第九十六回"泄机关颦儿迷本性"，心中着实佩服高鹗的艺术手法。

九十六回的前半回是"瞒消息凤姐设奇谋"。这个阴险的诡计,黛玉还不知道。“一日,黛玉早饭后,带着紫鹃到贾母这边来,一则请安,二则也为自己散散闷”。因忘了手绢,叫紫鹃回去取来。这样矛盾就开始了。

紫鹃走后(作者把紫鹃先支开,是十分巧妙的),黛玉忽然听到一个人在哭,她便疑惑地走过去。原来是一个浓眉大眼的丫头在那里哭。“黛玉未见他时,还只疑府里这些大丫头有什么说不出的心事,所以来这里发泄发泄;及至见了这个丫头,却又好笑,因想到:‘这种蠢货,有什么情种!自然是那屋里做粗活的丫头,受了大女孩子的气了。’”

这一段想法很符合林黛玉的身份和性格。由于阶级出身的限制,即使像黛玉这样的人物也具有这种偏见,认为劳动人民不可能有什么高尚的感情。这里这样写,表现了林黛玉孤高的性格。她连那些闺房千金都瞧不上,哪会把这个浓眉大眼的丫头挂在心上?

黛玉问道:“你好好的为什么哭?”那丫头说因为她说错了一句话,叫珍珠打了。黛玉问她叫什么名字,她回答说叫傻大姐儿。黛玉笑了一笑,这正符合她刚才的心情。便随口问她说错了什么话儿, 那丫头道:“就是为我们宝二爷娶宝姑娘的事情。”

一个晴天霹雳。高鹗写道:“黛玉听了这句话,如同一个疾雷,心头乱跳,略定了定神,便叫这丫头:‘你跟了我这里来。’那丫头跟着黛玉到那犄角儿上葬桃花的去处。”黛玉的心理写得多么细致。这个消息固然对她打击很大,但她仍然没忘记避开一点,找了一个背静的地方,以免给旁人议论。同时,她也不想叫傻大姐知道她的心情。

傻大姐毕竟是傻大姐,她把王熙凤的阴谋全部说出来了,还对黛玉笑了一笑,才说道:“赶着办了,还要给林姑娘说婆婆家呢。”傻大姐呀傻大姐,她完全不理解黛玉的心情,这种举止只有傻大姐一个人干得出来。黛玉已经听呆了,这丫头只管说一些傻话,如“又是宝姑娘,又是宝二奶奶,这可怎么叫呢”等等,这正好触着林黛玉的隐疾。作者选择了这样一个傻大姐来作为向黛玉报凶信的人,是十分适当的。一,因为她傻,才会把情况如实托出。她还是善良无邪的;而其他不傻的人,决不会把这个消息告诉黛玉,这正证明在那个社会中,人们的关系是冷若冰霜的。二,把傻大姐来与林黛玉一同描写,正好衬托出黛玉的心情。傻大姐不明实情,说出一些傻话,更刺痛了黛玉,使这个打击更猛烈一些。傻大姐无形中做了一个凶手,虽然她根本上是没有罪的。

“那黛玉此时心里,竟是油儿、酱儿、糖儿、醋儿倒在一处的一般,——甜、苦、酸、咸,竟说不上什么味儿来了。”但她仍然不忘在丫头面前保持自己的尊严,“停了一会儿,颤巍巍地说道:‘你别混说了。你再混说,叫人听见,又要打你了。你去罢。’”

这个打击对黛玉之深是可想而知的。作者是这样描写的:“说着,自己转身要回潇湘馆去。那身子竟有千百斤重的,两只脚却像踩着棉花一般,早已软了。只得一步一步慢慢的走将来。走了半天,还没到沁芳桥畔。原来脚下软了,走的慢,且又迷迷痴痴,信着脚儿从那边绕过来,更添了两箭地的路。这时刚到沁芳桥畔,却又不知不觉的顺着堤往回里走起来。”这样写是十分生动的,而且把这个事件的发生安排在沁芳桥畔——当日同宝玉葬花之处(“他年葬侬知是谁?”——叫人想起)更有典型意义。

下面作者又以紫鹃的角度来写林黛玉:“只见黛玉颜色雪白,身子恍恍荡荡的,眼睛也直直的,在那里东转西转。”这段描写很恰当，一来介绍了林黛玉的表情，二来又结合了紫鹃的反应，比较上面孤立的描写好多了。紫鹃轻轻地问她要往那里去，黛玉也只模糊地听见，随口应道："我问问宝玉去。"黛玉受到了这个刺激，又一个人痴迷地想了好久，冒出这样一句压抑在心中的话，是符合她心理变化的逻辑的。

"黛玉走到贾母门口，心里似觉明晰，……她对紫鹃笑着说：'我打量你来瞧宝二爷来了呢，不然，怎么往这里走呢？'紫鹃不敢违拗，只得搀他进去。"

黛玉的表现与方才不同了："那黛玉却又奇怪，这时不似先前那样软了，也不用紫鹃打帘子，自己掀起帘子进来"。袭人出来，黛玉便问："宝二爷在家么？"袭人看到紫鹃在黛玉身后努嘴儿，摇摇手，便不敢言语。"黛玉却也不理会，自己走进房来。看见宝玉在那里坐着，也不起来让坐，只瞅着嘻嘻的傻笑。黛玉自己坐下，却也瞅着宝玉笑。两个人也不问好，也不说话，也无推让，只管对着脸傻笑起来。"

这段描写多好。黛玉得到这个消息，知道自己与宝玉的婚姻最后被埋葬了。她知道自己在这个大家中已没有存身之地了。如今面对自己的爱人，一时百感交集，只好傻笑。而宝玉呢，却陶醉在自己的幸福中，他还不知道封建卫道士已给他们安下了陷阱。这是一幕悲剧的前奏。黛玉忽然问："宝玉，你为什么病了？"这是她最后一句关心爱人的话，内中包含着多少辛酸！而宝玉却率直地表示："我为林姑娘病了。"袭人吓得面目改色，连忙用言语岔开，便叫紫鹃搀黛玉回去，因为"姑娘才好了"，还嘱咐说："别混说话。"这又勾勒出袭人这副奴才的面孔。"黛玉也就站起来，瞅着宝玉只管笑，只管点头儿"。紫鹃催她回去歇歇，黛玉道："可不是，我这就是回去的时候儿了。"说着，便回身笑着出来了。仍旧不用丫头们搀扶，自己却走得比往常飞快。这笑是惨痛的笑。她的快步疾走,只有人的感情到了极端悲痛的顶点,才会这样。黛玉出了贾母院门,只管一直走去,紫鹃说她走错了,她仍是笑着,随了往潇湘馆来。离门口不远,紫鹃"可到了家了"这句话没说完,黛玉身子往前一栽,"哇"的一声,一口血直吐出来。

这一段把黛玉的心理刻画得细致入微,值得好好学习。作者的笔法是由静到乱,悲剧气氛不是一下就揭示出来的。这样,这个悲剧对读者就震撼得更厉害。有的作品如《苦菜花》老是死人,作者叫人死得太多,太容易了,令人漠然视之,此乃一病也。

工作几经变动,繁忙的教学工作,让欧阳健与《红楼梦》逐渐疏远。1963年他调到袁集中学,看了周立波的《读"红"琐记》,及李希凡、蒋和森论《红楼梦》文,感觉现在对《红楼梦》的分析,已进一步深化了。有一次上街碰到一个姓袁的木匠,这木匠有一部石印的《金玉缘》,这是欧阳健第一次见到非铅印的评注本,虽是残本,还是掏钱买了下来。之后他又看了《红楼梦》越剧电影,日记评论道:

越剧的《红楼梦》,贾宝玉、林黛玉经不经得起检验呢?开始我心中是有怀疑的,一开映,就感到不同凡响。我的结论是:改编是成功的,把握住了宝、黛的主要线索,不使枝蔓。林黛玉形象的塑造最为成功。她与宝玉爱情的基础,叛逆的性格,都表现得十分出色;"焚稿"一场,尤为激动人心。徐玉兰的宝玉,唱做俱好,惟扮相欠清秀。导演、摄影、美工、唱腔设计,都浑然一体,酣畅淋漓。一些文章担心它会使人"中毒",未免危言耸听。

欧阳健的理想是当作家,从1957年6月1日起写日记,直到1966

年6月17日被抄没。1968年8月13日他以“反动日记”入狱,关了四年。1997年2月22日淮阴地区行政公署发布《关于为欧阳健同志平反的通知》。曾经淮阴地县两级公检法军管会严格审查,被统一编上序号、打上页码,且有各色人等审看时画出的各色杠线和标记的十几本日记,便成了他人生中的重要历史资料。翻阅这些日记,不由得感慨任何学习着的人,总是把最先碰到的当作真理来接受。在欧阳健红学的入门处,他也是相信曹雪芹写了八十回、高鹗续了四十回的;然而他从来没有盲目信从,而是进行着有保留的独立思考,认真地阅读《红楼梦》文本与相关论文,不想这些在三十多年后都起了作用。

如今欧阳健既陷红潭,却也是接续前缘,人生中的一些事情是避不开的,顺其自然吧。1992年12月5日欧阳健赴大连出席《古代小说评介丛书》编委会。途经天津,雷勇为他订好船票,又接至南开大学住下。午饭时鲁德才说有几个研究生想来请教,欧阳健不以为意,就答应了。三点,他被引至一间教室,见里面坐满了人,方知要他作脂本脂批的学术报告,事先还贴出了海报,不觉有些慌乱。讲座由陈洪主持,鲁德才讲话,先将他揄扬了一通。南开同仁对红学论争的声援,让欧阳健铭感五内,尽管毫无准备,还是放胆讲了两个小时。事后雷勇说,南开大学常搞讲座,上次请了位中将讲《孙子兵法》,来的人很多,最后几乎走光了。那天气氛不错,中途无一退场;要不是周末,来的人会更多。

到大连之后,欧阳健又与林辰、朱眉叔、苗壮、段启明、张俊畅论红学,均获共鸣。看来,否定脂批、张扬程本,已成燎原之势,一二权威想要压制,已不可能了。

第三章　大讨论与全面批驳

一

1993 年 2 月，领导决定由欧阳健掌管《明清小说研究》的全盘工作。他先后拜访刘冬、姚北桦、曹明、周正良、钟来因、汤淑敏、李灵年等，征求改变刊物面貌的意见，决定设立“学术前沿”专栏。《明清小说研究》1993 年第 1 期卷首，添加了新撰的《编者寄语》：

> 为了活跃学术气氛，推进明清小说研究事业的深入，本刊拟设立“学术前沿”专栏，就研究中的热点及带根本性、全局性的论题展开自由讨论。
>
> 在过去的一年中，红学研究界的状况尤其令人注目，曹雪芹墓石真伪之争，“太极红楼梦”是非之争，脂本脂批伪托之争，关系到七十年“新红学”的评价、红学研究的方向前途以及以哪一种本子为《红楼梦》真本，作为阅读和研究对象和基础的问题，因此是一场不容回避的原则争论。本刊本着“文不论家门”的传统，“学术前沿”专栏近期准备组织“《红楼梦》大讨论”，以后再陆续开展其他问题的讨论，为各家各派阐述自己的观点或相互问难提供园地，尤其欢迎观点鲜明，有的放矢，

而又以理服人，与人为善的短小精悍的文稿。本刊除对来稿中可能出现的意气之辞予以删除外，不作根本性的改动。

1986年欧阳健参与创办《明清小说研究》，刘冬就提出了办刊宗旨："兼容各种观点，贯彻双百方针。篇不计长短，文不论家门。考证务以翔实见长，论述当以深颖取胜。论难不避，言当有据；评说当新，力戒浮华。"如今欧阳健重回编辑部，当恢复这一优良传统。1993年2月23日他在给魏子云的信中说："接手《明清小说研究》编辑事，颇思有所振作，我之所以选择'《红楼梦》大讨论'为增进活力的首次行动，目的就是为了探求真理与实现公平。有些人在旧的思维模式中习惯了，一旦碰上新说，还未来得及细细掂量，就断言'连ABC都不懂'。不彻底地摆出来，是非曲直是难弄清的。还有人凭借手中掌握的刊物，专搞一言堂，有人说这不是红学，而是'红霸学'。我们就该让不同的观点都有发表机会，实行真正的自由讨论。"信中还说：

我准备以自己的行动，树立一个欢迎不同意见的榜样。现已印好稿约，分寄七十位大陆的"红学家"，包括冯其庸、周汝昌等泰斗，看看他们有没有勇气来短兵相接。服膺真理，修正错误，每个人都应如此。兹寄上稿约一份，欢迎先生也来投枪一试。翁同文先生如有兴趣，也极欢迎赐稿。

2月20日陆续寄发《稿约》的学者名单是：

北京：冯其庸、周汝昌、邓庆佑、杜景华、胡文彬、林冠夫、吕启祥、刘世德、邓绍基、石昌渝、胡小伟、侯忠义、张俊、段启明

天津：王昌定、陈洪、鲁德才、张守谦

上海：孙逊、应必诚、李时人、张兵、魏同贤、章培恒、郭豫适、陈大康、陈诏、黄霖

辽宁：朱眉叔、林辰、黄岩柏、李忠昌

云南：杨光汉、吴国柱、郭兴良

贵州：曲沐、梅玫、金钟泠

黑龙江：张锦池、关四平

湖北：张国光、王陆才、李悔吾

河南：赵国栋

湖南：刘上生

陕西：任俊潮

四川：胡邦炜

福建：齐裕焜

广东：刘烈茂

山东：袁世硕、马瑞方、王连仲、杜贵晨

台湾：魏子云、刘广定、陈益源、王三庆

江苏：姚北桦、曹明、陈辽、陈美林、吴新雷、王永健、何永康、李灵年、钟来因、王星琦、张中

这份名单，将应该邀请的人都邀请了。倡议首先得到姚北桦、曹明的支持。1992 年 10 月 27 日，江苏省红学会在乌龙潭举行茶会，欢迎贵州红学家梅玫、曲沐，由姚北桦主持，曹明、何永康、郑云波、俞润生、严中等人参加，欧阳健也应邀出席。其时媒体秉承冯其庸意旨，说扬州红学会“一致认定”曹霑墓石是可靠的。姚北桦说，会是在江苏开的，省红学会不能没有态度，他便在《扬子晚报》发表署名文章《不能认定》。他多次请曹明转告欧阳健，千万不要被人吓倒。

外地学者第一个响应的是吴国柱，2 月 27 日来信说：“兄告将开展‘红楼大讨论’，这实在太好了，在下不仅十分高兴，而且当尽力支持。

目前红学界万马齐暗的状况，是到非冲破不可的时候了。”

吴国柱1959年毕业于云南大学中文系，1986年以来，发表《鲁迅论〈红楼梦〉后四十回》、《从整体上对〈红楼梦〉进行系统考察》、《红学研究的突破与思维方式的变革》等。1983年第一次给曲沐写信，吴将《把握〈红楼梦〉的系统整体属性》寄上请教，据曲沐意见修改后，刊于《贵州大学学报》1993年第1期。曲沐1992年9月23日致书欧阳健，称赞他“颇有才气，文章写得很有生气”；又建议吴国柱与欧阳健通信，“他人很好，十分厚道，十分重视友谊”。因了思想、主张、修养的相契，三人开始频繁通信。吴国柱写了《〈红楼梦〉：重新向艺术的整体性复归——兼论脂批与“旧时真本”的关系》，曲沐认为是篇好文章，在贵州的刊物发表不是不可以，但最好能给找个影响大一点的刊物发表，建议寄欧阳健一阅。欧阳健见文十分赞赏，想起安平秋曾当面为《古籍与文化研究》约稿，遂寄侯忠义代转。侯忠义1993年初回信，说古委会已同意收入此文，还有欧阳健的《从狄葆贤的眉批看有正本与程甲本的先后优劣》，6月由中华书局出版。

曲沐则于3月4日回信说：“开展大讨论，实是具有远见卓识之举，具有包容一切之胸怀。”同日王永健也来了信，中说：“贵刊决定开展《红楼梦》大讨论，窃意极有必要，亦很及时。‘红学’要发展（健康地发展）决不能任凭少数‘红学家’（有的未必能称家）说了算，应该平等地开展学术争鸣。只有较多的‘红学’爱好者和研究者通过争鸣，方能对一些‘红学’的是非、真伪之争，得出科学（或接近科学）的结论。”

吴国柱于3月11日写成《红学必须转变观念》，提出红学必须冲破新红学落后的传统观念和主观偏见的束缚，牢固树立全璧本是一个不可分割的有机艺术整体的崭新观念。欧阳健本拟以之为“大讨论”的首篇，后送呈刘冬过目，以为开场锣鼓不宜以抽象议论打头，且“系统性”是有待证明的论题，该文带有某种先验的味道，不应作为讨论的前提，建议暂时放一放。欧阳健颇以为然，遂将此意转告吴国柱，旋得其4

月 1 日回信:“兄之所言极是。我亦自知很空,当时也曾反复考虑,总没有找到一个恰当的切入点,以致勉强成文,才弄成那个样子。原本不打算寄出的,后一想,既已草成,亦不妨一过目,这才寄来。从寄出之日起,我已在考虑换个角度重新写了,并开始收集有关资料,但什么时候能成,殊难料定。所以请兄不必过多考虑,扔掉即可。”

此时欧阳恰好收到朱眉叔 3 月 18 日寄来的《真假〈红楼梦〉大论战势必展开》,信中说:

> 此稿曾寄给学刊杜景华,果如曲沐兄所料,结果石沉大海。学刊、红研所很多人都和我是老相识,老杜更是如此,竟然不退稿,也不说明理由,我非常生气。后来仔细揣摩,实因此稿抨击了中国红学会、学刊,贬低了老冯主持的新版《红楼梦》,刺激了权威,特别是周汝昌,使他们这些迷信脂批、坚信续书者极感不快……总之触忌太多,老杜又是一个唯老冯之命是从的老实人,所以只有相应不理。这一切是完全可以理解的。
>
> 82 年在上海开红学会,我建议李希凡开展续书问题讨论,他就未予重视。在这帮所谓专家胸中成见很深。我是决心一搏,所以又抄了一份寄上。我从来不愿得罪学术界朋友,这次将不避风险,大干一番,遭围攻也在所不惜,不知吾兄愿与“共患难”否?

欧阳健大喜,决定以此文为大讨论之发端。不久,王永健寄来《乾隆、和珅指使高鹗炮制大毒草之论可以休矣》,旗帜鲜明,论点突出,唯用语稍感尖锐,欧阳健建议作些修改。王永健回信说:“拙作就按兄的意见修改好了,我们总得以理服人,较尖锐用语删去,良是。草写此文时,由于感情起作用,难以避免。”欧阳健遂略作芟削,用作“大讨论”的第二篇。再加上黄岩柏的《“高鹗冤案”垂九十年,应不过百》、魏子云的

《治学考证根脚起——从〈春柳堂诗稿〉的曹雪芹说起》，正方论文应该比较充分了。

欧阳健正为缺少反方文章踌躇，4月6日，何永康送来徐乃为《"脂批伪托说"不能成立——与欧阳健先生商榷》一文，一字不动照发。陈洪寄来孙勇进《"红学"一夕谈——南开大学中文系研究生座谈纪要》，是南开研究生听了欧阳健讲座后的感想，此文思维活跃，以为殿后篇。

4月18日，欧阳健去北大勺园参加"中国小说史丛书"编辑工作会议，林辰已先到。他告诉欧阳健："《红楼梦》的官司，台湾持否定'翻案'的态度，对新说不支持，称之为'ABC也不懂'。这是陈庆浩赴台活动的结果。"话锋一转，又说："《红楼梦》讨论，一定要发表不同意见文章，这是学术研究的生命力所在。应该有大家风度，既以大家自居，就要有一个胸襟；要掌握文坛，必须有这个气魄；有编辑权威，但没有绝对权威。或虽不能至，心向往之。敢于发表奇谈怪论的东西，老生常谈有什么意思？最大的问题要克服个人偏好，鸟瞰学术界，堂堂正正。若形成一个派系，只会越办越死。不敢发新人的文章，怎么编出特色来？《红楼梦》讨论作为刊物的突出特色，我赞成；一个仗接着一个仗打，研究什么问题，必须找这个刊物。如此坚持一两年，学术自由之风气更容易奏效。我主张开栏目，不要论文集式的；人物论没有新意，能砍就砍；有目的地推动那个学科发展，培养人。'我是《明清小说研究》培养出来的！'这就是成绩。年轻人就成长了，也是大鼓励，于是很多人就围到这里来了。为作者服务，作者就倾心了。编辑的主动性，在于总揽全局，主动约稿，每期要有几篇为目的服务的约稿，按编者意图写的，起了指导作用、领导作用。组稿就是指导性，不能全是自由来稿。逐渐减少可有可无的稿件。坚持下去，就是胜利，不承认也不行。和你较劲，就证明你是有力的一派。"此番话让欧阳健受用不尽。

6月1日，《明清小说研究》1993年第2期出版，首列"学术前沿·《红楼梦》大讨论"，开场锣鼓终于敲响。《编者寄语》说：

> 争鸣，是推动学术研究深入发展的动力。对于学术上的不同观点采取回避甚至压制的态度，以维持某种表面上的“相安无事”，决非明智之举。“学术前沿”专栏的设立，目的就是为各家各派就当前明清小说研究中的热点及带根本性、全局性的论题相互问难提供一块短兵相接的阵地。当然，这种学术上的“短兵相接”，需要的不是逞勇斗狠，而是平和的态度和真诚的心。本期关于《红楼梦》版本的一组来稿，观点是鲜明的，说理也是清楚的。可以相信，在寻求公正与真理的大前提下，这场讨论一定会健康顺利地开展下去。

该期还开辟了“第六届全国《水浒》学术讨论会论文选辑”、“发现篇”、“稀见小说选载”、“古代小说与社会生活”、“影视圈”、“百家言”、“补白”栏目，好些文章是主动约稿，是按编者意图写的。办成真正杂志的尝试，取得初步成效。

对《红楼梦》大讨论，周汝昌是关注的。严中 4 月 8 日来信说：“周汝昌先生两次来信，都谈及《明清小说研究》向其约稿，他要我了解一下刊物的‘背景’。我曾去信告诉他，可能是您接手主编该刊物。我还告诉他，欧阳先生尽管是否定脂本先于程本的，并且对‘太极红楼梦’也是有微词的，但欧阳先生为人是很正派的，对人也是很热忱的，是‘信得过的’。但不知我从姚老北桦先生得知您荣任《明清小说研究》主编一事确否；如确，我拟再去信周先生，将这一背景告诉他，请他放心撰稿。”欧阳健遂要严中转请周汝昌撰写与自己商榷的文章，如来，可优先发表。

刘广定 5 月 17 日从台湾来信，说：“‘真理越辩越明’，如能不预设结论，不囿于成见，虚心探讨原典，必能获得正确答案。弟近年多接触大陆红学论著，约两年前已觉甚多问题值得再探讨。今得知先生已着先鞭，虽有不敢苟同处，但恰是一个重要的开始。又知先生将以一期《明清小说研究》为讨论《红楼梦》之专号，乃不揣简陋，提出‘细读原典，再研红学’之浅见，向海内外红学专家、先进请教。”可见“台湾对新说不支持”之说，并不确切。

只有侯忠义持警醒态度，3 月 3 日给欧阳健回信说：“仁兄接手刊物，一喜一忧。手中有权固好，‘忙’和‘得罪人’又是弊端。目前刚接手，不宜掀起‘红学’讨论，实现‘公平’与‘真理’谈何容易？先要站稳脚跟，布置妥当，预测结果，以及准备了如何收场之后，才可开张，万勿匆忙从事也。”欧阳健对侯忠义的意见，向来是尊重的。他掂出了这一忠告的分量，深知自己最大的毛病，是只看顺利的一面，不会瞻前顾后，事先虑及可能遇到的困难，甚至可能会有的失败。在《红楼梦》问题上，少数权威如荀子所言，“倚其所私，以观异术，唯恐闻其美也”，竭力排斥异说，适足以走向反面。红学界多数是服膺真理的，对此应该有信心。作为《明清小说研究》的创始人之一，如今总得有所作为。只要执行双百方针，不搞一言堂，决不羼入丝毫意气，谅不致酿成不可收拾的局面。连 71 岁的辽宁红学会理事长朱眉叔都说真假《红楼》大战势在必行，对欧阳健来说更是箭在弦上，不得不发了。

过了不久，侯忠义回信说：“改革、整顿《研究》颇有成效，令人称快。”欧阳健就完全放心了。

二

完成《明清小说研究》第 2 期的二校三校后，欧阳健便开始编第 3 期。本期设立了更多的栏目：“总论”栏发表了陈美林、李忠明的《中国古代小说的教化意识》，裘沙的《亡国之鉴——试论〈金瓶梅〉的思想及其插图的艺术》；“作家探考”栏发表了吴圣昔的《邓志谟经历、家境、卒年探考》，徐凌云的《〈欢喜冤家〉的作者》，何长江的《〈燕居笔记〉编者余公仁小考》，闫小波的《刘鹗与维新运动史料遗补》；“古代小说与社会生活”栏发表了伊永文的《明清笔记小说“像生”摭拾》，张训的《〈西游记〉和海州方言》；“比较研究”栏发表了罗维明的《林冲和哈姆雷特形象异同论》，王晓平的《仿构与翻新——江户时代翻案的话本小说十三篇》，奚永吉的《小说译著应跻诸文学之林——〈水浒传〉译本考见》；“书评”栏发表了丘振声的《辨伪匡误，功在千秋——读沈伯俊〈三国演义校理本〉》，刘冬的《评罗尔纲著〈水浒传原本和著者研究〉》；“访谈录”栏发表了梦花的《梁凤仪谈晚清小说》；“百家言”栏发表了郭浩帆的《武松杀奸非关爱——兼与王国雄同志商榷》；“发现篇”栏发表了刘辉、薛亮的《明清稀见小说经眼录》（之二）附《法僧投胎》，李梦生的《〈中国通俗小说总目提要〉补遗·〈婆罗岸全传〉》。还发表了于曼玲《中国古典戏曲小说研究索引》的介绍及明清小说研究索引（1993 年 1—3 月），又有杨文闽的《1991 年明清小说新书目》。这些，都是悉心组织而来的。香港作家梁凤仪，著有多种“财经小说”，引起广泛关注。欧阳健注意到她的博士论文，提到晚清小说两百多种，便多次请汤淑敏与之联系，最终她热情接受了采访，方有了这篇《梁凤仪谈晚清小说》。

重点仍是“学术前沿·《红楼梦》大讨论”。打头的是刘广定的《细读原典，再研红学》，文章提出：“多种‘红学资料’之中还存在着不少疑问；昔哲时贤的论点，未必都是可信。”认为“寻求答案的方法，或许应是仔细研读‘原典’，据理求证。……柳存仁先生的观点：‘我们的推理，必须力求其观察仔细，处处跟着证据走，而不为个人的成见所蔽，并且要常常从和自己的假设相反的那一方面着想，不要一厢情愿地只是尽量为自己所希冀的方面辩护。’浅见以为极其正确，足可为研究方法之指导。”——这正是欧阳健想提倡的。

第二篇是贾穗的《〈春柳堂诗稿曹雪芹史料辨疑〉证误——与欧阳健先生商榷》。欧阳健在贵州红学会发言后，贾穗当晚来访，对脂本提了不少问题，欧阳健逐一作了回答，感知贾对《红楼梦》版本的掌握确在一般人之上。会后，欧阳健与陈年希、贾穗共乘车离贵阳，在列车上细论《红楼梦》版本，得知贾是苏州手表厂工人，欧阳对他更觉钦佩。其后频频通信，贾穗将评俞平伯文寄欧阳健，欧阳健回寄《春柳堂诗稿》质疑文，相互切磋。2月26日，贾穗来南京参加钟表工作会议，当晚来欧阳健家，谈至九点半。他指名商榷的文章，欧阳健为责编全文刊发。贾穗来信说："先生主编《明清小说研究》后，能发表言辞时有激烈尖锐的拙稿，在道义上是先生向红学界表明了一种磊落的态度。"孙玉明7月14日来信说："先生身为主编，让持异见者朝自己'开炮'，此等坦荡胸怀，实令人仰慕不已。"胡文彬11月12日来信说："接到苏州贾穗寄来的《明清小说研究》，看到几篇商榷文章，我以为兄能有如此胸襟展开讨论，令人十分钦佩。我希望这个讨论能继续下去，以推动红学研究的健康发展。"

第三篇是吴国柱的《论〈红楼梦〉程高全璧本的历史地位》，是他将前文（4月29日文）换个角度，改写而成的，大有改观。

第四篇是斯奋的《评〈1992年的红学界〉》。《1992年的红学界》是《红楼梦学刊》1993年第2辑慎刚（杜景华）的述评，中说："欧阳健的这种看法不仅许多老一辈红学家不能赞同，一些年轻的研究者也不敢苟同。由于许多红学家认为欧阳健对《红楼梦》版本十分不熟悉，难以与他正面讨论，所以至今反驳文章不多。近来一些红学家已表示不能让这种观点再扩散下去，从许多文字记载材料看，刘铨福是个十分严肃的学问家，也不能容忍后人对他这样攻击；故而他们已开始撰文，准备对此说法进行全面批驳。"针对文中的霸气，欧阳健应以小文，"反应"一下。此文送刘冬、曹明征求意见，均表赞同；又给王学钧过目，他认为这该属于社评，不必出具真名，故署以"斯奋"的笔名。

欧阳健又写成1993年第3期的《编者寄语》，中说：

本刊发起的"《红楼梦》大讨论"，受到了广大读者的关注和好评。有些读者在来信中提出,希望将这场讨论坚持下去,引向深入,通过一个一个具体问题的探研,取得真正扎实的学术成果,而不要搞花架子,空对空。我们完全赞同这个意见。

红学是一门科学,来不得半点的虚伪和骄横。那种以为唯独自己真理在握,对不同意见动辄"全面批驳",不许"扩散"的做法,是不足取的。红学研究要深入,除了摒弃这种不恰当的态度,还要端正研究的方法,其中尤为重要的一点是不为前人的成说所拘缚,努力克服思维定式,详尽地占有资料,并从中引出事物自身固有的结论,真正做好"正本清源"的工作。本着这种精神,我们热情推荐台湾著名红学家刘广定先生的专稿《细读原典,再研红学》,并希望大家发表意见。如果我们在这个基本态度和方法问题上取得共识,下气力将有关红学的资料一一梳理鉴别,仔细研读,推理求证,那么,无论多大的分歧,终究会逐渐接近,甚至趋于一致的。

本刊同志对于《红楼梦》问题,自然有自己的学术观点,但是作为一个学术刊物,《明清小说研究》将始终如一、真挚坦诚地提倡和谐平等的讨论,兼容百家观点,不搞一言堂。我们追求的不仅是红学研究的突破,而且是健康良好的学术风气的养成。愿以此与兄弟刊物共勉。

《中原红学》第五期(1994年6月)头版头条以套红标题《金陵城掀起红学大讨论》报道说:"江苏社科院文学所主办的《明清小说研究》自1993年第2期起,连续刊载《红楼梦》大讨论文章,在海内红学界掀起波澜,受到各方面关注和好评。……这些文章的共同特点是真挚坦诚地讨论学术,观点虽然不同但态度是平等相待,真正体现'百家争鸣'的方针。"最后说:"我们相信,学术的问题只能用平等讨论的办法来解决,靠抡大棒使霸气、甚至以权术代学术,都无补于事。谁半斤八两,群众心中有数。……大棒、霸气、权术在真理面前只能发抖,因为只有没有'理'的人才靠权势、霸道、骄横来维持自己的'高大形象'。真正的平等学术讨论才是广大研究者所期望的健康的学风!"

三

《红楼梦学刊》继刊出慎刚《1992年的红学界》后,1994年第1辑又刊出《1994年刊物编辑思考》,主持人在回答记者"对欧阳健'脂本伪托说'文章的批驳"时,说了如下一段话:

> 自从欧阳健同志发表了《重评胡适的〈红楼梦〉版本考证——"新红学"七十年反思之一》及《〈红楼梦〉两大版本系统说辨疑——兼论脂砚斋出于刘铨福伪托》等文章后,就有专家们和本刊一些编委来函要求学刊作出反应。他们希望刊物发表一些批驳的文章,以澄清一些事实,恢复脂砚斋和刘铨福的名誉。当时,经本刊常委编委研究,多数主张暂且不做反应为好。他们认为从这些文章反映出来的情况看,该作者对脂砚斋评批及脂评本都缺乏研究,又如何与他进行辩论呢?

这段话传达了从全面噤声转为全面批驳的信号:开始是"认为欧阳健对《红楼梦》版本十分不熟悉,难以与他正面讨论";后来发觉不屑一顾的态度,未能使之自生自灭,反而有"扩散下去"的趋势,所以必须改变策略,转入全面批驳了。胡文彬描绘道:"从前年南京的欧阳健先生提出'甲戌本'是刘铨福伪造的'新论'以来,红学界公开的、私下的,都有点热血沸腾。想一想,自胡适发现此本至今半个世纪,多少文章、多少专著,都在欧阳健先生的挑战面前似乎要黯然失色了,那众多人的心血岂不付之东流,留下的只有一番痛苦的回忆!于是,我们看到刊物上是‘剑拔弩张’的批驳，据说还要继续讨伐下去，大有不批倒批臭终不收兵之势。”（《红楼放眼录》，华艺出版社 1995 年版第 391 页）1993 年 5 月 11 日欧阳健致魏子云信中亦提到：

> 四月廿六、五月三两封大札均已拜悉。书赠傅青主语，尤见爱我之深。我在开封《水浒》会上，曾讲到“战胜自我”的问题，大约也就是“能胜己乃能成物”的意思。不过，说说容易，真正付诸实践，谈何容易？再说胜己者，克服一己的短处也，并非连长处也要放弃。即以《红楼梦》之脂本、脂批而论，需要“胜己”的，并非我这“红学外之人”，而恰恰是号称“红学家”的大人名公。起先他们以为我不过是偶发怪论，可以听凭自生自灭；后来忍不住了，便有几位出来拨弄，然而，不论是应必诚、陈诏，还是复旦的谈君，简直不知轻重。今得确切消息，冯其庸、刘世德、林冠夫、蔡义江几位大帅已经各自撰成宏文，将于《红楼梦学刊》今年第三期全面还击了。我的愚见是否能够站住，就看他们的还击是否能击中要害了。对此，胡文彬说，我的观点暂时虽不能为所有的人所接受，但要把我驳倒的人，现在也还没有。我同样有这个自信。
>
> 《红楼梦》与《金瓶梅》不同，它不是草莱开辟，可以让人自由驰骋；它是广厦林立，要另起新楼，必须将旧屋一一拆除，清除废墟方成。这就必然要博旧屋主人之悻悻，起而排拒之。惟此之故，《红楼梦》之大讨论，势在必行。我们的刊物纵可不大张旗鼓，但人家已不让了。故学术之论争，胜己固为美德，胜人也属难免。只是注意态度之平和。

果然，《红楼梦学刊》第 3 辑组织了一批名家专稿，揭开了“进行全面批驳”的序幕。首发的五篇文章是：刘世德《张宜泉的时代与〈春柳堂诗稿〉的真实性、可靠性——评欧阳健同志的若干观点》，蔡义江《〈史记〉抄袭〈汉书〉之类的奇谈——评欧阳健脂本作伪说》（至第4辑续完），宋谋玚《脂砚斋能出于刘铨福的伪托吗？》，杨光汉《甲戌本·刘铨福·孙桐生——兼与欧阳健先生商榷》，唐顺贤《同君共斟酌——与欧阳健"新说"商讨》。杨光汉是贵阳会议参加者，态度尚称平等友善。刘世德写道："不久以前，欧阳健同志发表了一系列论文，在红学的一系列带有根本性质的问题上提出新的、与众不同的见解，受到了人们的注意。我很佩服他的勇于探索，勇于向传统的见解进行挑战的精神。我一再对朋友们说过，我认识欧阳健同志，我知道他是老老实实做学问的人，非哗众取宠之辈。"蔡义江说：

> 今年春节回宁波老家看望弟妹，有客来谈红学，告诉我现在有人研究出《红楼梦》中那些"脂评"都是假的，《脂砚斋重评石头记》是根据高鹗本子伪造的，问我有什么看法。我说："笑话！《红楼梦》研究中什么怪事没有？你千万不要相信它。"客说："许多刊物报纸都刊登了呢，还出版了一本什么书，要不要我去找来你看看，如果你觉得这说法有问题，何不就写篇文章反驳它？"我说："你不必找了，这种文章我不看，浪费时间，我也不想写文章反驳。"我不知客人是否以为我太自负，说实在的，凡有点新发现的红学考证文章，我都特别有兴趣，很想立即找来读，但对一些以红学为名的欺人之谈，确是不屑一顾。现在有人说，"脂本"是根据高鹗本改头换面的，这与说司马迁的《史记》是抄袭了班固的《汉书》有什么两样？倘若真把它当作一回事，写文章与之争论，岂不连自己也变得很可笑了吗？所以只当作新闻听听，根本没有理睬。

文章屡屡挖苦道："原来欧阳健读不懂《红楼梦》的字句，把一句并不难懂的话,读了破句,又解释错了。……我要像教学生那样逐字逐句地解说,确实感到丧气。”“欧阳健没有读过裕瑞的《枣窗闲笔》吧?或者即便读过,在创作‘作伪说’时也想不起来了吧? ……欧阳健现在发现自己的奇谈原来有这么大的漏洞,他准备作怎样的辩解呢? 我也能猜到几分:他大概会说,‘刘铨福化名脂砚斋’,就是受到那个胡编乱造的裕瑞的启示呀! ”

宋谋玚写道:“欧阳健同志我不相识, 只记得他是研究《水浒》的……他什么时候转而研究《红楼梦》,我也一无所知。但他说脂砚斋出于伪托,倒使我大吃一惊:难道胡适、俞平伯、吴世昌、周汝昌等人辛苦几十年,竟是落入了某一个学术骗子的迷魂阵,闹了一场天大的笑话吗? ”又说:“真正‘令人遗憾的’,我以为倒是欧阳健同志这种大言不惭、挖空心思捏造出来的违背人情真理,又缺乏起码的校勘学常识的论文,居然能在一家颇有名气的学报上发表! ”

学刊一出,孙玉明即寄来一本。欧阳健虽有心理准备,谁知“批驳”诸文徒有吓人之架势,而无服人之力量,张皇失态,尤出意表。曲沐来信说:“《学刊》第三期新载之连珠炮式的批驳文章,太苍白无力了,太空洞无物了,除却刘世德之文风可观之外,余者皆摆出大家的姿态,以教训小兄弟的口吻,甚至骂街,什么‘大言不惭’、‘大言欺人’,尤其蔡义江的文字冷嘲热讽,使人生厌。”吴国柱来信说:“初掠一过,觉得并未能触及多少实质问题,又没提出什么更新的硬证,仍只在旧说上兜圈子。比较突出的感受,似乎还是学术思想、学风文风上的问题更多。表面上虽摆出‘不容争辩’的架势,其实文章内容是极空虚的,至于冷嘲热讽还在其次。”

欧阳健认真梳理之后,发觉红学家最缺失的,还是起码的辨伪观念,宋谋玚之“天大的笑话”论,便是典型;其次才是高估自身、贬低对手的张狂。品味宋谋玚之“大言不惭”、“挖空心思捏造”、“违背人情真理”、“缺乏起码的校勘学常识”诸语,不由想起开封邂逅时他曾说“要是现在来写，可能就不是那个样子了”，可见已有自答之意。不可理解的是蔡义江，连文章还不曾“一顾”，就断言是“以红学为名的欺人之谈”；既说“写文章与之争论，岂不连自己也变得很可笑了吗”，结果还是写了文章。

有鉴于此，欧阳健决定撰写两篇答辩文章，一篇集中论红学辨伪观，一篇回敬心躁气浮而又自命不凡的蔡义江。前者题《红学辨伪论》，10 月 20 日动笔，12 月 1 日成稿，先后请刘冬、王学钧过目，刊于《明清小说研究》1994 年第 1 期；后者题《眼别真赝　心识古今——和蔡义江先生讨论〈红楼梦〉版本》，12 月 19 日动笔，26 日成稿，请姚北桦、曹明过目。后来欧阳健又按孙玉明的建议，给冯其庸、杜景华写了一信，中说：

> 《红楼梦学刊》今年第 3 辑集中刊发了五篇与我商榷的文章，这是一件好事，它标志着有关脂本脂批伪托之争，终于开展起来了。为了红学的深入发展，我以为，这场争论，应该由贵刊来主持为好，根据争论中涉及的问题，有计划有步骤地进行沉着细心的研讨，无疑会收到极好的效果。不知二位意下如何？
>
> 若上述意见为二位所采纳，我将认真写出答辩文章，交你们审订、发表。反之，若此期之举动，不过是贵刊的一种高屋建瓴的表态，一种以为已经战胜对手的宣言，那我也就不必再费什么心思了。因为我两年中曾给了贵刊三篇文章，一篇也没有中二位的青目，甚至连消息也没有。
>
> 顺便说一点：红学争论，希望维持一个好的学风，像蔡义江先生那样轻薄的文字，其实适足以自贬而已。记得冯其庸先生在庐山会议致辞中说过，要加强学会之间、学术刊物之间的大团结。学术探讨，必须排除意气门户，方有真正的团结。

杜景华复信说,那组文章"是应本刊一些编委的要求而发的,目的当然是为了澄清一些问题。您的答辩文章,写好后可以寄来,等编委看过后再做安排",于是欧阳即寄文于孙玉明。1994 年 1 月 21 收孙玉明复信,言冯其庸决定刊于《红楼梦学刊》1994 年第 3 辑。

针对蔡义江的自命不凡,《眼别真赝　心识古今》开篇以淡淡的语调说:"版本学属于实证研究的范畴,它的对象是可以观察到和触摸到的实在物体,只要本着有多少证据说多少话的态度,一般是不会出大问题的。"然后引入正题道:

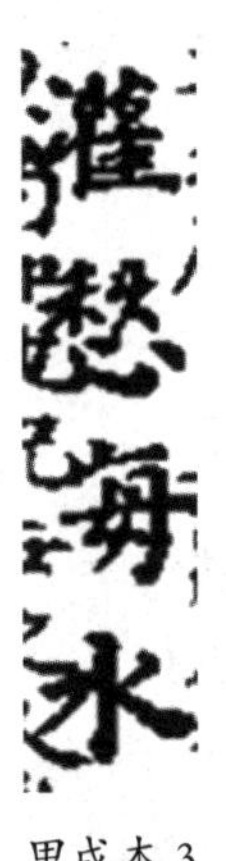

甲戌本 3

比如说,甲戌本将"灌愁水"抄成"灌愁每水"一事,蔡义江先生说:"我欣赏欧阳先生的诙谐幽默,但不能欣赏他所用的手法。甲戌本上明明是'灌愁海水',并无丝毫涂改添加的痕迹,怎么硬说它'误抄成"灌愁每水"',还说己、庚本'添上三点水,成了"海"字',这不又是凭空捏造吗?如果欧阳先生在哪里见到过这样的版本,请明示以广见识。"话既说到这个份上,看来不将"这样的版本"展示一下是不行了,那就不妨"展示"一下罢。

在一一缕述甲戌本在中国大陆先后影印出版三次细节后,文章正色道:

从蔡义江先生对于甲戌本的几种影印本的差异毫不留意来看,有关脂砚斋评《石头记》抄本的鉴定,他大概也不会特别上心的。但是,既然要谈"本子",就万万不可忘记:"眼别真赝,心识古今",正是版本学的灵魂,这是万万马虎草率不得的。

《红楼梦》流传至今，版本现象十分复杂，版本与版本之间，各种版本与历史背景、社会环境之间，版本与作者、与读者、与出版者之间，都有着千丝万缕的联系。这些联系，有的是显而易见的，有的则是无形的，需要下功夫去考索，甚至用灵机去捕捉的。作为一个慎重的学者，如果从根本上丢弃了“眼别真赝”的原则，盲目地、无条件地接受所谓“被红学界普遍接受的”定则，窃以为是不可取的。

在讨论是否要追究甲戌本的来历、甲戌本的异文、批语“文公忠之嬷”后，欧阳为之画了一幅肖像：“纵观蔡义江先生的宏文，一种以著名红学大家君临一切的姿态，一种对‘不顾常识’的‘谬说’义愤填膺而又鄙薄轻蔑的情绪，一种力求造成致对方于难堪境地的戏剧性效果的意图，贯穿始终。只是在命笔为文之际，蔡义江先生的意识深处，似乎丝毫没有如下的观念：在科学研究中，‘常识’有时极可能是靠不住的东西。那些‘被普遍接受的’、‘公认的’、‘没有疑问的’东西，由于被反复讲述、宣传、运用，在一些人心目中，尽管已经成为不证自明的公理或先验的逻辑起点，甚至成为下意识的思维习惯，但这决不意味着它是科学研究的最高法则，是不容许任何批评和挑战的。所以，当他所服膺的红学信念受到怀疑的时候，他所采取的态度不是用自己的眼睛去辨明真赝，用自己的心灵去识别古今，而是毫不犹豫地、急切地捍卫以往成说的一切。可惜，从他的文章中透露出来的自命不凡而又张皇失据的矛盾状况来看，他显然是未曾很好地完成自己的使命的。”

曲沐致书欧阳健，说：“这两天我再反复阅读兄之大作《眼别真赝心识古今》，真是越看越爱，越看越喜，情绪为之鼓舞，大有跃跃欲试之感。我实在觉得这篇文章写得太好了，以致使我不自觉地拿起来看一遍又一遍。兄之大作我看得较多，几乎出来一篇看一篇，但都不像这次如此吸引着我。当然，我不是说前面的文章不好，而是说这篇太好了。

所以我曾一直鼓励吾兄不怕有人批驳。有批评的文章，一方面证明了兄之观点引起了强烈反响，另方面也逼使兄要进行答辩。人是有潜能的，有时不逼出不来，逼一逼，以极大地发挥自己的潜能，精彩的文章就出来了。兄之此文或许带有这种情况。我这个人惰性很大，不逼，毫无压力，简直好久写不出一个字来；但有点压力，有时也就很自然地写出来了。所以，有了那些反对文章，兄应视为好事，不作坏事观。”

对于题中“《史记》抄袭《汉书》”的挖苦，欧阳健没有反驳。后遇周少南，周说蔡义江不懂史书版本，《史记》还真抄过《汉书》，崔适就认为《史记·河渠书》乃妄人录《汉书·沟洫志》，非《史记》原文。看来，蔡义江是聪明的，能想出俏皮的比喻来贬损对方；而周少南更聪明，知悉史书的版本，破解了蔡义江的俏皮。

《红学辨伪论》则在开篇郑重提出：“‘一致公认’的东西，是否一定是真实的可靠的东西？换言之，红学究竟有没有‘伪’可辨？应该怎样辨伪？”之后列举胡适“辨”有正本“国初原本”之伪，顾颉刚“辨”《随园诗话》翻刻本之伪，刘世德“辨”《废艺斋集稿》之伪，及曹雪芹《题琵琶行传奇》“佚诗”之伪，证明“红学领域决非无伪可辨”，“脂本脂批作为红学的重要史料，同样需要进行真伪与时代的鉴别；‘新红学’的开山祖师胡适没有做好这项工作，需要加以补课，这本是红学作为一门科学题中应有之义”。又据梁启超“从字句罅漏处辨别”法，以辨“北静王应该名‘世荣’还是‘水溶’”、“赵嬷嬷是‘文忠公之嬷’么”、“《枣窗闲笔》可能对‘自叙传’进行批判吗”等，一一论证辨伪的必要性。文章最后说：“红学的ABC，就是辨伪。科学的红学大厦必须建筑在《红楼梦》版本源流考订的坚实基础之上，这才是真正的‘正本清源’。通过我和曲沐、陈年希等同志对程甲本的校注，特别是经历了《红楼梦学刊》这场‘全面批驳’的洗礼，我对自己辨脂本之假、而认程本之真的观点，益加坚信不疑。我注意到中国红学学会会长、《红楼梦学刊》主编冯其庸先生在《红学之路漫漫》中说的话：‘《红楼梦》是永远讨论不完的，它将与人类的历史并存。我确信,在研究《红楼梦》的学术领域里不论有多少见解,也不论其见解是否发自权威,历史只能选择一种,即真实的、符合客观实际的见解。'我赞赏这种学者的气度,故对《红楼新辨》的校样未作任何本质变更,照样付梓,以供历史的裁夺。"

《明清小说研究》1994 年第 1 期还刊发了刘广定的《再谈〈春柳堂诗稿〉的作者问题》,魏子云的《红楼梦的避讳问题》,侯忠义的《学问无禁区,观点无忌讳》,吴国柱的《论脂批形成的年代》,宛情的《脂砚斋不是曹雪芹的合作者》,陈玉书、张训的《〈石头记〉=〈红楼梦〉吗?》,严宽、霍国玲的《曹霑墓石旧案重提》。《编者寄语》宣布从该年第 1 期(总第 31 期)开始,改为大 32 开本,邀请著名画家裘沙先生重新设计了封面,在版式设计方面作了适当改进,又道:"当然,本刊所追求的,仍然是学术研究的深化和拓展。由本刊发起的'《红楼梦》大讨论'所期待的不是一时的轰动效应,而是切切实实的研究成果。值得欣慰的是,有关《春柳堂诗稿》的探讨,由于贯彻了'论难不避,评说当新'的宗旨,已经取得了可喜的进展,本期发表的刘广定先生的《再谈〈春柳堂诗稿〉的作者问题》,披露了新发现的重要史料,有助于这一问题的深入。红学研究之所以屡屡遇上解不开的'死结',根子在版本史料的鉴定辨别工作没有做好,《红学辨伪论》就是为此而发的引玉之作,希望广大作者读者就此展开自由平等的讨论。"

四

《红楼梦学刊》"全面批驳"第一个回合下来,除蔡义江作了答辩,嘀咕几个甲戌本影印本:"作'海'字的,字形正常;作'每'字的,只占据了右边半个字,恰好空着三点水的位置。汉字是先写左边再写右边的,一个字只写了一半,只能有左无右,怎么会有右无左呢"外,再无别的反应。主帅无奈,只好亲自出马了。

到底是"红学巨擘",冯其庸将指名批驳欧阳健的《〈论红楼梦〉的脂本、程本及其他》,加上一个"为马来西亚国际汉学会议而作"的副题,捅到1993年11月的国际会议上去了。尽管国人对"马来西亚国际汉学会议"一无所知,文章的档次显然就上去了。其文开头已营造出一种气势:

> 最近,红学界展开了一场《红楼梦》版本问题的争论。南京的欧阳健先生提出来《红楼梦》的脂砚斋评本是刘铨福的伪造,最早的《红楼梦》不是脂本系统的抄本而是木活字本程甲本,即程伟元、高鹗于乾隆五十六年辛亥用木活字排印的本子。认真说来,我认为这根本不是什么学术问题。因为脂本系统在前,最早的脂本是曹雪芹写作修改和脂砚斋加评《石头记》的时候就多次抄传出来的本子,而程甲本是乾隆五十六年才问世的,这时,曹雪芹逝世已经三十九年了。这都是客观事实,是不能任意抹煞和改变的,而且这早已是学术界所公认的了,并不是只有红学家们才知道。所以我原本并没有准备写文章。现在争论开展起来了,也确实还有一部分人对《红楼梦》的版本问题不大了解,误以为欧阳健真的有了什么新发现了,所以借此机会再谈一谈脂本、程本等有关问题,看来还是必要的。

文章断言:"脂本是伪本"论不过是"轻飘飘"地说出来的"梦话",决不要以为"真的有了什么新发现了","无须论证,因为完全可以不攻自破"。此文于《红楼梦学刊》1994年第2辑发表后,立刻产生了极大的轰动效应。

欧阳健想起孟子说的话:"诐辞知其所蔽,淫辞知其所陷,邪辞知其所离,遁辞知其所穷。"将文章浏览一过,发现其提出的责难,与蔡义江、宋谋玚之"蔽"、"陷"如出一辙,在《红学辨伪论》、《眼别真赝,心识古今》两文已作了回答；冯其庸之新意，则在“脂本程本同一”论，欧阳健便写了《真伪判然，岂可混同——答冯其庸先生〈论红楼梦的脂本、程本及其他〉》。

冯其庸向以版本大家自居，针对其“研究《红楼梦》的本子，要对它作出判断，首要的条件是要仔细看过、研究过原本”，“鉴定版本，首先应该认真察看原件，不看原件，总是说不过去的。甚至可以说连起码的一步也没有跨，这怎么可以放胆肆论呢”的教训话头，欧阳健调侃道：

> 诚然，像冯其庸先生那样，能够到美国去参加《红楼梦》国际研究会，并且将甲戌本借到旅馆仔细阅读了好几天，并拍摄了十几张照片，由于拍摄得好，又是在美国冲扩的，照片的真实程度，可以说与原本一样，大多数国人自然很少能有同等的幸运；那么，是否所有不曾“跨出起码的一步”的人们，都只有躺在摇篮里，绝对信从红学家们对脂本的“直观”的份儿，连看着“真实程度”与原来一样的照片提出一点质疑的资格都没有了呢？
>
> 当然，冯其庸先生是“仔细看过，研究过原本”的少数专家了，当他跨出“起码的一步”后，给了我们什么呢？“如果直接看过甲戌、己卯、庚辰等各个本子的原本（即现存本），那就会产生一种直接的共同的感觉，即乾隆时代的抄本，其所用的纸张都是竹纸，其黄脆程度也是差不多的，特别是甲戌、己卯、庚辰三个本子”；“1984 年 12 月，我到列宁格勒看列藏本《石头记》，情况就略有不同，就其抄写、装订等外部情况来说，也基本上是早期抄本的面貌，但其纸张黄脆程度不如甲戌、己卯、庚辰等严重”。如果纸张黄脆与否就是版本鉴定的精髓，那版本学家也就太容易当了。且不说纸张的黄脆与收藏的关系，也不说伪造版本中“制旧”的手法，单就透过纸张黄脆与否的表

象洞察版本的实质而言，就远非直观所能解决。

“脂本程本同一”论是冯文的精髓，说道：“被欧阳健认为是最早的《红楼梦》的程甲本，它实际上是一个脂本”，“如果脂本系统的本子都是伪造的，那末不是连欧阳健所称的程甲本也只好一起否定了吗？”欧阳健识破其“遁辞”本质，驳道：

> 如果这种“脂本程本同一论”得以确定，不仅是对“脂本作伪”说的致命一击，而且可以将长期困扰红学界的版本之争一笔勾销，红学从此就步入某种既无矛盾也无纷争的无差别境界，那倒确是一件天大的好事；问题是这种高论是否符合《红楼梦》版本的实际，是否真有道理。

支撑冯其庸这一新论的，除了“抄本等于脂本”，还有“程甲本删去脂评”说，将高鹗“创始刷印，卷帙较多，工力浩繁，故未加评点”歪曲为：“这段话的意思是说此书开始采用木活字印刷，因为篇幅太大，故只取正文，没有将评点文字一起加上。这就是说他们采用的前八十回是脂评本，是有评批文字的，因为如要印上评文，卷帙太大，所以把评文删去了。”对明清小说多有涉猎的欧阳健指出：“未加评点”只能解释为“没有加以评点”，绝不能解释为“把评点文字删去”。对其所举五条证据，又一一加以破解。如抄检大观园，“谁知竟在入画箱中寻出一大包银锞子来，约共三四十个。为察奸情，反得贼赃。”冯文指为“脂本的批语误入了正文”，言之凿凿，铁证如山。欧阳健擦亮眼睛，一一细看，被视为“脂本”的戚序、蒙府、杨本、甲辰等本，八字均是正文；唯庚辰本加了墨框，又加眉批曰：“似批语，故别之。”庚辰本号称“四阅评过”的“定本”，怎么连是否批语还有怀疑？堪笑冯其庸，不知古小说常用现成套话，如“踏破铁鞋无觅处，得来全不费工夫”，“猪羊进入宰生家，一步步来寻死路”,“闭门家中坐,祸从天上来”,“千里有缘来相会,无缘对面不相逢”,“明枪易躲,暗箭难防”,“酒逢知己千杯少,话不投机半句多”,“千里送鹅毛,礼轻人意重”等等,或小结情节,或略加评论,“为察奸情,反得贼赃”正是说话人惯用声口,贼赃又是与王善保家的有隙的老张妈传递,故竭力撺掇凤姐追问,决为正文所有。此事讲得客气点是马虎草率,讲得严重点便是提供伪证了。欧阳健的结论是:

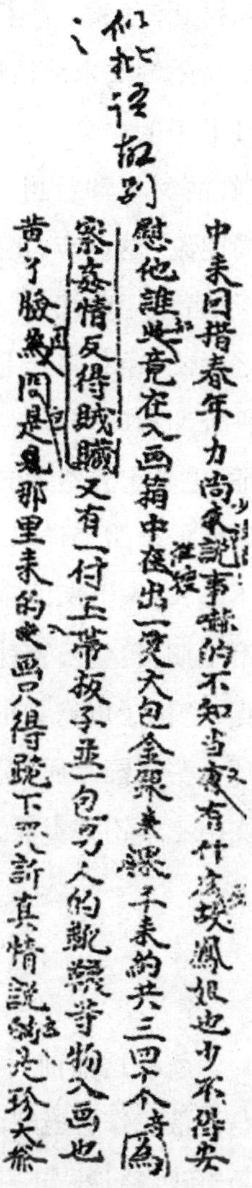

庚辰本1

> 程甲本并没有把脂批抄入正文,程甲本的底本也不是现存的三脂本以及别的什么抄本。以往,一二红学权威拼命诋毁程甲本,竭力抬高脂批本;而今,又对主张恢复程甲本的真本地位、揭露脂批本的伪本面目的观点大张挞伐,都不是出于误会。即便是以冯其庸先生为首的中国艺术研究院红楼梦研究所校注的以庚辰本为底本的《红楼梦》,也是打着“恢复《红楼梦》的原貌”之旗号,作为程甲本的对立面而出台的。……程本与脂本,一优一劣,一真一假,是决然不可混同的。真假《红楼梦》之辨,关系到以哪种本子作为阅读和研究的对象,亦即红学大厦应建造在何种基础上的大是大非的问题,抑程扬脂,是不行的;勾销二者的界限,也是不行的。

7月26日,“环太平洋地区文化与文学交流国际研讨会”在天津师大召开，有来自日本、韩国、越南与中国的学者参加。主办会议的林骅给欧阳健发来热情邀请，遂以此文在会上交流，还与何文祯主持了29日下午的大会。会上结识历史学家董楚平，他对新见甚表欣赏，撰写《红海又将翻新澜》，赞扬欧阳健“一是不迷信权威，二是注重实证，不尚空论。这两点，正是一切从事学术研究的人必须具备的品质”。又说，“笔者早年曾涉足‘红楼’，今读欧阳先生之大作，唤起缕缕旧绪，早年之疑团，经欧阳先生周密考证，大多涣然冰释，私心深为钦佩。……一种长期形成的、已经居于‘定论’地位的学术观点，要推翻它，即使有铁证，也是十分费劲的，总有不少人出于私心而要使劲卫护”。无论科学研究的道路怎样崎岖和艰辛，“为了卫护真理，总会有人敢冒天下之大不韪，率先出来顶撞，为学术进步排除障碍”。(《当代学术信息》1995年第1期)赫登云(宛情)8月31日来信说：“《答冯其庸》文将冯文中的要点，全都予以有力的批驳，且能在与马来西亚国际研讨会规模相当的环太平洋国际研讨会上发表，真可谓天赐良机，报了这一箭之仇。”此文由王学钧为责任编辑，刊于《明清小说研究》1994年第4期。

五

就在这前前后后，《明清小说研究》收到好些来稿，以积极姿态参与论战。作者虽非名家，但有探讨真理的热情，亦颇多真知灼见。阮传新寄来《略谈程本和脂本的若干问题——兼与冯其庸先生商榷》，即编进《明清小说研究》1994年第4期。王珏一下子寄来三篇文章，一篇《关于红学大论战的哲学问题》，很有深度，被留下备用；另一篇《从“程伟元保全红楼梦有功”谈起》，请曲沐荐《红楼》刊用；还有一篇嬉笑怒骂式的杂文，以刊物仍应强调学术性，不学大轰大嗡的那一套，则请他另作安排。《关于红学大论战的哲学问题》劈头一句是：

> 我国的学术界，由于种种原因，一直存在着“哲学的贫困”。这一情形，反映在目前的红学论战中，特别是在冯其庸、蔡义江先生的文章中，贫困程度到了危险线以下。本来，人们对于学术研究中出现的“哲学的贫困”是能够理解的，但像冯、蔡二位先生那样炫耀自己的功夫，目中无人地训斥人，不准别人“放胆肆论”的人，人们对他们在哲学上所表现的浅薄就不能原谅了。

文章分《关于“客观事实”》和《关于“事实证明”》两大段。前段针对冯其庸脂本系统在前“是客观事实，是不能任意抹杀和改变的，而且这早已是学术界所公认的了”，用“客观存在”与“主观存在”的观点剖析道：脂本出现于 1927 年，程本出现于清代乾隆年间，程本先于脂本而出现，这才是客观事实，这才是“不能任意抹杀和改变”的，因为谁也没有能力改变这个事实。脂本于 1927 年出现后，被许多人认为先于程本，这是一种主观认识，而不是“客观事实”。既然它是一种主观认识，它就是可以改变的，可以“抹杀”的。然后又从“存在又分为自然存在和社会存在”、“存在又分为被认识的存在和影响人的认识的存在”、“又分为工具的存在和被改造的工具的存在”、“存在又分为已发现、已被认识的存在和未被发现、未被认识的存在”，“又分为明晰的存在和模糊的存在”，“存在又分为历史的存在和现实的存在”，酣畅淋漓地放论“存在”，并联系论争即兴发挥道：“脂本这一抄本，表面上看起来是一种物质，但它实质上是人的意识”；“对于脂本，有人认为它价值极高，有人则认为它只有负价值。应该承认，这两种认识的存在都是合理的，但组织消防队的做法是错误的”；“脂砚斋评批本就是一种校正工具，胡适冯其庸们使用它作了不少校正，但他们的最大失误就是在使用这柄校正尺之前，没有对它本身作检验和校正。他们连这‘第一步’的工作都没做，他们所作的校正焉能不出偏差？”

后段针对冯其庸“对脂砚斋评批及脂评本都缺乏研究，又如何与他进行辩论呢”，评论道：

> 冯其庸们既然不屑于跟欧阳健辩论，怎么又放下架子，屈尊折节写起文章来了？原来他们那不是“辩论”，而是“消除混乱”。冯其庸先生们手里握有红学的全部真理，而且是绝对真理、终极真理、永恒真理，是“早已被学术界所公认的”真理。天下早已太平，而且是一统的统一，统一的一统。欧阳健不承认绝对、终极、永恒，横来惹是生非，破坏了冯家的一统天下，“恐怕会在一些人中造成混乱”，于是不得不戡乱。经过《思考》这么一“阐释”，人们明白了，冯其庸们是真正的英雄，而群众则是幼稚可笑的，毫无辨别是非的能力。经过《思考》这么一“阐释”，人们还明白了，原来冯家的一统天下这么不稳固，欧阳健几篇“缺乏研究”的文章一出笼，就会“在一些人中造成混乱”。

醉心于思辩机敏与语言精微的刘冬，听欧阳健快读王珏文，不住击节称赏，呼为奇才，叫马上发表。曲沐读后来信说：“王珏从哲学上驳冯、蔡之文也是写得犀利。真需要这种短刀直入、笔无藏锋的文章，从哲学的高度将那种以权威自居的大家，批得入木三分，令人拍手称快。”

《明清小说研究》1995 年第 2 期刊发了王珏的《哲学、法学、美学与红学研究》，谷鸣涧的《真假红楼之辨与红学观念更新》，魏子云的《甲戌抄本红楼梦问题求答》，吴国柱的《重新认识和评价脂本》，反方的观点则有张万良的《脂批形成于何时——与吴国柱先生商榷》。还按照王珏的建议，发了《红楼梦学刊》1995 年第 1 辑观点摘录，为的是将《红楼梦学刊》一军：看看它敢不敢也刊登我方的观点。欧阳健相信，得道多助，失道寡助。有老将的坚持，有新生力量的投入，一定能打破“围剿”。

第四章　花城程甲本

一

整理程甲本《红楼梦》会校会评本的建议,是金钟泠提出来的。他于1991年11月5日给欧阳健写信说:“八月份贵阳红学会的成功,主要是因为先生的新见。程本早于脂本说的出现,不管能否成立,它能在目前红学比较清寂的状况开创新的局面是肯定的。……当得知先生的脂程本关系的新说后,我就在考虑应该做《红楼梦程本会校会评》这一工作,这实在是‘新局面’必不可少的大事。”建议立刻得到曲沐、陈年希、欧阳健的响应,先由金钟泠与曲沐草拟“《红楼梦会校会评本》的凡例和说明”,欧阳健与陈年希作了修改与补充,强调以程本系统会评会校,与“脂本”无涉。为了对版本摸底,陈年希抄录了上海师大馆藏《红楼梦》目录,积极落实出版社。

《古代小说评介丛书》启动后,王立兴向欧阳健推荐研究生萧宿荣,遂约请撰《施公案与彭公案》。萧宿荣1991年7月毕业后,分配至厦门鹭江出版社。9月底交稿时来信,提到他从广州书市回来,“感到鄙社所出图书上档次的委实太少,气魄也不大,正拟拓展一番,如有合适选题,定请及早告诉”。欧阳健回信谈起《红楼梦》的两个选题,萧宿荣回信以为,“不管怎么说,能向权威提出挑战本身就值得钦佩”,10月

10日又来信说社长意见,欲同时出版程甲本《红楼梦》与《红楼新辨》,“一则借此机会将《红楼梦》版权移植敝社,二则为学术新著的出版先打点基础”。11月12日,萧告知两个选题都通过了选题论证,社长将亲自到北京申报。

曲沐致信欧阳健,赞扬鹭江出版社魄力大、有眼力;提议四人分工合作,每人评校三十回,由欧阳健统稿。经反复讨论,确定以程甲本为底本,理由是:“第一,我们相信程伟元、高鹗的话,即程甲本是最符合小说原貌的本子,它既是《红楼梦》的定本,又是《红楼梦》的真本。今后的红学研究,当以此本为准,这是我们用以号召读者的旗帜;第二,程甲、乙本,文字互有异同,乙本有改好了的,也有改坏了的;第三,程乙本新中国成立后已大量印行,后来被庚辰本所取代,而程甲本唯北师大本,流传不广;第四,坊间的印本,几乎都从程甲本出,以程甲本为底本,校对较易,若以程乙本为底本,则校记必定大大增加。”

不料鹭江出版社长到了北京,某红学权威发话说:搞程本会校会评就是否定脂本,就是否定百年红学的成果,这还得了!鹭江出版社经不住这架势,只好下马。1992年1月16日,萧宿荣转告欧阳健广州花城出版社有出版“古典名著丛书”豪华本的规划,已将有关材料转古代文学室主任徐巍,徐巍言“花城先前约了刘世德稿,但目下早已超过了合同期限,一封公函即可退掉”。2月1日,徐巍给欧阳健写信,中说:“拜读萧宿荣的材料,对你们在红学上严肃认真的态度、勇于开拓的精神,深表敬仰。”又说对程本选题很有兴趣,但会校会评不合“古典文学名著珍藏本丛书”体例,希望“整理一个既能体现新意和特点,又非会校会评的程本”。有鉴于此,欧阳健提议改变计划,出一个以程甲本为底本,以程乙本和若干早期印本(以嘉庆年间为限)校勘的本子,并以附录形式注明程本优于脂本的种种方面。曲沐表示赞同,遂拟定校点凡例寄徐巍。5月25日徐巍回信,认为体例可行,拟一两个月后到宁面谈。

红楼梦研究所的研究生赵建忠,以《红楼梦》及其续书为硕士论文，1991年10月去北方访学，经林辰介绍，31日到南京访欧阳健。欧阳健热情地留他午饭，谈至二点并亲自送别。赵建忠毕业后，分配到天津师大，与欧阳健常有联系，赠他甲戌本影印本；借给庚辰本影印本；还从北京代购了有正本。赵得知他们要整理程甲本，便将手边红楼梦研究所复印本寄来，还代买了书目文献出版社的影印本。底本算是解决了，欧阳健与陈年希商量，由曲沐校点1—30回，金钟泠校点31—60回，陈年希61—90回，欧阳自己校点91—120回，并最后统稿。曲沐欣然表示赞同。

10月21日，徐巍决定到上海，约欧阳健在上海师大会面。21日欧阳健抵达上海，陈年希来接。徐巍因飞机晚点晚九点方到，二人同住一室，就程甲本校注的意义、体例等交换意见，极为相契。徐巍说，花城出版社对他的研究表示支持，并充分尊重他们的观点。他当即和欧阳健签订已由社长签字的点校程甲本《红楼梦》约稿合同。熄灯后，二人又谈至深夜。

二

徐巍1993年3月9日来信说，程甲本将以最好的纸张、最高档的装帧出版，并以最快的速度印刷。4月19日又来信说，校注要求在5月脱稿，当年出书，举行记者招待会，组织国际研讨会。为此，花城出版社邀欧阳健、曲沐、陈年希去广州定稿，欧阳健遂于5月18日离宁，20日中午抵广州，徐巍来接，宿于东城大酒店。下午与徐巍去火车站接陈年希，晚上花城出版社副总编袁宝泉请他们吃饭。又与刚从江西归来的管林通了电话。

21日晨，欧阳健去华南师大拜访管林，他原籍江西广丰，与欧阳健是小同乡。听欧阳健说需要《红楼梦》参考资料，他即请钟贤培陪着到图书馆、中文系借了一大堆书，中午又推掉教育部督察组的应酬，专门陪他们吃了饭，殷勤之意可感。

欧阳健回到宾馆接徐巍电话，说南京拍来电报，要他火速返回。欧阳健大感诧异，即给文学所副所长萧相恺挂了长途，说广州之行是事先安排的，怎么刚到就要回去？回说是院里通知评职称，“不到者自己负责”。欧阳对职称已抱定不作无谓争竞，故拟置之不理。晚上与徐巍讨论《红楼梦》定稿，及宣传征订、新闻发布、学术讨论诸事，又与陈年希细论校点细节，策划在上海师大召开《红楼梦》版本切磋恳谈会。

22 日晨，欧阳健与中山大学刘烈茂通电话，托他代借有关资料。欧阳健第一篇学术论文《柴进·晁盖·宋江》刊于《学术研究》1979 年第 2 期，同期刊出的有刘烈茂的《论〈水浒传〉的创作意图和客观意义》，便记住了这个名字。1984 年 11 月南京吴敬梓学术讨论会期间，欧阳健在李灵年家与他第一次见面，也算是老朋友了。

八点半与陈年希去花城出版社，徐巍取出南京第二份电报，急催欧阳健 23 日前到家。他不得已，给院党委书记贾轸拨了长途，说刚到广州就返回，这边事情不好交代；再说学术成果科研处有现成档案，何必徒劳往返？贾轸的回答是冷冰冰的，说吸取以往的教训，这次要贯彻“程序公正”的原则，考核表、述职报告、代表作提要等，都必须亲自动手，还要举行民意测验，“你不回来，谁能代劳？若执意不走这一程序，以后各事，一律免谈”。与贾轸的第二次对话，他丝毫没有两个月前“求贤若渴”的口吻了。贾轸来院伊始，口碑还算不错。时间一长，对他的各种议论都有了，占主导地位的评价是：思维清晰，果决自信——这既可理解为锐意进取，也可理解为刚愎自用。有人甚至怀念徐福基的无为而治，害怕贾轸的杀伐专断了。欧阳健开始后悔不该答应贾轸当这个副所长了。

放下电话，欧阳仍与袁宝泉继续谈定稿事。袁宝泉、徐巍都说，评职称是人生大事，机会千万不能放弃，还是立即返回南京，费用由出版社报销。难拂如此盛情，欧阳健答应事情一完就赶回来。九点与陈年希赶往白云机场,只见人头攒动,机票早已售罄。他们等候退票到晚七点,已毫无希望,恰好曲沐的飞机已经降落,便与来接的徐巍一道回来了。晚上欧阳健再与萧相恺通长途,得知仍然不予通融。无奈,他给刘烈茂打电话求助,回说古籍所的林健门路甚多,已托他设法了。

23 日上午,欧阳与曲沐、陈年希谈定稿事。林健来了电话,说正与机场联系。候至下午六点,仍无结果。晚徐巍来,商定明天曲沐、陈年希随袁宝泉等去从化定稿。曲沐郑重地劝欧阳健,这次就不要再谦让了,应该当仁不让;说是"凭材料说话",有的人没有什么材料,反倒上去了。所以,该争取的一定要争。

欧阳健在广州又等了两天,方于 25 日晚抵达南京。次日向贾轸报到,他申说广州诸事正忙,希望能早点回去。贾轸说,走完所有程序,至少要到月底,6 月 2 日以后再走。算算还有一个星期,欧阳健只得耐下性子写述职报告、填写考核表。考核表成果栏空格太少,他心想,既然一本正经地回来了,索性认认真真填一下罢,于是画了一张二尺长的表,填了自 1986 年任副研究员以来的全部成果;又去科研处送成果,大小书籍杂志,装了满满一提包。申报研究员的成果在礼堂展出,欧阳健的摆满了一桌子,其他六人的占了另一桌子的一半。见此情景,他不由想起施耐庵去大都应试,临行说"如果进士只取一名,那也应该是我",那满桌的书籍杂志,恐已代自己说了类似的话了。

剩下几天的时间,欧阳健抓紧编辑《明清小说研究》第 3 期,去省出版局登记主编改动事;又重写了《红楼梦》校注本序,与刘冬、姚北桦谈《红楼梦》版本研讨会等。忙到 6 月 3 日,去向副院长戴家余请了假,第二天就要重回广州了。

三

6 月 4 日,欧阳健于下午抵广州白云机场,徐巍、钟洁玲驱车来接。

晚饭时，袁宝泉问起职称事，欧阳健含糊应答，唯对他们的关心，表示感谢。袁宝泉说，曲沐、陈年希辛苦工作十多天，成效甚高，你回来了，就更好了。欧阳健提出，花城版《红楼梦》应分装上、下两册，以区别于通行本的上、中、下三册，从版本形态消除“后四十回”的印迹，袁宝泉表示赞同。饭后，中国新闻社广东分社邱吉灵来访，就红学提出许多问题，分明是有备而来。欧阳健作了细致回答，亲切交流近两小时。之后，他与钟贤培、于曼玲、林健通了电话。

5日八点半，花城出版社张同升冒大雨，驱车送欧阳健往从化。从化距广州七十多公里，他们一路颠簸泥泞，于十一点半抵温泉疗养院，宿于北溪三号。曲沐、陈年希闻讯出来相见，皆大欢喜；随去餐饮部吃饭，张同升点了好些山珍野味，风味独特。陈年希说，学校将开始考试，催他明天飞上海。他校注的部分已经完成，饭后交代了遗留问题，在碧波桥合影留念。流溪河清澈见底，河东是温泉疗养区，河西是天湖风景区，层峦叠翠，风景如画。北溪三号黄墙绿瓦，是旧式洋别墅，背靠小山，周种不知名的热带树木。曲沐喜闻花香，认出那低矮的是九里香，采下几朵白色小花，放在胸兜里，香气好久不散。别墅中间是大客厅，两侧各有卧室，曲沐居西，欧阳健居东。稍事休息，欧阳健在客厅重改《红楼梦》前言，为的是请曲沐最后把关。曲沐看了两遍，甚表赞同。晚饭只剩下他们两人，随意点了一份龟蛇汤，清醇淡黄，味鲜可口。饭后，漫步温泉疗养区，只见荔枝伸枝展臂，郁郁葱葱，可惜虽进入成熟季节，却遇上小年，枝头全无荔枝，让爱水果的曲沐有点失望。

欧阳健从头浏览全部校注稿。他们的指导思想是：确认程甲本是《红楼梦》最好的版本，它不仅优于其他各种版本，而且早于现存的各种版本。为保持其本来面貌，对底本采取绝对尊重的态度，决不妄改一字一词。底本文字虽不尽善或有疑问、但文章仍能大致贯通者，不作改动；不到万不得已，一般不求助于其他本子，尤其是不理会后出的脂本。底本因排版造成错字、漏字、倒排、窜行等，以程乙本为主要参校本,以王希廉评本为辅助参校本,在校记中附以参校本之异文,以供参考。一般不将当时通行之字改为后出之字,如“快子”不改为“筷子”、“收什”不改为“收拾”等等。对于注释,则坚持以下各点:一、人未注,而我以为当注者,必注;二、人已注,而我以为可不注者,不注;三、人已注,而我以为亦应注者,注法上有所更易;四、名物、典章、制度、成语、典故,一般不注;五、有表现力的词语,对理解作品有帮助的,注;六、对突出自己观点的,必注。新增的注释,有“秘情果”、“赤霞宫”、“烧糊了的卷子”等;旧注的纠误,有“通书”、“不是好意的”等,要予以改正。标点分段则坚持直接在复印件上进行,不受已出校点本的影响。初分之后,再取他本对照,避免雷同。每页基本上划分三四段,使之疏朗清畅,赏心悦目。

他们每天天不亮就起床了。在绿荫小径跑步,然后在青松林做广播操。那片松林很大,松树有一抱粗细,挺拔、笔直、高耸,据说陶铸的《松树的风格》就是在这里写成的。白天围着桌子整理书稿,商量、交流、切磋,謦欬相处,心融意洽,总想尽一切努力把书编好。晚饭后,沿着流溪河畔漫步,看着清澈的河水和柔细的白沙,天南海北,无边际的闲聊,甚是惬意。卧室后有很大的浴室,扭开龙头,温泉就汩汩引了进来,温泉水质晶莹,无色无味,据说含氡及钾、镁、纳等微量元素,全身都可尽情伸展,浸泡到每一个部位,是真正的享受。

曲沐最喜下雨。从化没有风,雨总是静静地下,滴在树叶上,滴在瓦楞上,淅淅沥沥,令人时感萧索,特易引起遐思与怀想。那天大雨竟夕,曲沐索性搬来同住,谈往事、谈人生、谈人生遭际。曲沐虽是正宗的“齐鲁之人”,在亢直正气之外,却具细腻敏锐的感情,称赞林黛玉“没有丝毫奴颜媚骨,也没有任何城府和世故,不会圆滑与变通,一味直肠认真下去”,言词中也许就有他自况的意味。但有时难免怨天尤人,抱怨命运的蹇促,故于欧阳健面对横逆之如何抵制,如何不服,如何反抗,几次大难不死,终于挺过来了,曲沐深表钦佩。

忙到8日，基本结束。晚上散步，二人避雨于溪边亭中，观山光月色，别是一番情趣。由贾宝玉之“喜聚不喜散”，谈起人生聚散。曲沐说朱眉叔先生来信，道是人生得一二知己，于愿足矣；我们实在是太可庆幸、太可珍贵了。欧阳健说，我们事业有成，友谊加深，些许不快，又何足道哉。曲沐说，我们朝夕与共，实在是一次难得良机，常有“此时此地”之感觉：在遭际不幸之时，希望“此时此刻”赶快过去；得幸福的时刻，希望“此时此刻”长驻。

9日，欧阳健修订自己的《红楼新辨》书稿毕。又是一夜大雨。

10日八点半，花城出版社王科长开车接二人离开温泉，顺道游览河西之天湖。只见湖水浩渺，碧波轻荡，湖边峰挺峦秀，壑美谷幽。一路大雨，下午四点方到广州，徐巍安排二人住宿。

11日上午，二人到中山图书馆，以台北青石山庄影印之乾隆壬子活字本核对校记。中午，花城出版社社长钟缨请吃饭。下午回中山图书馆，发现青石山庄本子是甲乙装订时的混同本，二人决定中止工作，俟8、9月校看清样时，去北京参校真正的程乙本。

12日，曲沐去番禺访友。徐巍转达社领导的意见，为保持丛书体例之统一，在前言中要添写一段关于作者及思想艺术的文字。而当初四人曾经商定：为减少行文难度，前言只谈《红楼梦》版本，别的一概不予涉及。新议出于意外，却又无法拒绝，欧阳健只好在无人商量、无任何资料的情况下，闭门三天，补写了四千三百字。

他深知谈《红楼梦》版本，已经惹下了不少的麻烦，再去碰那碰不得的曹雪芹，岂非更要闯出大祸？但既已命笔为文，总不能写那违心的话，让日后去懊悔。写后一看，虽非老生常谈，却难免有许多“钉子”，诸如“探寻《红楼梦》作者，可以有各种方案和途径。如果仅仅因为曹雪芹姓曹，就一定得从曹氏中去寻觅，就不免会犯方向性的错误。“探寻一部小说作者的关键，在于弄清它的成书年代。……《红楼梦》的成书，可能还要早，清代的人一般都说它成书于康熙末年，从中国思想史和中国小说史去加以考察，也许不无道理”。“胡适的影响实在太大了，所以，红学几乎成了‘曹学’，局外人看得莫名其妙，如堕五里雾中，而行家们却搞得津津有味，乐此不疲。有些一心要探究《红楼梦》美学价值的人，眼看无力扭转这个局面，便自动退居次要的从属地位，把搞曹家历史的封为‘第一世界’，而自贬为‘第二世界’；但即便是这种低姿态，也没有得到红学家的宽容，他们说，不弄清曹氏的家世，就谈不清大观园的一切：没有‘第一世界’，就不可能有‘第二世界’。”如今我们说，《红楼梦》是一部小说，而不是什么人的“自传”或“家史”。这就将从根本上否定所谓的“第一世界”，或者把委曲求全的“第二世界”，升格为“第一世界”之类。本来这些议题都应该慢一步说的，如今不得不一下子端出来了。

14日上午，王科长来车接欧阳健到花城出版社，与徐巍谈《红楼梦》的出版、宣传事。中午又就下一步工作交换了意见，欧阳健提出：附录《脂本掺假离析录》，必须收进书中，否则显不出本书的特色；程乙本的参校，必须去北京进行。当初通过萧宿荣与鹭江出版社联系时，是将《红楼新辨》与程甲本《红楼梦》捆绑在一起的；到了花城出版社，徐巍与社里交涉多次，皆因经济原因，不能解决出版问题。欧阳健遂提出希望花城给一个书号，并代设计封面，由他在南京自筹印刷，这样既能使该书及时出版，又不让出版社亏损。徐巍表示无大问题。

两点半，欧阳健与徐巍驱车到华南师大还书，管林、钟贤培都未见到，之后徐送欧阳健到白云机场。飞机晚点，欧阳健至晚上九点抵南京，近十点抵家。20日他给魏子云写信道：“我于五月十八日赴广州参加《红楼梦》新校注本的定稿工作，历时近一月，前几天方回南京。此次新校注本，以程甲本为底本，以程乙本为主要参校本，不到万不得已，不参考其他程本系统的本子；并且坚决不理会脂本，因此，是一个严格意义上的程本。在红学版本上，这是有相当意义的。我们的目标，是恢复程本的真本权威，揭穿脂本的伪托面目。通过全书的校注，我感到这个目标是达到了;我们的观点,也得到了全面的检验,可以说是毫无塞碍,畅流无阻。另外,在注释上,也有不少新的发现,都是对确定我们的新观点,极为有利的。”

四

欧阳健可说是马不停蹄。8 月 22 日他接陈年希来电,说花城版《红楼梦》清样已寄达,要他即赴上海,与之会合去北京。

25 日中午抵沪,陈年希来接他,二人三点往南市访徐缉熙,讨论《红楼梦》研讨会在上海召开的可行性。徐缉熙态度积极,殷勤留他们在家中晚饭。八点告辞,二人辗转至南京东路邮电局,拨长途电话,张俊、徐巍处皆打不通,好不容易拨至侯忠义处,请他转告张俊,他们将去借阅程乙本对校。十一点回住地,热极,彻夜喧闹。26 日晨二人前往虹口公园,凭吊鲁迅墓。上午给孙逊、张兵、王继权电话。张兵来旅社,陈年希、李金泉亦来,谈至中午,李金泉请吃饭。下午二点,欧阳健与陈年希乘特快离沪,在车上校看《红楼梦》前言。

二人 27 日抵北京,至北师大访至张俊新居,其夫人曰在系里接待台湾学者。与侯忠义通了电话之后,张夫人带二人至校友接待处住下,午饭时遇张俊、龚鹏程。下午图书馆不开放,欧阳健与陈年希至北太平庄看飞机航次,回来又校《前言》。晚与徐巍通了电话;张俊来招待所,畅谈至十点;又与侯忠义电话谈心。

28 日八点,张俊领二人至图书馆,于天池时为馆长,调出了程乙本《红楼梦》。问若全本复印费用几何,计算下来,连同资料费需十万之钜,二人只好放弃此念,以之校阅清样中有关校记。竺青、孙玉明闻讯来访,热情异常。竺青原在中国人民大学分校,《中国通俗小说总目提要》启动后,欧阳健曾请常林炎撰稿,因为忙,转荐他的学生竺青参与,欧阳健便要竺青承担了好些条目。后知他撰有《论〈水浒传〉在市民文学发展中的作用》一文，写信索来，经所内诸人看过，都认为其文有一定见地，便将第二部分《〈水浒传〉中的市民文学色彩》编发于《明清小说研究》第 5 期(1987 年 6 月)。1987 年 11 月，欧阳健去北京访书，竺青晚间来访。欧阳见其精力充沛，文笔又好，颇为赏识，此后便常托他代查资料，赶写不及完成的提要。1990 年 1 月《古代小说评介丛书》编委会，张俊与欧阳健都推荐竺青承担《列国志系列小说》。1992 年 5 月，竺青调《文学遗产》编辑部，欧阳健写信表示祝贺，信中谈到红学问题，说《红楼梦》不是少数专家霸占的领地，“独尊一花”的局面，是应该打破的，希望《文学遗产》开展真正的讨论。孙玉明是南开大学鲁德才、宁宗一的高足，1992 年曾投来《〈醒世姻缘传〉作者“丁耀亢说”驳议》，欧阳健与之通信往还，讨论切磋，修改后发于《明清小说研究》1994 年第 2 期。二人此番相约而来，畅谈学界现状，是非可否，皆甚了了。晚上又邀来张俊做东款待，谈至十点方离去。

29 日是星期日，为抓紧时间，于天池特意安排他们在馆长办公室看书，且赠其整理的《才子佳人小说》一套。欧阳健与陈年希一直忙到 30 日下午，因时间太紧，未及全面校勘，只校对了校记部分，自知难免粗疏，也只能如此了。张俊代订到赴广州车票，晚上边吃饭边谈红学研究。九点半欧阳健与陈年希道别，31 日凌晨乘特快离京。

欧阳健 9 月 1 日上午抵广州，徐巍来接，宿于广陵大厦。2 日八点半，去花城出版社取回《红楼梦》底稿与校样，校看至深夜。3 日九点去花城，徐巍将《红楼新辨》封面设计送来过目。下午四点，与徐巍去白云机场接到曲沐。至此，欧阳、曲沐二人即开始校《红楼梦》校记，一直忙到 6 日。徐巍说，工作太辛苦了，还是去从化罢。7 日，仍由王科长驱车，午时抵达从化，仍宿于北溪三号，仿佛回到老家一样，开始了第二轮从化的愉快生活。二人以底稿校对清样，尽可能做到一丝不苟。从 8 日到 14 日，整整忙了一个星期，天天都工作到深夜。偶尔在荔枝林散步，有一次聊发少年狂，欧阳居然爬上一棵荔枝树，坐在树丫上看着蜿蜒的流溪河水和绵延起伏的青山，满川翠色，尽收眼底，开心极了。其间又与北京的金钟泠通了电话。其时他在贵州民族学院，因心情不舒畅，下海到了中国新闻社图片社，常驻深圳，对不能来参与校订，深表歉意。他还邀请曲沐、欧阳健结束后去深圳一游。

14 日校书至夜九点，毕。台风袭来，大雨彻夜未停。15 日中午二人离开从化，至花城出版社，与徐巍谈校对问题，欧阳健并取回《红楼新辨》书稿。金钟泠 16 日下午到广州。第二天三人同去花城出版社，与袁宝泉、徐巍谈新闻发布会与学术讨论会事。社长钟婴、副社长杨光治亦来，主张发布会规模要大一些。午饭后，金钟泠邀曲沐去深圳，欧阳健留在广州，拟定校对事项，复核插图，19 日下午离穗。

五

1993 年 12 月 30 日，中国新闻社编发《我国将出版程甲本〈红楼梦〉》电讯稿，港、台、澳六家报纸 31 日刊登，《扬子晚报》1994 年 1 月 5 日、《文学报》1 月 6 日、《中国青年报》1 月 20 日，及《人民日报》海外版、《北京青年报》转发，报道称："被贬抑、诋毁半个多世纪之久的古典名著程甲本《红楼梦》，经过近年红学界争辩之后，将于本月下旬由广东花城出版社出版，向全国公开发行。……负责策划出版程甲本《红楼梦》的花城出版社徐巍接受记者采访时说，作为单以程本系统整理校注出版的《红楼梦》，建国四十多年来尚属首次，具有十分重大的历史价值。"消息在南京反响强烈，江苏省《红楼梦》学会会长姚北桦、江苏省社会科学院文学所所长刘福勤，都表示愿主办《红楼梦》版本讨论会。为此，欧阳健与钟婴通了电话，且与姚北桦、曹明议拟了一份 56 人名单。钟婴还委托金钟泠在北京筹备新闻发布会。

2 月 26 日，《扬子晚报》发表周汝昌《纪念甲戌本〈石头记〉》，对花城出版社"第一次"整印程甲本的报道提出疑义，说"近年，北京师范大学出版社与黄山书社，先后出版了‘程甲本’的校印本”，率先挑起程甲本“第一次”之争。欧阳健写了短文《甲戌年说“甲戌本”》作为回应，然《扬子晚报》不愿发表。

3 月 23 日，欧阳健被派往省级机关党校学习，其时《明清小说研究》第 2 期已编定，“《红楼梦》大讨论”栏首篇为曲沐的《从文字差异中辨真伪、见高低——与蔡义江先生讨论程本脂本文字问题》，二篇为魏子云的《甲戌抄本问题求答》，三篇为宛情的《脂砚斋批远在作者身后》。后接魏子云来信，提出其文六月前不发表，编辑部临时抽下，遂换上《甲戌年说“甲戌本”》，意在对海峡两岸“甲戌年纪念甲戌本”的活动降一降温，顺便画出周汝昌的出尔反尔：

> 周先生在叙述他接到“甲戌年台湾红学会议”的请柬后，写道：“这件事当然引起了我自己的回忆与种种往事前尘，无不与现代红学史的发展紧密关联。我是向胡适先生借阅过此本的人，……当时的情景，历久尤新，如在目前”，“从 1948 年我借得甲戌本后，一直呼吁奔走，为校订一部接近雪芹原本的《红楼梦》而竭尽一切心力。胡适先生表示赞助，又借与我大字戚本（当时已很难得）”，等等，忆念感戴之情，溢于言表。然而，周先生四十年来大骂胡适“大言不惭”、“贪天之功”、“一味吹嘘”、“厚颜自恬”，指责他“不但不想早将甲戌本公之于世，却让亚东图书馆把他的程乙本重印”，“由于胡适的缘故，从一九二七年起，程甲本垄断的局面一‘进’而成为程乙本垄断的局面”（均见《〈红楼梦〉版本常谈》），稍微涉猎红学史的人皆耳熟能详。张国光先生一九九二年公开批评周汝昌的“过河拆桥”：“借珍秘资料给周氏的胡适，却成为周氏第一个要打倒的对象！”“周汝昌本来是从胡适借给他看了甲戌本以后才开始研究脂本的，但他却用甲戌本这个武器作为反胡适的凭借。”

(《湖北大学学报》1992年第5期)——却不闻周汝昌先生有任何申辩,作为一名郑重的学者,总不能昨诋之而今誉之,又不交代自我否定的理由罢。

文章指出:北师大本在《红楼梦》版本史上,是一个很重要的本子,但"校注说明"说得很清楚,它是以程甲本的翻刻本为底本的,又用脂本进行了校改,因而已非程甲本的原来面目;花城本则完全不同,它以乾隆五十六年辛亥萃文书屋木活字本(程甲本)为底本,为保持《红楼梦》刊本的本来面貌,对底本采取绝对尊重的态度,决不妄改一字一词。底本的舛误,尽量以同样经程伟元、高鹗之手的程乙本为主要参校本,一般不求助于其他本子,尤其决不理会后出的脂本。其目标就是恢复程甲本的真本权威,揭穿脂批本的假冒面目,从这个意义上,说它是四十年来第一次整印的程甲本,一点也没有错。

"第一次"之争在北京师范大学也有了反响。张俊给萧相恺写信,说北师大有人向他施加压力,要他不能"为友情放弃权利",实际上是要争北师大本"第一"的地位。家住北师大的吕启祥,在《光明日报》1994年4月9日发表《立此存照——关于程甲本〈红楼梦〉的"首次"出版》(亦载《红楼梦学刊》1994年第3期),列举1987年北京师范大学出版社本、1988年上海古籍出版社本、1991年文化艺术出版社本、1992年书目文献出版社本等四种版本,说:"究竟是谁'首次'推出了重新校注的程甲本《红楼梦》,读者自然可以一目了然了。"吕启祥还提到程甲本的评价问题,举出三例证明程甲本并不处于被贬抑、诋毁的地位:一、启功在北师大本前言中,"对程甲本在红楼梦版本史上的重要地位和特殊价值作了说明",她本人也写过专文,肯定北师大本"在一定意义上"起到了"填空补阙"的作用;二、1991年红楼梦学刊编辑部等召开纪念程甲本二百周年学术研讨会,并专门编发了一组文章,肯定程甲本的"重大贡献";三、冯其庸在影印《程甲本红楼梦》序言《论程甲本问世的历史意义》中,“对程甲本的历史功绩给予了充分的评价”，结论是:“个别或少数人对程甲本持贬抑以至否定的学术见解是有的,但不能以此涵盖整个红学界和学术界,更未影响它的出版。”

事已至此,欧阳健写了《小评吕启祥先生〈立此存照〉》,指出“人为地制造出一个程甲本‘首次出版’之争”,是由于“缺乏版本学的起码常识”。“按照版本学的通则,给某一版本命名,主要根据版本的形式特征和内容特点;某一版本名称,都只专指某种特定的版本,而不能任意扩大其范围。”所谓“程甲本”,即乾隆五十六年辛亥萃文书屋木活字本,至少包括三个要素:一、刊印年代:乾隆五十六年(1791);二、刊印单位:萃文书屋;三、刊印方式:木活字摆印。符合这三个要素的,才是真正的程甲本。按照这个标准,那么:

吕文所列四种版本，书目文献出版社本是程甲本的影印本,它确是程甲本,但并没有经过标点分段,更没有校勘注释,与此处所论之“整理校注”无涉;上海古籍出版社的三家评本,其底本为光绪十年上海同文书局石印本；文化艺术出版社的八家评本,则是今人纂校汇集而成,早已失却程甲本的原貌,均可略而不论。以启功先生为顾问的北师大本,校勘认真,注释精当,确是一个较好的本子。但此本之“校注说明”说得十分清楚,它的底本是“程甲本的翻刻本”,至于所用底本的刊印年代、刊印单位,“校注说明”则未予交代,它不是乾隆辛亥萃文书屋本,却是不容置疑的。还有,“经对校得知,此翻刻本除少数刻误之字外,与原刻本完全相同”云云,也不是事实。如此本分卷不分回,就与程甲本不同,其他文字方面的舛误,亦复不在少数。总之,新中国成立四十多年来,唯有花城出版社推出的《红楼梦》,是以后世一切《红楼梦》的祖本——程甲本为底本的,这就是铁的事实。

不仅如此,新中国成立四十多年来,唯有花城本是把程甲本当作程甲本来整理校注的。北师大本的校刊者,虽然也想给程甲本以较高的评价,但由于没有摆脱脂本是《红楼梦》"原本"的思维定式,不但将脂本列为主要参校本,还据脂本改动了底本大量文字,这就同"力求保持程甲本原貌"的初衷相悖了。而花城本的整理者则"以翔实的论据指出《脂砚斋重评石头记》是后人的伪托本,程甲本《红楼梦》才是原本、底本、定本"(见中国新闻社通讯稿),因此,在校注过程中,对底本采取了绝对尊重的态度,尤其是决不理会后出的脂本,未用脂本改动底本的一字一词,其目标是恢复程甲本的真本权威,揭穿脂批本的假冒面目。从这个意义上,说它是四十多年来首次整理校注出版的程甲本,更是当之无愧的。

既是从"底本"的角度,说明花城版确实是"首次"根据真正的程甲本整理校注的;又从"校注"的角度,说明四十多年来唯有花城版是"把程甲本当作程甲本"来整理校注的。5 月 11 日,花城出版社致函《光明日报》社长、总编辑,中云:"贵报 1994 年 4 月 9 日登载了吕启祥先生《立此存照》一文,对中国新闻社报道程甲本《红楼梦》首次出版的消息提出不同看法。《红楼梦》版本问题,纯属学术问题;学术问题的讨论,应该以理服人。但令人遗憾的是,吕启祥先生的文章不但语含讥讽,并且提出'人们不难辨析最近出现的"中国首次出版程甲本"的新闻报道意味着什么'这样的说法;特别使人注意的是该文以'立此存照'作为标题,大有'秋后算账'的意思。这种唬人的做法,已超出了学术论争的范围,并在读者中产生了不良的影响。学术问题的争论,应该坚持'双百'方针。为此,我们向贵报推荐一篇不同看法的文章《小评吕启祥先生〈立此存照〉》,希望贵报能以平等开放的态度刊载这篇不同观点的文章。"《光明日报》不予理会。

欧阳健又将此文寄侯忠义，侯忠义认为言之成理，遂转他的学生《光明日报》文艺部副主任单三娅。单三娅回复说吕文是在她出差时，由部主任蔡毅拿来发表的。她以为不应在她那版发表此文，既然发了，另一方文章亦应照发。侯忠义又给蔡毅写信，指出红学界的不正之风，希望传播界应持公允态度；稿子如果不用，就请退还作者。结果是既不发表，亦不退稿。

《明清小说研究》1994年第4期刊出吴国柱的《“首次”之功堪称颂——花城版程甲本〈红楼梦〉读后》，更对吕文“程甲本没有受到贬抑”说提出异议：

> 事实是，从本世纪二十年代胡适发表《红楼梦考证》以来，贬抑程甲本一直是新红学的主流。这种贬抑不仅从未停息，且有一浪高过一浪之势，至八十年代已形成高潮。从版本演变的角度看，其标志便是中国艺术研究院红楼梦研究所1982年“新校本”正式取代流通多年的程高本；而从红学研究的角度看，别的不说，单只否定后四十回的论著就真正算得上是“遍地开花”了，而声讨后四十回不也就是贬抑程甲本吗？这些有目共睹的事实，足以说明贬抑程甲本的实在不只是“个别或少数人”；恰恰相反，肯定程甲本的才真正是“个别或少数人”。在这“个别或少数人”中，真正高度评价程甲本的历史地位、坚持维护《红楼梦》的艺术完整性的更属凤毛麟角；多数肯定者实际上只是着眼于肯定程本的前八十回，而对后四十回的肯定则只是“喜马拉雅山”比“泰山”式的肯定，就在这相对肯定的同时仍念念不忘一有机会便狠狠诋毁几句。如若这样的概括不算言过其实的话，那么这样一种状况，难道真如吕文所说“整个红学界和学术界”已经对程甲本作过“充分的评价”了吗？即以吕启祥先生本人来说，贬抑程本的文字早已历历在案

（参见朱自力《不要轻易否定原通行本〈红楼梦〉——兼与吕启祥先生商榷》,《新疆师范大学学报》1992 年第 2 期），怎么能说仿佛自己从来就没有贬抑过程甲本呢？

文章指出：花城版《红楼梦》"首次"还程甲本以真本地位；"首次"不以脂批本为参照系；"首次"将著作权还归曹雪芹。"以上三个方面足以说明，花城版确实具有值得称颂的'首次'之功，花城版不愧为几十年来所出版的《红楼梦》版本中的最佳版本；它的成就主要表现在斥伪还原、返璞归真、正本清源，促进红学回归元典程甲本，使其走上健康发展的道路；也为广大读者提供了一个优秀的代表曹雪芹原本、真本的整体面貌，并可以放心阅读的可靠读本。"

花城版《红楼梦》终于问世了。曲沐 3 月 24 日致书欧阳健："我们的样书已寄来了二部，印刷装帧十分精美，兄亦见到了吧。尤其是绣像，十分美丽，太好了！我自然爱不释手，先就看了兄撰之前言，写得漂亮，不落俗套且不说，问题提得很新；也可能是文字的问题，觉得比在广州看手稿时更为引人入胜，更有深度。现在想来，可惜删去了大量例证，否则说得更为深透。只是结尾好像有些话，该说而未说，在广州时也忘记了，该提几句感谢花城、徐巍的话。徐巍也是出了大力的，我本以为责任编辑是徐兄，怎么是落雁峰呢？"

曲沐 1994 年 1 月 3 日读《答蔡义江文》后，曾致书欧阳健说："兄之此文甚好，说理深刻。相形之下，蔡文低俗。我曾给吕启祥写信说《学刊》发表这种文章，有失风范，格调太低。"吕启祥回信说欧阳健投寄《红楼梦学刊》的文稿，只要言之成理，是会发表的，不会因意见不同而屈才。不想因花城出版社的新闻报道，彼时与大师兄曲沐有了嫌隙。趁花城版问世之际，曲沐以自己和欧阳健的名义，给吕启祥寄赠了一部花城新版，年底得吕启祥贺年片，表示"当认真研读"，并感谢对她的理解。曲沐给欧阳健写信，说她有不同意见就说好了，但凡有水平的、正直的红学界人，总不会随便乱说的。

六

欧阳健在党校学习近两个月，唤起了师生对《红楼梦》的兴趣。先是在班级交流会上，以《学术研究也要解放思想、实事求是》为题，讲述研究《水浒传》主题与《红楼梦》版本的体会，反应热烈；校方遂请他4月27日向全体学员作关于“传统文化与明清小说”、“版本问题与红学大论争”、“明清小说与市场经济”、“江苏与明清小说”的讲座。

欧阳健拿到两个结业证书，其中一个是电脑学习证书。经与徐巍商议，由花城出版社支持三千元、三十部书，在南京召开学术座谈会，得朱恒夫支持，地点落实在江苏教育学院。欧阳健用省委党校的电脑打印出红学座谈会通知，算作考试作业，获得通过。

6月19日，花城版《红楼梦》座谈会顺利召开。江苏省红学会会长姚北桦、秘书长曹明、副秘书长俞润生，省明清小说研究会会长刘冬，副会长陈美林、王立兴、李灵年、欧阳健，副秘书长萧相恺、张虹，以及赵国璋、周正良、钟来因、张中、杨子坚、王星琦、俞为民、沈新林、朱恒夫等出席。除红学会副会长吴新雷、何永康因故未到外，该到的都到了。

俞为民受徐巍委托作简要发言，说：“长期以来，红学界把脂本作为正统的本子，而程本是‘篡改本’。脂本确实存在疑问，现在提出重新审查，是很有意义的。徐巍同志看到欧阳的文章，问出版程甲本值不值得？我认为很有价值，让读者看到完整的、尽管以前被否定的程甲本，就有很大的价值。现在，花城出版社把程甲本整理出版了，肯定了程甲本的成就，为研究者提供了资料，是值得肯定的。余下的问题由学者来解决，出版社的目的已经达到了。作为一个版本，花城本将长期存在下去。”

会议开得紧凑，发言热烈。曹明认为，程甲本的出版“具有划时代的意义，对后世普及《红楼梦》产生了广泛影响”；俞润生认为，程甲本

"是功勋卓著的,是谁也否定不了的历史事实","到目前为止,还没有任何一种本子能替代程本的珠联璧合的全帙之作",花城本的出版"提醒我们要重视程甲本在传播史上的作用,是很有意义的事";陈美林认为,花城版"为广大青年提供了一部优秀读物,无疑是做了一件有益的工作";张虹赞扬"花城出版社有见识、有胆识,他们是在获悉欧阳健先生的新观点后,感到一场新的《红楼梦》论战不可避免,于是毅然邀请几位持新观点的学者校注程甲本《红楼梦》,这一举措本身就是一种参与,表现了花城出版社的胆识"。

针对这场牵动人心的真假《红楼梦》大论战,刘冬动情地说:

> 我持这样的观点:"一万年太久,只争朝夕。"欧阳健在《前言》中直截了当地申述他关于红学的各种观点,以期引起学术界的重视与讨论,是符合百家争鸣精神的,无须"客气"。在他所主编的《明清小说研究》刊物上,不仅发表与自己观点相同的文章,也发表与自己观点相反的文章,相信争鸣的结果,自会得出真理。依我看来,红学界在下列三个方面:A.《红楼梦》作者曹雪芹的探考;B.脂砚斋八十回《红楼梦》的研讨;C.《红楼梦》一百二十回文本与电视连续剧文本的优劣比较,迄今为止,观点仍然十分混乱。只有"一家"之言的沉闷气氛必须打破;文学研究界要对人民负责。是大胆地说出自己的见解的时候了。

张中说:"除了少数专家,大家看不到程甲本的原貌。因此,有关程本、脂本的是是非非,多数人只能依据少数专家的说法人云亦云,如同矮人看戏。有关脂本、程本许多问题的研究与评论,因此也就成了少数有幸看到原本的专家们的专利。现在有了这样一个'以展示程甲本的精神原貌'为目的的新注本,广大读者就有条件通过自己比较,对红学中一些是非进行独立判断。这是一件大快人心的事，这可以使更多的人参与研究，有助于红学队伍的发展与壮大。”他满怀深情地回忆往事：

脂本、程本的比较研究，是红学中一件大事。十余年前，我在北京大学读研究生时，曾经做过一些比较。一次在吴组缃先生家中聊天，谈到《红楼梦》，组缃师考问我对脂本、程本的看法，我举了一些例子，认为脂、程二本之间只有优弱之分，并无优劣之分，很难说哪一个本子是劣本。吴先生连声说：“说得对，说得对。”当时，红学界有人出于对脂本的挚爱，对高鹗续书大加挞伐，一时大有将高兰墅视为红楼罪人之势。我趁便向先生请教，组缃师很严肃地说：“高鹗功不可没。”十几年来，我一直记着吴先生的这些谈话。

又语重心长地对欧阳健提出建议：

典籍整理和学术争论，是两回事，搅在一起，容易授人以柄。我理解欧阳和其他几位整理校注者的难处，但我希望大家都能保持冷静。古人说：每临大事有静气。欧阳在学界一向很有锐气，令人敬重，但我希望欧阳能在保持锐气的同时，多一点静气，不要想很快取胜。有关脂本、程本的问题，很可能会长期断断续续地争论下去。在学术史上，这是很正常的事。

话说到这儿，我想冒昧地谈一点题外话。我认为，在学术研究中，由于参与者德才学识的差别，不免会有高下之分，有时还会很明显。但是，一旦就某个问题进行对话，双方就应该是对等的。即使一方是鸿儒硕学，另一方是天真的小学生，双方也应该以相互尊重的态度真诚相待。千万不要自以为对方不懂ABC，就喝令对方坐在矮脚凳上恭听教诲。先生教训学生时，自以为都是为对方好，不觉得自己有什么不是。可是，旁观的大人先生们和后辈小子们可能会感到很不舒服，虽然听训的不是自己。我有幸在京沪等地拜见过一些著名学者，他们那种谦和真诚的态度，真令人感动。他们使我懂得，什么是大师风范，大家风度，这和大人姿态完全是两码事。我想，为了学术事业的正常发展，学术界需要多一点大师风范，大家风度，少一点大人姿态。诤言逆耳。许多学者在《红楼梦》研究中取得了卓越的成就，仰之如同高山。我是怀着由衷的敬重之情斗胆说这些话的，望勿见怪。《红楼梦》只有一部，研究工作却需要大家做。学术界的门户还是开大一点为好。冒昧！冒昧！

王星琦说，“这场讨论对今后红学研究发展的影响，比现在估计的还要大，很可能成为红学深入阶段的新起点”，“从文字优劣讲，程甲本占优；脂本所有回后对句都非常拙劣，不伦不类，与通体思想不协调，是后人搞上去的。文字的混乱，有抄错的，更多的是改，是有意识地改，不能说绝对没有改得好的，但大多数不见高明”。王立兴认为，“脂本脂批系后人伪托，脂本晚于程本，程本才是接近《红楼梦》原貌的真本”等观点的提出，“涉及红学研究的基础，关系到红学研究的方向前途”，“这场论争的今后走向与结局如何虽难以预测，但它必将大大深化《红楼梦》研究，促进《红楼梦》研究跨上一个新台阶”。他还指出，花城版“不理会各种脂评本，是一个很大特点”。沈新林提出：“当前《红楼梦》大讨论方兴未艾，欧阳先生的许多观点是对的，脂本确实有不少问题；但不能急于求成，历史要看百年。”朱恒夫建议，在解决程本早于脂本问题时，“将彼时的文化背景（宏观的、微观的）作为视角之一，由此视角去搜觅证据，或许能搜集到维护自己观点与驳倒对方观点的证据”。

张虹指出，“有大学者说新的《红楼梦》论战‘不是学术问题’，潜台词是什么？时至今日，这样的提法，似乎落伍了”；他希望争论“不要以牙还牙,要用以文会友的态度和风度来对待不同观点的人”。周正良指出:“如果认为已获公认的,就不需要继续进行探讨,这种观点是不符合科学发展规律的。”

杨子坚提出:“程甲本的确是好的本子。花城本旗帜还应该更鲜明一些,封面上可标明‘程伟元、高鹗乾隆五十六年排印本’,程伟元、高鹗的序应该放在前面,图后的像赞也应该恢复,排错的字要改过来,这样便成为一个真正信得过的程甲本。”李灵年说:“程伟元、高鹗的序以及绣像后面的赞词都砍掉了,这是个缺陷。北师大的藏本是程甲本的翻刻本,不是 1791 年的原刻本,这个要讲明,不然容易误解。介绍北师大藏本,要承认前人整理和贡献,这不影响这个校注本的价值。”

欧阳健在会上表示:我们之所以校注程甲本,除了提供一个可靠的版本之外,更重要的是恢复程甲本的真本权威。搞学问,讲究策略是可以的,但不能变成“策略派”,已经说过的认定的话再收回,无异于投降,这是不可能的。

《明清小说研究》1994 年第 4 期以头条位置,刊发了经发言人审阅的《花城出版社新版〈红楼梦〉座谈纪要》,本期的《编者寄语》说:

> 本刊自开展《红楼梦》大讨论以来,受到学术界与读书界的关注,许多读者来信,不仅对本刊大胆推出新观点的做法给予肯定,尤其对本刊倡导的自由平等讨论的学风表示赞赏。红学从其成为红学的第一天起,就似乎同“不平静”结下了不解之缘,不同意见的争论,“即使不‘几挥老拳’,也是相见梗梗,不欢而终”。其实,这种状况完全是可以避免的。本期刊发的南京市专家学者座谈花城出版社新版《红楼梦》的纪要,就充分体现了学术研究中既各抒己见、追求真理,而又平等待人、以理服人的精神。实践证明,真正彻底地贯彻双百方针,才是促使红学事业健康深入发展的保证。

《明清小说研究》1994年第4期还发表黄俊杰的《确认与捍卫了程甲本〈红楼梦〉真本的历史地位——花城本〈红楼梦〉读后》，认为一些人将程本判为“假红楼”，首先使读者“心理上就很难接受”。“因为如果没有一百二十回的程本《红楼梦》，不知那些残缺不全的《石头记》又凭什么能获得中华民族‘文化瑰宝’的美誉！如果没有程本《红楼梦》在读者大众中广为流传二百多年的历史事实，不知那几本残存脂本又怎么能建立起蜚声中外的‘红学’大厦！”花城本的出版，“排除了红学界的种种雾瘴，第一次理直气壮地向社会公开宣告了程甲本《红楼梦》之真，这是新中国成立以来对程甲本《红楼梦》真本地位的第一次确认与捍卫。”作者深有感触地说：“过去，作为一般读者，不知道《红楼梦》有真假之分，优劣之别；一看到中国艺术研究院《红楼梦》研究所整理的‘新校注本’就购买，就阅读，盲目相信了它在‘前言’中所标榜的‘保存’了曹雪芹‘原稿的面貌’的话。如今和真正的程甲本《红楼梦》一比较，才知道受骗上当，才清楚地知道艺术研究院红学所的本子的拙劣，其语言文字是那样糟糕。尤其是在看了曲沐先生在《明清小说研究》1994年第2、第3两期上发表的比较文章之后，孰高孰低、孰优孰劣、孰好孰坏便泾渭分明、了然于胸了。”

第五章　红学官司

一

1991 年 8 月贵阳“纪念程甲本《红楼梦》刊行二百周年学术讨论会”，张国光和欧阳健都是参加了的。张国光的“两种《红楼梦》、两个薛宝钗”说，与欧阳健的“程本早于脂本”说，都是受会议关注的焦点。此后，两人恢复了相互间中断多年的通信。1992 年 8 月，张国光主编的《红学新澜》第 3 期，还以“明清小说研究家、江苏社会科学院文学所欧阳健副研究员来信”为题，刊出了来信摘要：

> 最近，《扬子晚报》刊出专稿，介绍了您与周汝昌关于红楼梦的争鸣，深为您的胆识和见解所折服。我从来不弄红学，偶尔误入“白虎堂”，方发觉其间荆棘林立，门户甚深，如×××辈，盛名之下，任意玩弄红学于股掌之上，实在令人齿冷。与××同志谈起，他也表示赞同您对×××的批判精神和勇气，并要我代致问候。

排版时按张国光的意思隐去真名，以“×××”隐去的，实为冯其庸；以“××”隐去的，实为曹明。到了 9 月 17 日，张国光给欧阳健亲笔写了回信：

> 得来信甚有同感，我特把它发于内刊，意在显示我们反对周的跋扈过程中，实相互促进也。大作已转介，待回复。但我认为批判似太轻，不足以使其震动耳。
>
> 此次战役有的同志称为向“倒高派”发起的“淮海战役”，吾人可以拭目而待奏凯也。

1993年6月12日，张国光给欧阳健寄来请柬，邀他参加庐山“毛泽东论《水浒》《红楼梦》学术讨论会”，并在红色请柬上亲笔书写：“您提的应注意之点，我们赞同，故摘录发表，以期作为共识。”请柬所附“舆论界和专家们的反应”，摘录了欧阳健的回函：

> 毛泽东同志关于《水浒》、《红楼梦》的评论，在全国产生过广泛的影响。作出新的系统总结，具有重要的现实意义。我认为，要使这一讨论有大的收获，需要注意以下两点：
>
> 一、做好毛泽东论《水浒》、《红楼梦》言论的版本考证工作，认真区别哪些是真正符合毛泽东原意的，哪些是经过歪曲的，篡改的，从而整理出一个真正的本子来，作为研究和讨论的基础。
>
> 二、发扬学术民主和自由的精神，贯彻双百方针，对各种观点都应兼收并蓄，不要以观点画线。

8月3日去庐山大厦报到。张国光见到欧阳健，贴心地说：“冯其庸马上就到。我们这个会，堂堂正正，他不好不来，也不敢不来。”又会到王陆才，与谈甚洽。

4日上午，“毛泽东论《水浒》《红楼梦》学术讨论会”在庐山开幕。张国光首先介绍筹备经过,他说,会议宗旨是以历史唯物主义为指导,贯彻双百方针,实事求是地对毛泽东论《水浒》《红楼梦》进行深入探讨,加深理解,促进社会主义精神文明建设。

在湖北大学校长、江西文联主席、华中师大校长、湖北毛泽东思想研究会长等人讲话之后,刘世德应邀讲话,说:“会议涉及比较微妙、复杂的问题,将《水浒》《红楼梦》放在一起,就可发现有共同性,对其中的是非曲直,就会看得更清楚。”讲话回忆了有关《红楼梦》的若干往事:1963年曹雪芹专题展览,茅盾写的《关于曹雪芹》,中央领导同志不满意,又指定何其芳写报告,题目《曹雪芹的贡献》,“贡献”两字来自毛主席的讲话,“四大发明与《红楼梦》是中国对世界的贡献”;他和邓绍基认为,《红楼梦》的主题是写四大家族,就是根据毛主席对陈伯达说“你写中国四大家族,《红楼梦》是写四大家族”的话。陈毅说:“有人说贾宝玉是新人的萌芽,那完全是胡说八道。”毛主席在李希说贾宝玉是新人的萌芽的句子下划了杠杠,打了问号。胡乔木批示:“1954年的运动有正确的一面,也有错误的一面”。

冯其庸宣读红学会贺词,希望加强学会之间、学术刊物之间的大团结,去学术探讨,必须排除意气门户之争,方有真正的团结,等等。会上见到曹明、贾穗,又见到宋谋玚、蒋和森、杨光汉。

下午大会,张国光对欧阳健附耳言道:“这半天只安排四个人发言,你在最后一个,只管放开来讲,不受时间限制。”从张国光的作风看,此举可说给足了欧阳健面子。

第一个发言的是张国光本人。他毫不掩饰锋芒,将矛头指向了李希凡,说读《李希凡访问记》,“我感到非常恶心,李希凡不仅在《红楼梦》,而且在《水浒》上,也反复无常。”

曹明第二个发言,说对脂评本的质疑,引起了学界的巨大反响。新观点的提出,无疑是对目前红学研究的一次冲击,要防止论战中的非科学倾向。

宋谋玚第三个发言，说毛泽东从来把《红楼梦》看作一个整体。然红楼梦研究所千方百计地恢复脂本、变得两截，弄得不伦不类。

最后一个发言的欧阳健，讲了半个多小时。他首先说：毛泽东同志是伟大的历史人物，他关于《红楼梦》的评论，应该以历史的眼光予以重新评价：一、支持“小人物”的创新精神，给“小人物”撑腰，这在今天仍然具有现实意义。“小人物”最没有包袱，他们的思想最不受传统的拘缚；而“大人物”有时倒可能成为学术发展的障碍。但“大人物”与“小人物”之间，并没有不可逾越的界限，“大人物”也是由“小人物”转化而来的；打了“引号”的“小人物”，有时可能比“大人物”还要可怕。不论是大人物还是小人物，都应该贯彻“在学术面前人人平等”的原则；如果“小人物”反过来围剿权威，就走向了另一个极端。二、提倡以新的理论来解决古典文学研究中的问题，从而为古典文学研究注入新的活力；但不能把新理论同考证对立起来，不要一提考证就是“烦琐考证”，就是资产阶级唯心主义。恰恰在这一方面，五十年代的《红楼梦》批判，不仅没有打垮胡适的唯心主义，反而和他殊途同归，在考证的两大问题——“自传”说和脂斋说上，都全盘接过了胡适的东西。俞平伯先生的反思，是值得记取的。正本清源的“本”，就是版本，就是脂本（抄本）和程本（印本）孰先孰后的问题；源，就在胡适那里，只有“本”正、“源”清了，红学研究才会走上健康的坦途。

在介绍了花城校注本《红楼梦》与“《红楼梦》大讨论”之后，他最后说：

> 在脂本和程本的问题上，我和张国光先生有同有异。相同的是：我们都给程本以高度的评价。不同的是：张先生认为脂本的前八十回写得乱七八糟，是高鹗续写了后四十回，又把前八十回改好了，形成了“两种《红楼梦》，两个薛宝钗”；我认为《红楼梦》一百二十回原本是一个整体，都出于曹雪芹之手。

5日、6日两天，欧阳健未参加小组讨论。7日再去庐山剧院，在门口被一位青年拦住了，自我介绍叫朱永祥，是武汉制氨厂工人，对《红楼梦》有独特想法。他这次写了篇四万字的论文，自费前来参会。先是要求大会发言，会务组置之不理；小组会上刚讲了几句，就被张国光斥为"胡说八道"，强行制止。听说《明清小说研究》热心扶植基层作者，故特来请教。欧阳健翻阅那厚厚的稿子，感到是下了功夫的，便说：你能写出如此分量的论文，精神是令人钦佩的。文章可以带回去看看，不能担保一定能发，但一定会以负责态度处理。

进入庐山剧院，欧阳健与杨光汉、周五纯、周腊生等交谈，得到的反馈是：不少人对质疑脂斋颇表赞同，无一人公开反对。冯其庸开了一天会，就悄悄地走了。杨光汉发言说，不要把自己的观点强加于人，以会长权威要求统统来研究曹雪芹的墓碑，这就不对了。对别人的文章，不要无限上纲，争论是必需的，但一定要与人为善。王陆才发言说，欧阳健提出脂评问题，是值得思考的。如果这个问题解决了，两个《红楼梦》的问题就解决了。杜景华发言说，会上点了我的名，李希凡的访问记，为了纪念毛泽东，放在第一篇是妥当的。下午闭幕式，刘世德说："会议开得很成功，只有一个缺点：饭厅女同志很多，会场上却很少，讲坛上无一个女同志。"张国光说："这是一个具有广泛性的会议，所讨论的是大家感兴趣的、棘手的问题，一个非常复杂的学术问题，关系到影响人民精神生活的两大作品，作用是积极的。"

回到南京，欧阳健把朱永祥的文章交给王学钧，他看后也认为有发表价值，只是长达四万字，发表恐有难度。欧阳健说，如果同意删到一万七千字，就给他发。王学钧给朱永祥写了信，提出修改意见。这篇《宝黛爱情婚姻悲剧——自我失落与创作失误的双重结果》终于在《明清小说研究》1995年第2期刊出，虽用小五号字排，篇幅仍达15页。

庐山会议后不到半个月，欧阳健又和张国光在大丰见面了。1993

年8月,由陈从周主持设计的施耐庵纪念馆建成。欧阳健陪同抱病的刘冬,于20日午时抵白驹。下午纪念馆建馆开馆仪式,张国光与刘冬握手言欢,合影于施耐庵雕像下。晚宴张国光应邀讲话,对施耐庵赞扬一番,且赋诗一首:“先生豹隐海东边,笔底风雪鬼神惊。莫道生平难定论,桃花源里避秦人。”欧阳健也讲了话,称颂刘冬考证施耐庵的功绩。

21日,大丰以面包车送与会者返宁。张国光在车上大谈《红楼梦》研究,持续几小时而不疲,一会儿说周汝昌如何如何,一会儿说李希凡如何如何。欧阳健逗趣道:“张先生,你怎么尽打死老虎?”张国光接口道:“我明白你的意思。等我把周汝昌、李希凡等外围敌人都打倒了,就来收拾冯其庸这个主帅了!”

下午到达南京,张国光即转乘轮船还武汉。当天在船上,他即给欧阳健写信,谈《明清小说研究》刊登庐山会议的综合报道一事,说:“如全文刊登,我们酌出版面费以弥补贵刊的亏损。否则,对拙见关于《水》的一部分可单独截取成文刊出,对红学部分也可单独成文刊出,不知您意如何?当然,文字上可以根据您的审定作必要的修改。”

二

欧阳健一直期待以真诚的探讨,换来“既各抒己见、追求真理,而又平等待人、以理服人”的局面。对于现实中刘世德与冯其庸的合流,特别是张国光与冯其庸的合流,没有丝毫精神准备。

刘世德与冯其庸,原是红学界尽人皆知的宿敌。1989年《红楼梦研究集刊》停刊,刘世德失去了制约红楼梦研究所的力量,便不惜丢弃“辨伪”换来的显赫名声,屈尊附和冯其庸的曹雪芹墓石论,大讲特讲是“可信的,无可怀疑的”。1994年8月20日,“《三国演义》暨电视连续剧《三国演义》国际研讨会”在无锡召开,刘世德召集《三国演义》学会常务理事会,匆匆通过聘请冯其庸为学会顾问的决议。两天后的8月

25 日，第七届全国《红楼梦》学术研讨会在山东莱阳召开，原为副秘书长的刘世德被选为中国《红楼梦》学会副会长，“以姓氏笔画为序”排第一位，遂成了会长冯其庸的“亲密战友”。

曲沐是中国《红楼梦》学会理事，却一直没接到莱阳会议的通知。知道内情的黄进德对梅玫说：“冯先生不要曲沐去，肯定是有用意的。”曲沐为此给欧阳健写信，说：“他们将我们捆在一起了，恐怕恨我更甚。这是无所谓的。在扬州会上我就看到，为了一块墓石，冯、林、杜等人那副神气，实在可怕。如今我们动摇了他们的根本，那不更是火冒千丈吗？我早就跟兄说过，不要太以善心度人，更激烈的恐怕还在后头呢。还要防止他们以卑鄙的手段做出令我们意想不到的事情。”

果不其然，冯其庸在 8 月 25 日的开幕词中，谴责“与红学的前进背道而驰”的“非学术和非道德的喧闹”，定下“南批欧阳健，北批杨向奎”的主调，说：“他们的文章，尽管报刊上大肆宣传和吹捧（两者宣传的热度几乎相等），但除了说假话以外，没有什么真正的研究成果。”还疾言厉色地说：

> 对于种种歪论，我们不能退让，我们要为真理而争！要为除谬论而争，要为广大的青年读者，为广大的读者不受蒙蔽而争！孟子说：“吾岂好辩也哉？吾不得已也！”我相信学术真理是在论辩中放射出自己的光芒的，希望大家不要掩蔽自己所涵藏的真理之光而一任邪说横行！我相信这一点将是中国红学会第七次全国会议的主要内容之一。

朱眉叔来信说：“傅增享认为此会开得不仅‘霸气’，简直是‘匪气’。老傅是全国红学会理事，他和同去的春风编辑杨爱群，社会科学院文研所李宗昌，不满此会的气氛，中途退出。”侯忠义来信说：“关于莱阳会，我从杨爱群、张俊处知之颇详。会上，北方攻击杨向奎，南方就是阁下了。凡是持不同意见者,他们竟都缺席攻击,引起很多人的反感。会上人人表达,这是表态'效忠心'之类,早已证明是愚蠢透顶的行为,怎么能得逞呢?"

三

没有任何信号表明,张国光会与冯其庸结盟。他到处宣扬"红学界三大矛盾",毫不讳言矛头是指向冯其庸的。朱眉叔 1994 年 2 月 5 日还给欧阳健来信,说去秋张国光在京开会,曾嘱黄岩柏转告,要与辽宁红学界"联合作战"。直到 8 月无锡会上,李悔吾还带来张国光说"欧阳健现在表现很好"的信息。

张国光是个"原则先行"的人,分清"敌、我、友"是头等大事。在金圣叹问题上,他与欧阳健都主张为之翻案,所以是"战友";惟认定金圣叹是反动文人的何满子,才是"头号敌人"。在《红楼梦》问题上,他与欧阳健都主张给程本以崇高地位,所以是"战友";惟贬程扬脂的周汝昌、冯其庸,才是"头号敌人"。要怪就怪欧阳健自己,不该在庐山点醒张国光,让他忽然悟到为"双两"说计,需要认可脂本的存在,只不过需将其价值颠倒过来而已。于是,"敌、我、友"在他的"战略部署"中进行调整,欧阳健便转化为"头号敌人"了。

莱阳这场"围剿",应者寥寥,闹腾一阵,也就过去了。而对冯其庸素来不敬的张国光,却在武汉召开了"第五次当代红学研讨会",为"传达"莱阳会议精神大做文章。《四川社科界》1995 年第 2 期披露:"大会召开之前,大会的组织者和主持者们就把'决议'写好了,他们准备在《湖北日报》发布一个公告、宣言和檄文式的新闻稿。为了使这件新闻稿既有威力又不致招致被动,稿子不但出自'高级专家'之手,而且经过好几位名教授'反复推敲、修改'。"果然,《湖北日报》10 月 25 日刊出题为《红学专家在汉呼吁:红学研究不能欺世盗名》的通讯稿,中云:

反对哗众取宠、欺世盗名成了全国第五次红学研讨会的重要议题。

昨日,在湖北大学举行的红学研讨会上,有近百名专家就此发言。

专家们指出：正如市场上的一些名牌产品总是有假冒一样，某些人也企图借红学为晋升之阶，热衷于说假话编假材料,致使红学蒙上了“不洁”之名。

不久前,南京欧阳健称“程甲本是最早、最真的《红楼梦》本子”,北京杨向奎等否定曹雪芹家世和曹雪芹对《红楼梦》的著作权,称丰润曹渊是《红楼梦》的原始作者,都是作伪的例子。

专家们注意到,今年年初,多家报纸载文称,欧阳健论证程甲本才是《红楼梦》原本、底本、定本,著名红学家俞平伯留下遗言:“……程伟元、高鹗是保存《红楼梦》的”云云。不少专家非常愤慨:“谣言造到死者身上,不可容忍！”

《湖北日报》是地方报纸,影响力不大。到了11月3日,《报刊文摘》以《近百名红学家提出　红学研究不能欺世盗名》为题摘录转载,称:“正如市场上的一些名牌产品总是有假冒一样，某些人也企图借红学为晋升之阶,热衷于说假话编假材料,致使红学蒙上了‘不洁’之名”,“不久前,南京欧阳健称程甲本是最早、最真的红楼梦本子,北京杨向奎等否定曹雪芹家世和曹雪芹对《红楼梦》的著作权,称丰润曹渊是《红楼梦》的原始作者,都是作伪的例子”,“谣言造到死者身上,不可容忍”。《报刊文摘》由上海《解放日报》主办,是国内第一家“报中报”,发行量达三百多万份,影响达于全国各个角落,正是其转载才使事态严重起来。

11月6日,欧阳健去兴化开会,妻子唐继珍写了给《报刊文摘》总编的信，中曰：

《报刊文摘》11月3日用《近百名红学专家提出 红学研究不能欺世盗名》为题摘要报道了《湖北日报》的内容，我认为，贵报用这样口气的标题，摘要口气又是那样的不礼貌，对你们这样一个较有声望的报纸，这样做是不恰当的、片面的、不正确的，也是不公正的。为此，我为你们感到遗憾和惋惜，其结果只能给报纸名誉添黑。

对欧阳健这样一个普通学者，是无须如此兴师动众的。请不要乱说脏话，乱泼污水，对他人格进行人身攻击，失了文明姿态，露出凶相来。据我所知，欧阳健对《红楼梦》研究起步较晚，他是应辽宁教育出版社邀写《中国古代小说评介丛书》中之《古代小说版本漫话》，才研究《红楼梦》版本、从而发现问题的。为说真话，他发表了一系列文章，现已汇成一册——《红楼新辨》，已由花城出版社公开出版。在这些文章中，欧阳健从没有用不礼貌的话去骂过一个人，去侮辱他人的人格。如有不同观点，完全可以用摆事实、讲道理来争鸣的，这是正常的事。但某些权威对待不同观点的欧阳健和其他人的态度是怎样的呢？他们动用了所能动用的各种舆论工具，如用报纸造声势，迷惑一些不明真相的人；用所谓全国的、地区的红学会进行缺席审判；用组织文章进行围剿等等，盛气凌人，不可一世。他们对于不同观点的人，绝不是摆事实、讲道理，以理服人，而是乱扣帽子，乱打棍子，污水喷人，进行人身攻击。哪怕有一点点与他们不同，也不允许，会风、文风极端不正。某些"权威"把一个好端端的会议，变成了批判甚至围剿他人的战场，我深为这些人的所作所为而痛惜。对红学的研究，同样也需要冷静思考，学术观点尽管不同，但地位是平等的，只有坚持"百家争鸣，百花齐放”的方针，才会对研究有所促进。科学来不得半点虚假知骄傲，否则，社会就不能进步。“权威”们不能老用教训人、整人的手段来对待“小人物”，扼杀其研究成果。真理是最朴素的，只有坚持“百家争鸣，百花齐放”的方针，真理才能显现出来。

我认为报纸有失实的地方，主要表现在：

1.武汉会议只是武汉市一级召开的会议，不能算全国性的会议，也不能用“近百名红学专家”来吓人。

2.俞平伯老先生临终的话是有据可查的，绝不是什么“造谣”。俞平伯老先生去世前，确曾用颤抖的手写下：“胡适、俞平伯是腰斩《红楼梦》的，有罪。程伟元、高鹗是保全《红楼梦》的，有功。大是大非。千秋功罪，难于辞达。”(湜华：《略述俞平伯的〈红楼梦〉研究》，《红楼梦学刊》1991 年第 2 辑)这是铁的事实，无可分辩。这也正充分说明了俞老先生对学术研究态度诚实的可爱，当他一旦知道不是这么回事，总觉是个心病，终于在临终前讲明，卸重负而去。这位诚实的学者，实在是后学者可敬可佩的、值得效仿的榜样。

3.欧阳健和某些“权威”们的分歧，无非是对程本和脂本两种版本的看法上有分歧，这都是可以通过争论作出判断的。一时不能分明的，可以求同存异，只要能自圆其说，谈不上造假不造假的问题。在争论中，哪一方决不能、也不应该用蛮横无理的手段，去侮辱他人人格。究竟谁用了报纸、大会这样的大手段去哗众取宠、蛊惑人心呢？是谁造假、造谣，把有的说成无，把无的说成有呢？又是谁借研究红学为晋升之阶，为了维护所谓权威地位和既得利益，而死抱住自己错误的观点不放，对一个普通学者耿耿于怀，施尽了各种不正当手段，极尽诋毁之能事呢？某些所谓权威的种种所为，难道还不清楚吗？

总编同志，以上是我一个普通人的看法，不妥之处，请批评。

周围许多同志,都对欧阳健表示了殷切关心。刘冬说,当务之急是打散邪气,从历史长河看,是非颠置是屡见不鲜的,但该说的话一定要说,听不听是他们的事,立此存照。周正良说,应以在学术上做出更大成果为安身立命之本,别的都可以不计,心如止水;不可有傲气,不可无傲骨,不要以为他们有多大本领,最多不过刮一点小旋风罢了。姚北桦说,张国光是学术流氓,决不和他发生关系。李灵年还写了论“打假”的短文,投寄《扬子晚报》。徐巍来电话,鼓励欧阳健要挺住,不要动摇。侯忠义来信说:“我感到悲哀和愤怒。我悲哀的是好人连做学问的时间都不能保证;更愤怒的是小人猖狂已极,任意践踏学术和人权,把本来是学术的争论,变成人为的围剿,企图置人于死地,居心可谓险恶。不过他们也得意得太过早了,公道自在人心。”陈洪寄来新年贺卡,上题:“问我何事最关情?风雪故人太瘦生。”李金泉来电话,转达李梦生的问候。

按刘冬“立此存照”的意见,欧阳健草拟了一份《严正声明》,投寄各新闻媒体:

> 四十年来,红学领域屡屡出现伪造的文物史料,诸如《废艺斋集稿》、“曹雪芹画像”、“曹雪芹佚诗”,乃至近年来闹得沸沸扬扬的“曹雪芹墓石”之类,有的红学权威甚至狂热鼓吹这些造假的东西,但从未听人喊过“打假”的口号,也未听说有人事后表示惭愧和自责。在深入贯彻党的十四届四中全会精神的今天,一二红学权威,为了维护自己的既得利益和学术地位,对于我所提出的脂本是出于后人伪造这一纯学术性的问题,倒耸人听闻地大叫起“打假”来了,甚至不惜利用他们把持操纵的学术团体和学术会议,一次次掀起“文革”式的狂潮,并通过新闻媒体肆意诋毁他人的人格,企图扼杀这场有关红学命运和前途的大论争。事实俱在,究竟是谁在搞“非学术的喧闹”,

是谁在“蒙蔽群众”,是谁在“欺世盗名”,难道还不清楚吗?

11月11日,《服务导报》记者张奔斗来欧阳健家采访。采访要点原是《三国演义》电视剧观感,顺便谈起《湖北日报》事件,张奔斗饶有兴趣,将《严正声明》带回,主编黄铁男过目后,又要他来谈了一次。欧阳健向他详细介绍《红楼梦》版本演变,讲了红学界的不正之风,并示以朱眉叔、郭浩帆、余力文的来信。24日《服务导报》第五版,刊出张奔斗的专访,标题是《欧阳健“误入白虎堂”“惹火烧上身”》,肩题是《是学术论争,还是肆意诋毁》。尖锐的语句被主编删去,说开始时低调一些,以后视情况再说。唐继珍据《服务导报》写了摘要寄《报刊文摘》,也在12月5日刊出了。

1995年3月6日,又有《周末》记者王莎莎的采访。欧阳健与她谈“红学第十八次大论争”,谈“由聚讼如狱到聚讼成狱”的根本原因,谈当前论争的三大层次等。王莎莎不愧才女,访问记洋洋洒洒写了四千字,文笔甚佳,后付欧阳健过目,只对结末一段提了修改意见。王莎莎告知,将刊于广东《焦点》杂志与《周末》。后迟迟未刊,电话问之,回说“原则上下周见报,但只能发表一千字”;最后还是未发,看来是遇到了麻烦。

有人提醒,《湖北日报》《报刊文摘》的做法,已涉及侵犯人身权利,要拿起法律武器保卫自己的正当权益。法官滕威从淮阴来,帮着欧阳健修改起诉状。党校同学孙甫代请了中国环球律师事务所南京分所的正副主任,一位是刘虞军,中国政法大学1989年法学硕士,一位是曹辉,上海社会科学院1990年法学硕士,两人皆极有才干、极富正义感,且都爱读《红楼梦》,他们都对冯其庸的行径十分反感,愿帮助把官司打好。这是为了维护正义,仗义执言,不收代理费。

3月7日,欧阳健向南京市中级人民法院提出上诉,状告湖北日报社和解放日报社(《报刊文摘》的主办者)侵害名誉权。南京市中级人民法院告申庭经审查,认为原告告诉属实,依据民事诉讼法予以受理。3月24日,根据法院提供的消息,南京交通台广播、《南京日报》均作了报道。4月7日,《香港商报》以《江苏学者研究红学创新说,遭报刊否定“争鸣”变兴讼》为题,评论道:“原告诉状称,被告的人身攻击、诋毁名誉,不属于正当的学术争鸣的范畴,超越了法律规定的范围,给原告带来的名誉损害影响非同一般。据悉,‘红学’界争鸣引起名誉权纠纷转而对簿公堂,在中国大陆尚属首见。该案件的审理结果,对于学术‘百家争鸣、百花齐放’以及如何运用法律保证正当学术上争鸣不同意见者的名誉与权益,将可立下案例。”

6月27日,蒋松源给欧阳健写信,中说:“前日下午,我应湖北日报社之请,去见了贵方法院来汉调查的林庭长,我把今年《文学遗产》第3期124页一段关于‘脂批’真伪论争的话给他看了。”所说《文学遗产》内容,是指1994年12月《文学遗产》与南开大学教师的座谈,中说:“有学者以‘红学’作为例证,就当前围绕‘脂批’真伪争论的一边倒现象提出了非议。否定传统的说法,认为‘脂批’不可信,学术界对此可以展开讨论,任何人都可以提出异议,这本来是正常的现象。但是,像我们的新老权威那样,群起而攻之,乃至作人身攻击,缺乏应有的宽容,这就不正常了。”

蒋松源信中又说:“我主观上有点想法,愿意在你与湖北日报社之间作些调解,不知你可否应允?”7月3日,欧阳健给他打了长途电话,蒋松源说可在双方间进行调解。欧阳健说,理论上不排除调解的可能,但《湖北日报》必须认识问题的严重性,采取有效措施,制止侵权,赔礼道歉,赔偿损失。4日,蒋松源回电,说已与报社及律师谈过,愿以某种方式表示歉意,诉讼费可由他们支付。欧阳健说,报社不应该只考虑自己的面子,应该正视问题的严重性。由于他们的延宕,一再丧失主动,致使后果越来越严重。蒋松源说,不要以为诉讼一定会取胜,报社的律师已作了充分的准备。欧阳健回答,他请的两位律师水平极高,对打胜这场官司充满信心；考虑到报社与张国光仍有区别，所以不排除调解，但要和两位律师商量，请报社的律师明天来电话。

欧阳健给刘虞军电话通报这一新动向。刘虞军说法院已初步确定7月14日开庭，对方可在开庭前三天到宁，双方于7月12日第一次接触，由法庭出面调解。关键是诉讼请求必须全部满足，一是要认错，二是赔偿不能含糊，只有实实在在赔偿了，才能向外界证明他们确实认错了。如不行，7月14日按时开庭，或开庭调解；再不行，由法院判决。他又说，我们已作了充分准备，电视台将公开转播庭审。欧阳健又拜访乐秀良，乐秀良看了诉状，说通讯稿直接点真实姓名进行人身攻击，构成了严重侵权，其行为具有特定性、唯一性。他赞成调解与开庭的两手准备，如果开庭，将和姚北桦到庭旁听。

6日九时左右，《湖北日报》法律顾问汪洋律师打来长途电话，说感谢欧阳健的大度，愿意接纳调解。欧阳健说，在学术争论中进行人身攻击，性质是严重的，造成的个人名誉和身心健康的损害是恶劣的。这种后果，由于《湖北日报》的拖延，仍在不断地加重和升级：他去年11月5日给报社总编写信，要求予以更正，未予回复；今年3月17日南京中级人民法院受理之后，报社又就管辖权提出异议，使问题又拖延了九个月。侵害在继续扩大，这个责任，贵报必须承担。汪洋解释说，他们查了几个部门，群工部确实没有收到信。接到诉状后，查了10月25日通讯稿的原稿，发现署名的三个人，前两个是通讯员，后一个是记者。通讯发得比较仓促，他们对红学情况不了解，不应该点名，他代表报社表示歉意，并赔偿损失，希望不通过法庭的方式。欧阳健说，通讯稿的实际炮制者，就是张国光。时至今日，张国光依然在变本加厉地侵权，到处寄发油印的传单，颠倒是非，指鹿为马，企图干扰这场法律诉讼，并且说要“把原告变成被告”，还到南京来大肆活动，对他进行人身攻击。如果报社将张国光作为证人，他将追诉其为被告。

汪洋说，张国光不过是一般教授，报社对他一向比较礼貌，除此之外，与他无任何关系。报社对他没有任何授权，对他为人行事的方式，也是不赞同的。报社是真诚愿意和解，承担由于不妥做法造成的后果。说到这里，汪洋用沉重的语气剖分道："据我们了解，你目前所面临的后果，应该化成两个部分：确有受刊登通讯稿影响的直接后果，但和你现在所遭受的不公正待遇，没有必然联系。实质上是有些人不怀好意，利用了这东西。据我所知，张国光来到南京，你们社科院就为他出具了证明，如果在法庭出示这些材料，会给你造成被动。"

汪洋透露的内情，让欧阳健暗吃一惊。欧阳承认汪洋说中了症结之所在，又淡淡一笑说，这正是他欢迎的，它可以把一些人的权术，暴露在光天化日之下，是非自有公论。汪洋改变了语调，接着说，他对此表示理解。现在他代表报社邀欧阳和律师到《湖北日报》来，对于不妥之处，总编将当面道歉，并会以恰当方式挽回影响。欧阳来武汉后，由蒋先生陪同，到《湖北日报》和大家见见面，双方坐在一起，握手言和，就是朋友。

通话之后，欧阳健给刘虞军打了电话，不在；又给曹辉电话，说要与刘虞军联系。下午拜访刘冬，谈有关情况，刘冬又为他设计了可进可退上中下三策。他又与周正良通了电话，也赞同调解，只是提醒欧阳健要冷静。

7 日，汪洋又打来电话，说已对他们去湖北日报社作了妥善安排，并叮嘱此行要严格保密，不要让张国光知道。十一点，刘虞军来电话问明情况，又与法院联系，林松亦支持调解。之后，刘虞军与汪洋通了一个小时电话，说定欧阳健当晚动身，他自己于 11 日赶到武汉。刘虞军提醒欧阳健：到了那边，不论对方怎么招待，怎么住，怎么吃，怎么玩，都一定不要谦让，要让他们充分表示道歉之意。有关法律程序，不要随便答应，一切等他来了再谈。

9 日，船抵汉口港，汪洋来接欧阳健，安排他宿于新闻宾馆，《湖北日报》总编室主任许万全来看望，双方谈至深夜。许万全说，报道为湖北大学新闻系学生与学报编辑所写，记者未到现场采访，也就署了名，这是严重失职。对于所造成的伤害，报社表示歉意；鉴于他们是无意中介入，希望以和缓的方式解决。欧阳健是个吃软不吃硬的人，受到热情接待，见他们态度比较诚恳，又一再表示歉意，说不出什么硬话来，便介绍了红学研究的概况，以及此次争论的焦点，想让他们对学术讨论的本质分歧有所了解。至于具体法律问题，等律师到了再议。为了挽回影响，许万全提出了两个方案：一、以通讯稿三作者“来函照登”的形式，对具体情况作一些说明，并赔礼道歉，承担责任；二、以“访问记”的形式，写欧阳健在武汉的学术活动，表明对他的学术研究的尊重。

欧阳健又开始设身处地替人着想起来：站在《湖北日报》的立场，第一方案操作困难，由通讯稿三作者来顶雷，有些于心不忍；第二方案，因学校放暑假，学术活动难以安排。正沉吟间，忽然想到曲沐的新书《红楼梦会真录》将在台湾出版，请自己写的序言《〈红楼梦〉美学与〈红楼梦〉版本》，是一篇可以独立发表的论文，既指出了将“红楼梦版本”与“红楼梦美学”割裂的不妥，论证“程甲本之所以是《红楼梦》的最好版本，不仅从版本鉴定的角度讲，是最可靠的真本，而且从思想艺术鉴赏的角度讲，也是最出色的善本”；又称赞了曲沐“从美学开始而在版本上生发，又进一步拓展了美学研究的天地，从而在这两个方面都达到了很高的境界”。发表出来，比一纸“赔礼道歉、恢复名誉”的空文更有价值，且不刺激任何人的神经，遂建议刊发此文，由报社加一编者按，表一表基本态度。许万全、汪洋略微一想，便欣然同意了。

10日晨，汪洋来陪欧阳健吃早饭，说起那篇新闻报道，他以为是《湖北日报》最差的，侵权毫无疑问。又说旁听了“第六次当代红学会”，看到张国光的作风，有了基本的印象，张无非是想借此维护自己在湖北摇摇欲坠的学术地位。九点，蒋松源来到宾馆，三人齐到湖北日报社，与许万全商议刊登文章之事。上午众人一起改定了编者按，决定13日前发表。中午，《湖北日报》总编杨仁本宴请欧阳健健和蒋松源，许万全、汪洋与党办陈主任做陪。杨仁本说,那篇报道是《湖北日报》最坏的报道,报社的人看了,都很反感。对由此而造成的损害,报社向欧阳健正式道歉,并愿承担责任。他又说,这件案子的处理,显示了欧阳健同志的大度,他们感到十分满意。饭后,欧阳健与蒋松源回住地长谈至五点半。蒋说,张国光在武汉已无多少人跟他跑了,所以张对官司表现出了空前热情,他不怕当被告,不过想借此扩大自己的影响。晚饭后,张国光给许万全打电话,催问去南京开庭的事,许万全含糊答之。此次谈判,一切皆撇开张国光进行,报社下决心不再理他云。

11 日上午,汪洋陪同欧阳健游黄鹤楼,又驱车穿过珞珈山武汉大学校园,汪洋是武大法律系毕业,颇为热心地指点校景。他说自己和许万全是负责此案的经办人,为此倾注了相当心力,他们从冯其庸、蔡义江、陈辽等处取了证,为的是打赢这场官司,但还是从另一个方面看出问题的实质,希望主动和解,退出这场纠葛,让红学恢复固有的运行轨道,表现出律师的道义胸怀。晚上刘虞军飞抵武汉,两位律师谈协议书事,许万全陪欧阳健在大院散步。律师拟定协议,由报社支付精神抚慰金二千元、律师差旅费及法庭撤诉费二千元。谈到十点,许、汪二位辞去,欧阳健与刘虞军畅谈至凌晨。刘虞军是个有抱负的青年,他的律师事务所规定:每人每年必须受理两宗以上不盈利的案件,以伸张正义。听说《红学新辨》为自费出版,他表示这样的好事,愿赞助一万元。欧阳健说,官司已得他和曹辉鼎力相助,浪费了不少宝贵时间,再赞助出版,就太不好意思了。刘虞军说,他们律师事务所经手的案件,多涉及贸易、投资、金融行业,介入学术争论,还是头一次,也算是一种诉讼体验;况且又增加了对红学的了解,丰富了知识,也是很大的收获。

12 日,欧阳健与刘虞军至湖北日报社总编办公室,将协议书校定、打印、签字,取得了抚慰金。中午社方请来蒋松源吃饭,感谢他的调解。饭后即送刘虞军去天河机场。13 日由许万全与汪洋陪同早饭,欧阳健取到了《湖北日报》,《〈红楼梦〉美学与〈红楼梦〉版本》发于第七版,所加编者按云：

> 江苏省社科院欧阳健同志近几年对《红楼梦》的版本问题，提出了一些新的观点，引起了红学界的普遍关注。这种探索应该是有益的。本着双百方针，现刊发该同志的《〈红楼梦〉美学与〈红楼梦〉版本》一文，以飨读者。

许万全解释说，原拟的编者按中，“这种探索是有益的”，领导讨论时，加上了“应该”两字，因为对于红学研究，我们都是外行，不好作过于肯定的判断，加上“应该”两字，转圜的余地大一些。欧阳健一想，不过是枝节，就没有再说什么。许万全说，通过这件事，我们已经成了朋友，希望欧阳在红学研究上取得更大进展。八点半，汪洋送欧阳健赴汉口港乘船，14 日下午抵南京。刘虞军来电话，问报纸是否拿到，他们是否到最后还很热情。又说已向南京市中级人民法院撤回对湖北日报社的诉讼请求，诉讼费当时多收的部分，仍给欧阳健做抚慰金云。

四

和《湖北日报》虽然达成调解，但《解放日报》答诉称无责任，南京市中级人民法院遂于 7 月 14 日开庭审理这“第一桩红学官司”，被告《解放日报》缺席，刘虞军陈述本案要点与诉讼请求。7 月 26 日，法官林松前往上海，经调解，《报刊文摘》表示愿意道歉，刊登欧阳健的来信，并赔偿二千五百元。28 日，欧阳健拟就《致〈报刊文摘〉信》，信稿交刘虞军过目，作了两处改动：“声誉”前加“较高”二字，“这一报道”前加“其实”二字，又代《报刊文摘》拟了编者按，交林松过目；林松说，法院的结案意见，将由刘虞军交欧阳健，并说还应发表谈话，以彻底消除影响。

不料《解放日报》看重自己的面子，认为欧阳健信中的措辞，超出其所能接受的程度，“十分头疼”；而曹辉律师则以为此信仍嫌软，不能轻易让步。正交涉间，传来陈辽给胡序建写信之事。胡序建是南京市委负责政法的副书记，又兼市人大常委会主任，曾组织旁听百例行政案件庭审，本人亦常到市法院旁听庭审，并作指示。陈辽此信的内容，外人不得而知，无非“五大教授”、“三个电话”与“中国学者”之类。胡序建得信后，批了六个大字：“认真审理此案。”陈辽又到处活动，渲染他和胡序建的关系，云胡序建如何重视他的来信，扬言欧阳健的官司彻底要输。案件一直拖到胡序建批准一环之后，1995 年 11 月 10 日南京市中级人民法院发出(1995)宁民初字第 50 号民事判决书，全文如下：

原告欧阳健，男，1941 年 8 月 15 日生，汉族，原江苏省社会科学院文学研究所研究人员，住本市北京西路 70 号之一 503 室。

委托代理人刘虞军，中国环球律师事务所南京分所律师。

委托代理人曹辉，中国环球律师事务所南京分所律师。

被告解放日报社，住所地上海汉口路 274 号。

法定代理人丁锡满，解放日报社总编辑。

原告欧阳健与被告解放日报社侵犯名誉权一案，本院受理后，依法组成合议庭，公开进行了审理。原告欧阳健的委托代理人刘虞军到庭参加诉讼，被告解放日报社未到庭。本案现已审理终结。

原告欧阳健诉称，1994 年 11 月 3 日，被告解放日报社下属《报刊文摘》转载湖北某报题为《红学研究不能欺世盗名》的通讯稿，指明原告是“作伪的例子”“热衷于说假话编假材料”“谣言造到死者身上”“由此可知打假的重要”，给原告名誉造成极大损害，请求判令被告解放日报社消除影响，恢复名誉，赔礼道歉并支付精神抚慰金 5000 元。

被告解放日报社辩称,《报刊文摘》是我报主办的综合性文摘报,专门摘登各地报刊上已经发表的信息和文章。对这些信息和文章的真实性,本报只负责向原报刊核实,无义务也无权利向当事人直接核对。如果原报刊经过调查发现有失实之处,并刊登更正文字,《报刊文摘》一定会迅速摘登,以消除不良影响。

经审理查明,近年来欧阳健对红学研究提出一些观点,涉及《红楼梦》的版本问题,引起了红学界的争论。1994 年 10 月 25 日,湖北某报对某地区红学会议作了报道,同年 11 月 3 日,解放日报社主办的《报刊文摘》转载了湖北某报题为"红学专家在汉呼吁:红学研究不能欺世盗名"的该篇通讯稿,称:"正如市场上的一些名牌产品总是有假冒一样,某些人也企图借红学为晋升之阶,热衷于说假话编假材料,致使红学蒙上了'不洁'之名";"不久前,南京欧阳健称程甲本是最早、最真的红楼梦本子……都是作伪的例子";"谣言造到死者身上,不可容忍";"由此可知打假的重要"。该文登出后,1994 年度江苏省明清小说研究会年会期间,有会员以书面形式提出,学术界受到如此曝光的极少,认为欧阳健不宜再任副会长。

上述事实有湖北某报的文章,1994 年 11 月 3 日的《报刊文摘》、谈话笔录、调查笔录、开庭笔录等在卷为证。

本院认为,学术争论不应采用侮辱人格方式。报刊对所刊文字及内容负有审核义务,该项义务并不因转载他人文字而能免除。

解放日报社主办的《报刊文摘》转载点名对欧阳健人格进行贬低的文章,扩大了不良影响,欧阳健的名誉受到侵害,其行为已构成侵害名誉权。对此,解放日报社应负民事责任。依照《中华人民共和国民法通则》第一百零一条、第一百二十条

第一款的规定,判决如下:

一、解放日报社于本判决生效之日起30日内在其主办的《报刊文摘》上刊登经本院认可的向欧阳健赔礼道歉的文字,以消除影响,为欧阳健恢复名誉。

二、解放日报社于本判决生效之日起10日内给付欧阳健精神抚慰金1000元。诉讼费50元由解放日报社负担。

如不服本判决,可在判决书送达之日起十五日内,向本院递交上诉状,并按对方当事人的人数提出副本,上诉于江苏省高级人民法院。

审　判　长林松

审判员　李翠屏

审判员　唐久新

一九九五年十一月十日

书记员杜燕

判决书称原告欧阳健为"原江苏省社会科学院文学研究所研究人员",是因为他已于1995年9月应福建师范大学中国古代小说研究所之聘,南下福州了。

"第一桩红学官司",终于画上了句号。判决下达后,被告《解放日报》并未表示不服,则判决业已生效。1996年1月2日,欧阳健在福州接刘虞军电话,言《解放日报》不肯在其主办的《报刊文摘》上刊登赔礼道歉的文字、给付精神抚慰金,南京中级人民法院拟强制执行,在《新华日报》上刊载此信。然欧阳健的处境和心境都已发生大的变化,对于落实判决条款,已失去迫切的推动力了。

第六章　南下福建

一

欧阳健没有得过初级职称，助理研究员的职称，是1980年通过中国社会科学院考试获得的。其时江苏省有270人应试，录取27人，其中助理研究员4人。从白身一跃为助理研究员，这事只在1980年发生过，千载难逢。职称考试闯关获得，无人表示异议，本人也心安理得。六年后的1986年12月，又评上副研究员，上下左右，皆认为应该如是，他本人几乎没说过什么，就顺顺当当地解决了。侯忠义写信祝贺说：

> 弟非沽名钓誉之徒，亦知职称在今日之中国，既滥且虚，但我辈亦无法免俗，因今日之社会职称之作用大矣哉！无高级职称，就无法分到三居室的房子，这都是现实问题，所以解决了总是好事。看有些人以职称骄人，装腔作势，却又令人作呕；从这点上看，当以学问取人，且只有学问方能传之久远，有益学林，吾与仁兄当有同感罢。

1992年4月，新一轮职称评定又开始了。其时文学所有七人申报研究员，包括副所长周钧韬、刘福勤，现当代文学室主任汤淑敏，古代文学室主任欧阳健,《明清小说研究》副主编吴圣昔,再加上钟来因、金燕玉,人人似乎都有必上的理由,下达的指标只有一个,形势异常严峻。

陈辽 1990 年 9 月就卸去了文学所长一职,但仍是所学术委员会主任,又是院学术委员会副主任,遂成了操控的唯一权威。在考核评“优”时,他设计了“等级量化法”,规定要打出具体分数,其中 6—7.5 分为“及格”,7.6—8.5 分为“良”,8.6—9.9 分为“优”。

欧阳健以为,职称只是学问的标识。有多高学问,就评多高职称,有什么可争的呢?在 4 月 15 日考核时,给吴圣昔打了 9.9 分,自己则随手打了个 9 分。宣布计票结果为:

刘福勤“优”12 票,“良”1 票,得 9.4 分

吴圣昔“优”9 票,“良”4 票,得 8.93 分

钟来因“优”6 票,“良”7 票,得 8.93 分

欧阳健“优”9 票,“良”4 票,得 8.9 分

汤淑敏“优”7 票,“良”6 票,得 8.86 分

金燕玉“优”7 票,“良”6 票,得 8.58 分

周钧韬“优”9 票,“良”4 票,得 7.45 分

就欧阳健而言,反正已将事情撂开,索性两耳不闻窗外事,一心埋头《红楼梦》版本考证:拟订程甲本整理体例;为《扬子晚报》写《红楼版本趣谈》;校看《古代小说版本漫话》清样,对《红楼梦》一章做大的改动,等等。插进来的事有:为高晓声选定《三言二拍》书目;看南京师大张中送来的叶笑春的硕士论文《晚明散文家张岱研究》、南京大学程国赋送来的李劲松的硕士论文《才子佳人小说论》,等等,忙得头昏力乏。

6 月 19 日,欧阳健正写《〈红楼梦〉“旧时真本”辨证》一文,忽听敲门之声,开门一看,原来是陈辽、刘福勤二位,便请他们在床沿坐下。只听陈辽开言道:“所里把考核结果上报,遇到了困难。因为上面只给了

六个‘优’的指标,所里评出了七个,不好办。考虑到你一向淡泊名利,所以就……”不等说完,欧阳健道:“老陈,你不要说了。——我明白你的意思。当年若不是有这么一个机会,让我考进了社会科学院,说不定现在还在苏北当中学教师。——你如果这时来找我,要调我来文学所做个资料员,我都会感激不尽——因为我有了资料和时间;现在居然做到了副研究员,已经非常满足了。只要能从事喜爱的研究工作,哪怕终身是副研究员也无所谓。职称不过是个名头。宁让职称低于实际水平,也不要让职称高于实际水平。出去开会,乍听某教授专家大名,不禁肃然起敬,但一开口,却不是那么回事;倒是有些职称不高的人,一听发言,令人刮目。我是宁愿让人惋惜,也不愿让人鄙薄。为了所里好做工作,减少矛盾,我可以放弃评‘优’。”

——要说欧阳健此时的心愿,企求的只是“宁静”二字。他珍惜文学所全盛时期的和谐,希望能永远维持下去,故每遇与“外物”相关之事,总是以谦退处之。他最怕的是“一人向隅,举座为之不欢”。不愿当古代文学室主任,是怕钟来因不服;不做《明清小说研究》副主编,是怕伤了吴圣昔。如今,他不忍同支持过自己的善良的汤淑敏争;不愿同和自己一道考进社会科学院的刘福勤、钟来因、金燕玉争;也不屑同年长几岁的吴圣昔争。最最上策,是“君子役物,小人役于物”,从纷争的泥淖中解脱出来,赢得宁静的心境与充足的时间。

陈辽准备了一大堆说辞,没有想到欧阳健会如此爽快,便站起来握住他的手,激动地说:“欧阳,我料定你一定会这样说的!你帮了我的大忙,谢谢谢谢。我保证,明年一定让你上研究员!”欧阳健不喜欢话中的交易味道,正色道:“你也不必保证。到了明年,一切还按程序来。”陈辽郑重表白:“不,我不会忘记自己的承诺。”

6月24日开会,陈辽宣布刘福勤、吴圣昔、钟来因、金燕玉、汤淑敏、萧相恺(申报副研究员)六人优秀,总结时强调说:“欧阳健同志的科研成果有目共睹,他的条件本来也是够‘优’的,为了顾全大局,他把

‘优’让了出来,这种风格是值得学习的。”第二天早晨,王同书特地寻来,一把拉住欧阳健说:“评优的事,你上了陈辽的当了!按他宣布的标准,8.6分以上算优;金燕玉只得了8.58分,比‘优’的标准少0.02分。可见本来就只有六个人得‘优’,为什么要你让?再说,既然采用了打分的办法,就按得分多少为序,又为什么要你让?”王同书又说:“你太傻了!你和钟来因、姚政1980年考进社科院时就是助理研究员;刘福勤、金燕玉只是研究实习员。你1986年就评为副研究员;钟来因、金燕玉1988年才评为副研究员。按4—5—5的年限,金燕玉也不够五年。陈辽要你放弃‘优’,目的就是要让金燕玉上。”

杜贵晨知他放弃申报职称,写信道:“您这次不申请晋升职称,甚感遗憾。从成就看,您太委屈自己了,而目前这种搞职称的办法也使人有时两难,不能不考虑到各方面关系。在这个意义上,让一步天地宽,心里平静。您的做法弟又甚为佩服。”王俊年也来信说:“谈到职称问题,确实应该看透一些。评上的人未必一定比没有评上的人水平高,这种情况恐怕每个单位都有。我们这次够年限的人有三十五位,可只有七个名额——五人中评一个,情况似较你们好些。说实话,我看人不看他是什么职称,而是看他的著作。上海国际会议使我开了眼界:所谓的国际近代文学研究专家以及国内某些名声很大的‘特提’人物的水平原来如此!——真是大失所望。”

1992年年底,欧阳健去南京师大访张中,畅谈红学。归途遇何永康,他站住了问:“怎么高评委讨论时,没有见到你的材料?”何永康是南京师大文学院长,省职称高评委成员,文学组组长。欧阳健回答评“优”时就让给人了。何永康大为意外,摇头道:“那太可惜了!如果材料报到了高评委,头一个通过的肯定就是你。现在评职称形势非常严酷,材料上报到高评委,即使这次没评上,下次就有了‘底’;你这一让,会带来许多问题。”曲沐来信说:

前接何永康同志信，言兄风格高，放弃晋升职称。其实何必放弃？不争就可以了。我们这里高级职称，全系只有一个正高指标，系领导将我推荐在前面第一，但是否能得到也难说。只有听其自然了。真可谓“得之不喜，失之不忧，知命之有数”。

二

俗话说“善有善报”，但现实也未必如此。1992 年欧阳健让了“优”，帮了陈辽的大忙，他自然是感激的。然当年职称评定，文学所上的是刘福勤。陈辽仍欠着金燕玉的，对欧阳健的承诺便成了难以兑现的支票。

陈辽嗅觉敏锐，颇能掂量课题的潜在价值。欧阳健之治《红楼梦》版本，初亦持赞赏态度，只说“对红学要慎重”。1992 年年初去北京出差，听到一些议论，便邀欧阳健去家一谈，也是出于某种程度的关心。欧阳健一一申述，以破其疑，又将《脂本程本异文原因辨证——敬答应必诚先生》、《也谈迎春是谁的女儿——〈红楼梦〉版本辨微》等送他过目。1992 年 1 月 25 日晚已过七点，陈辽来欧阳健家，坦陈自己的看法：第一，对欧阳的探索精神表示钦佩；第二，尚有几点疑问没有消除，如甲戌本可能伪造，其他脂本还是可靠的，——一个人不可能伪造这么多本子；第三，希望欧阳坚持下去，彻底破解这一难题。欧阳健备受鼓舞，几天后又前去拜访，将新写的《脂斋辨考》与《脂本年代辨析》送去，以进一步释疑。陈辽读后说，关于《红楼梦》版本的新见，言之成理，可自成一说；但要完全说服他，需拿出作伪的“直接证据”。秉持这一态度，陈辽在院学术委员会上，投了赞成欧阳健“《红楼梦》版本研究”课题一票。对欧阳健而言，陈辽称自己“一向淡泊名利”，亦可算一知己；又当众肯定“科研成果有目共睹”，“顾全大局的风格值得学习”，也算出于至诚。

1993 年，《红楼梦》纷争升级了。《红楼梦学刊》一下子推出了五篇

“全面批驳”的文章，陈辽于是逢人便说，欧阳健的红学研究搞糟了，学术委员会批准“《红楼梦》版本研究”立项是错的，应该立即撤销。——既然欧阳健犯了严重错误，不给他评研究员，岂不顺理成章？姚北桦得知后，说：“陈辽就是这么个人，不必介意。”王学钧在审读《红学辨伪论》时说：“文章看了一半，感到文风都变了，看得出来所处环境的压力，四周都是陷阱。学问做到这个份上，太可悲了！”

9 月 6 日，陈辽去北京参加’93 中国古代小说国际研讨会，向欧阳健郑重传达“五大教授”的忠告：第一，“不要意气用事”写文章反驳；第二，“不要凭借刊物对他们进行反击”。欧阳健以为还可以理说之，便分析了刘世德、蔡义江、宋谋玚文章的问题，陈辽沉吟半晌，说：“我不支持你，也不反对你。”

其时，陈辽赶写了一篇《中国古代小说国际研讨会侧记》，匆匆交给萧相恺。印刷厂来取第 4 期稿件，萧相恺不及细看，就交付排版了。及清样送来，欧阳健见报道排了八页半，便用红字批曰：“此文用小五号字改排。”二校送来又发现严重涨版，就把《侧记》抽了下来。1993 年第 4 期出版后，陈辽不见《侧记》刊出，便去责问萧相恺，回说是欧阳健的决定，陈辽大为恼火。在正副所长年度考核时，陈辽反对在欧阳健的评语中加进“研究有胆识、有开拓精神”字样，说欧阳健妄自尊大，不发表他高质量的会议报道。欧阳健原本想拖到下一期再发，被陈辽一激，便仔细推敲这篇《侧记》。只见通篇为文摘的叠加，没有取舍，没有镕铸，的是其一贯芜蔓之风格，便决定干脆不用。到了 1994 年 3 月，《明清小说研究》第 1 期出版，陈辽见仍未发出，大发雷霆，匆匆写了篇《备忘录》交所务会议；恃着与贾轸的特殊关系，又写了“立此存照”捅到了院党委。经不住陈辽的纠缠，贾轸喊来刘福勤、萧相恺，要他们做做欧阳健的工作，底线是：“至少应该承认，程序还有不妥。”欧阳健答道：“稿子涨版，抽下一两篇文章是正常的，主编完全有权处理。”贾轸追问道：“那下一期为什么不发？”看贾轸只对此事有兴趣，欧阳健只好一条一条地摆起来："发不发此文，应以刊物的形象、声誉为衡量是非的标准。《明清小说研究》是全国唯一的研究古代小说的正式刊物，刘世德偏不邀请我们，我们也没委托陈辽为代表，却以'本刊特约记者'的名义吹捧会议，刊物的尊严何在？这次会议，林辰也没有受到邀请，鼓了一肚子气，陈辽却在报道中公然写上：'林辰主张《留人眼》不是作品名称的说法是错误的'，有缺席审判之嫌。林辰是有个性的专家，他帮助联络辽宁教育出版社，资助我们一万元编这个专辑，而我们却在专辑中说'林辰是错误的'，不等于人家拿一万元钱做广告，我们却在广告中说它是'伪劣产品'一样？幸亏发现得及时，才避免了严重后果，在关键时刻捍卫了刊物的尊严，维护了刊物的利益。"贾轸的脸涨得通红，用命令的口吻说："不管怎么样，陈辽的报道，下期一定要发。"欧阳健是强按牛头不饮水的性子，说："不发报道，在'程序'上无可挑剔，我决不让步。如果一定要发，你另请高明！"便拂袖而去。陈辽后来对人说："贾书记要他向我赔礼道歉，他就是不干。"欧阳健闻之回答：做你的大梦去罢！

在给侯忠义寄送专辑时，欧阳健将事情经过告诉一番。侯忠义回信道："《研究》的《评介丛书》专刊收到，内容确实可以，我正在一篇篇翻阅，有些实际内容，就是印刷校对、装帧差一些。陈辽的'发难'，说明他不甘'寂寞'的权力欲，适当地给以'抵制'是需要的，但要注意方式。也可拉上'所长'一起，这样方便些。有关'红辨'文章，《研究》的风格不知高出《红楼梦学刊》多少倍了。至于主编，他说了不算谁说了算？如果事事请示，还要主编干什么？北大文科学报的主编（叫编辑部主任）就因请示了两次校长，结果最近被免了职，说她能力太差。"

三

在《侧记》问题上吃了瘪，陈辽并未善罢甘休。4 月 12 日，政治学习结束后，趁欧阳健不在，陈便以个人名义留下所长刘福勤、副所长萧相恺、现当代室主任汤淑敏、古代室主任钟来因、研究员金燕玉、副研究员姜建等，说有话讲。他先是指责欧阳健拒不执行贾书记指示，不发他的会议报道；又取出一份复印件说："都以为欧阳健淡泊名利，顾全大局，实际上只是假象。这是他写文章吹嘘自己的铁证，看他还有什么话说！"又说另一份复印件，已呈送院贾轸审查。诸人看复印件题《向传统红学挑战的人》，确是欧阳健的笔迹，内容是《红楼新辨》的介绍，未置可否。

当晚刘福勤打电话询问事情原委。欧阳健大为吃惊，说自己应《扬子晚报》记者之约，是写过一份材料，但怎会落到陈辽手中呢？给院照排中心负责人孙强打电话，方弄清事情的来龙去脉。

原来曲沐曾当面向徐巍进言，以为欧阳健的《红楼新辨》有"全新视点与观点"、"很高的理论建树"，是"红学史具有革命性之突破"，望作为本版书与程甲本相辅而行。但花城出版社估算要赔二三万元，经徐巍争取，同意奉送书号，由作者自筹印刷。欧阳健不愿求人，况且一个书号据说起码要一两万元，社里也算是慷慨之举，就欣然同意了。吸取王同书的前车之鉴，决定与承印《明清小说研究》的厂家分开，另行解决印刷问题。机关党委凌新说，院里新近设立了照排中心，本院职工可以优惠，校对也较方便。欧阳健与孙强联系，一拍即合。几个月中，一校，二校，三校，来来去去，两人逐渐熟悉起来。孙强通过录入文本，对红学发生兴趣，常提些问题请教，几乎成了一位"红迷"。

一天，孙强对欧阳健说，自费印刷要垫不少的钱，他看这本书是有价值的，应该做好宣传，发行的路子打开了，就不会白干了。又说有朋友在《扬子晚报》，对红学也很关心，已邀其来院采访，欧阳不妨和他好好谈谈。到了约定时间，因故未能遇上。孙强说，记者太忙，对红学不太熟悉，不如提供一份材料作为参考。又说介绍一件事，不如介绍一个人，题目就叫《向传统红学挑战的人》。欧阳健一听有理，便以侯忠义序与“内容简介”摘录成文，交给了孙强。至于记者有没有来，来了以后如何处理，欧阳健也没过问。

听说发生了这种事情，孙强回忆说，他将文稿放在《学海》毕素华那里，说记者来了就交给他。至于陈辽如何弄到此文，他也毫不知情。欧阳健要求刘福勤调查。刘福勤急忙走访毕素华，方知是王同书来《学海》厮混，乱翻她的抽屉，偷去了文稿，才到了陈辽手中。毕素华气愤地说，原以为陈辽是个老同志，谁知这样没品！受陈辽排斥调到《学海》编辑部的张纯说：“他叫什么陈辽？压根儿就是无聊！”

欧阳健深知贾轸的偏袒十分露骨，从他那里得不到公正，决心用法律手段保护自己。4 月 15 日，他前往鼓楼区人民法院呈递起诉状，说明：第一，此文稿是自己应记者的采访要求而写的，它是否为记者所采纳，有待通过采访由记者决定；作为局外人的陈辽以不正当手段获取文稿，本身就是侵权行为。第二，此文稿未经本人许可，私自予以复制（现在已知至少复印了两份），也是侵权行为。第三，著作权法第十条规定，著作权人有“决定作品是否公之于众的权利”。陈辽在未经本人许可的情况下，将文稿复印件在所里公布，是侵害本人发表权的行为。他指出：“这篇两千字的短文，主要是依据北京大学教授侯忠义先生为本书所撰序言以及扉页上的内容简介来写，目的是为了介绍此书，并无夸大失实之处。而陈辽出于个人泄私愤图报复的目的，在院部领导和文学所内有意歪曲事实，对本人的人格进行诽谤诬陷，严重地损害了本人的身心健康和学术声誉，构成了对本人名誉权的侵犯”，请求法院裁决被告：一、立即停止对本人著作权、名誉权的侵害，追回文稿及复印件。二、公开赔礼道歉，消除影响，恢复名誉。三、赔偿本人因权利受到侵害而遭受的精神创伤和健康损害人民币伍万元。

一位姓仇的女法官出来接待，表示事情出在单位内部，需先经过单位处理，如不满意可再来法院。欧阳健回到院里，与副院长刘钰谈了一个小时，留下起诉状副本与《红楼新辨》清样，刘钰答应调查处理。4

月 29 日,又去找机关党委张锦才,要求纪委认真研究。5 月 18 日应约去纪委,韩文海告知:党委纪委对申诉十分重视,已向有关人员作了调查,弄清了事实,认为欧阳健做的是正当的,而陈辽的做法是不对的,但希望不要把事弄大。

7 月 20 日,欧阳健取到《红楼新辨》样书五十本,陆续分送师友。刘虞军来电话说,《红楼新辨》确实写得很好,益加坚信正义在我们一边。程千帆得书后回信说:"承赐《红楼新辨》,感不可言。颓龄眘目,莫能通读,但勉看第七章结论,觉深受启发。传闻学人有不然尊说者,此自可各尊所闻,并行不悖,继续研究。乃肆口谩骂,至以对簿公堂相吓,则亦过矣。"侯忠义来信说:"我是以'挑剔'的眼光读《新辨》的,结果我发现写得很好。我还在读。"写成题《红楼又有新辨》之书讯,请单三娅在《光明日报》刊出。

四

年关年关,年头年尾,都有欧阳健难过的关。1994 年 12 月 29 日文学所的年终考核,又为陈辽提供了新的战机。

陈辽首先说:研究要掌握第一手资料,而你所用的材料都是前人已经用过的。脂本有十多种,难道都是假的吗?冯其庸说程甲本即是脂本,你的反驳不是证明他的正确吗?

又说:姚北桦同志在莱阳会议发言,说江苏红学会没有哪个人同意欧阳健的观点。他说的第一句话:"欧阳健太轻率,厚诬古人";第二句话:"太狂妄,并没有拿出像样的证据。"去年《红楼梦学刊》五大教授十万字的批评,你骂人家三年,人家做一番回答,有什么好奇怪的?今年湖北会议,到底是湖北"不可容忍",还是谁不可容忍?"红学辨伪论",就是作假;"真伪判然,岂可混同","判然",就是判决了,你有什么资格判决?人家只讲你一次,你就说人家对你进行人身攻击?

——大约自感急切了些，便改用探讨的口气说：欧阳健为什么在红学研究中出现失误？他的指导思想是三论：一、“废纸论”，如他自己的观点能成立，则别人的成果统统成为一堆废纸；二、“罪人论”，冯其庸把假《红楼梦》推荐给十多亿中国人，他们是有罪的；三、“失败有功论”，观点尽管失败，却活跃了红学。

之后，又把话题转到《明清小说研究》上，说欧阳健担任主编后，两年八期，发了自己七篇文章；“我在当所长时规定《明清小说研究》一年不超过两篇。我不在这里造谣，胡福明同志非常生气，说‘把刊物收回来，有这样的主编吗？’”

末了，陈辽又讥讽地说：“欧阳健多次讲自己运用版本学、校勘学，竟然讲起文字学——也就是小学来；真是这样，至少三千通用字不写错别字；《红楼新辨》279 页上的‘泡制’，药材要炮制，不需要水。我如果写了错别字，绝不会说自己懂文字学。”

——句句咄咄逼人，炮轰近一个小时，笔记本记了六页半。对欧阳健来说，只有 1966 年大兴中学的“大批判”可与相比。但他明白，形势毕竟与二十八年前不一样了。尽管有人劝他“韬晦”，不要急于反击；面对如此大肆挞伐，反要自己“宽容”，未免太不公道；况且处处迁就，也不一定讨好，便决心针锋相对，不怕把问题讲透。他回答道：“陈辽所说的一套红学常识，全无创新，即使送到冯其庸那里，也达不到发表的水平；如果交给《明清小说研究》，倒可以一字不改地刊出，录此存照。”

欧阳健说，关于姚北桦在莱阳会议的发言，他听到的版本是：“欧阳健是一位好同志，正像我们许多好同志一样，欧阳健也不免会犯错误。”——陈辽讲的话需要核实，这关系到一个老同志的形象。又说：“我的《红楼梦》版本研究，是院学术委员会全票通过列为‘八·五’项目的。研究《红楼梦》，绝不是错误。一个研究人员，研究什么课题，得出什么结论，都有自己独立判断的权利。关于指导思想，我确是‘非脂论’（他没听清陈辽的方言，将“废纸论”误听为“非脂论”），这点毫不含糊；

至于‘罪人论’,你已是六十多岁的人了,做人不能这样,把我的话歪曲上纲,去挑拨离间;至于‘失败有功论’,绝对是你的瞎说,我从来没有想到失败,我对自己的观点坚信不疑。”

针对陈辽自以为抓住的把柄，他回敬道:“至于掌握第一手资料,固然是对的,你写的论美国当代戏剧,相信你没有到过美国,更没有看过那些美国戏,请问,你所据的是哪一门第一手资料?‘炮制’误为‘泡制’,是不懂文字学;将‘判然’解释为‘判决’,不知又是哪一门文字学?”

说到刊物之事,欧阳健更有一肚子的气,说:继去年改由邮局发行,今年又由小三十二开改为大三十二开本,这一决策对《明清小说研究》的意义,以后会看得越来越清楚。由于确立了全局意识、前沿意识、质量意识,发稿水准大为提高,被推荐为全国书市参展优秀期刊,回收书款已超过《江海学刊》,刊物登上一个新台阶,这个事实谁也抹杀不了。如果说发了质量不好的文章,头一篇就是你署名曾亚的《隋炀帝形象》。你如果真重视刊物质量,就该将最好的文章提供出来,而不应拿人家不登的东西让编辑为难。吴圣昔说你今天拉这个打那个,明天拉那个打这个，事实证明就是如此。——欧阳健压抑了许久的闷气,一朝喷发,也就不顾什么了。

陈辽反驳道:“我没有‘拉这个打那个’,你这是诽谤。”欧阳健说:“要不要我马上拿出证据?”陈辽愣住了,欲言又止,终于不敢接招。

钟来因出来打圆场,说关于《红楼梦》,全国讨论了这么久,都没有结果,今天不适合说下去。萧相恺说,同意老钟的看法,学术问题很难一下子说清楚。

当晚,欧阳健打电话给姚北桦核实,回答说:陈辽那样讲,是歪曲,是断章取义。又打电话给刘福勤,他认为:欧阳讲的还是得体的,事情讲透了也好,事情该怎么干还怎么干;主编、支部书记照样干,不相信凭那么几条能把人怎么样。

30日，欧阳健又访刘冬，谈昨天之事态。刘冬说：当初创办《明清小说研究》，就是为了发表所内的研究成果，以获得切磋和提高，充分接受社会的检验。本人研究与办刊是联系在一起的，不必理会什么不超过两篇的戒律。

1995年1月9日，文学所刘福勤、萧相恺和欧阳健向院里汇报1994年工作，刘福勤汇报了两个半小时，说："《红楼梦》研究属于学术问题，不能动不动就公开训斥，好像欧阳健犯了多大的错误。以往说欧阳健让优，说风格很好，现场办公，都说好的；现在由于别的事情，一切都反过来了。有事实摆在这里，究竟谁在做工作？谁出格？不能昧着良心讲话。"

欧阳健讲了半个小时，说："研究《红楼梦》，绝不是错误，陈辽、王同书为什么要大加挞伐？文学所有两大扭曲：一是是非颠倒，二是功过不分。希望领导洞察事物本质，旗帜鲜明地保护自己的科研人员，旗帜鲜明地支持科研探索。作为地方社科院的刊物，《明清小说研究》能与《红楼梦学刊》对垒、分庭抗礼，既提高了在学术界的声誉，也会促使订户增加，这是双重的好事。作为江苏社科院领导，为什么要帮助《红楼梦学刊》来扑灭这场大火呢？"他最后激动地说："张国光当年对我发起攻击时，许符实同志说了一句话——'挨了人家的打，却不准还手，世上哪有这样的道理？'现在号召反对家长制，我倒宁愿要这样的家长制——因为没有一个家长，会在家庭成员受到欺凌的时候，帮助外力来镇压自家人！"

五

陈辽并未因正面强攻未能奏效而罢手，临时插进来的评奖活动，则让他找到了放冷枪的契机。

1995年2月25日，王学钧来找欧阳健，说接省新闻出版局通知，

1994年期刊开始年检,《明清小说研究》需填报一份表格,问怎么处理。欧阳健正忙得焦头烂额,就请王学钧全权办理。王学钧又问,还有江苏省首届“双十佳期刊”及优秀期刊“洋河杯”的评选,《明清小说研究》是否参评?欧阳健对评奖之类,一向不大上心,便问:需要什么条件?王学钧说,要交二百元参评费。欧阳健说:“院里每年补贴一万五千元,今年实行改革,又减少了五千,从哪里去省这笔钱?我看就算了罢。”

张蕊青却大感兴趣,再三登门劝说,道是《明清小说研究》1993年被推荐参加武汉书展,陈列了完整的两套,展销了1993年的五十本,反应良佳;1994年年检顺利通过,还被省新闻出版局评为优秀期刊。本次评奖,就由省新闻出版局、省科委、省期刊协会主办,凭我们的业绩和影响,区区“洋河杯”,还不是手到擒来?随后又笑道,二百元算什么?省一省就下来了;如果评上奖,刊物信誉提高了,发行量扩大了,不知要增加多少个二百元呢!现在是市场经济,脑子千万不要僵化呵!经不住张蕊青的“启蒙”和怂恿,欧阳健略加思索,便同意了。

料想不到的是,陈辽以享受国家津贴知名专家的身份,当上了评奖委员,便在评奖活动中,联手省委宣传部某处长,上下串联,频频活动,将《明清小说研究》“被主编操纵”、“宣扬错误观点”的材料分送各评委,评议时又大肆攻讦,且举胡福明“把刊物收回来,有这样的主编吗”的话以证实之。闻听胡福明都表了态,于是众皆切齿,一致予以否决。那位宣传部处长,更是大义凛然,以为不给评奖还是太轻,声言要定为“三级期刊”,限期整改,否则收回执照,以示警告。这一与评奖委员会职能毫不相干的意见,居然作为决议通过了。

社科院的人大多闭目塞听,并不知道期刊的定级,由于机构单位不同,出发点、目的和标准不同,称谓是五花八门的,只将“三级期刊”等同于“伪劣产品”。5月9日评选揭晓,欧阳健的第一个反应是:二百元打了水漂!本来早就不该参加,以致求荣取辱。萧相恺很气愤,说要去反映抗争,欧阳健以为是非颠倒若此,听之可也。

贾轸闻讯，找了刘福勤去，不无幸灾乐祸地说："听陈辽说，《明清小说研究》被定为'三级期刊'了？"在他的意想中，《明清小说研究》既被定为"三级期刊"，自当追究欧阳健这位主编的责任，看他还有什么话说！刘福勤回答："贾书记，你不要搞错了！《明清小说研究》不是欧阳健的，主管单位可是江苏省社会科学院。再说评委会的职能是评选'洋河杯'，并没有评定'三级期刊'的权力。陈辽这样干，完全是拆台行为。"贾轸这才感到事情不简单：陈辽在欧阳健背后放黑枪，却打中了江苏省社会科学院，显然有伤他这位党委书记的脸面，忙问："有挽回的可能吗？"刘福勤说，既然已经形成决议，"错照错办"，一时恐难纠正，只好今后视情况补救了。——到了 1996 年，《明清小说研究》被某权威部门评为"全国中文文学类核心期刊"，这才让贾轸悬着的心放了下来。

贾轸对《明清小说研究》定为"三级期刊"的快感，让欧阳健感到事情的反常。贾轸对陈辽的偏袒，源于自身利益的考虑：是陈辽为他出了"社会主义精神文明与市场经济的关系"的课题，让他在全省社科界露了脸；陈辽又是院学术委员会副主任，他个人的研究员职称，也要陈辽为之张罗。贾轸对欧阳健由欣赏到排斥，固由于欧阳健的傲上，做了副所长，没来汇报过一次工作，还多次公然顶撞；在职称问题上，欧阳健又是潜在的对手——1994 年为评定职称，展出成果以欧阳健为最多，民意测验呼声最高，而截止于 1995 年，贾轸除了和陈辽主编的论文集《社会主义市场经济与精神文明建设》（南京出版社 1993 年出版，中有署名贾轸的《发展社会主义市场经济与弘扬集体主义精神》），论文有：《当代中国的马克思主义》（合作，《江海学刊》1993 年第 1 期）、《风采、印证和启示——读〈中国的一个小康市〉》（《学海》1994 年第 4 期）、《邓小平价值思想初探》（《江海学刊》1995 年第 1 期）数篇，都在本院的刊物发表，学术成果是相当薄弱的。但贾轸有欧阳健所不具备的优势——名牌大学学历，故能硬气地强调：学历是欧阳健不可逾越的障碍。

即便如此,贾轸也没有非将欧阳健置之死地不可的理由。贾轸是个有头脑的人,也是个能面对事实的人,曾多次承认文学所新班子,在不同领域、层面都有开拓,有创造,有新进展,取得了显著成绩。听了欧阳健的申辩,他也承认《明清小说研究》改变了调整之前的混乱状态;为了保全面子,强调唯一需要核实的是“两年发自己七篇文章”的指控。通过调查,也证明是陈辽的诬蔑不实之词。欧阳健关于《明清小说研究》能与《红楼梦学刊》分庭抗礼是双重好事的意见,贾轸何尝不明白!但终于下决心要扑灭这场大火,则出于更深的原因:背后有胡福明在。

胡福明兼任社科院院长,但不常来院办公。欧阳健和他唯一一次近距离接触,是 1994 年 2 月一次中层干部会。在胡福明讲了当年工作之后,欧阳健提出改革科研管理的建议,以为应由量的统计改为论点的把握,科研经费由先拨改为事后评估补给。他丝毫没有注意胡福明的反应,反正提了也就提了,听不听是领导的事情。年终考核陈辽引胡福明“把刊物收回来,有这样的主编吗”的话,引起了欧阳健的警觉。第二天他就以文学所副所长的名义,给胡福明写了一封信,要求约定时间面谈,以澄清陈辽的一面之词。按说欧阳健是中层干部,约见院长属正常工作,胡福明居然不予理睬。起初还以为是偏听偏信,后有人提醒:会不会与冯其庸有关?这才找到问题的症结。

有消息说,莱阳会议后,冯其庸曾两下扬州,找到黄进德,对江苏红学会不肯批欧阳健表示强烈不满,又一再要黄进德写文章批欧阳健。黄进德第一次未表态,第二次推托不了,只好答应。冯其庸到了南京,王同书闻知,领着陈辽前去拜谒。因得了冯其庸这位“红学巨擘”青目,陈辽兴奋不已,回来即组织了一批攻击欧阳健的文章,寄《红楼梦学刊》,孰料为冯其庸所不齿,一律退了回来。

冯其庸来到南京,最想见的不是江苏红学会姚北桦、曹明,而是无锡同乡胡福明。胡福明 1962 年毕业于中国人民大学哲学研究班,冯其庸应是胡福明的师辈。胡福明因《实践是检验真理标准》骤得大名,如今高踞省委常委、宣传部长、党校校长、社科院院长宝座，俨然全省意识形态的最高主管。听了冯其庸的诉告，焉能不为之效力？伴随着这场“非学术非道德的喧闹”的种种幕后活动，首当其冲的其实不是欧阳健个人，因为谁也不能阻止他撰写论文，而是以他为主编的《明清小说研究》。如果要让“《红楼梦》大讨论”停下来，采取组织手段，就是最佳选择。《明清小说研究》被定为“三级期刊”，如果没有胡福明的授意，岂能得逞？张国光来到南京，陈辽领其到宣传部、社科院、服务导报社游说。在服务导报社，张国光取出吴新雷不知何时给的名片，说是吴新雷先生的朋友，报社未予置理；而社科院竟为其出具书证：欧阳健职称没评上，是因为学历不够；项目没有得到，是因另外的项目比他的更强。如果没有胡福明同意，谁会干这种帮外力镇压自家人的蠢事？

欧阳健分明感到，可虞的不是他们的汹汹来势，而是私下进行的阴谋。他 1995 年 2 月 27 日致书曲沐，中说：“这个官司（状告报社），本来可以不打，名誉这东西，并无多大意义；但为了本单位这个状况，就非打给他们看看不可。”曲沐 3 月 6 日回信说：“希望兄在官司方面打响打赢，以此清算那些恶势力，还自己的清白。这个名誉是要争的，不能由着小人糟蹋。”连汪洋都已看出，欧阳健之所以诉诸公堂，动因乃在红学之外，这是料定他会接受调解的依据。

面对即将发生的变化，欧阳健的方针是静以观变。一些庞然大物，其实是纸老虎。一般情况下，不必去刺激他的神经，但横逆降临，也不必畏惧。至于不做主编，他确实无所谓，不干，倒可以省下不少心思，专心研究学术；但只要管《明清小说研究》一天，“《红楼梦》大讨论”就不准备停。

六

一年以前，欧阳健没有想到要离开南京；半年以前，欧阳健没有想到会去福建。

原籍江西玉山的欧阳健，在福建没有任何亲戚，与福建也没有任何渊源；要不是 1993 年 11 月出席《中国小说史丛书》撰写研讨会，参观福建师大图书馆，看到那缥缃琳琅的古籍，以后的一切都没有可能。

1995 年 3 月 18 日，福建师大中文系齐裕焜、倪宗武专程来南京，落实萧相恺家属的安排。事情进展到这一步，萧相恺方讲出接洽去福建的始末。当晚，明清小说研究会宴请齐裕焜、倪宗武，陈美林、李灵年、王立兴、欧阳健、萧相恺、张虹作陪。老友相见，分外高兴。齐裕焜说，福建师大已评上文科基地，正申报古代文学博士点，重点学科就是古代小说，萧相恺的加盟将增加实力，他们就更有信心了。萧夫人可安排在师大附小，条件甚好，一切都可放心。萧相恺之流动福建，已成定局。

话题不由得引到红学界的种种事端，提起陈辽、王同书之伎俩，众皆为之不齿。齐裕焜忽然对欧阳健说："要不，你也到福建来罢！"欧阳健笑问："我来，你要不要？"齐裕焜回答："你来，我当然要了！"欧阳健脱口而出："你要，我就去！"

一时兴起的"话搭话"，双方似乎都没往心里去，谈得更多的，是合编《明清小说研究》一事。初步议定由福建师大每年提供一定经费，《明清小说研究》安排一定版面，发表中文系有质量的成果，文章就委托萧相恺编好发来——他继续做《明清小说研究》的副主编。

这以后的几天里，欧阳健忙得更是不亦乐乎，早将此事置之脑后。到了 3 月 30 日，接萧相恺电话，说齐裕焜回福建后，在系里谈起引进欧阳健的想法，大家都表示出兴趣。齐裕焜要萧转告一句话："如果真的要来，我可要进行实质性的步骤了。"欧阳健想了一想，回答说："当时只是这么一说；如果真的要走，还得好好考虑考虑。"——一年来，欧阳既要应对正面的炮火，更要提防背后的黑枪，确实感到南京已无生存之空间，现在机遇就在眼前，不免动了心。

欧阳健首先征求了唐继珍的意见，她的答案很明确："只要对做学问有好处,走遍天涯海角,不论去哪里都行。”其次是征求李灵年的意见。李灵年认为齐裕焜为人忠厚,求贤若渴,去福建说不定能开辟一方新天地。4 月 5 日,萧宿荣来电话,认为福建地处沿海,得风气之先,是个好地方。又去科研处访唐文起,他认为流动是件好事,越是早动,越是主动。又访机关党委书记张锦才,他说,老实说从目前形势看,欧阳处于劣势,应力争改变;认为走是好事,再拖下去,就更被动了。

正负信息的权衡结果，欧阳健遂于 4 月 8 日晚给齐裕焜打了电话,齐裕焜表示热烈欢迎,并问有什么要求;欧阳健回答:“我是来工作的,没有先决条件,一切按正常规定办理。”9 日,打印给福建师大中文系的请调报告,附以论述目录,快件寄之。16 日,萧相恺来电话,说昨夜齐裕焜电话说,对欧阳健去福建师大,校长书记都表示欢迎。又说齐裕焜希望他与古委会联系,在福建师大建立明清小说研究中心。侯忠义来信说:“支持你调到福建。齐裕焜确实为人很好,又有职有权,学校还有收益,搞项目、办刊物、出差都不会有问题。现在交通发达,你在福州来京亦可当天到达,还有长途电话,都是不成问题的,否则就是住在一个城市,也形同陌路,事实不就是如此吗?趁这次在杭机会,你和齐裕焜都可与古委会谈谈建小说研究中心之事,安平秋会支持的。”5 月 9 日,福建师大商调欧阳健、萧相恺的公函,同时寄达江苏省社科院人事处。萧相恺之欲去福建,联系了几乎两年;而欧阳健之决定离去,却不到两月,真可谓特事特办了。

5 月 22 日,欧阳健与萧相恺赴杭州,参加《中国小说史丛书》审稿会。侯忠义首先告知,已与齐裕焜详细了解他去福建的种种安排,堪称满意。齐裕焜说,二位来了以后,仍属科研编制,重点是把古代小说研究搞上去,成为全国的研究中心,为争取博士点作贡献;其余时间,可上一点有特色的选修课。他还透露学校的特殊政策:正高可在六十五岁退休,你还可以再干十五年。这些,都对欧阳健构成了吸引力。在四五天的时间里,欧阳健、萧相恺得与齐裕焜充分讨论今后的规划,甚为融洽。齐裕焜说，福建师大中文系关系和谐，科研气氛浓厚，你们来了以后，拟成立中国古代小说研究所，创办《古代小说研究丛刊》，争取多上几项有分量的项目。25日，古委会安平秋、杨忠、曹亦冰抵达，听说欧阳健即将调福建师大，并成立古代小说研究所，都感到惊喜，表示坚决支持。曹亦冰认为欧阳健到福建，一定大有作为，说“已知道红学的种种事情，恨死那班人了！”骆桂明对他的红学探研大加赞赏，希望坚持下去，还要拓展壮大。欧阳健与齐裕焜、萧欣桥、安平秋等议定1997年在武夷山召开国际小说研讨会，并举行《中国小说史丛书》首发式。第二天，安平秋在《中国小说史丛书》编委会上说，希望通过这套书的编写，逐步形成古代小说研究实体。福建师大引进专家，成立古代小说研究所，将使我们的事业更加兴旺，作为古委会，表示支持。接下来侯忠义谈审稿的情况，邓绍基讲了话。晚欧阳健看望安平秋、杨忠，赠以《红楼新辨》，他们都表示支持。第二天早饭时，与安平秋谈成立古代小说研究所事。古委会属下有几个得力的古籍所，如复旦大学、中山大学、南京师范大学等，但都以诗文为主，福建师大如成立小说研究所，不啻开拓一片新天地。因了《古代小说评介丛书》与《中国小说史丛书》同为编者的缘分，安平秋对欧阳健、萧相恺印象都不错，还破例拨给《明清小说研究》一万元以支持。如今归于福建师大麾下，高校古委会的支持，就更名正言顺了。

杭州之行，向欧阳健展示了事业上的美好前景，坚定了他去福建的信念。

七

该不该让欧阳健去福建？这一话题像一股旋风，吹皱了江苏社科院这一池浅水。刘钰、戴家余对此表示理解，唯5月2日去书记办公室，贾轸劈头第一句话是：“我再正式挽留你一次。”欧阳健愕然，心想：

你什么时候挽留过？“正式”二字，又从何说起？答道：“我去意已决，谢谢挽留。”贾轸这才说：“你请调之事，我没有精神准备。我们社科院的人才，不是多了，而是不够。你如果执意要走，也得经党委研究，我个人说了不算。”

5月17日，欧阳健为去杭州开编委会向贾轸告假，顺便问及调动之事，贾轸回答：“说快也快，说慢也慢。”言下之意，他还得斟酌斟酌；“党委研究”，不过程序而已。及5月30日从杭州回来，第二天如约面谈，贾轸说：“党委已同意调动。但我要郑重声明：这属于正常调动，不是我们把你逼走的。”欧阳健不动声色地说：“那当然是正常调动，谁说是逼走的？”贾轸接着说：“鉴于这一变动，你的副所长不再续聘，派生职务也应不任。至于职称，有权申报。”曹明去年就有“要作好副所长、主编都下来的精神准备”的提醒，而今贾轸的意愿终于实现了。

贾轸指示刘福勤，按惯例给欧阳健申报“提流”的机会，不占本单位指标，由文学所全体投票定夺。6月1日，刘福勤在文学所会上说：“欧阳要走了，请大家讨论是否给一个资格。”表决结果，四票同意，五票反对，三票弃权。这是欧阳健意想不到的，站起来说：“对于这次申报，我本来就不抱任何希望，只是想检测一下人心，不料结果比我预想的还要坏。在文学所这块地方已无正义和真理可言，我与文学所情义两绝！”当即退场，以示抗议。

第二天刘福勤汇报投票结果，贾轸一笑说：“我已估计到所里通不过！”刘福勤这才感到，这一结果乃出于他的授意。周正良闻听此事，对刘福勤说：“老刘，事情本来很简单。你应该事先给每个同志打打招呼，说欧阳在这里十几年，做了大量工作，人家现在要走了，给一个资格，又不损害任何人的利益，何乐而不为？怎么反让陈辽串联了去？造成了这么大的被动。怎么对得起欧阳？”

刘冬听闻此事，邀欧阳健去他家一谈。听罢事情的原委，他十分激动，以为进贤退不肖，乃治世之要义，岂能贤愚颠倒？表示要见党委陈言。当晚周正良又来，文学所的“二老”商议着要扭转局面。欧阳健劝刘冬说，显然存在一股由冯其庸下来的权势，企图以此扼杀红学大讨论，不要幻想贾轸会有所改图。自己的愿望是早点离开南京，而不是纠缠着走不成。

院内许多同志，纷纷表明了同情和支持。历史所所长许辉来访，对欧阳健将去福州表示惋惜，对其所遭受的不公正待遇表示气愤。《学海》主编蒋兆年来电话，表示同情。图书馆馆长徐梁伯，为欧阳健的职称写信给贾轸，认为事关知识分子政策，需要慎重处理。九三学社社科院主委徐友春，就欧阳健问题向院里提出意见，并向九三省委作了反映。历史所研究员季士家，恃着与贾轸是中国人民大学校友，多次向贾轸进言，认为放欧阳健走是一大错误。经济所萧中铭对贾轸说，三个博士生也抵不上一个欧阳。历史所闾小波送来《中国早期现代化中的传播媒介》一书，上题“好人一生平安，我会永远想念您。”表示关心的，还有哲学所胡发贵、图书馆徐苡、总务处朱富荣等。

欧阳健却显得异常平静，一句话也不想讲了。8 月 20 日，将《明清小说研究》第 2 期校样编次毕，留条让张蕊青校对。再访刘冬，他说陈辽曾要萧相恺把“《红楼梦》大讨论”停下来，据刘福勤估计萧可能会妥协。刘冬激动地说：“你离开以后，我与《明清小说研究》的关系就终止了。”

9 月 1 日，明清小说研究会在真味馆为欧阳健送行，出席的有陈美林、王立兴、萧相恺、张虹、冯保善。李灵年、张中因故未能到场。9 月 3 日，汤淑敏来访，谈至十点半，两人都感慨良多。福建师大发来了两份商调函，贾轸只同意放欧阳健一个。打理了三个年头的没走成，联系只三个月的却要走了，真有点“李代桃僵”的味道。4 日凌晨，欧阳健独自一人抱着电脑离开南京，5 日晨抵福州，人生新的一页翻开了。

第七章　大学讲坛

一

庐山明清小说讲习研讨会，让欧阳健在登上大学讲坛之前，得到一个预演的机会。

活动是九江师专凌左义 1995 年 2 月 27 日写信建议，欧阳健、萧相恺 3 月 20 日去九江与凌左义、周广增、梅俊道商讨决定的。讲习研讨内容有：一、二十世纪明清小说研究的回顾与反思；二、近十年来明清小说研究的一般状况，它的热点、难点与重点；三、小说版本与小说美学；四、禁毁小说与小说禁毁；五、晚清小说研究的新视野；六、与会者感兴趣的其他学术问题。参加者可携论文进行交流，优秀者由《明清小说研究》发表。

一个月后，出现南下福建的变数，欧阳健不忍拂凌左义的意，决定如期进行，也为《明清小说研究》站好最后一班岗。7 月 31 日抵庐山，欧阳健叮嘱编辑部同人，为了研讨会顺利进行，不要讲他离开之事；原定主讲专家侯忠义、陈美林不能来，编辑部的几位大约也讲不出什么，一切低调处理。

8 月 1 日是报到之日，九江师专中文系主任周乔健邀欧阳健、萧相恺去古典文学教学改革研讨会讲学。两人推辞不了，只好勉力为之。欧阳健在会上说，对大学教学无体验，诸位是行家，向大家请教。演讲题目是“如何处理教材与研究新成果新动向的关系”，要点是：一、教材有科学性、系统性、稳定性；它的形成近从五十年代奠定，远从五四以来形成；存在资料问题，观点问题，理论体系问题等。二、教材的稳定性与研究的活跃性，是一对矛盾。教材力求全面、准确，而文学这东西，是没有标准答案的。对于新观点的冲击，教材往往无所适从。三、正确态度是积极吸取新的营养，充实自己的教学。不但可以使内容更丰富，而且更能给学生以启迪。教学者更应该是研究者。至于吸取多少，如何吸取，则可因论题而定，等等。萧相恺讲中国通俗小说史编撰。讨论直至中午才结束。下午，欧阳健与萧相恺、王学钧去庐山图书馆，参观毛泽东在庐山的读书生活展览，与馆长徐效钢谈。

8 月 2 日，讲习研讨会正式开幕，来自吉林、河北、山东、陕西、云南、四川、广东、湖北、福建、浙江、江西、河南、江苏的二十余位“明清小说研究之友”出席。九江师专校长吴振荣致欢迎词，萧相恺介绍筹备经过，范道济代表与会者讲话，梅俊道介绍活动安排，罗龙炎讲庐山文化。

下午，欧阳健讲二十世纪明清小说研究的回顾与反思，说鲁迅与胡适的开拓之功，在做了三项工作：1.资料的搜集与考辨；2.重要作家作品的研究；3.小说演进规律的探索和归纳。“小说学”的体系，由资料、作品、规律三方面构成，其中贯串了研究的思路、方法与模式。一个世纪以来，古代小说研究成绩斐然，蔚为大观，但研究体系的思维定式，却妨碍着研究的深入。他从三个方面作了说明：

一、原始材料的考订：

资料是研究的基础和出发点，考订资料的年代和真伪，是研究的第一义的工作，相信了来历不明的假材料，比没有材料更危险。

二、基本观点的确认：

好多观点，变成了公理，成了后人研究的出发点和论证的前提。典型的例子是晚清小说的“谴责小说”论和“没有结构”论。

三、明清小说的总体评价：

多年来是从“反映论”的角度去探究认识价值。换一个角度，明清小说是中国传统文化的集中体现，凝聚了中华民族的传统性格和心理，是人性的结晶，而其精髓是“义”和“情”。

其后，周广曾讲心理学与小说研究，萧相恺讲明清小说研究的热点、难点与重点，王学钧讲晚清小说研究的新视野。

4日下午的研讨，范道济、雷勇主持，大家各抒已见，兴趣偏偏都集于主讲人避而不谈的《红楼梦》。孔刃非说，欧阳先生说的红学问题，我以前就有怀疑，自传说习惯于找到“原型”，这是不行的。曾良说，《明清小说研究》不计门第，不论资排辈，学术空气非常民主，胸怀非常博大；《红楼梦》的研究没有超出自传说，形成了一些思维模式，需要创新和突破。范道济说，小说研究存在重思想重意义而轻艺术形式的现象，需要解决研究模式的问题。刘世杰说，现在学术界有京派海派、南派北派的门户之见，不许有自己的观点，《红楼梦》研究到换角度的时候了。梅俊道说，欧阳先生提出问题的角度、材料与证明的丰富，令人佩服。凌左义站起来大声说：“我最早注意的是欧阳的《水浒》研究，张国光1981年对欧阳进行缺席审判，我给欧阳写了信表示支持；我倡议这次研讨会，就是要为他提供讲话的场所，张扬其红学观，以伸张正义。”在这种情势下，欧阳健只好再次发言，说在来九江的轮船上就一再提醒自己，不要办成宣扬自己一家之言的讲坛。几天来沉浸在学术氛围之中，和十三个省的老朋友、新朋友交流，尤其感到后生可畏。红学是显学，但不是显贵之学；人人可以从事《红楼梦》研究，人人可以成为红学家。红学的四大支,都与版本有关;版本是学问,但并不神秘。

6日继续研讨,吕立汉主持。王左书、张苓蕴、杨寿祖、李东明、孔刃非、程国赋发了言。梅俊道作了小结:“人数较少而代表广泛,名家不多但热情高涨;有充实感、和谐感,感觉到庐山美,学术思想美,人格美,与会学者以优秀的学品、人品,写下了浓重的一笔。”凌左义说:“学问一时说不尽,天缘有份再重论。”有人提议成立明清小说研究会,欧阳健认为靠“会”来维系,不如以“心”来维系。曾良表示希望明年在内江聚会,全场报以热烈的掌声。

会议组安排两天旅游:3日至含鄱口,大雾,临时改变计划,至芦林大桥,游三宝树、黄龙潭,大雨,急行至庐山剧场,参观庐山会议旧址。5日游五老峰、锦绣谷、仙人洞。旅途中,欧阳健先后与曾良谈历史演义小说,与薛丽云、萧学禹谈红学与吴国柱,与孔刃非谈小说发展的美学逻辑线索,与李静谈《聊斋》,与杨寿祖谈法国明清小说研究,与范道济谈研究方法,与李东明谈明清小说出版,与凌左义、梅俊道、周广曾、孔刃非谈江西明清小说研究。人虽不多而学术气氛甚浓,又引出若干副产品,令人欣慰。

7日下山。罗龙炎陪同到琵琶亭、浔阳楼。晚吴校长请吃饭,凌左义吟诗一首:“人生就像一篇文章,难免要另起一行;莫看它低下两格,低下是为了高昂。”他已知欧阳健将去福建之事,诗中自有真切之情。

回到南京,欧阳健接孔刃非自赣州打来的电话。12日又得来信:“有幸拜识于庐山,并同吃住生活在一起,畅所欲言,处处受您指点,学识疑团尽释,所谓‘听君一席话,胜读十年书’,再恰当不过。……一周相处,您豁达雍容,平易近人,奖励青年后学,使会议如此生动、融洽,在知识学问中凝结了依依不舍的友谊,恐怕这种机会对谁来说都不是太多。”

二

1995年9月11日，欧阳健佩戴福建师范大学红校徽，走进文科楼202教室，为92级讲“近代小说研究”。齐裕焜先作介绍，学生还送了花篮与贺卡。

有了“如何处理教材与研究新成果新动向的关系”的意念，欧阳健讲的第一句是：“我们的选修课名‘近代小说研究’，但‘近代’云云，不能算是严格的科学概念。”随后发挥道：在历史长河的某个时间坐标——诸如公元1995年的今天，回首尚不遥远的1840年，称一声“近代”，自然并无不可；但以永恒的历史眼光看，“近代”这一相对性极强的概念，不免失却确定的涵义。面对丰富纷繁的晚清小说，应当从实际出发探索其本质和演变，不能机械地用史家划定的“近代史”（1840—1919）框框去套，简单地把在这一时期由许多各不相干的作家创作出来的小说，一概称为“近代小说”。欧阳健没有搬用《中国文学史》教材，其时他的整个身心都处于修订《晚清小说史》状态中，用自己悟到的新观点解构教材的陈旧提法，还是十分得心应手的。

不几天，电梯间遇到系总支书记王福贵，他友好地说：“欧阳老师，大家都反映你的课讲得不错。”翻过一个年头，1996年3月5日，92级学生阮娟娟来访，第一句话就是：“欧阳老师，听了你一个学期的课，我发现自己四年的大学，白上了。听了你的课，我才知道什么叫学问！”阮娟娟是本届学生中最有个性与才气的，她的评价让欧阳健高兴，感到来大学的最大好处，是能将自己想到的随时讲给学生听，跟学生之间互动。王汝梅来信说：“敝人早就觉得兄应调往高校。相对来说，高校算是块净土，可以静下心来钻研学术了。”汤淑敏来信说：“从电话里听到你的声音，对新生活充满喜悦之情，你的快乐深深地感染了我，对你找到了发挥自己才华的自由之地，我感到由衷的高兴。”

1996年元旦，根据齐裕焜的提议，系里决定由欧阳健开"《红楼梦》研究"选修课。1月8日，"近代小说研究"最后一节，他向学生预告了下学期开讲"《红楼梦》研究"，课堂上一片欢腾，选修者达一百五十人。

开学第一课，他在黑板上写了两道题目，要学生当堂写出答案：1.我所了解的《红楼梦》知识与有关《红楼梦》论争；2.我对"《红楼梦》研究"的希望与建议。——既是调查，又是战前动员。欧阳健说："讲《红楼梦》实在是一个冒险。"自己不将某说定于一尊，而是将各种材料与思路提供出来，请大家进行独立思考。又鸟瞰式地讲了新红学体系的"一个核心"和"两大支柱"，讲了后四十回与探佚，讲了史料的鉴别。

第二课讲"大旨谈情"论。说"大旨谈情"与"实录其事"，是研究《红楼梦》的两大着眼点。情与事本是密切相关、不可分割的；但红学家所谓"事"，却不是小说的情节，而是情节之外的"本事"。从"事"的角度讲，有和珅家事说、明珠家事说、傅恒家事说、张勇家事说、顺治与董小宛故事说、曹寅家事说等。又从古代小说演变，讲《西游记》的石头变成孙悟空，崇尚的是"力"和"勇"；《红楼梦》将无情的石头，变成了有情的贾宝玉，是一个大的飞跃；从"才子佳人"的"才"与"貌"，演变为《红楼梦》的"情"与"志"，这又是一个大的飞跃。

第三课讲贾宝玉的"真""假"与是非。欧阳健指出，读《红楼梦》时，总有两个关于贾宝玉的问题困扰读者：1.贾宝玉到底有没有这个人？是真的，还是假的？2.应该怎样评价贾宝玉？他的思想观念、行为方式，到底是"是"，还是"非"？又说，读《红楼梦》的人，都会发现有许多矛盾和漏洞：如地点问题，时间问题，年龄问题，人物关系问题，"红楼"的解释问题，省亲与大观园的问题，等等。贾宝玉形象的本质，各种评价间存在极大分歧：最高的评价是"封建制度的叛逆"，又有"多余人"、"垮掉的一代"、"养尊处优中的颓废"。最值得商榷的是"叛逆"论。这种观点没有注意到，贾宝玉的"叛逆性格"恰恰都是环境的产物：他的"自由"，是环境赋予的；他的任性，是环境造成的；他的最大的保护伞，恰恰是被视为“封建势力总代表”的贾母与元春。

第四课讲“钗、黛短长论”。说“左钗右黛”，在许多场合是由于思维定式。在“反封建”论看来，宝钗既然是封建制度的卫道士，她的存在本身就是一种罪恶；在宝黛爱情理想者看来，宝钗又成了令人讨厌的多余人。如果换一个角度，钗、黛是两种类型的女子，代表着不可兼得、甚至难以调和的美，正因为如此，更得在潜意识中反复加以比较鉴赏，以决定取舍。最大的分野，在于对待物质和精神、现实和理想的取舍。欧阳健说，他的朋友曲沐先生有一篇《钗黛比较赏析》，拈出“林黛玉之热与薛宝钗之冷”、“林黛玉之直与薛宝钗之圆”、“林黛玉之近与薛宝钗之远”、“林黛玉之动与薛宝钗之静”、“林黛玉之情与薛宝钗之理”、“林黛玉眼中之人与薛宝钗眼中之物”、“林黛玉之弱与薛宝钗之壮”、“林黛玉之真诚与薛宝钗之虚伪”八个方面比较钗、黛的差别，细致入微，令人叹服。

讲到最棘手的《红楼梦》版本，欧阳健预先布置了一道辩论题：

> 正方：在红学研究中，文本研究比考证更重要；
> 反方：在红学研究中，考证比文本研究更重要。

在让学生宣读所写的答卷后，欧阳健讲了《红楼梦》版本的一课。他说，一提到版本，大家头脑中就会涌现一个意念：又要谈考证了。其实，版本不就是文本吗？读书，读的是书，而书是抄写、印刷出来的，会产生许多不同的本子，出现文字方面的许多差异。它迫使我们讲求版本，选择好的版本，否则就会如张之洞所说“不知要领，劳而无功”。作为语言艺术的《红楼梦》，是曹雪芹以不同频率和方式，调动那一百多万个汉字，魔术般创造出来的。换句话说，《红楼梦》之所以成为《红楼梦》，就是因为它的“文本”是使用“这些”汉字、并且运用“这种”方式排列组合而成的；如果同一个段落章节中，用的不是这些、而是另外一些汉字，则《红楼梦》也就不成其为《红楼梦》了。然而，世界上偏偏又存在着两种大不相同的《红楼梦》——八十回的脂本《石头记》和一百二十回的程本《红楼梦》。两种本子不但结局不同，文字上也有不小差异。以往，人们认定八十回本是曹雪芹的原本，因为它是曹雪芹的亲人脂砚斋抄录的；后四十回是高鹗补续的，是篡改了《红楼梦》精神的。这种判断，其实是经不起推敲的。

5月23日，进行《红楼梦》版本大讨论，由阮榕主持，姚春江、江玉莲、颜莉之、叶湘翰、黄龙芳、张宁、曾贵柳、潘剑飞、曹家鑫、蔡辉、宋佳尧、高倩发了言。其中曹家鑫对欧阳健的观点提出商榷，欧阳健当堂评给95分，理由是：1.对版本、文献有相当的了解；2.运用新方法不生吞活剥；3.有对老师进行反驳的理论勇气。欧阳说："既然这样，给100分好了，为什么要扣5分？因为你是我的学生，我有责任指出枝节上的毛病；如果你是辩论对手就不好说了，因为怕人说我不谦虚，抓小辫子。"全场大笑。曹家鑫后来分配宁化二中，写来几封信，中说："先生不仅善教，而且有以心教，教的是先生自己的东西，拿出来堂堂正正，光明正大，实在是超出别人一等。"

欧阳健还指导了以《红楼梦》为题的毕业论文，几年间，写得较好的有：1993级林隆芬的《"旁观者"与"当事人"——试论〈红楼梦〉中薛姨妈形象》、陈训明的《天籁之响传千秋——浅论〈红楼梦〉语文的音乐美及其他》、陈星的《怡红院丫环群像简论》；1994级伍乐天的《尺寸之间——试论曹雪芹塑造赵姨娘之得失》；1995级余小霞的《送鸿迎燕话佳人——从山黛、水冰心到薛宝钗、林黛玉》、余国辉的《本色与嬗变——试析〈红楼梦〉中的袭人》等。《"旁观者"与"当事人"》经他推荐，发表在《明清小说研究》1998年第3期。欧阳健最大的愉悦，是在教学中与学生的交流；最大的快乐，是看到学生的成才。成天与年青学子相处，感到自己也将永远年轻。

三

庐山讲习研讨会上表态明年在四川聚会的曾良,1995年9月15日就给刚到福建的欧阳健写信,说已将想法向领导汇报,几位校长都表示支持。欧阳健10月4日致书沈伯俊,望他予以关照和支持;信中还提到了成都师专的王珏,赞扬他在红学的论争中,表现出的侠肝义胆。欧阳健还希望曲沐动员吴国柱、宛情、王珏都能与会,见面畅论一番。

到了年底忽接萧相恺电话,说有人对王珏印象不佳,是否邀他与会需要慎重。为此,欧阳健写信给曲沐:"王珏是个有大才的人,但也不必像打仗似的搞什么战略战术,他的心有时似急了一点,往往会适得其反。"曲沐回信说:"如兄言:王是有大才之人,可能是想出点风头。这也无关重要,我的确爱其才。有大才之人,往往不为社会所容,也是常情,'众人皆欲杀,我独怜其才'。"

欧阳健4月20日抵重庆,当晚大雨中至内江师专,受到曾良欢迎。22日早饭前,曲沐、梅玫到;早饭后,王珏到。曲沐、欧阳健与王珏初次见面,互道契阔。上一年王珏曾给曲沐写信,想紧急阻止欧阳健离去,《红楼》1995年第4期刊出他《送欧阳健》诗,其一云:"闻君含泪去海隅,秋风秋雨过武夷。江头恨无挽舟力,怒挥板斧向鬼蜮。"下午,吴国柱、徐君慧到。曲沐、欧阳健与吴国柱天各一方,互读论红文章,成为心仪已久的老友,却是第一次相会,分外高兴。徐君慧早在1984年洛阳就会过,1993年又在开封见面,1994年给欧阳健写信说:"你是在《红楼梦》研究上有真知灼见,一棒打中了以权威自居的人们的要害,他们在学术上辩不过你,才利用职权从政治上来进行迫害。我对你的论点,本来只有八分钦佩,由于他们采用这样卑劣的手段,促使我十分钦佩了。"正问候间,刘福勤、萧相恺、王学钧、魏文哲、张蕊青到,曲沐、欧阳健便与吴国柱、徐君慧、刘福勤谈起《红楼梦》研究来。晚七点半,欧阳健应邀给内江师专中文系师生二百余人谈《红楼梦》近两个小时，反应热烈。

23日上午，'96明清小说研讨会，在内江师专学术交流中心开幕，校长致欢迎词，萧相恺致开幕词，与会学者代表黄霖、大塚秀高、李哲洙讲话。照相后大会学术发言，首先由欧阳健讲晚清“翻新小说”。下午大会，欧阳健、陈若愚主持，石麟、罗德荣、大塚秀高、佘大平、张贤蓉、谢贞元、雷勇、周腊生、王子宽发言，欧阳健作小结，希望继续“庐山”所创立的好风气。曾良与夫人廖俊林，还邀庐山会议参加者欧阳健、萧相恺、王学钧、张蕊青、范道济、吕立汉、雷勇、陆勇强、杜松柏、李东明、赖丽清到家中小坐，戏称为“黄埔第一期”。杜松柏说明年将创造条件，由达县师专主办第三期研讨会；此前赣南师院张贤蓉表示，在后年承办研讨会，则“庐山—内江”的模式可望延续。

晚上欧阳健与王珏散步，恳谈了好些问题。王珏1949年随大军南下福建，为求学深造，考入中国人民大学哲学系，毕业后分配成都师专，未能尽展所长，家庭多故，心情不甚舒畅。欧阳健感谢他的侠肝义胆，赞赏他的才气与识见，指出计谋和策略虽能取得一时的效果，总的来说是无补于事的；建议在会上不主动开讲《红楼梦》，如果有人希望听一听他俩的意见，不妨从容正面道来，绝不涉及任何个人。这样不仅在学理上，而且在道义上，会赢得更多的拥护者。王珏表示赞成。第二天晚上，欧阳健与曲沐、吴国柱应邀到内江教育学院王珏朋友赵老师家，就红学争论交换意见，肯定前一阶段的进展，肯定王珏的辨伪文章，继续揭露脂砚斋的作伪与“新红学”的弊端，批判“续书说”、“自传说”。

《明清小说研究》编辑部召开作者座谈会，自愿参加者三十五人。王学钧在讲话中声明：刊物不因主编易人而改变办刊方针。大家就解决经费困难和提高质量，各抒己见。欧阳健应邀讲话，以为《明清小说研究》应继续贯彻“发现、开拓、深化”的方针。会议期间，他还与吴锦润谈黄小配与《黄粱梦》，与杜松柏谈李渔研究，与雷勇谈“太虚幻境”的版本，与胥惠民谈红学，与罗德荣谈脂批“文法”，交换了意见，还看了吴国柱所写论索隐派文、刘福勤所写评周汝昌文、吕立汉所写红学论文，交换了意见。湖北大学佘大平表示，望欧阳不要因张国光而对湖北大学有芥蒂；范道济告知，湖北来的十人就红学争论谈至凌晨四点，对欧阳的为人和治学一致予以肯定。欧阳健又向张弦生问陈定玉三年前寄中州古籍出版社的《严羽集校》书稿，此事欧阳健曾写信问过袁健，回说已要孟庆锡查找。张弦生答复已不慎丢失，准备略作赔偿。欧阳健问重新整理如何？张弦生说那就给他出版。归来告知陈定玉，于是重新辑校，又请徐中玉作序，于 1997 年 6 月出版，以此为主要成果，解决了他的教授职称。

25 日，侯忠义、王大厚来到内江，一同参加欢送宴会。欧阳健领王学钧去看望侯忠义，望他继续支持《明清小说研究》。26 日晨，即将与曲沐分别，再次谈到王珏。曲沐说，王珏的文章已经赢得不少声誉，可为学界良友，值得以诚相待。吴国柱也说十分钦佩王珏，不怕别人说闲话。欧阳又介绍吴国柱、王珏与侯忠义认识。《明代小说辑刊》编委于 27 日抵成都，会后于 30 日应约去四川文史馆与王世德见面，谈红学研究至中午，对于王珏，王世德亦赞许有加。

两个半月后，欧阳健又参加了第三届大连明清小说研讨会。与内江会议不谈红学不同，林辰主办此会，就是想为红学提供论争平台，拟各请不同意见者二十人，约定只讲观点，不许人身攻击。主办方又要欧阳健就主要问题写成提要，以供切磋，因写成《红学 A B C25 问求答》。不想冯其庸拒绝与会，林辰电话上与之大吵一顿。5 月 20 日给欧阳健信说：“您对红战形势估计错了。冯的策略是：一、通过一切手段制止讨论；二、施加压力影响几家刊物；三、置之不理把热劲冷下来；四、当前集中打击丰润说；五、寻找反脂批的一切破绽，以待时机；六、大连会议原参加者全拉了回去，刘世德、杜景华、胡文彬、马国权、张锦池全被冯拉回去，不参加了，孤立这一派。”研讨会终于在 7 月 23 日开起来了。林辰想开成自己的"告别会",邀请与会者特多,台港海外学者与大陆学者的住宿伙食颇为悬殊，就总体而言是不成功的。因了此会,曲沐、欧阳健初会赫登云,又与朱眉叔、赫登云两次畅谈红学至深夜。又见到魏子云、王国良、陈兆南、陈益源、王琼玲等台湾学人,见到吴淳邦、崔溶澈与一群《中国通俗小说总目提要》的韩文翻译者。

四

欧阳健 1995 年 12 月 12 日致书魏子云，说:"来福建师大以后,已进入平静的心境,红楼之事,又渐萌深入之意。"信中提到,《北京大学学报》刊出周汝昌之长文《还"红学"以学》,提出了极重要的问题,引起很多思索,遂写成《红学的体系与红学的悲剧》一文。1996 年 1 月 7 日信中又说:"来示一再嘱我行文以谦为要,我当铭记在心。我之写评周汝昌文,就注意贯彻与人为善的原则,既不惮说出自己的意见,又注意尊重对方的人格,不搞意气用事。"

《红学的体系和红学的悲剧——读〈还"红学"以学〉感言》指出,周汝昌旗帜鲜明地提出红学研究的"体系"问题是抓住了要害的,所言"这门学问本身带着巨大的悲剧性"的命题,更是发前人所未发。提出"红学悲剧"的根源,应该从红学自身的"体系"中去找寻:"从这一视角着眼,我们就会真正深刻地总结 20 世纪红学的学术历程,厘清本世纪红学发展的脉络、得失,下一世纪的红学研究应如何发展、如何繁荣等问题,也就会不言自明了。"

文章从 "胡适的悲剧"、"俞平伯的悲剧"、"当代红学家的悲剧"三方面进行剖析:

> 胡适是以"实证派"的姿态登上红学研究的历史舞台的,可是,他作出的关于《红楼梦》作者和版本的结论,恰恰都是缺

乏实证的，因而是完全靠不住的。胡适的红学体系从其发轫的一瞬间，从其方始滥觞的最初源头，就偏离了科学研究的正当方向。

从当年“强迫”“喜欢并家过日子”的曹雪芹高鹗“分居”，到临终时痛苦决绝的自我否定，构成了俞平伯先生一生红学悲剧的最悲壮的一幕；然而，也正是这位历经了千般坎坷的诚实学者的心声，使广大读者看到了他大智大勇的精神境界，使他的人格得到了最充分的升华。周汝昌先生说俞先生晚年的自我批评是他“最末期”的“奇特”“表现”，恰是不理解俞平伯先生的觉醒的深刻意义的缘故。

当代的红学家几乎都是在胡适、俞平伯的陶冶下成长起来的，他们是胡适的学生辈乃至学生的学生辈人物。在他们身上，已经没有前辈开创者那种探索时的备受折磨的犹疑和苦恼，却有守成者的艰辛和尴尬。这是因为，后继者是将胡适体系的大厦作为一个整体接受下来的。胡适们并未得到充分证实的假设，到了他们手里，却统统成了所谓的“基本事实”，成了不证自明的“公理”。新一代的红学家在几十年中所做的一切，都无非是为了证明、补充、至多在若干细节上略加修正胡适的当年的结论而已。在他们的法典中，曹雪芹的“著作权”是不容怀疑的，脂砚斋的“存在”是不容怀疑的，脂本的“可靠”也是不容怀疑的。但是，已经矗立起来的红学大厦，仍时不时出现摇晃、裂痕、塌陷，但他们只肯做一点涂抹墙体、加固门窗的工作，却不肯到地基上去寻找原因，更不曾想到对“体系”本身进行重建和更新。这样，胡适已经暴露出来的谬误，不仅没有得到适时的纠正，反而更加定型化、系统化了。这就是红学研究中出现了无数解不开的“死结”的原因。

文成,侯忠义推荐给《北京大学学报》主编龙协涛,未能刊出;第一节《胡适“新红学”体系和悲剧》寄日本学者大塚秀高,不顾其师伊藤漱平的不高兴,坚持刊于《中国古典小说研究》第二号。同期还刊出伊藤洪二的《欧阳健〈红楼新辨〉》,中说:

> 欧阳健氏的出发点却是对“脂砚斋评本”是《红楼梦》原本这一定论提出正面的挑战,从广泛运用史料学和详细的内容分析入手,判定所谓的脂本是后世的伪作。这一论证从根本上冲击了过去数十年来“红学”研究的核心,产生了巨大的震撼力。

伊藤洪二认为《红楼新辨》在体裁上,相同的论旨得到反复论证,观点和目标自始至终是贯穿一致的。欧阳健氏彻底指出了脂本的不自然之处,抓住相对的脂本和程本这“两大版本系统”明辨过失,认定程本(被限定意义上的)具有真本的价值。第二章“脂本辩证”、第三章“脂批辨析”,不仅分别就脂本的正文和脂批进行了概说,而且还着重对程本作为原本作了多方面具体论述,可以说这是本书的骨干。第四章“脂斋辨考”、第五章“探佚辨误”,针对“脂本即原本”说展开了多方面辨考,指出无论怎样论证都做不到有根有据。第六章“史料辨疑”对历来被考证派在论究中作为证据的各方面资料进行了辨析,认为这些证据都是“伪证”,作者充分论述了这些“证据”被捏造、被利用的可能性。

在对考证和分析作了若干保留的评论之后,指出:“本书的意义并不因此而降低,因为它创建了新的框架,并且为研究者指出了新的研究途径。无论怎样,至少对脂评不加任何鉴定和研究就完全无批判的接受,并在此基础上动用丰富的想象而建立的观点,这在欧阳氏看来是不恰当的。"肯定卷末附加的《红学人名索引》对利用者非常方便，应该提倡这种做法。

得齐裕焜、马重奇支持，欧阳健1995年10月25日以《红学辨伪论》申请陈德仁出版基金，成为第一批优秀学术著作资助项目，又得曲沐帮助并作序，1996年2月在贵州人民出版社出版。这与他的红楼研究在江苏社科院被视为大逆不道相较，真有天渊之别。此书除收进1995年前与蔡义江、宋谋玚、刘世德、冯其庸等的论辩文字，新撰的有《红学辨伪的思路和实证——答郭树文先生》、《陈坦园〈榕荫堂丛书〉的发现对〈红楼梦〉版本考证的价值》等。

五

1996年2月，姚北桦寄赠了线装的庚辰本，曹明寄来了江苏红学会会员表格，认可他为江苏红学会成员。欧阳健回复："我虽然身在福建，还是愿为江苏红学会的一员的。"

欧阳健10月11日回到南京，一到就往刘冬家打了电话。刘冰言父亲刚外出散步，约定下午往访。又给姚北桦电话，姚说省红学会年会早叮嘱曹明要邀请他参加；"前度刘郎今又来"，会后要和刘冬、刘福勤一起，为他补办送别宴。

下午进了刘府，刘冬拉着手就倾谈起来。话题有：他所悟到的文学研究"五律"，道德错位、时空错位等；初读《古小说研究论》的感受，对论《山海经》、《水浒传》与晚清小说诸篇印象最佳；以为《明清小说研究》应改名《古小说研究》，筹备第二次海峡两岸明清小说研讨会，等等，思维仍极活跃而敏锐。刘冰见父亲兴致甚高，执意留欧阳健便饭，还请来刘福勤做陪，话题渐及红学。刘冬说应从文学氛围，去考察《红楼梦》的成书；刘福勤说凭直觉，曹雪芹是豪富家的浪荡公子，备历那风月繁华之盛，而又文才慧颖，格外超群，在《红楼梦》的创作中，分明融进了青楼生活的体验。欧阳健则自称是保守主义,还是认定写的是实录性的《红楼梦》。一直谈到晚八点,见刘冬已有倦容,欧阳与刘便起身告辞。刘送欧阳至草场门,二人又立谈许久。

15 日欧阳健到南京大学门口候车,受到吴新雷的接待,之后与黄炽、朱松山、朱邦国等乘车赴浦口。晚被尤志心、朱邦国邀至住处,回溯淮阴岁月,又谈红学纷争,王永健亦在。又与陈玉书、安士才等朋友见了面。

16 日晨起,听说张庆善来了,与谈,说《明义〈题红楼梦〉的辨伪和袁枚〈随园诗话〉的认真》一文,《红楼梦学刊》决定 1997 年第 1 辑发表。欧阳健希望,新一代红学会领导,能开创出和谐的局面。

上午,江苏省红学会年会开幕。黄进德致开幕词。张庆善祝贺江苏省红学会成立十五周年,希望"讲学术,讲团结"。照相后欧阳健与唐茂松、曹明交谈。下午大会,吴新雷报告 8 月北京国际红学研讨会情况,介绍了曲沐关于脂本晚于程本的发言。在郑万钟、何永康、王永健、朱松山讲话之后,欧阳健以《重新面对袁枚》为题发言,以为《随园诗话》是最重要的文献史料,不能漠视乃至抹杀。他提出的观点是:1.曹寅确有生于康熙十八年(1679)的长子雪芹;2.曹雪芹写的是实录性的《红楼梦》,不是现在看到的小说《红楼梦》。发言反响强烈,徐乃为当场表示赞同。此文后经俞润生之手,刊于《江苏教育学院学报》1999 年第 1 期。

16 日晚,欧阳健再访刘冬。临别时,望他思考关于《红楼梦》的新议。又访刘福勤、洪珍夫妇,十一点送至草场门,挥手告别。

回到福州后,欧阳健将刘冬拟就的《红楼梦作者身世三人谈》的草稿作初步补充。此文以《红学研究三人谈》为题,刊载于《明清小说研究》1998 年第 2 期。后读《情史》卷七,见"诸姬著名者,前则刘、董、罗、葛、段、赵,后则何、蒋、王、杨、马、褚,青楼所称'十二钗'也",悟到《红楼梦》与《板桥杂记》《影梅庵忆语》一样,也是在秦淮名姝酿造的文学氛围中孕育出来的。《红楼梦》创作的意绪内驱力,并不起于家庭败落后对“繁华旧梦”的怀念，而起于“历过梦幻”后对“当日所有之女子”的追忆。曹雪芹之所以申说“万不可因我之不肖，自护其短，一并使其泯灭也”，证明确有内在的联系。

马重奇主编《中国古代十大文学家传》，邀欧阳健撰《曹雪芹传略》。欧阳健表示：关于曹雪芹，知道得实在太少，许多已成“共识”的说法，都不可信。要写成一部真正的曹雪芹传略，需要的不光是文献，还得从“破”字入手；即使勉强写出，也过不了权威那一关。不想深圳海天出版社刘东力回复，欢迎欧阳健承担此书，不怕与传统观点不一致；写什么，怎么写，一切都由作者自行处置。事已至此，欧阳健只好硬着头皮接受下来。

正在此时，教务处安排他开设跨系的第二课堂——“《红楼梦》欣赏与研究”，又给了将探索中的问题在课堂上试讲的机会。由于面对的不是中文系学生，不必担心与教材有何背离，不致因“教考分离”影响答卷的准确，所以讲得非常轻松，非常投入；一百六七十名来自生物系、历史系、数学系、美术系、物理系、教育系、地理系、外语系的学生，所期待的是扩大知识面，是打破学科疆界发现共同规律的乐趣，所以听得也非常轻松，非常投入。于是乎，教与学之间竟获得了难得的契合。1998 年 5 月 15 日晚，讲完最后一节“《红楼梦》版本和《红楼梦》美学”，学生报以热烈掌声。16 日改定《曹雪芹传略》，本书的写作是从局促于版本朝着作者考证迈进了一步，认为：“红学研究的最佳境界，应该是将作者、时代、版本、本事的考证，同《红楼梦》文本的诠解有机地结合起来。而在以往的研究中，无论是旧红学的索隐，还是新红学的考证，却有将二者割裂开来甚至对立起来的通病，以至于使读者造成一种错觉，以为考证也好，索隐也好，对于阅读小说文本不仅没有帮助，有时反倒是足以妨碍鉴赏文本的东西。改变这种不正常的现象，恐怕是推动红学事业进一步发展的关键所在。”

《曹雪芹》一书，由海天出版社 1999 年 5 月出版。

六

1997 年 3 月 14 日,欧阳健忽接杜春耕电话,说《蔡义江论〈红楼梦〉》收进欧阳健两篇文章,托他征求本人的同意。27 日杜春耕电话又来了,说蔡义江就在他家,想和他说几句话,问是否可以;欧阳健回答说当然可以。蔡义江接过电话,说:“我的学生为我编了一本《蔡义江论〈红楼梦〉》, 里面收了你的文章, 事先未征得你的同意, 感到十分抱歉。”欧阳健说:“完全可以。鲁迅出书,不是都把论敌的文章作为附录么? ”蔡义江说:“我以前的文章,语气过分了,望勿介意。”欧阳健说:“没有什么,不打不相识。”

1998 年 11 月 18 日,天津师大召开“首届全国中青年《红楼梦》学术讨论会”,欧阳健也被邀请与会。冯其庸在开幕式上讲话,说有不同的看法是正常的,但仍抨击张放的“墨香是《红楼梦》的真正作者”说,认为这种“大言不惭”的意见,不属于正常的学术研究。朱一玄讲话说,在死水一潭的情况下,有人提出新见解是应该受到赞扬的,建议出版《红楼梦》版本论争集。开幕式后合影,欧阳健照例站到后排,却被赵建忠发现,说:“你是特邀的客人。”遂拽到了第一排,隔一个人恰好是蔡义江,赵建忠便为之介绍。两人握了握手,蔡义江连说:“冒犯!冒犯!”欧阳健说:“岂敢!岂敢!”上午赶来的冯其庸、李希凡、蔡义江饭后即返北京,未及与之交谈。张庆善来问讯,说冯其庸临走,问欧阳健来了没有,并说:“看起来当年不发陈辽的文章是对的。”

20 日晚,应林骅、赵建忠之邀,欧阳健与中文系 95、96 级学生漫谈古代小说研究,放开讲了两个小时,要义是“古代小说与人生体验”,又回答了学生的问题,还为几位粉丝题词签名。初不料《文艺报》熊元义杂在后面旁听,之后他又与学生座谈,收集反应,拟了份提纲给欧阳健,说要写一篇专访。欧阳健大惊,说要知道记者坐在后面,就不会那样讲了。专访署名冉利华，以《记欧阳健先生》为题发表于《文艺报》1999年1月23日，中云：

如果我告诉您，《水浒》其实跟农民起义并无多大关系；《红楼梦》写的也并不是什么家世之感，而旨在追忆平生所遇之青楼红粉；晚清小说也并非一味谴责，而是一种有别于传统小说的新的小说，应重新评价，您会作何反应呢？

事实上，这是一位严肃的学者在认真、扎实、深入的研究之后，大胆提出的古代小说新见。这位学者就是欧阳健先生。

如今身为福建师范大学中国古代小说研究所研究员的欧阳健先生，童年的理想是当作家。从十五岁到二十五岁，他写了三百万字的日记。“文革”中，这些日记中的四五句话被抄家者歪曲，他便成了“反革命”，先是被拘留了四年，后又在农村监督劳动了四年。因此当评《水浒》运动开始、《水浒》遭到断章取义的批判时，他对施耐庵、对《水浒》的同情就不言而喻了。于是他开始了《水浒》研究，并从此走上了学术之路。

关于《红楼梦》版本研究是这样介绍的：

虽然从事的是古代小说研究，但欧阳健先生不愿写有关《红楼梦》的文章。一是因为《红楼梦》太博大精深，二是因为红学界早已众说纷纭。然而1990年夏，他应邀在北京大学侯忠义、安平秋教授主编的《古代小说评介丛书》中撰述《古代小说版本漫话》后，却不得不介入《红楼梦》版本问题了。然而稍一涉足，他却发现，《脂砚斋重评石头记》甲戌本，不仅错字、别字、缺字太多，抄本几处最关键的部位被有意撕毁，而且通篇不避康熙的讳，突然出现在清亡十六年以后一事也很值得怀疑。于是直接研读起《红楼梦》的各种版本来，并运用版本学、史料学、校勘学、辨伪学的基本规律，从版本鉴定和内容对勘入手，得出了一个始料未及的结论："脂本"是后出的伪本，脂砚斋有关作者家世生平和素材来源的批语也是完全不可靠的，只有程伟元、高鹗整理的程甲本才是《红楼梦》的真本。

欧阳健先生的版本新说一出，无疑在红学界激起了大波，并因此给他带来了许多意想不到的麻烦，但他更加坚定了对自己研究的信心。

3月29日，欧阳健忽接赵建忠电话，说陈辽给《文艺报》主编寄去王同书的文章，攻击他化名冉利华吹捧自己。晚上，欧阳健又与熊元义通了电话询问此事，回说陈辽与主编私交甚好，熊的压力很大：他认为王文没有道理，坚决不发；挡不住主编不断催促，快要顶不住了，便写信要他就有关问题"作些令人信服的说明"，欧阳健不愿再行"辩诬"，遂于5月18日回了一信：

天津与兄邂逅，甚慰平生。兄的一番美意，却给我们都带来新的"麻烦"，则是殊出意料之外的事情。如果贵报领导不怕有损报纸的形象，执意要发表王同书这种上不得台盘的东西（须知五六年前，当冯其庸最需要"炮弹"的时候，也没有看上陈辽、王同书这类文章，在天津会议期间，冯其庸还对张庆善说："看来，当年不发表陈辽的文章是正确的。"），那只有听便好了。看了王文，我除了鄙薄之外，无话可说。窃以为，根本不必害怕此文的刊出，让腌臜出来，也许更有好处。只是"明人不做暗事"，王同书既然以"知情者"的身份发表这种有可能引发官司的文章，就一定得署上自己的真实姓名，以免给报纸带来不必要的牵连；而作为《文艺报》来说，既然介入了红学的是非,也应该考虑为推动红学的健康发展做更多的工作,让更多的人写文章讲话才是,而不是仅仅由于陈辽个人的关系,就不顾后果地贸然从事。

大约由于时过境迁,主编也不再催促,此事就不了了之。

2002 年 8 月，欧阳健参加清徐县罗贯中学术研讨会,27 日游览常家庄园,不觉间与陈辽走到一块,一抬头,都有点窘。欧阳健开言道:“陈辽同志,关于《文艺报》的专访,你给主编寄去王同书的文章,说我化名吹捧自己,可能是误会……”陈辽脸色大变,矢口否认道:“我怎么会做这样下作的事呢？”

第八章　红学风云录

一

1996年3月，萧欣桥、陈庆惠来福州，问红学有何好选题？欧阳健说，20世纪红学，风起云涌，大故迭起，需梳理的问题很多，可以《红学风云录》与《红学演义》为题，总结是非得失。两人均大感兴趣。

是年11月，朱一玄给欧阳健来信，倡议编《〈红楼梦〉版本论争摘要》，欧阳健以为是个好主意。适逢浙江古籍出版社班子调整，陈庆惠出任社长，思有所作为，遂重申旧议，望他至少写出其中一部。欧阳健说，从读者兴趣计，将红学论题的萌生、深入、冲撞、成熟，与红学人物的人品、秉性、是非、恩怨交织一起的《红学演义》，可能更为生色；惜自己与红学界交往不多，无从命笔，只能承担《红学风云录》。陈庆惠立即拍板，谓距2000年仅剩三年，希望力争1998年底完稿，1999年底出版发行，向21世纪献礼。

念及个人精力有限，便力邀曲沐、吴国柱合作，二人欣然应允。欧阳健12月1日给陈庆惠写信，将《二十世纪红学风云录》内容要求概括为三句话："写出时代的氛围"，"写出事态的实情"，"写出学术的真谛"；写作要求概括为四个字："高"、"大"、"全"、"细"，即立意要高，气度要大，资料要全，分析要细。陈庆惠大为赞赏，12月9日回信说："'三句话’、‘四个字’若真能体现出来,此书的价值一定不低。”

吴国柱首先进入状态,先作资料准备,构建框架。吴国柱认为,“胡适红学模式”20年代虽已确立,实际上未有大的影响;50年代的“批胡”,才将只在小范围内产生影响的胡适学派,批成声名显赫的“新红学派”,造就出大批胡适的徒子徒孙;80年代是胡适模式的“鼎盛”时期,也是出现危机受到挑战的时期。这一关于“胡适范式”的全新论述,得到其他两人的极口称赞,决定以之作为贯穿全书的精髓。经通盘考虑,商定章节与分工:欧阳健撰序曲《〈红楼梦〉传播前期(18—20世纪初)的微微涟漪》和第二编《胡适红学模式经受冲击却得到意外确认时期(20世纪50年代)的疾风骤雨》,曲沐撰第一编《胡适红学模式确立时期(20世纪20年代)的平地惊雷》,吴国柱撰第三编《胡适红学研究模式受到严峻挑战时期(20世纪90年代)的惊涛骇浪》。

待曲沐与吴国柱的书稿陆续寄达后,欧阳健将其扫描进电脑,然后作全盘统一处理,开始全书的整合。曲沐、吴国柱深厚的造诣,精辟的见解,犀利的笔法,为此书奠定了坚实基础。三人在不同环境下写作,有些事情并未磋商,却在几乎所有重大问题上取得一致,证明彼此的心是相通的。欧阳健给曲沐写信说:“《风云录》的完成,是我们三人心血的结晶。我在统稿时有一个强烈的感受,那就是我们心里所想的,都是完全相通的,所以调整章节非常顺利,不论是将兄所起草的内容,挪到国柱的部分;还是将国柱起草的内容,移到兄的部分,都能和谐妥帖。电脑这东西确实太有用了,依靠它的强大功能,方使我们分头写的内容融为一体,几乎看不出原先的痕迹了。”

全书的协调统一,考虑最多的是确立总体框架和基本思路,以准确概括三个时代的本质特征。至于技术性处理,要解决的是“情绪化”与“倾向化”,为此,欧阳健提出两点意见:

一是要有史家的气度。我们既是大论争的当事人,又是这段历史的执笔者,这种双重的角色,决定我们必须冲淡"情绪化"的倾向,而以史家的包容气度来观察、对待一切。也就是说,我们不是继续在和对方争论,更不是在"批判"对方,而是在高屋建瓴地叙述以往的历史,入情入理地分析着各自的具体情况,既让大家从中汲取经验教训,又让各方面的人士都没有话可说。

二是要有史家的叙述笔法。我们三个人,观点一致,目标一致,但有时不免有重复的话语,应该考虑什么话先讲,用什么角度;什么话后讲,用什么角度;或者先讲到什么程度,后讲到什么程度。还要寻找一种贯串全书的基本一致的叙述语言,以便使通体和谐协调。

三人一致赞同在"红学"与"风云"两个要点上做文章:第一,所写必须是有"红学"的风云。采取"以史为经、以论争为纬"的结构方法,截取自《红楼梦》诞生以来,尤其是百年来有关红学的最核心、最本质问题的重大论争,即那些确能构成为"风云"的有历史意义的事件为主干,围绕论争产生的时代背景、发展过程、所涉及的学术问题及其理论意义和社会影响,论争各方的是非得失,展开充分论述,并作出客观公正而又精到透辟的评价。红学领域不时冒出的某些并无学术价值和历史意义的"争论",不在本书论述之列。第二,所写必须是构成"风云"的红学。一个世纪以来,数以万计"红学常规研究的成果",显示了红学事业的发展和繁荣,其中堪称红学杰构的不在少数,它们都是红学史关注和研究的对象,然而由于未曾酿成真正意义的"风云",所以也不在论述之列。抓住"红学"与"风云"两个要点,某些并无学术价值的"争论",不予论述。如难缠的张国光,除《明清小说研究》约稿名单外,没有再出现一次。

由欧阳健撰的序曲《〈红楼梦〉传播前期(18—20世纪初)的微微涟

漪》,梳理了从“红学”诞生之日起的五大焦点:1.关于钗、黛的是非优劣;2.“真”“假”之辨;3.小说的“本事”之辨;4.作者之辨;5.版本之辨。末一项又包括对“原本”的猜疑和对“旧时真本”的探访两方面。特别引证了胡适《红楼梦考证》发表前夕,1920 年 6 月 25 日《小说月报》佩之的《〈红楼梦〉新评》,从文学审美角度看待《红楼梦》的有机整体结构,断然否定后四十回为他人所续论的意见:

第一要看这部书的结构(pilot)。这部书在中国小说中,算是很长的小说。全书有一百二十回,这一百二十回,却是脉络贯串,一丝不乱。从第一回到第九十七回,全书的进行,是向上的(risingaction)。从第九十七回到末回,全书的进行,是向下的(fallingaction)。中间“苦绛珠魂归离恨天”一回,便是全书最高的一点(climax)。全书的层次,错综变化,是自然的,不是机械的;而秩序却极整齐。相传这书出于两人之手,后面四十回,是后人所添。很有许多评点家,说是不足信的。但是依全书结构而看,这书万万不是出于两人。作者写第一回的时候,全书结构,已了然在胸;不是随随便便,一回一回地写下去的,所以才有这样精密的结构。

评论道:以现代的眼光看,草创阶段的“红学”及当日所论辩的问题,难免有浅陋、幼稚之嫌;但从历史的观点出发,却应该承认它们确是红学进程的必经环节。诸多成为后世热点的论题,在《红楼梦》传播前期(18 世纪—20 世纪初)就已经种下了根苗,有的甚至还进行过小小的“预演”,只是同日后的掀天狂浪相比,那只能算一泓清水中的微微涟漪而已。

由曲沐撰的第一编《胡适红学模式确立时期(20 世纪 20 年代)的平地惊雷》,第一章“新红学的崛起和对旧红学的挑战”、第二章“对旧红学的抨击与新红学模式的构建”，历史地揭示“新红学”崛起的文化背景，以及它作为“中国文艺复兴运动”的系统工程的意义，并对胡适所构建的“新红学”模式进行了准确概括。第三章“新红学营垒内部的磨合、重构和反省”，不以红学史习用的新旧红学争辩为中心，而以“新红学营垒内部的磨合、重构和反省”为重点，第一次强调指出：对于重新认识新红学体系的实质而言，其内部的思维动向和观念演变，有时甚至比来自对立面的反击，更具有学术的内涵和历史的价值。顾颉刚和俞平伯是真正的学者，当他们进入纯正学术领域以后，学术的规范和逻辑迫使他们不得不认真思考更为深层的问题，这里既有顾颉刚与胡适的辩难和磨合，更有俞平伯的乍然初醒和他对“自传”说的反思，澄清了将俞平伯等同于胡适的误会，指出对胡适“新红学”模式的质疑，竟首先来自开山祖师之一的俞平伯。从1921年5月30对自传说发生动摇、《红楼梦辨》刚出版就“自悔其少作”，俞平伯踏上了自我否定的不归之路，直到去世前自我超越的彻悟，构成红学史上最悲壮的一页。

由欧阳健撰的第二编《胡适红学模式经受冲击却得到意外确认时期(20世纪50年代)的疾风骤雨》，对于50年代的疾风骤雨作了全新的中肯剖析，指出“批俞”运动不是少数青年的政治热情和政治家心血来潮的产物；新的时代迫切要求对《红楼梦》作出全新评价，导致“评红”新论应运而生。红学“新说”的理论武器和论证方法，是将《红楼梦》看作一部反映时代本质特征的政治历史小说，对《红楼梦》鲜明的反封建思想倾向予以高度的赞美。这种对《红楼梦》全新的价值判断，旋即与时代的主旋律相呼应，成为被推崇的治学方法的示范。《红楼梦》被定位为“现实主义”杰作，“现实主义”理论在红学领域中的运用，从现象上看似乎扭转了“新红学”研究模式占统治地位的局面；但是，恰恰是这种公式本身，为胡适模式的复活提供了理论上的有力支撑。其症结在于多数人对于考据，怀有由政治上的“左”派生出来的贬抑情绪，将考据看作“对抗”与“抵制”革命政治、歪曲作品思想价值的手段，或者动辄以“烦琐”来贬低考证的作用和价值。这种对于考证的排拒、贬斥，实乃不懂得“考证”正是胡适红学模式的要害所在。一种急于投入战斗的浮躁情绪，使他们不可能深入“烦琐”的考证事务中去，他们既没有下功夫搜集有关的史料，也没有从实际材料的考证入手，试图去检验一下胡适的材料是否可靠，是否得到了充分的“证明”，便只好以“革命”的姿态，将“理论”与“考证”人为地对立起来，以掩饰自己的短缺和贫乏。“冲击者”在考证这一关望而却步，将这块神圣的领地拱手相让，实际上就意味着自动放弃寻找对古典文学的阐释与史料之间天然联系的义务，也就意味着将最终的裁判权交给了对方。

尤其耐人寻味的是，当年的批判者对俞平伯自身红学观念的深刻变异，几乎不曾有丝毫的觉察，也根本不能体会他的觉醒的深刻意义，而只从现实的政治斗争需要出发，选择他作为批判冲击的对象，甚至将他已经处在转变之中的观点当作“靶子”，在学术上显然是极为荒谬的。而在俞平伯政治上获得“平反”以后，人们却错误地从学术上肯定了俞平伯自我否定了的东西。在疾风骤雨般的批判运动中，一部分曾受胡适影响的学者，大抵只顾忙着从政治上与之“划清界限”，根本来不及认真清理学术上的是是非非；而另外一部分人则显然缺乏必要的学术准备，只是为着急于冲上战场，才临时浏览胡适的红学著作，反而潜移默化地接受了他的红学模式，甚至作为“合理内核”接承过来。那些在“批俞”运动中受到正面冲击的、属于胡适红学研究模式的东西，借着政治气候的变化又重新抬起头来，并且出现了朝着同俞平伯自觉反思相反方向的运动。随着形势的进一步发展，转到“重新评价”胡适的红学思想、为胡适在《红楼梦》研究上的贡献“评功摆好”上来。于是，历史便出现了如下的怪圈：一场规模空前的对胡适红学模式大批判的直接结果，却是将本来并未在红学领域占据绝对统治地位的胡适学派，批成了一个声名显赫的“新红学派”，不但使胡适的红学模式得到更为巩固的确认，而且使整个红学研究实现了向胡适体系的全面转向,并从客观上造就了一大批胡适范式的合法继承人。最为吊诡的是:俞平伯怀疑并最终抛弃了“自传说”,那些批俞者反倒彻底臣服于“自传说”了——批判与被批判的双方,都向自己对立面转化,这真是历史的怪圈!

由吴国柱撰的第三编《胡适红学研究模式受到严峻挑战时期(20世纪 90 年代)的惊涛骇浪》,点出了一个令人注目的特殊现象:20 世纪 90 年代对旧模式发起“挑衅”的,既非胸怀宣扬“白话文学”崇高使命的博学多识的洋博士,亦非以马列主义为利器向“资产阶级唯心主义”开火的锐意进取的青年尖兵,而只是几个红学“圈子”之外的平民。与 1954 年不同的是,“小人物”这一次没有得到大人物的支持,他们所受的压力和打击在红学史上是罕见的,甚至不得不为了维护人身权利而“对簿公堂”,实堪称红学史上的“惊涛骇浪”。但从学术角度着眼,与 1954 年那场基本忽视学术的政治运动不同,这场纯学术的论战,确实真正触及红学中的一系列根本性、基础性、原则性问题,如脂本晚出之争,程本真本之争,脂批脂斋伪托之争,史料辨疑之争,分歧是相当尖锐的。90 年代的红学大论争,虽以“铢分毫析”的微观辨证为其特色,但从没有忘记对红学总体研究格局的关怀。这场基本上未受政治左右或干扰的、纯粹学术性的论争,之所以会风雷激荡,显现出前所未有的“极富凶险性”,就因为这场论争的终极目标,是要使红学研究摆脱胡适模式的羁縻,真正走出胡适模式的误区,重构新的红学框架体系。最末一节《新时代的曙光》问:突破了胡适模式,红学之路该怎么走? 概而言之,就是正本清源,返璞归真,实现红学“三回归”——

一曰:“回归元典”:

> 红学出自《红楼梦》。《红楼梦》是“源”,红学是“流”;《红楼梦》是“根”,红学是“叶”。那么,红学的元初典籍是什么? 是程

甲本《红楼梦》。程本出版以前，可以说无所谓“红学”。程本出版以后，迅速掀起《红楼梦》阅读热潮，嘉庆年间便形成“开谈不说《红楼梦》，读尽诗书是枉然”的生动局面，红学也应运而生。道光以降出现“红学”这一专用名词，正是这门学科历史发展的必然结果。可以断言，如果没有程甲本《红楼梦》的问世，中国文学史上就绝不会有“红学”。

二曰：“回归整体”：

所谓“整体”，指的是一百二十回的完整大书。曹雪芹撰著《红楼梦》，“披阅十载，增删五次，纂成目录，分出章回”，原本就是一个百二十回的有机结构。乾隆年间流传于世的手抄本，既有八十回的，也有百廿回的，甚至还有四十回的，种种不一。这完全是抄本流传过程中的正常现象，一点不值得大惊小怪。程伟元广泛搜集乾隆传抄本，先得前八十回，后又按目发掘搜集后四十回残稿，更是情理中事，并非向壁虚造，且其来龙去脉交代得清清楚楚，无懈可击。程本出版以后，迅即获得社会历史的绝对认可，深受历代广大读者的热烈赞赏，证明程高全璧本的整体结构是经得起实践检验的。社会历史早已确认了程高百二十回本的有机整体性，是具有崇高美学价值的真《红楼》。正如曲沐在《红楼梦会真录·后记》中说：“《红楼梦》是一个有机的艺术整体，它不是各个艺术部件的机械组合……任何机械地割裂其艺术整体的办法，比如只肯定前八十回而否定后四十回的做法都会有损于这部伟大作品的艺术价值的。”

三曰：“回归文本”：

> 文本研究，主要是指文学的本体研究。尽管《红楼梦》的内容极为丰富，“单是命意，就因为读者的眼光而有种种：经学家看见《易》，道学家看见淫，才子看见缠绵，革命家看见排满，流言家看见宫闱秘事……”（鲁迅《〈绛洞花主〉小引》）但无论如何它总归是小说，是文学作品，这一点并不因之而变更、动摇。既是小说，作为文学的本体研究就是其首要的任务。

最后说：“在新的世纪里，如果真正实现了‘三回归’，并将文本研究与作者研究、时代研究、版本研究等有机统一起来，则红学必将呈现出一派更加繁荣昌盛的新天地！”

二

三个人一在贵阳，一在昆明，一在福州，相隔千里万里，讨论商量，只有委之书信。而 1997 年 11 月汉中《三国演义》学术讨论会与 1998 年 7 月绵阳文艺中心落成典礼，给了他们相聚切磋的绝好机会。

雷勇研究生毕业后，分配到汉中师院，促成了《三国演义》学术活动。欧阳健与曲沐同住一室，得以详细地讨论《红学风云录》撰写的种种问题，每晚都谈至深夜。还会到陈年希、杜贵晨、沈伯俊、罗德荣、胥惠民、范道济、孙勇进、马宇辉、房日晰、陈继征，所谈也多是红学。11 月 3 日晚，由雷勇、蔡美云陪同，去汉中师院讲座，礼堂挤满了学生，门外还有不少人。欧阳健的题目是“漫话《红楼梦》研究”，结束时声明，他讲的可能是错的，好在明天有著名红学家胡文彬来讲，一切都以他所讲为准。

第十一届《三国演义》学术讨论会开幕式，胡文彬代表《红楼梦》研究所、中国《红楼梦》学会、《红楼梦学刊》致辞，在小组会上还对红学界的学风提出批评，俨然成了中心人物。欧阳健不曾有意同他接触，只听他谈了些红学会、红研所的近况，诸如冯其庸大势已去，他本人已能操纵红研所了；又说冯留下了一大摊问题，主要是人才短缺，三年内无人能上研究员，大有“舍我其谁”的味道。当晚陈年希、王意如来，说梅玫要欧阳健去谈要事，原来《红楼》杂志面临被砍的危险，要欧阳给鲁德才电话，请鲁向于友先反映，想法保留。又谈到红学界种种，说对胡文彬不能轻信，《红楼梦学刊》上化名“余力”攻击曲沐的文章就是他写的。

会上得与绵阳刘长荣认识，听他讲孙桐生研究，临别请代向克非问好。克非的《红楼雾瘴》在《峨眉》连载时，就引起欧阳健的注意，对他凭着作家的创作经验，看出脂砚斋的破绽，十分佩服。1997 年 7 月，经沈伯俊介绍，与克非取得联系，托他复印绵阳图书馆藏孙桐生手稿，写出《绵阳孙桐生与甲戌本之“纠葛”二解》，刊于《红楼》1998 年第 4 期。读克非《世纪末“红学”的尴尬》，欧阳健感到很有气势，既伸张了正义，又鼓舞了人心。1998 年 3 月 9 日给他写信，谈到被逼南下的心情：

> 当刚刚离去的时候，我曾发愿要写一篇《黑枪从背后打来》的文章，揭露他们的鬼蜮伎俩。然而一到新的岗位，我的心绪就立刻起了变化，因为我感到，红学权威们的失态，正说明他们的虚弱，与其在态度上、手段上同他们计较，不如拿出更多有分量的学术成果来，使他们更不得安生，方为上策。以至于写到后来，我的心地更加平和，下笔也更加从容了。正如大作所指出的那样，同他们之偃旗息鼓相对照，我们洞悉对方的学术水平，更明白自己真理在握，犹在不断地有所发现，有所开拓，所以信心百倍，斗志昂扬。

1998 年 7 月，绵阳文艺中心落成典礼，活动之一是《红楼雾瘴》研讨会，邀请了侯忠义、曲沐、徐君慧、吴国柱、王珏、欧阳健出席。20 日，克非来相见，相谈甚洽。欧阳健将打印的《红学风云录》凡例、目录并第二编初稿交曲沐、吴国柱过目，详细讨论《风云录》的写作，三人进一步取得共识。徐君慧对他们的新思路甚表赞赏。21 日《红楼雾瘴》研讨会，克非、曲沐、吴国柱、欧阳健、徐君慧、侯忠义先后发言。22 日继续讨论。下午去克非家，在葡萄架下照相，又在客厅吃瓜漫谈。握别时，欧阳健请吴国柱将《红楼雾瘴》写进第四编。

三

对《红学风云录》的写作计划，八十八岁高龄的朱一玄十分关切，多次给萧欣桥写信，要他一定支持。1999 年 1 月 30 日，欧阳健给朱一玄写信，报告六十万字大体竣事，恳请他撰写一序，朱一玄欣然命笔，中说：

> 近十年来，有关《红楼梦》的论争，格外为人瞩目。我曾在为《红楼》创刊十周年而作的小文中说过："目前《红楼梦》脂评本真伪的讨论，是红学研究中的重要问题。希望在已有文章的基础上，发动更广泛的讨论，并及时印出讨论专集，或由《明清小说研究》、《红楼梦学刊》出专号，使广大爱好者了解进展的情况，以便早日得出为大多数人接受的结论。也有可能长期争论下去，仁者见仁，智者见智，形成学派。"我提出的由欧阳健教授提供文章编辑"《红楼梦》版本论争集"的建议，由于多种原因，未能实现；又曾与曲沐教授联系，请他归纳各家主要论点，以文摘形式结集出版，也有困难。其后，欧阳健教授即酝酿撰写《红学风云》一书，此一意想受到浙江古籍出版社的重视，敦促早日成书。于是，欧阳健、曲沐、吴国柱三位先生排除冗杂，历时三年，终于完成这部大著，令人喜悦。
>
> 说起红学的"风云"，可说是与红学史相伴以行的。红学引

起的诸多论争，小至家庭、友朋之间的“几挥老拳”，大至整个社会、国家的风涛席卷，层见叠出，至于一时间遍被华夏。其风或“起于青滔之末”，或“起于穷巷之间”，“溥畅而至，不择贵贱”；“动沙堁，吹死灰，骇溷浊，扬腐余”，摧枯拉朽，绵延不断。红学之有争论，除却那沾有某种政治意味的“风云”，总是一桩好事，构成红学世界的一大景观。所以，将红学史上的论争剔理梳爬，归纳统览，写成《红学风云》一书，是极有意义的，我甚表支持。

欧阳健教授我早就认识，对他的为人和治学，我一直极为赞赏。曲沐教授，八十年代于《水浒》研讨会上相识，常有书信往来，音问不断。吴国柱先生虽未谋面，但那些出自他手笔的精彩文章，早就拜读，可谓“神交已久”。他们的为学态度和钻研精神，我是充分信任的，他们关于红学的新见，我也一向十分关心，《红学风云》一书的缘起和撰写进程，我也最为清楚。去年十月，全国中青年《红楼梦》研讨会于天津召开之际，欧阳健教授前来访谈，讲起《红学风云》即将竣事，嘱我命笔作序，这原是早已说好的，义不容辞。

5月9日，欧阳健到了杭州，商讨《红学风云录》出版事宜。陈庆惠认为，书稿资料充分，学术性强，但从市场状况出发，原稿六十多万字，定价得在四十元以上，于销售不利；提出压缩为五十二万字，定价控制在三十元左右。他提出的处理方案是：一、将序曲全部删去，题目改为《红学百年风云录》，一下子就删了五万字；二、第一、二编基本不动，第三编的第一章也不动，第二章之后则作压缩，理由是许多材料都有书在，可适当少引用一点；作者又是当事人，要避一点嫌。萧欣桥甚至提出，可考虑三编篇幅大体相当。

考虑到出版界的困境，欧阳健也不好再说什么，但不同意萧欣桥的意见，强调三编所写的红学风云，是逐渐升级加码的，不能平均使用力量，总算争得了赞同。于是欧阳健将序曲删去，又将第三编压缩了三四万字。除了字句的精减，主要修改包括：将第二、三章合并成一章，标题改为《脂本程本真伪早晚之争》；删去花城版程甲本“首次”的争论；删去《明清小说研究》版本大讨论的征文；删去对“青楼”说的介绍；删去最后一节《新时代的曙光》，使全书字数控制在五十二万之内，满足了出版社的要求。删节是无奈的、仓促的，未能与曲沐、吴国柱商量。删去花城版“首次”之争，有给曲沐师妹吕启祥留余地的意思，删去吴国柱执笔的《新时代的曙光》，实在有点可惜。

为出席金华红学研讨会，欧阳健 11 月 7 日一早抵达杭州，即去浙江古籍出版社找陈庆惠商定，将朱一玄序复印八十份，连同《红学百年风云录》征订单交给红学会议；又解决了校对中遇到的疑问，签订了出版合同(规定在 1999 年 12 月 30 日出版)，商量了有关宣传问题，准备请专家撰写书评，在南京召开专家座谈会等。

中午乘火车离杭，下午赶到金华。号称“中青年学者红学研讨会”，老人占了几乎一半，红学界大腕如冯其庸、李希凡、刘世德、蔡义江、张锦池、杜锦华、张庆善都到了，还有梅节、薛瑞生、周思源、刘上生、杜春耕、蒋文钦等，青年中的佼佼者，则有梅新林、赵建忠、陈维昭、王平、俞晓虹等。周思源初次见面，惊讶地对欧阳健说：“我还以为你是小青年呢！”他为自己的“冒犯”致歉。

欧阳健在会上作了《我的文献、文本、文化融通观》的十五分钟发言，讲了六点意见：一、重新面对袁枚，论定曹雪芹是康熙间人，他是曹寅的儿子，不是他的孙子。二、《红楼梦》成书于康熙后期，曹雪芹已经成年，故能“备记风月繁华之盛”。三、曹雪芹完成的是全璧本《红楼梦》，不存在高鹗续书的事。四、脂本的文字晚于程本，所谓“原稿面貌”不能成立，脂批也许是“有用”的，但却是无效的。五、《红楼梦》是孕育于秦淮名姝的文化氛围之中的。从唐诗宋词、唐人小说、宋元话本、元人杂剧到明清小说，青楼文化形成了源远流长的传统，《红楼梦》不是孤立的存在。六、“二书合成论”以为《红楼梦》由风月故事和闺阁故事两书合成，从版本考证和创作实践看，“合成论”都不能成立，但这种观点分明强烈地嗅到了《红楼梦》中的“风月”气味。《红楼梦》比以往青楼文化的长处，是它的虚化、净化、诗化。午饭桌上，周思源称发言信息量大、有道理，希望能讲得更详细一点，很多意见是可以接受的；又提醒欧阳“不要太拼命”，要注意身体。

四

《红学百年风云录》1999 年 12 月出版后，张国光给陈庆惠电话，指责此书没有提到他的名字。陈庆惠说，人家又没有骂你，你有什么可说的？北京某红学权威也十分恼火，声言要在《红楼梦学刊》上组织“反攻”，可能是没有人写文章，便歇了火。邹自振写了题为《20 世纪红学研究的历史总结》、范道济与刘开田写了题为《生命力·真·使命感》、汤伏祥写了题为《以点连线，史论结合》、黄云吾写了题为《读欧阳健〈红学百年风云录〉后》的书评，由《红楼》杂志、《福建师大学报》发表。赵建忠也自告奋勇写了篇书评，他红研所的老师坚决不准发表，说一定要发，只能用化名。欧阳健说：“这种冷战思维，实在幼稚可笑，你‘赵建忠’三个字，也有一定分量了，如果用化名，人不定还怀疑是我化名写的呢。”赵建忠电话又说，天津师大准备联合中国红学会召开第三次青年红学研讨会，他和林骅去北京谈筹备事宜，红学会的大人物下达对欧阳健的“封杀令”，林骅据理力争，甚至说要以天津师大名义邀请。欧阳健哈哈一笑，说不让开会，就把人的嘴给封住了？

倒是在 2000 年 5 月，克非安排了一次被刘冬誉为以“道·德·义”三合一为基础的绵阳聚会。由于时间扣得很好，欧阳健先去芜湖参加了第十三届《三国演义》研讨会。刘世德在开幕式上说，要反对奇谈怪论，如把《三国志》说成《四国志》，把《红楼梦》说成《绿楼梦》云，分明是针对欧阳健的“青楼之化”观的。而李灵年则说，他把《曹雪芹》看了两遍，认为有相当的道理。

之后又到南京，到草场门访刘冬。姚北桦闻之，在古林饭馆做东，乐秀良、徐慧征、刘冬、周正良、曹明也来了，一定让欧阳健坐了首席。欧阳健说：“在我一生的关键时刻，支持我、关心我、爱护我的几位老同志都来了，是乐秀良和徐慧同志将我从厄运中解救出来，又鼓励我走上了学术研究的道路；到江苏社会科学院后，又遇上了刘冬和周正良同志，以最开明和民主的态度，教会了我做人与治学；当我‘误入白虎堂’受到围攻的时候，姚北桦同志以一个老革命家的气度，站出来给我以保护，这些都令我终生难忘！”可惜忘了带照相机，未能把值得纪念的情形留住。乐秀良事后写了《古林小聚记情》，刊在《老年周报》第976期，弥补了这个缺憾：

> 正当江南五月莺飞草长，繁花如锦之时，离别多年的欧阳健自福州赴安徽、四川参加学术研讨会。在宁逗留期间，由北桦兄发起，邀请欧阳旧时友好于城西古林一家酒店小聚。
>
> 欧阳健，这位对中国古代小说研究颇有建树的中年学者，却经历过太多的人生坎坷。1958年下放淮阴农村劳动锻炼。“文革”期间，十年日记被抄，罗织成罪，蒙冤入狱，长达四年。刑满出狱后仍戴着“现反”帽子开除留用，剥夺创作权利，并株连妻儿，受尽苦难。他身居斗室，心忧天下，在艰辛的上访过程中，针对当时“评水浒”闹剧，与同事萧相恺合作，精心研究《水浒》的形成和性质，写成《水浒“为市井细民写心”说》论文，向《水浒》写农民起义的传统观点提出挑战，稿寄省委《群众》杂志。
>
> 《群众》文史组编者慧眼识良才，不仅冲破“左”的阻力帮

助其发表，而且仗义雪沉冤，奔走呼吁帮助其平反昭雪；并鼓励他赴省应考，录取在文学研究所为助理研究员。从此，欧阳健在刘冬、刘洛两任所长和同志们的亲切关怀下逐步摆脱困境，施展才华，先后出版了《水浒新议》、《明清小说采正》、《明清小说新考》和《红楼新辩》等具有独到见解的多部论著；在主编《明清小说研究》杂志的同时，参与主持有全国百余专家分工撰写的《中国通俗小说总目提要》的编纂工作；十余年来，在古代小说研究领域的论争中，以其严谨的治学精神、不凡的勇气和胆识参与其中，甘苦备尝，终于脱颖而出，当选为中国《三国演义》和《水浒》两个学会的理事，并晋升为省文学研究所副所长、副研究员。

1995 年，欧阳健离宁南下，应聘去福建师范大学中文系任教，成为该校古代小说研究所研究员，继续出版了《红学辨伪论》、《古小说研究论》和《曹雪芹》等著作。此次来宁，又带来其与曲沐、吴国柱两位学者合著，以史家的眼光、气度、笔法写就的《红学百年风云录》分赠友好。

是日，从石城内外赶来赴会的多是与欧阳在沉浮岁月中一度相聚、相助、相知甚深的同事与文友。特别是刘冬老所长由儿孙搀扶抱病前来，更增添人间真情。“人生不相见，动如参与商。今又复何夕，共此灯烛光。”故人重逢，谈笑风生，家事、国事、天下事，皆成话题，尤显亲切。欧阳介绍了自己近年来在福建受到师大领导信任和尊重，心情舒畅放手工作的情况。徐慧征回顾了 20 年前政局乍暖还寒时节，《群众》杂志同志以爱才之心仗义执言，历经艰难，为欧阳平反日记冤案的曲折过程，又勾起大家对那一段岁月的回忆，对比改革开放以来的重大变化，感触愈深。

这一次古林小聚，正值世纪之交。百年回眸，辉煌与苦难并存,展望21世纪,更寄予美好希望。衷心祝愿伟大祖国民主与法制更加健全,封建专制遗毒彻底清除,依法治国方略真正落到实处;尊重人才,尊重知识蔚然成风,嫉贤妒能的人越来越少。人们将在更加宽松祥和的学术研究环境中作出新的贡献!

20日抵绵阳,出席克非古典文学研究座谈会,欧阳健、曲沐、吴国柱、克非、梅玫就红学研究有关问题畅叙数日。克非认为红学处于初级阶段,应以有体系的冯其庸等为对象进行剖析,遂拟议撰写"红学学案丛书",以期巩固并扩大现有的成果。参会众人午饭间开怀畅谈,话题从冯其庸到王珏。回福州后,欧阳健给克非写了一信:

回到福州已十多天了。其间,除了做那些非做不可的事外,我主要在拜读您的书稿,伴随您的思绪神游,简直是一种享受。

您对冯其庸版本考证的剖析,入木三分,"过录本"、"原料本"、"制残本"的提法,体现出对于版本学精髓的深湛领悟,我十分欣赏。如对所谓"庚辰本是据己卯过录本过录",指出产生庚辰本的己卯本,不是己卯年产生的那个原本,而是过录后(是几次过录姑且不谈)的己卯本,等这个过录完成后,至少也过了庚辰年了,那么,现存的庚辰本就绝对不是庚辰这年过录的,还来什么"庚辰秋月定本"?这一问题,实在令冯其庸辈无可置喙!受您的鼓舞和启迪,我准备加快《透析脂砚斋——脂批条辨》的写作,以与您相互响应。

第九章　还原脂砚斋

一

1999年12月7日，七十三岁的裴世安给欧阳健写信，说看了《红楼梦学刊》上《关于脂批的“针对性”和锋芒所向》，校出引文十六处错误，恳切告诫：“如引文不切，恐有话柄。提供你参考，别无用意，旨在力求精确。”欧阳健回信说：“您对拙文的关注，和过细的校勘，使我感激而又惭愧。正如您所指出的，此乃‘咬文嚼字’之研究，必须力求精确，否则将授人以柄。”花了半天时间对照原稿，发现十四条出于失误，如将“处”错成“得”，是敲错键盘；“竟人有曰”，是编辑部排版出错；“目己”改为“自己”，是编辑以为“出错”而“改正”的。欧阳健后来还将《还原脂砚斋——脂批条辨》引言寄去，请他看看构想是否可行。

2002年10月25日，欧阳健忽接声音浑厚的陌生人电话，说：“欧阳先生，我是你没有见面的朋友——黑龙江教育出版社的程俊仁。”欧阳健一时没反应过来，又听他接着说：“我所以这样说，是因为你的朋友张锦池、刘敬圻、关四平，也都是我的好朋友。”这句话一下子就把两人的距离拉近了。程俊仁说，他正在组编一套红学研究系列，周汝昌、冯其庸、李希凡已寄来书稿，还发愿为年轻红学家出一本书，为非主流观点的红学家出一本书，久闻欧阳健的大名，于是希望了解他的红学观。

十二年前贵阳红学会上，杨光汉关于"近八千条脂批均不能回避"的意见，给了欧阳健极大的推动。他酝酿良久，决定运用数字化的手段，将三个正宗脂本(甲戌本、己卯本、庚辰本)连同相关的有正本的批语，对照原本逐条输入电脑，经校订后予以统一编号，并标出类序号，在逐条辨订的基础上进行辨析。2002年新年伊始已准备动手了，然而紧急派来的《历史小说史》任务推辞不得，欧阳健只好暂时放下了脂批辨析的写作计划。

现经程俊仁提头，此意趣又提调起来了，欧阳健便在电话中说，《还原脂砚斋》的指导思想法是，遵循学术研究规则，一切从零开始，从源头开始，从根脚开始，直面有关脂砚斋的全部材料，重新整理、鉴别、审查、分析，既注意宏观的全局包举，也注意微观的案例剖析；既不回避任何一条关键性的脂批，也不放过任何一条有问题的脂批，尽量做到"琐碎的细节上要笔笔见血"，用摆事实讲道理的方法，"还原"出一个真实、具体、任何人都能认可(甚至是不能不认可)的脂砚斋来。程俊仁回信说："常理视为天经地义的事情，并非一定是真理。望兄的研究更上一层楼。以理服人，以证据服人，则别人无话可谈。有些人在争论文章中，盛气凌人，意气用事，搞得大家不能心平气和地讨论问题，是一大憾事。红学家要平等对话，兄的这一意见是极对的。"

为了让欧阳健了解黑龙江教育出版社红学著作计划，程俊仁寄来了冯其庸、周中明、丁维忠的红学论著。欧阳健11月2日回信说："您对出版红学著作的热心，令人感动。尤其是您能以通达的心胸来看待我的观点，更是难得之极。丁维忠先生在后记中说，关于红楼梦的几乎每一个论题，必定会不断争论下去，并在分力和合力中得到发展，是说得很对的。您愿耗费精力来审阅我的旧著，我也非常希望有朋友能帮助我把一把关。"

七天后欧阳健赴富阳参加第十五届《三国演义》年会，与魏子云、李寿菊又得再见，十分高兴，所讲皆是红学之事。又与曲沐相会，谈身体与红学，相互鼓励，振奋精神。之后又去上海师大，参加第二届中国古代小说国际研讨会，以《畸笏叟覈论》为论文，分组讨论时发了言，陈庆浩作了回应。张锦池晚上来谈，称程俊仁是有胆有识的编辑家，也是有胸怀可与共事的好朋友，叮嘱他要注意方法，坚持到底。

12月20日回到福州，连接程俊仁电话，又讲了他对脂批的怀疑及与张锦池、刘敬圻交换意见的情况。后又接程俊仁电话，告知他与吕启祥通话一小时二十分的情形，并说已为其所说服，书一定要出好，印得漂亮。又说丁维忠看了书评很高兴，但《红楼梦学刊》可能不肯发表，怕"老爷子"不高兴，因他们出了周汝昌的书，"老爷子"已经不高兴了。说想把《还原脂砚斋》作为重点选题，要请几位专家写推荐信。欧阳健当即给侯忠义、曲沐电话，都欣然同意推荐，又与陈良运联系，也乐意推荐。程俊仁在电话中谈到向一些红学家征求《还原脂砚斋》应否出版，周汝昌即表示，虽然不赞同否定脂砚斋，但"应该给予此说以讨论问世的余地"，欧阳健回复说：

> 接完电话，兄对于周汝昌先生的真情，令我感动不已；您说周先生是性情中人，兄亦同为性情中人也。
>
> 拙著承厚爱，定当按兄所嘱，写成一本最为心平气和的书，我们有这样的雅量，也有这样的气度。还望兄严格把关。

又说："这些天我已经充分进入状态，感到写得顺手，相信不会辜负您的期望。"

2003年1月2日，程俊仁来电话说，书稿要加快，以防"夜长梦多"，最好写完一章就发一章过去排版，以争取时间。欧阳健说，自己不是从头至尾按章节来写，而是想好了哪一方面内容，就先写它应该归属的哪一章，有时是好几章同时进行。反正在电脑中开出几个窗口，随时切换,非常方便,直到最后定稿,才能确定全书的形态。经程俊仁反复要求,答应在 2 月底发去全书。

世界上的事情,有时还是要逼一逼的。程俊仁逼得紧,欧阳健只得连续作战,大年除夕还在赶写。到了 2 月 6 日,终将全书打通,20 日晨吟成一绝:“忍性动心十二年,证伪证实岂徒然。而今揖别红楼去,一梦沉酣到黑甜。”23 日扫描完《还原脂砚斋》全部插图。26 日将全部书稿与百幅书影从网上发给程俊仁,还附言道:“此稿耗尽了我的精力,写到最后,好像超过了原先的设想,这首先要感谢您的鼓励与促进。我甚至有这样的自信:随着此书的面世,我们也许将从‘非主流派’变成‘主流派’了。我不觉得对方能有多少还手之力。”

程俊仁未敢怠慢,立刻付排,竟达 1200 页。考虑到读者的承受能力,若印成 16 开 52 印张,加上光盘,定价至少 105 元;若做成 32 开上下册,可降到 80 元。程俊仁以为,上下册不便携带,16 开大气美观,定价 100 元。欧阳健说,定为 99.9 元,岂不更好?程俊仁说,我偏要定成整数 100,破破这个例。

程俊仁说“防夜长梦多”,是有原因的。筹划时听到的非议不说,印刷开始后,张庆善还打电话来阻挠。程俊仁顶住压力,终在 2003 年 10 月将《还原脂砚斋——二十世纪红学最大公案的全面清点》推出,印刷用纸从荷兰进口,任何时候都不发黄、不变脆。程俊仁说,这是他退休前出版的最后一本书,也是最有价值的一本书。

2010 年春节,欧阳健飞到海口,与“没有见面的朋友”程俊仁见了面。欧阳健说,《还原脂砚斋》能那么快写成,能写成那个样子,完全是俊仁兄促成的。程俊仁说,他尊重真正有学问的人和有价值的著作。当年有不少人来劝阻,张庆善还打电话来反对,他还是坚持出了。又说张锦池是真正的学者,虽然观点不同,仍然称欧阳健是做学问的人,支持出版《还原脂砚斋》。二人畅谈至晚上九点,依依惜别。程俊仁说:“我已和侯忠义先生见过面了,今天咱们又见了面;但愿有一天能和曲沐、吴国柱、克非聚一聚，再帮助吴国柱出一本书，则此愿足矣。”

二

《还原脂砚斋》的特点是心平气和，不急不躁，让证据说话，以道理服人。鉴于常听到的质疑，第一个反应便是：“难道脂砚斋也是假的吗？”所以第一章第一节的标题就用“脂砚斋是‘存在’”的”，且以肯定的口气说：

> 提出“还原脂砚斋”的任务，实际上就是默认了如下的前提：确实有过一位叫作“脂砚斋”的人，他在某个时候确实“抄阅点评”过《红楼梦》。这就是说，脂砚斋是“存在”的；现存的几种《脂砚斋重评石头记》抄本，就是最实在的证明。

这就有助于消除抵触情绪，得以进入平和的对话。

“脂砚斋存在的‘证明’”一节，借用法庭“证据开示”的精神，列举了能证明脂砚斋的两份“证言”。在剖析脂本之外的唯一“证言”《枣窗闲笔》的来源、自身矛盾、与现存实物的矛盾，导出《枣窗闲笔》不能支持脂砚斋“存在”的结论之后，唯一的“证言”便是《脂砚斋重评石头记》抄本。抄本没有序跋题记等资料告诉有关脂砚斋的情况，只能通过“自白”透露的个人信息来了解了。而从4660条脂批中，搜索出含“余”字的批语206条，含“我”字的批语27条，含“吾”字的批语9条，含“俺”字的批语1条，含“批书者”、“批书人”、“批者”的批语30条，提到“脂”、“脂砚”、“脂斋”、“脂砚斋”的批语6条，总计“自白”型批语280条，可以窥见脂砚斋的基本状况，最重要的是四个方面：1.我是谁？2.我与曹雪芹有什么关系？3.我在《红楼梦》创作中起了什么作用？4.我在《红楼梦》传播接受过程中起了什么作用？

脂砚斋的籍贯，是判断他与曹雪芹关系的因子，通过"胭脂是这样吃法，看官阿经过否"之批，表明是讲吴方言的南方人；脂砚斋的时代，更是判断他与曹雪芹关系的重要因子，通过搜索含"近"、"今"字样的批语 45 条，如"最厌近之小说中，满纸'千伶百俐'、'这妮子亦通文墨'等语"。查清代小说用了"千伶百俐"的有：《续金瓶梅》（顺治年间刊）、《后红楼梦》（嘉庆元年刊，1796）、《绿野仙踪》（道光十年刊，1830）、《品花宝鉴》（道光二十九年刊，1849）、《孽海花》（光绪三十一年刊，1905）、《九尾龟》（光绪三十二年刊，1906），除《续金瓶梅》，成书都比《红楼梦》晚；同时用"千伶百俐"、"这妮子"的，是《孽海花》，证明脂砚斋的年代，就在其后。

妙的是，《红楼梦》也用过"千伶百俐"，见第七十七回："赖家的见晴雯虽在贾母跟前千伶百俐，嘴尖性大，却倒还不忘旧。"脂砚斋批："此一句便是晴雯正传，可知无晴雯为聪明风流所害也。"脂批还有"阿凤正传"、"宝卿正传"等，使用"正传"一词达 11 次，而"正传"用为"本传"，为鲁迅《阿 Q 正传》首用，脂批出于 1921 年以后，不言自明。

"脂砚斋与曹雪芹"与"脂砚斋与《红楼梦》"两章，对"脂砚斋对雪芹著作权的确认"、"脂砚斋对雪芹家世生平的了解"、"脂砚斋对小说素材的了解"、"脂砚斋对小说创作的参与" 等传统观念进行了否定论证。如"秦可卿淫丧天香楼"，向被视为"脂砚斋是曹雪芹亲属"，参与《红楼梦》创修的铁证，其中一条脂批说："此回只十页。因删去天香楼一节，少却四五页也。"《还原脂砚斋》统计了前后相邻几回的页数行数以及字数，现存第十三回字数比最多的第十一回少 290 字，比最少的第十二回多出 870 字，如果加上"删去"的四五页（大致是 1728 字），共计 6288 字，大大超过每回 4512 字的平均数，可见，"删去四五页"之说，绝不可信。另一条脂批是："秦可卿淫丧天香楼，作者用史笔也。老朽因有'魂托凤姐'、'贾家后事'二件，岂是安富尊荣坐享人能想得到处？其事虽未漏，其言其意则令人悲切感服，姑赦之。因命芹溪删去。"

《还原脂砚斋》剖析道：既然批者大发慈悲，不忍将真人丑事播扬开去，而命作者删去，作者也已经遵命在正文中删去了，你为什么偏要在批语里揭破这桩隐事，令被赦者大出其丑呢？

"脂砚斋与红学"章中的"'能解者'辨"一节，揭示了脂砚斋的"真幻""主旨"观与脂砚斋对《红楼梦》文本的荒谬"赏鉴"；"'首席红学家'辨"一节，揭示"重评"型脂批的实质，借用俞平伯的话，将脂批区分为"极关紧要"之评与"全没相干"之评——什么是"极关紧要之评"？能"证实"胡适假设之评也。什么是"全没相干之评"？为掩护这些"极关紧要之评"的文化垃圾也。"'红学两支'台柱辨"一节，揭示了脂砚斋是"原本"的伪证炮制者与"探佚"的虚诞信息源。总之，通过对脂砚斋批语的"纵览"和"条辨"，充分剖析他与曹雪芹、与《红楼梦》以及与红学的种种瓜葛，令人信服。

《还原脂砚斋》还有一个特点，就是从正反两个视角审鉴，承认存在着两种可能，按照两种思路进行求证。该书认为，要确定一个抄本及其批语的确凿年代，必须找到刊刻本作为参照。程甲本是研究《红楼梦》版本最好的坐标，最好的参照系；有正本则是研究脂批最好的坐标，最好的参照系。运用版本学、校勘学、辨伪学的方法，比较二者相同相近的批语就可以做到了。而其最终结果无非是：或是脂本批语比有正本早，或是比有正本迟，二者必居其一。至于脂本"多出"或"减少"的批语，其原因也无非是：或是脂本原有之批语被有正本删去，或是脂本之批语实为后人所加，二者必居其一。其两条可供选择的"线路"是：

> 第一条：脂本是脂砚斋乾隆间评阅的本子，后来为戚蓼生所得，最后传到狄葆贤手中，遂演变为1911年石印的有正本。线路的顺序是：脂砚斋→戚蓼生→狄葆贤；
>
> 第二条：1927年出现的《脂砚斋重评石头记》（特别是号"脂砚斋"者的批语），是据1911年有正本改易而来。线路的顺

序是:狄葆贤→脂砚斋。

然后通过错字、夺字、衍文、增文、避讳、批语的特殊格式、脂本抄了本不该抄的内容等七个方面的大量例证的分析,证明脂本的批语确实是源于有正本、据有正本过录的。由于遵循“证据开示”的原则,从而避免了“永远也纠缠不清”的状态。

最有新意的是“脂砚斋对新红学的‘证实’”一章。从现象上看,胡适1921年所“假设”的一切,所要“求证”的一切,统统被1927年出现的脂砚斋一一证实了,难道他真的有未卜先知的本领么?本章从信息量和信息源的角度,揭示出胡适的“假设”曾经发出过什么信号,而脂砚斋又究竟“证实”了什么,以及如何来“证实”的。

如曹雪芹的年代,1921年胡适“断定曹雪芹死于乾隆三十年左右(约1765)”,“大约生于康熙末叶(约1715—1720)”;“高序说‘闻《红楼梦》脍炙人口者,几廿余年。’引言说‘前八十回,藏书家抄录传阅,几三十年。’从乾隆壬子上数三十年,为乾隆二十七年壬午(1762)。”而1927年出现的甲戌本第一回正文有:“至脂砚斋甲戌抄阅再评,仍用石头记。”又有一条眉批:“壬午除夕,书未成,芹为泪尽而逝。”

这就出现了两种可能:1. 甲戌本是原本,“至脂砚斋甲戌抄阅再评仍用石头记”十五个字自然是原有的,后来方被别的本子(包括属于脂本的己卯本和庚辰本)删去;2.甲戌本是后出之本,这十五个字则是抄录者擅自添加的:二者必居其一。单就甲戌本自身着眼,“甲戌抄阅再评”在正文中,书写应与正文同时;“壬午除夕书未成”是眉批,书写肯定比正文要晚,“甲戌”应该比“壬午”可靠。依甲戌本自身之逻辑,乾隆十九年甲戌(1754)前十年(就算乾隆九年),曹雪芹就开始写作《红楼梦》,经十年的努力,应该已经成书。怎么到了十八年后的乾隆二十七年壬午(1762),还会“书未成”呢?我们是相信曹雪芹的“披阅十载,增删五次,纂成目录,分出章回”,还是相信脂砚斋的“书未成,芹为泪尽而逝”?

最可寻味的是“书未成”之批语,最合适的地方应该在书末。但这条“壬午除夕,书未成”,偏偏批在小说开卷第一回!其目的无非想将它与“甲戌抄阅”写在同一页上,以突出“甲戌”与“壬午”两个重要干支。最重要的两条材料,竟挤在半页篇幅中,显然出于有心的安排。所以当藏书的人把书送来时,胡适只“看了一遍”,就“深信此本是海内最古的《石头记》抄本”了。他“看”到了什么?就是那同一页上“甲戌”与“壬午”两个干支,这正是他最需要的“证据”。

尤可注意的是,“壬午”这一关键词竟然也源于胡适!他把程甲本说成“乾隆五十七年壬子(1792)的第一次活字排本”,这个小误方导致“上数三十年,为乾隆二十七年壬午”;如果正确地说程甲本是乾隆五十六年辛亥(1791)的排印本,则上数三十年,岂不就是乾隆二十六年辛巳(1761)了,脂砚斋也许就要批“辛巳除夕,书未成,芹为泪尽而逝”了。

胡适在《治学的方法与材料》中说:“不用坐待证据的出现,也不仅仅寻求证据,他可以根据种种假设的理论造出种种条件,把证据逼出来。故实验的方法只是可以自由产生材料的考证方法。”《脂砚斋重评石头记》确实是被胡适“逼出来”的。胡适所要“求证”的种种,居然成了脂砚斋的信息源,这就足以表明脂批是为了迎合胡适的“观念”、靠克隆源自胡适的话语而炮制的。

《还原脂砚斋》还梳理了1921年上海《晶报·红楼佚话》与“秦可卿淫丧天香楼”之说的关系,证明也是为响应胡适的“观念”而炮制的,仍以两种可能的思维线路,来检验“秦可卿淫丧天香楼”观念的来龙去脉:

第一条线路:乾隆十九年甲戌(1754)《脂砚斋重评石头记》→1921年5月18日《晶报·红楼佚话》→1923年6月21日俞平伯《红楼梦辨·论秦可卿之死》。

第二条线路:1921年5月18日《晶报·红楼佚话》→1923

年 6 月 21 日俞平伯《红楼梦辨·论秦可卿之死》→1927 年 8 月甲戌本《脂砚斋重评石头记》。

按照前一条思维线路，早在乾隆十九年(1754)，脂砚斋就指出秦可卿是曹家的真人，直到湮没一百六七十年后，方由“其祖少时居京师，曾亲见书中所谓焙茗者”的濮君某揭示出来，因而大大地启迪了新红学家的灵感。反过来看，“秦可卿淫丧”说的始作俑者，就是《红楼佚话》的臞蝯，脂砚斋除了自作聪明落实“淫丧”的地点——天香楼外，竟斗胆将自己混充凌驾于作者之上的权威，尤是无耻卑劣的行径。“脂本炮制过程揭秘”一节，发挥俞平伯“有许多极关紧要之评，却也有全没相干的”的话，指出从“证实”新红学假设之需要计，本来只要那十几条“极关紧要之评”就够了；但堂堂一本《重评石头记》，仅有光秃秃的十几条批语，难免被人识破真相，最好的办法是让它们淹没在批语群中，而有正本正好适应了炮制者的需要，脂砚斋是被“创造”的。红学的前途，应该是“挣脱梦魇，回归文学”：

> 通过对脂砚斋的还原，大家明白了所谓“脂斋之谜”、“续书之谜”、“探佚之谜”等等，都是人为造作出来的，它只会扰乱我们的阅读和研究，也就足够了。从此以后，人们就可以不去理睬那些“闲事”，都可以自由地理直气壮地进入红学的苑地，做一名或大或小的红学家，不必顾虑人家笑话你没有跨进红学的大门了。二十一世纪的红学，将是告别了脂砚斋的红学，是从脂砚斋桎梏中挣脱出来的红学，因而是真正文学意义上的“楼内红学”。

备考《甲戌本脂批总汇》、《已卯本脂批总汇》、《庚辰本脂批总汇》，系据脂本逐条输入，统一编号，极便复按和利用。欧阳健对校对事务，特别强调了几点：

> 一、不要在无版本根据的情况下以意改动；脂砚斋的错字很多，都一律保持原样。
>
> 二、所有引文，不论是否有错，也一律不要改动。
>
> 三、关于简化字与规范字，我用的“余”字，实际上已是简化字，千万不要改成“余”字。古代“余”为第一人称，若将《脂批总汇》中的“余”全改成“余”，便无法查找用了多少“余”字，其工具性就将全部丧失。此非小问题，请不要忽视。《红楼梦》是古代小说，本书性质上属于文献研究，不能与通俗书混为一谈。此点原则请一定坚持。

三

因程俊仁介绍，欧阳健还与他的作者宋广波（他的《胡适红学年谱》已列入出版计划）建立了联系，在交流中相互鼓励和启迪。

2002年12月的一天，忽接宋广波电话，说他在业余时间研究胡适，找到《红楼梦考证》的手稿，问其价值如何。欧阳健早就有追索胡适考证思维过程的意念，但刊登其初稿的1921年5月亚东初排本久觅不得，只能面对11月定型的“改定稿”，听此消息，喜出望外。宋广波表示可复印寄上。欧阳健回答：“这份珍贵的手稿是你发现的，建议写一篇《〈红楼梦考证〉：从初稿到改定稿》，我推荐到《明清小说研究》发表。你把要说的话讲完了，我再来发言，这是为了尊重你的发现权。”12月23日欧阳健收到电脑录入稿，当夜回复：“期待着您更新的研究成果。”第二天寄去《红楼新辨》、《红学辨伪论》、《古小说研究论》三书。2003年1月2日，宋广波回复：

您给我寄的三本大著,今日下午我已收到,谢谢您。您是前辈,前几次电话中,您鼓励我写关于《红楼梦考证》手稿的文章并将给予推荐,又引荐我参加贵州举行的红楼梦研讨会,这都体现了一位前辈学者对后学的不遗余力的提携。先生的厚意,我非常感激!黑龙江教育出版社的程先生一直很推重先生的学问、人品,多次对我提及:欧阳健先生是一心一意做学问的人。这就更加加深了我对先生的敬意。

今晚粗粗翻看尊著,有不少观点,我与先生是一致的,如先生对周汝昌先生文章的评价。而有的观点,则颇受启发。近日,我将细细研读尊著,读毕后,再就具体问题请教先生。

1月3日宋广波寄来《〈红楼梦考证〉:从初稿到改定稿》,附信说:“所以写此稿,动因源于您的提示和鼓励。今将稿子寄给您,诚挚希望您不吝赐教。”

1月6日晚,接程俊仁从北京打来的电话,说《还原脂砚斋》准备参加八月桂林书展,故来北京做宣传工作,希望不同观点的红学家也能表态;又说与宋广波谈了一个下午,十分投缘。晚十点接宋广波电话,畅谈他的论文,之后他又发来电子邮件,中说:

刚才在电话中,忘记了一句一直想和先生说而未说的话。就是,先生搜求《红楼梦考证》的初稿多年,今见此稿,肯定有不少对此稿的见解、高论;而程俊仁先生则语我,先生看到此稿后,曾表示与您先前设想的一致。因此,我想,先生应该写篇文章,以飨学界。希望早日读到大作。

欧阳健1月7日邮件对论文提出意见,顺便回答自己的“先前设想”:

1月4和6日来信收到,《〈红楼梦考证〉:从初稿到改定稿》粗读一过,感到“初稿”“改定稿”的对勘甚细,既指出二者相同之处和相异之处,又通过考察阐明胡适的治学方法,说理清楚,文笔流畅,论述精到,是一篇好文章。就这样拿出去发表,应该没有问题。若提出更高要求的话,有些事情恐怕还得进一步往深处思考。

有两点意见,供参考:

一,关于新材料的发现,文章提到顾颉刚的贡献及他们之间的讨论、辩难,这是好的,但似乎还应充分展开,需要多引一些顾颉刚的材料,同时写出胡适的反应和态度,不宜过于笼统。如胡适撰写初稿时,看到的是《随园诗话》道光四年(1824)刻本,此本在“其子雪芹撰《红楼梦》一部,备记风月繁华之盛”后,添有“中有所谓大观园者,即余之随园也”,又将“明我斋读而美之”数字删去,将“我斋题云”改为“雪芹赠云”。顾颉刚1921年6月23日长信坦率提出对“大观园非即随园”的质疑,胡适6月28日复信说:“你说‘大观园非随园’,我觉得甚有理。当访袁枚所修《江宁府志》一看,以决此疑,京馆无此志。《随园诗话》说大观园即随园,似也不致全无所据。此事终当细考。”(《胡适红楼梦研究论述全编》(以下简称《全编》)第70页)虽然表示赞同,但改定稿中仍然写道:“袁枚在《随园诗话》里说《红楼梦》里的大观园即是他的随园。我们考随园的历史,可信此话不是假的。”(《全编》第105页)

二,胡适因发现了别的材料,改定稿否定了袁枚说曹雪芹是曹寅儿子的意见。却没有考虑到敦诚、敦敏的材料,也有漏洞,难以弥补。如曹雪芹随曹寅“织造之任”一事,袁枚说雪芹是曹寅之子,故能经历那段“风月繁华之盛”;若相信雪芹是曹寅之孙的说法,认定他生于1719年(即生于曹寅死后七年),

雪芹怎能"随其先祖寅织造之任"呢?胡适已发现这个漏洞,解释说:"关于这一点,我们应该声明一句。曹寅死于康熙五十一年(1713),下距乾隆甲申,凡五十一年。雪芹必不及见曹寅了。敦诚《寄怀曹雪芹》的诗注说'雪芹曾随其先祖寅织造之任',有一点小误。雪芹曾随他的父亲曹頫在江宁织造任上。曹頫做织造,是康熙五十四年到雍正六年(1715—28);雪芹随在任上大约有十年(1719—28)。曹家三代四个织造,只有曹寅最著名。敦诚晚年编集,添入这一条小注,那时距曹寅死时已七十多年了,故敦诚与袁枚有同样的错误。"(《全编》第135页)既承认"敦诚与袁枚有同样的错误",却在没有版本依据的情况下,对敦诚的话作了"小小"的校勘——将"雪芹曾随其先祖寅织造之任",修改为"雪芹曾随他的父亲曹頫在江宁织造任上",这种做法,实际上已经陷入他自己指责过的"舍版本而空谈校勘的迷途"。胡适为陈垣先生《元典章校补释例》所作的序中说:"校勘的需要起于发见错误,而错误的发见必须倚靠不同本子的比较。"又说:"改正错误是最难的工作,主观的改定,无论如何工巧,终不能完全服人之心。……改定一个文件的文字,无论如何有理,必须在可能的范围之内提出证实,凡未经证实的改读,都只是假定而已,臆测而已。"他对敦诚文字所作出的改定,既没有"倚靠不同本子的比较",更没有"在可能的范围之内提出证实"。胡适没有想到,在"雪芹曾随其先祖寅织造之任"这句陈述话语中,随曹寅"之任",说的是实际存在的事情;"其先祖寅",说的则是两个人的关系。从记忆的规律看,事实本身是不大会记错的,而某人与某人的关系倒常会搞错;如果承认雪芹随曹寅"之任"所指称的是事实,就必定要否定"其先祖寅"所指称的关系。

这里就涉及"大胆的假设,小心的求证"的评价了。胡适提倡的这一“方法”，固然有科学的一面，但也有非科学的一面。观念先行，是当时人的通病，故对于不合己意的材料，就会自觉不自觉地加以排斥。这一方面，需要实事求是地指出为好。

我1980年写过一篇《重评胡适的〈水浒〉考证》，发表在上海《学术月刊》，对他几乎是全盘肯定和赞扬。在当时的背景下，写这篇文章是需要勇气的。1991年，我又写了一篇《重评胡适的〈红楼梦〉版本考证》，对他又提出了基本是否定的评价，这就是理性思考的产物。“胡适用以示范的科学的治学方法”，影响了几代学人，既要看到正面的影响，也要看到负面的影响。这才是全面辩证的态度。文章不一定按拙见修改，那样可能会产生别一种倾向。改好后，可再发我，我设法推荐到《明清小说研究》去。

我看到《红楼梦考证》初稿之前，曾猜想过胡适的活思想，今见此稿，果然与先前设想一致。这些想法，有的已写到《还原脂砚斋》书稿中。现在正集中精力完成此书，文章即使要写，也只好等以后了。

当晚即给王学钧电话，又从网上发去宋广波文，言道：“我感觉这是一篇很好、很及时的文章，望兄争取尽早刊出。”

宋广波1月10日致欧阳健，对修改意见表示感谢：

看到先生所提第一点，不由十分惊喜。因为我的最初想法，与先生不谋而合。我曾将顾颉刚的大量信件引用，但最后考虑到篇幅，就进行了缩减，成了现在这个样子。现在仔细揣摩先生之第一条修改意见，进一步认识到，我的初步想法是对的。今遵从先生之意见，将胡、顾之间的讨论、辩难充分展开，“多引一些顾颉刚的材料，同时写出胡适的反应和态度”；只有这样，才能真正反映新红学出笼之来龙去脉。另外，再刻意加上这两句话："同时，我要格外表彰为胡适考证《红楼梦》作出重要贡献的顾颉刚"（加在"引言"最后）；"没有顾颉刚，胡适的改定稿是写不出来的。"

关于先生所提《随园诗话》一节，我亦注意到。但我只是简单一提，不及先生思考之精细、深刻也，今即遵先生意修改。我寄先生之"初稿"复印件能体现此不同。明日我再去一次近代史所，将所缺之数页，再寄先生。先生倘引用，用复印件会好些。

关于先生所提"胡适治学方法"之"负面影响"一节，亦对我深有启发。因此，修改拙稿时我要引述胡适"新红学"产生几十年来面临的种种挑战（包括先生十余年来对此问题所做之"艰苦卓绝"之研究），以求"全面辩证"、"实事求是"。因为我相信这应该是红学研究根本指导思想。因为坚信这一指导思想，所以，我从不迷信权威，不迷信"成说"，我只相信真理，只相信真实，更敢于放弃谬误。

先生寄我的三本大著，我还没有全部读完。先生的探索，是极有意义的。倘胡适泉下有知，也不会像那些"捍胡"者对先生进行围攻。我准备进一步仔细研读先生的著作并那五篇商榷文章。如果我见到对先生有用的材料，我会及时告诉先生。此时，我暂不想用先生提出的第二条修改意见，来修改这篇文章。《红学辨伪论》对我是有启发的，此点，容后详谈。

欧阳健 1 月 12 日致宋广波："大作修改甚好。格外表彰顾颉刚，是正确的。我的第二条修改意见不采用，也是对的。"并告知已与《明清小说研究》副主编王学钧通了电话，他表示愿意尽快发表。

1 月 29 日，宋广波致信欧阳健，两本研究《红楼梦》的书和《古小说研究论》涉及《红楼梦》的部分已精读两遍，对欧阳的观点和思路已经有了初步的把握。他先表示两点：“一，您所做的，是严肃的学术探讨；任何严肃的研究者都应正视您的研究。二，倘若您的观点正确，那将是红学史上的一场革命（如周思源先生所说）。”当晚，欧阳健将《还原脂砚斋》目录与引言发上，宋广波即回复，提出三点想法：第一，不管立论能否推倒以往成说，肯定会成为“脂砚斋研究”、甚至整个红学史中产生深远影响的著作。第二，《胡适红楼梦研究论述全编》错、讹太多，将发来初步校勘记录。第三，冯其庸《论庚辰本》用了大量胡适的观点（至少五处），而未注明出处，引用时务必格外审慎。2月7日又就《古小说研究论》两篇文章，提出批评：

一、页417，先生说，“又有大量据印本重加抄录而产生的新的抄本的事实”。据此，“抄本”抄自“印本”。这里，想请教先生，证据有哪些？

二、同页最后和下页，先生说，人们断定抄本比印本早。严肃的学者，不会说，现存抄本早于印本，至多说，现存抄本的底本早于印本。

三、页418、419，先生说，胡适说了假话，有意隐瞒卖书人的身份、姓名地址，掐断追查来源的线索。但我总觉这样说对胡适有些不公平。首先，我认为，胡适没有必要这样做。虽然，我不能拿出切实的证据。但，我们首先应考虑胡适有没有作伪的必要。

四、页419、420的一段，愚以为，只能证明周汝昌不对。

五、页427，先生说，脂砚斋是刘铨福策划出来的；我现在还不能接受先生这一观点。而先生似乎也未提出更多的证据。

六、页439、440，先生说，抄本可能抄于道光后，我极为服膺。先生这两篇文章的许多观点，我是同意的，恕不一一指出。

2月9日收宋广波电子邮件，提到他爱人也以为“胡适撒了谎”：

关于“胡适是否说假话”之公案，上一函中未向先生谈及，我是读了先生寄我的三本大著后，才知道胡星垣的那封信的，春节前，我已决定，这封信必须引在拙编《胡适红学年谱》里。先生说，“看来需要尊重很多人的感情”，我意大可不必。因为，广波与先生一样，也是尊重事实的人。只是觉得：这封信能完全证明胡适有意隐瞒吗？我在上一函中说，“我不能拿出切实的证据”。对此公案，我取杨光汉先生的态度：若先生“能获得最终的确证”，我会坚决拥护。这是在真理面前应有的态度。也许，我对此公案的看法真有问题。因为与先生有同样观点的学者，颇不乏其人。说来好笑，二年前我爱人帮我校对胡适说他忘了问“卖书人的身份姓名地址”这一段时，她第一反应，就是：胡适在撒谎。今天，她依然这样坚持。

当然，我是非常不同意宋谋玚先生“难道胡适、俞平伯、吴世昌、周汝昌等人辛苦几十年……”这种态度与观点的。因为，在事实与真理面前，我们是不应迁就权威、迁就不同观点的“人多势众”的。这使我想起70年代周汝昌先生补作曹雪芹诗那个掌故。周先生不是把顾颉刚、吴世昌、吴恩裕等等大家都“瞒”过了吗？我想自90年代以来，先生在此问题上孜孜以求，也是取此态度罢？因此，对先生的某一个具体观点，我会不接受，但我钦佩先生的这种探索。若有有利于先生观点的材料，也乐于提供给先生。我祝愿先生成功！

欧阳健2月9日致宋广波：

关于“胡适是否说假话”之公案，奉读来函，深感还须重视。刘广定先生在具体问题上颇与我相近，但却写了文章为胡适辩诬。为此，我在书稿中补写了一段：

关于胡适在甲戌本问题上是否说了假话，好多人在感情上有些接受不了。刘广定先生在纪念胡适逝世40周年的文章中，不指名地引用我“胡适有意隐瞒卖书人的身份和姓名地址，从而掐断了追查这个版本来历的线索”（《古小说研究论》第419页，巴蜀书社1997年版）的话，并为胡适“辩诬”道，他似不可能“对‘甲戌本’的来源‘有意隐瞒’或‘说了假话’”，还举他1951年已“记性不好”为例；又说大陆有人不了解胡适先生的为学精神和治学态度，有可能受了早年“清算胡适运动”、“批判胡适思想”的影响，因而有所误会云云（《胡适与〈甲戌本石头记〉》，《红楼梦学刊》2002年第3辑）。胡适先生的为人与治学，历史自有公正结论。但事实毕竟是事实。胡星垣的信写于1927年5月22日，胡适介绍“新材料”的文章作于1928年2月12日，时隔不过半年多（还不算胡星垣把书送到新月书店的时间），总不致如此健忘罢？胡适1920年11月24日在顾颉刚《〈古今伪书考〉跋》后加批道：“我主张，宁可疑而过，不可信而过。”（转引自《顾颉刚年谱》第57页）不追查甲戌本的来源，不追究书贾因何有意撕去一角等等，何曾有“宁可疑而过，不可信而过”的气概？从保存文献的角度讲，这些还只能算作小事；胡适做得最不应该的是：1.将甲戌本重新装订，使之丧失原有面貌；2.把刘铨福的题词和甲戌本装订在一起。这就好像一个专家进入古墓发掘现场，随便挪移尚未清理的文物，又将它们磨洗一新，镌上新的铭文一样，后果是极为严重的。

信末还带了一句：“您爱人没有介入红学争论，所以能说出最朴实的真理,请代问候致意。”

2月13日,收宋广波发电子邮件,中说:

> 关于涉及“胡适是否说假话”公案之刘广定先生文章,我早已注意到。读先生函后,我又重新检视这篇文章。愚以为,刘广定先生使用“辩诬”一词,是不妥的。因为刘先生和我一样,也没有拿出“胡适没有说假话”的证据。刘先生立论的前提,是“胡先生的为学精神、治学态度”,这与我是一致的。但我与刘先生不同之处在于,我认为这不是证据,而是推论。

对《还原脂砚斋》的写作有推动作用的,还有宋广波3月3日发来的文章《考证胡适〈题半农买的黛玉葬花画〉一诗的写作日期》,欧阳健4日回复:“文章思路明晰,我完全同意您的考证结论。《还原脂砚斋》已于二月底完成,且顺利发给程先生,昨天接他电话,准备八月出书。可惜的是您的大作来迟了几天,否则真想在书中引用您的考证成果。”宋广波6日回复,对同意考证写作日期之结论,快极。并说:

> 先生说,雪芹属稿之时,是不可能有葬花图之类的再创作的。此点,广波亦赞同。(因为“按照文学作品的传播规律,以《红楼梦》为题材的诗词、戏曲、图画等艺术形式的再创作,都应在它广为流传之后”。)
>
> 先生据一粟《红楼梦书录》中《葬花图》资料得出结论:自程甲本出后,金陵十二钗(尤其是林黛玉)成为画家最抢手的题材。此点,广波亦赞同。我也相信,《葬花图》是在程甲本出后才有的。
>
> 先生解读第三条眉批时,对“偶识一浙省发其白描美人”的断句、对“省发”的解释(广征博引,最显功力),我都是赞同、

服膺的。另，周汝昌先生引用此批时，“省”字后加[新]字，我想，周先生是认为“省发”是“新发”的误笔吧？（朱一玄书同周先生，尚不知俞平伯、陈庆浩书如何？过几日，进城查找二书）但我同意先生的看法。

另外也提出不同意的三点，并表示若全文引用，也没有意见。

由于这一考证成果太有诱惑力了，欧阳健还是忍不住将宋广波关于刘半农买葬花图事，补写了书稿中的一节，并给程俊仁发信道：

宋广波兄前天给我寄来关于胡适《题半农买的黛玉葬花画》的考证，还和我讨论了有关问题，我觉得这份材料很有意思，便将《还原脂砚斋》第二章“二、畸笏叟的时代”后面补写了一段，今随信发上，请通知印刷厂，在02文件之后“二、畸笏叟的时代”全部替换出来。并在人物索引中，加进宋广波的大名。不知以为如何？

其时《还原脂砚斋》清样已经寄到，即在第143页后，增补了宋广波《题半农买的黛玉葬花画》的考证，字数正好在第144页之内，不会影响整体的排版。又给宋广波信：

与您进行对话，是非常有意义的。我上次信中说要将您的材料补充到书中去，今天忍不住，还是这样做了。《还原脂砚斋》书后有一个人物索引，我觉得重要的研究者，都涉及了，所以也很想把您的大名也放到里面去，这是促使我这样做的动机之一。

由于“非典”盛行，原约与程俊仁、宋广波在贵州红学会议晤面、深谈,已是不能如愿,欧阳健4月25日给宋广波发了最后一封邮件,说:"耗费十二年的宝贵光阴,无非证明了一个极简单的事实:仅有稚子涂鸦水准的脂砚斋,是绝难捧得诺贝尔文学奖的。如此而已,亦足悲矣。我将去山西大学,下一步将从事俗文学的研究,脂砚斋这一块就不再奉陪了。"

2002年12月程俊仁打来电话,说有一位青年红学研究者崔川荣,费了五年时间,写成一部《曹雪芹后十年考辨》,希望能看一看,说出自己真实的意见。

欧阳健对业余研究者向来怀有敬意,深知他们在艰苦条件下从事学术研究,是何等的不易;自己又长期从事《明清小说研究》的编辑工作,对不同学术见解从来能持宽容态度,能顺着论者的思路,为他们作设身处地的考虑,并以其能否"自圆其说"作为评判的标准。

本着这种"成人之美"的心情,欧阳健认真拜读了《曹雪芹后十年考辨》的全部文稿。总的感觉是:崔川荣先生对红学有较深的感情,几乎是全身心地投入红学探索中。作者对红学尤其是脂批方面的材料,掌握得比较全面,用力甚勤,书稿引用材料比较丰富,这些都是值得肯定的。本书选题新颖,章节层次清晰,作者试图将曹雪芹的后十年考辨清楚,立意可嘉。在阅读中也发现一些问题:

一、写法方式问题。

本书《甲戌编年》第一节"脂砚斋抄阅再评",开头即引"至脂砚斋甲戌抄阅再评,仍用《石头记》"的话,判断脂砚斋"抄阅始于甲戌年春",根据是:"推定这一时间,一是以曹雪芹四月乡居为依据;一是以稿本传批的速度为依据,然后逆推出来。有关详情,散见于后文。"(第27页)本节所论,乃是一非常重要的问题。对读者来说,"曹雪芹四月乡居"是一个"全新"事件,他们当然急于知道更具体的细节;对作者来说,则是全部立论的主要“依据”。无论从哪个角度看，都应该首先抓住这个基点，扎实地开掘下去，通过细致入微的剖析，最后作出令人信服的结论。可惜作者没有这样做。他常采取将需要论证的关节点搁在一边，用“有关详情散见于后文”、“详见□□编年第□节”予以带过，一会儿用“见前”，一会儿用“详下”的小注来处理，弄得读者无所适从。

二、思辨方法问题。

考证固然需要思辨力，作者没有意识到，小说之类文学作品的创作，其过程是很难找到实证的。不要说是旁观者，即便是作者本人，面对已经成书的作品，要回忆某一章节是在某时候写成，都相当困难。由于不能发现曹雪芹创作《红楼梦》的具体文献，便转向传播(传抄)过程，原是无可奈何的事情。本书最主要的特点，同时也是最大的问题，就是将传播(传抄)看成等同于、甚至超过了写作过程的大事。本书立论的基点，代序说得很清楚，是将“早期时候的装订方式”，当成曹雪芹“分批改订稿本”的证据；其实，装订四册也好，五册也好，只是抄写时发生的现象，作家是不会按册进行创作的。要“凭着传批格局，我们将一步步地走近曹雪芹”，是不能达到目标的。

三、材料应用的问题。

就红学研究的材料而言，问题不光是数量太少，更在于一些材料相互抵触、相互矛盾，使人无所适从。本书作者想掌握更多的材料，这种用心是好的。但没有将了解材料的来龙去脉、鉴定它们的真伪提到日程上来，而是一律视为“文献史料”(除了对立论不利的)。以靖本为例，在南京浦口一度出现，旋即迷失，存世的只是毛国瑶 1959 年抄录的 150 条批语。多数红学家对此持谨慎态度，冯其庸先生也说：“另有南京靖应鲲藏本出而复没，暂不能计入。”本书作者没有表明自己对靖本的态度,却频频将靖本批语引作主要依据。

以上三点,第一点我以为是必须改进的。第二、三点,可能涉及个人的见解与治学方法的不同,只能算一己不成熟的看法,出版社不必强人所难,一定要人家改变。

此书由黑龙江教育出版社于2003年出版,2009年再版,崔川荣也出任上海《红楼梦研究辑刊》主编。

2003年12月,程俊仁又请欧阳健审读陈维昭《红学通史》。与宋广波、崔川荣从未谋面不同,早在《红楼新辨》出版时,陈维昭就曾帮助在汕头大学代销,在浙江师大召开的'99全国中青年红楼梦讨论会上,欧阳健方第一次与了见面,印象甚佳。收到其稿时,欧阳健刚自山西归来,感到疲劳,粗粗浏览一过,2004年1月7日写出审稿意见:

我总的感觉,作者有相当理论水平,写作态度端正,所收集材料也较丰富,全书基础是好的。由于您要我着重谈存在问题,对优点就不多说了。下面零散的写几点,供您参考:

一、书名"红学通史",包含"红学"与"通史"两个概念,绪论只界定了何谓"通史",却没有界定何谓"红学",仿佛是一个明智之举,其实正是造成全书体例紊乱的症结所在。红学应是研究《红楼梦》的学问,不能将有关《红楼梦》的原始材料都算作"红学"。红学之成为一门学问,实际上起于二十世纪,以往的"研究"充其量只能算作"前红学"。脂砚斋即便真是曹雪芹的亲人,他的批语即便是写在《红楼梦》创作之时,也只能算是有关红学的"文献"(红学界多是这么看的),而不是《红楼梦》的"研究";那些评点派,水准都不会比金圣叹批《水浒传》、毛宗岗批《三国》高,但学术界并不认为前者就构成了"水学"、"三学"。本书第一编"1754—1901年的红学",内容芜杂,陈述拖沓，许多问题又与后文交叉，诸如作者的家世生平问题，版本的佚稿问题、旧时真本问题，等等，并不是当时就提出来的，而是后世争论的焦点，放在前面写，既与后文重复，可读性亦较差，建议将篇幅大大压缩。

二、本书章节的划分与命名，显得机械板滞，几乎每一章都有“作者研究”、“版本研究”之类，缺少灵气，应设计出有特色的标题。第三编第四章为“周汝昌——‘新红学’的巅峰”，从对红学的贡献而言，蔡元培、胡适、鲁迅、俞平伯，甚至冯其庸，都有特殊的地位，他们在本书都不享有专章的地位——胡适还是“新红学”的奠基者——未免有点失当。此一章中又没有对周汝昌作专门的深刻剖析，因此可将此章删去，将相关内容放在其他地方论述。

三、1954 年是红学史上重要的一年，关于毛泽东的批俞，有人加以妖魔化，有人又认为绝对正确，千万不应轻轻放过，而应用史的方式表明自己的识见。

四、第四编“1978—2003 年的红学”，应为本书有别于其他红学史的重头戏，但本书撰于 2003 年中，许多 2003 年出版的红学著作尚未进入视野，如孙玉明的《红学：1954》及黑龙江教育出版社的大批著作；在此之前出版的一些红学著作，如克非、李国文的作品等，也搜集得不完备，需要继续进行，务求不要遗漏。史家的公正，不光在态度是否端正，更在材料是否完整，依据不全面、不完整的材料作出的判断，是不可能公正的。

五、自 1990 年以来，红学主流派与欧阳健等人的争论，构成了这段红学史的主旋律。作者一方面承认欧阳健是“有长期积累和众多建树的学者”，但又说他是“沿着李知其的思路”行进的。也许是李知其怀疑脂砚斋，而欧阳健也怀疑脂砚斋罢；可相信脂砚斋的人多得无法计数，他们又是沿着谁的“思路”

行进的呢?欧阳健在曹学、脂学上的辨伪,与李知其绝不是“同类”——这种说法,不过是重复了个别人诋毁欧阳健的论调。欧阳健的辨伪,涉及红学的多数领域,包括曹学、脂学、版本学和探佚学,但作者却仅在最后一编最后一章的第三节的第二小节的第三小点,列了一个“欧阳健辨伪录”,全书又以曲江指责他的考证有“明显的漏洞”结束,不仅不符合历史事实,也与作者所追求的“通”相背。关于《春柳堂诗稿》,关于《枣窗闲笔》,关于列藏本、梦稿本,关于“旧时真本”等等,欧阳健后来的许多论辨,都没有进入作者的视野,故所作判断不免有失公允。

六、作者长于思辨,版本文献原非所长,故不少情况下是材料的排比,不能切中要害;而在思辨的部分,又抽象议论太多,与“史”又有一定距离,这点需要再好好把握。

我的意见,大致如上。我没有打印,而从网上发给您,您可将赞同的部分另行摘出,交作者参考。书稿已挂号寄还。

人民网上有一篇文章,其中关于十九世纪没有红学、“小人物”与“大人物”等说法,似有参考价值,我下载了附在后面。我感到作者的文字比陈维昭的好,思路也比陈维昭清楚,如以为可,亦不妨转他一阅。

陈维昭《红学通史》不知何故,2005 年改由上海人民出版社出版了,他有没有读到审读意见,皆在未知之中。

四

2002 年欧阳健从福建师大退休,2003 年 3 月北上太原,被山西大学文学院聘为教授。第一次在山西为研究生讲课,不知道学生想听什么,他便拟了三十二个可选专题,打算对学生有兴趣的先讲,无兴趣的不讲,孰料学生们异口同声要听红学。欧阳健说,红学争论太多,我是一家之言,不能让你们先入为主,形成新的思维定式,暂时不讲。一个月中欧阳讲课十次,见大家对红学太有兴趣,便讲了"《春柳堂诗稿》非曹雪芹史料辨"、"曹雪芹的时代"及"《列藏本》辨证"等。先让学生谈其所知,讲后组织讨论,气氛活跃。每晚都有学生来漫谈,2001 届研究生郭万金,师从院长刘毓庆学习先秦文学,说是抱着"挑剔"心理来听"《春柳堂诗稿》非曹雪芹史料辨",听后感到材料充分,逻辑严密,心悦诚服。

回福州后,欧阳健将《红楼新辨》23 册挂号寄郭万金,请代为分送各同学,望读了以后,一定提出宝贵意见。崔瑞萍 6 月 3 日来信说:

> 在聆听了您近一个月的教诲之后,我们都感到大有收益。而且,上个星期还收到您送给我们的书,我和我们班的赵玲大喜过望,本来我们还准备在您下次来太原时向您借呢。现在因为非典的原因,我们班只有我、孙改芳、裴兴荣、刘国帅四个人在校,您的赠书让我们都很感动,谢谢老师!还要告诉老师一个秘密,现在每星期三中央台正播学者谈《红楼梦》,我们虽然看不上电视,但许多同学打电话说,因为听了老师的课,发现他们或者不谈敏感问题,或者漏洞百出。我觉得,一个学者最大的喜悦可能就是自己的学说被大家接受,这个消息应该是同学们对老师所能表达的最好的感谢方式吧!

到了 11 月 11 日,欧阳健再来太原,周三、五为研究生讲课,周三晚为本科生讲大课。为研究生讲了甲戌本题记与孙桐生、脂批的界定与分类。有一次组织二年级讨论"我所了解的红学",之后一年级加入,讲脂砚斋直至中午,气氛很好。

《还原脂砚斋》出版前，征得刘毓庆同意，作者单位署山西大学教授，又赠书给古代文学教研室同道。赵景瑜即与甲戌本核对，对书中观点表示赞同。又送给裴兴荣、姜荣刚、陈海霞、孙改芳、李晋娜、崔瑞萍、赵玲、冯溢华、王芳、郭万金等，鼓励郭万金考上博士以后，能回来为振兴山西大学效力。回到福州，即给柳杨寄去《还原脂砚斋》六本，以补给未得书的研究生。明代文学研讨会在天津召开，因了陈洪、雷勇的盛情，欧阳健于10月24日抵天津。陈洪来看望，对欧阳健说，他为博士生开研究方法课，以《还原脂砚斋》作为教材，说你们把书看明白了，就把红学看明白了，也把研究方法看明白了。

其时辽宁教育出版社要将《古代小说评介丛书》版权买断给台湾，作者们对此十分恼怒。山西人民出版社闻之，有意出版该丛书前四辑。9月21日在北京召开丛书编委会，山西人民出版社社长崔元和，副总编张彦彬，编辑阎卫斌、莫晓东和主编侯忠义，编委张俊、欧阳健、萧相恺出席，决定分《古代小说断代简史丛书》、《古代小说分类简史丛书》、《古代小说文献简论丛书》、《古代小说文化简论丛书》四辑出版。因作者调整，欧阳健推荐山西大学的牛贵琥撰写《古代小说与诗词》，许并生撰写《古代小说与戏曲》，后来都获得好评。他本人承担的《古代小说版本简论》，将1991年《古代小说版本漫话》原结构全部推倒，把包括《〈红楼梦〉的“脂本”与“程本”——版本研究例案之三》化到“古代小说的文本与版本”、“古代小说的搜访与鉴定”、“古代小说的书名与分卷”、“古代小说的祖本与别本”、“古代小说的简本与繁本”、“古代小说的原本与补本”、“古代小说的抄本与印本”、“古代小说版本与数字化”各相关章节之中。此书由山西人民出版社2005年5月出版，莫晓东《与其俱进的〈古代小说文献简论丛书〉》一文称它站在二十一世纪的起点，体现了与日俱进的时代精神，是“古代小说版本学”第一部系统著作。

第十章 “历史人物”

一

欧阳健2003年在《还原脂砚斋》结末宣布：“吾生来日，本已无多，况且还有古代小说学、晚清小说、俗文学及文言小说诸课题等我去做，眼下最企盼的则是美美睡上一觉，脂砚斋这一块，就恕我不再奉陪了。”后读托尔斯泰《人生论》，所引巴斯噶《冥想录》引起警觉——自己不过是“一根能思想的芦苇”，“一口气、一滴水就足以致他死命”，决意作战略性转移，从此不谈再《红楼梦》，不再卷入红学纠葛，涉及红学的来信一概置之不答，连《红楼梦学刊》2004年到期也不再续订，真正做了七八年的“历史人物”。

有网文《欧阳老先生退出红学江湖》称：“从退出宣言里看出，欧阳老先生还是很遗憾的：明明看着一般所谓的‘新红学家们’在跳大神，自己却无可奈何，这心情是很不爽的。”欧阳健淡淡一笑：他不是发表“退出宣言”，而是权衡支配余生的利弊。当然，冯其庸们“在跳大神”，装着什么事也没发生，确实令人齿冷。但无论如何，他与红学告别的决心是下定了。

陆放翁诗云：“斜阳古柳赵家庄，负鼓盲翁正作场。死后是非谁管得，满村听说蔡中郎。”既做了离世之人，就得臧否由人，评说随意，已无辩解回护的余地。然活在网络时代,不说可以,不听却不能,要装作“不存在”,确是严峻的考验,欧阳健这才尝到“历史人物”的滋味。

首先接收到的是有关《还原脂砚斋》的反馈。赞扬的,批评的,质疑的,在在都有,浏览之余,倒也甚觉宽慰。

2003 年 12 月,有“daviling”发出《藉电脑之助,脂砚斋现形——与红友们共读欧阳健著〈还原脂砚斋〉》,中分“历史的回顾”、“鉴定脂批产生的年代”、“脂砚斋的籍贯”、“胡适新红学的一支柱颓然倒矣”四段,肯定此书藉电脑之助,将三脂本全部 3788 条脂批输入电脑,逐条加以辨订的贡献,认为这一点“首先抓住脂砚斋这个主要问题,实在是非常有创见、严肃认真的治学态度和方法”,导致“根据脂批而写成的‘真故事’,按脂批而写成的大量‘探佚’文章,以脂批为据作研究的大量‘学术性’文章、书刊和各种著名红学家的讲座,以及按脂砚斋的谎言而改编的连续剧,如今真不知如何收拾了”。最后说:

> 《还原脂砚斋》虽然廓清了脂砚斋的谎言,推倒了脂砚斋这个“红学权威”,却没有对“拥脂”者致无礼之词,且对红学上贡献良多的学者其正确学识和思想加以肯定和推崇,我认为这是一种非常良好的讨论风格。《红楼梦》这本伟大的小说,仍然有着许多值得我们深入探讨的话题,祝愿各处红楼网站将有更多真情善意之帖,互相研究,使广大红友们浏览到此如沐春风。(http://www.5isanguo.com/vv.aspx/2028766.htm, 03:39 PM)

2004 年 3 月,“鹭翔”发起《诸位如何看欧阳健的〈还原脂砚斋〉》的讨论:“欧阳健先生在他 2003 年 10 月出版的《还原脂砚斋》一书中,称‘脂砚斋’是近世书商所造,此论于我是一大震撼。不知诸位如何看待?”“红楼今雨”响应道:“对脂砚斋,我一直有些怀疑。我想,每一个现代的有成就的作家，设身处地地想一想，要是自己在写作的时候，作品还没有完工，却有一个人在自己旁边指手画脚，不断地在自己的稿子旁边乱写；不要说写出像《红楼梦》那样惊世骇俗的小说，就是写一部普普通通的书恐怕也不成。假如脂砚斋真是一个帮着曹雪芹写《红楼梦》的叔叔，为什么与曹雪芹有很多来往的人，敦诚、敦敏等人从没有在诗中提起他？若如周汝昌考证的脂砚斋是曹雪芹的妻子，一个妻子，帮助丈夫写小说，替初稿提意见，则这些意见是要丈夫采纳，为什么要写在上面供流通？好像这个脂砚斋很有发表的欲望，自己写不出小说来，在别人的小说上写点评语一起发表也是一种满足似的。曹雪芹这个作者也真大方，自己还没有完成的作品，可以让别人拿去涂鸦后给人看，现代的作家绝做不到。”“鹭翔”回复：“欧阳先生‘还原’脂砚斋并非全仗电脑之功，其传统考证、辨伪的功夫亦不可忽视。从红学界拥脂学人的理论基础批驳起，层层深入，很见功底。不过欧阳先生得出的结论太过伤我心，因为它几乎打破了一个由众多拥脂学人还原出的安慰雪芹先生孤独灵魂的故事。”“wangrob”道：“批书的是很多，但都是在小说已经流行以后再批，我对脂砚斋那种批法实在想不通。作者还在写，他就在旁边批，有这种可能吗？试问从古到今除了红楼梦，有哪本书是在一边写，一边批？要是现在有哪位作家愿意这样，我可以去替他整理稿件，替他电脑打字（假如他不会用电脑的话），只要他让我在上面写上我的批语，什么‘真有这事啊！’‘我也碰到过呀！’‘你在这里还可以写得具体点啊！’等等，让我的名字随着他的作品名扬天下——多有趣！但没有一个作家愿意这样做。”

当然也有不同的声音。“红历”指斥道：“欧阳健观点是一派胡言，土默热的观点是空穴来风，两人观点不值一批。”“红楼今雨”回应道：“我不同意红历兄这样轻易地否定欧阳健与土默热先生的观点。为什么是一派胡言，空穴来风？他们的观点可能就是让红学走出死胡同的新起点。我认为对红学有兴趣的人，一定要好好读读他们的文章。红学的研究中,很多人常常火气很大,对与自己意见相左的人常常用一笔抹杀的态度,甚至用讽刺的语气。我们的论坛聚集了一些新时期的年轻红学爱好者,希望能在这论坛上尽情发表自己的论点,不管错还是对,不管初步还是成熟,大家能在平心静气的讨论中有所收获。”“红历”则回复道:“我是轻易否定他们的观点吗?他们的观点红学界任何学者都有能力批驳,否定脂批就是否定《石头记》的灵魂,否定曹雪芹的著作权,就是标新立异,哗众取宠。脂砚斋的伟大,在于出了一个旷世的点子。曹雪芹的伟大,在于能按脂砚斋的点子,把曹家百年历史写成人情小说。他们不去研究《石头记》的文本的真实意思,搞一些歪门邪道,把已经思想混乱的红学,搅和得更加混乱。《石头记》是怎样写成的,怎样看,主要写的是什么?曹雪芹都写在书中。这些一点没看出来,就胡编乱造,确实是红学的无聊和悲哀。”

2004 年 4 月,烟台红苹果图书馆管理系统“读者推荐书目信息浏览”,推荐的书有《还原脂砚斋》,理由是:“作者用力透纸背之功,把《石头记》的批阅者,以及把上个世纪的整个红学研究进行了一次大的清洗。”

2005 年 1 月,“红痴史迷”连续贴出《欧阳健·脂砚斋·新红学派》六篇博文,在回述新红学派得以建立的“三讲”(曹雪芹是《红楼梦》的真正作者、《红楼梦》是曹雪芹的自传体小说、后四十回是高鹗和程伟元炮制的赝品)之后道:

> 是欧阳健第一次系统地向这个系统,特别是向脂砚斋举起了闪亮的砍刀。他要摧毁整个新红学派藉以生存的基石。可他是否认真地想过,这样一来将要影响到整整八十年数以万计的真红学家,假红学家,红学大腕,红学票友,上至胡适、俞平伯,下至业余爱好者——我,都会失去了看家的本钱。这怎么能不引起轩然大波呢?

那十来个其他的“脂砚斋”本子呢?它们不是从不同时间,在不同地点被发现的吗?最远的发现在彼得堡。很可能是于道光年间被俄毛子掳走的。欧阳先生用了“去伪存真”、“去粗取精”的方法很快地把它们三下五除二地解决了。这本是抄那本的,那本是晚于正式刊本的。结果只剩下其他两本可以真正算是属于“脂评”本的了。我真的非常佩服欧阳先生的作为!以他的果断,可以买断几百个吃皇粮的红学家的饭碗,而不费吹灰之力。

红学家之间争论的是批语的对与错,好与坏的问题。欧阳健与红学家们争论的是批语的真与假的问题,完全不在一个层面上。

结尾说:“朋友们问什么是我的观点,我只能说,我不赞同他的观点。尽管无论是从感情上,还是从学术研究上,我都更倾向于接受新红学派,但我还是非常佩服他的勇气和治学精神。如果你有机会阅读此书,你会为他对每一个问题所作论证时严肃的科学态度所折服。它不是红学商业化大潮中涌现出的一堆泡沫,而是正直严肃的红学研究中的一个可喜成果。让我们引用文章中最后一段话来结束此文:‘二十一世纪的红学,将是告别脂砚斋的红学,是从脂砚斋桎梏中挣脱出来的红学……耗费十二年的宝贵时光,无非证明了一个极简单的事实:仅有稚子涂鸦水准的脂砚斋,是绝难捧得诺贝尔文学奖的。如此而已,亦足悲矣。’斯哲言也。”(http://ustcers.com/groups/905grad/forum/t/193426.aspx,2005-01-29 02:30:47)

“栀子”《平地惊雷》说:“最有震撼价值,简直如平地惊雷,不比这个印度洋海啸能量低的,就是欧阳健先生的新作——《还原脂砚斋》!(印度洋地震已经永远改变了亚洲版图,而欧阳健先生的大作势必改变“红学”界!)”又说:“否定脂本的后果是严重的!后果是什么呢?是导致以周教授为主的大批学者流离失所，是导致以刘心武先生为代表的后来者垂头丧气，使那些根据脂砚斋的号召以‘巨眼’看红楼的学者成了‘睁眼瞎’……总而言之，是让‘红学界’一下子摸不着脉门了。欧阳先生这不是在添乱吗？要知道‘坏人衣食如杀人父母’啊，就不怕背底使绊子等等手段吗？”（http://club.book.sohu.com/read-honglou-52635-0-31.html）

二

然而，网络不是太平世界，盛行的是“砸砖”，不知从哪儿会猛地飞来一块砖头，真叫人胆战心惊，没有一点心理承受力，是万万不行的。

2006年，有“相思泪滴”贴出《十大搞笑红学家》，依序为：周汝昌、刘心武、霍国玲、周思源、欧阳健、王蒙、蔡元培、胡德平、李云鹤、李希凡。后有搜狐网友援“红楼十二钗”之体例，补充老新会长冯其庸、张庆善入围。每一位都有极其俏皮的判词，语多尖刻、夸张。

如第一名周汝昌（魔头级）是：

> 哇塞！泰斗泰斗，红学滴。石头石头，是我滴。胡适胡适，不行滴。新证新证，我写滴。曹府贾府，一家滴。脂砚添香，我猜滴。史家湘云，芹哥滴。贾妃元春，乾隆滴。林氏黛玉，讨厌滴。那首小诗，我造滴。那幅小像，是真滴。那块墓石，是假滴。祖籍丰润，无疑滴。考证索隐，都行滴。兴风作浪，寂寞滴。大干快上，赚钱滴。信口开河，天生滴。天马行空，我玩滴。……

赫然排在第五名的欧阳健（豺狼级）是：

> 做学问，无是非，只看谁能胡吹。搞水浒，难成名，还须别

恋移情。红楼梦，是妙题，正好浑水摸鱼。脂砚斋，是骗子，因为我是骗子。你打假，我告状，看你把我怎样！你说东，我说西，这叫避实就虚。红学史，自家修，老子天下最牛。功既成，名也就，只等百年遗臭。

第十一名冯其庸(会长级)则是：

人民大学讲师当，洪广思里日月长，康生夸我好文章。注红小组混组长，与时俱进成所长，红学大业初开张。会长先选吴组缃，羽翼丰满我接掌，艺研院升副院长。学刊定要当社长，占领阵地第一桩，红坛霸主稳坐庄。考证大家不遑让，再抄资料论思想，张家湾里好大房。金庸王蒙频鼓掌，晚辈再拜启功堂，拙著呈请总理赏，你说谦虚还是狂？唐僧路我走几趟，西域立碑永留芳，央视报道好风光。他说丰润我辽阳，小像墓石真假忙，雪芹生卒战几场。垂垂老矣周汝昌，事事和我较短长，既生瑜，何生亮？学刊社长位子不让，国学院长老当益壮，红学还是名誉会长。长！长！长！

又有人出来作了注解，有关欧阳健的是：

现为福建师范大学中国古代小说研究所研究员，程前脂后说的第一把手，说别人头头是道，别人举证，他偏说是伪证，实际上自己也尚未考证，他考证的内容也有待证实，出本《还原脂砚斋》这部书，总的来看是比较失败的。作者对脂砚斋及三脂本采取了全盘否定的态度，但在证据采信上很不严肃，对自己有利的则用，对自己不利的避而不谈，因此，整部书在说服力上大打折扣。

综合判词与注解，批评的实质有二：一、《还原脂砚斋》的证据采信，对自己有利的则用，对自己不利的避而不谈；二、《红学百年风云录》自家修，不足为法。所言不能说全无道理。后有人点评道："不知是何方神圣，写了这篇《十大搞笑红学家》。平心而论，我并不赞同此兄的这种做法（太尖刻，有失厚道），倒是十分钦佩他的才思。不过，既然冠名'搞笑'，倒也不便认真，茶余饭后酒足饭饱了聊作一粲，恐也是一桩难得的快事。近日无事，遂将此文翻出来，稍微点评一番。"此语甚得欧阳健之心，而相较"魔头"、"荡妇"、"小丑"、"狐狸"、"巫师"、"饭桶"、"艺伎"、"宦官"诸级，赐予"豺狼级"头衔，倒是应该感到莫大荣幸的。

不同声音也是有的，2006年6月"earthmoon"说：

> 别人不谈，且说欧阳健的例子。请楼主举出哪些证据是他"对自己不利的避而不谈"？
>
> 欧阳健的书我看过。他的观点，百分之七十我能接受。诚然，他说脂本是伪本，缺乏有力的直接证据，可是说脂本是真本的人同样没有有力的证据。而且，他举出的有些证据，特别是关于"串行脱落"的那几处，是很难反驳的。不然，楼主倒解释一下，为什么脂本抄本的底本和程甲本在分行上都是一样的？
>
> 我不是说欧阳健一定是正确的。但是他提出的观点和引起的争论，对红学的发展是有益的，是做出了贡献的。
>
> 楼主举出的十人里，真正没什么自己的贡献的，恐怕只有江青、王蒙和刘心武。因为这三个人不是搞学问的人。胡德平的观点我没看过，但凭他的身份恐怕也不会有什么真东西。这个存疑。其他人都是做出过某种程度的贡献的。即便是霍国玲这种妄人，也考证出来过：通灵宝玉是红色的。这是扎扎实实

的东西，不能一概否定。

我写这些话不是针对楼主。只是红吧里的年轻人较多，很多人并没有看过这些人的观点。所以我建议，大家不要人云亦云。如果想要对谁做出评价，先把他的书拿来看一看。不要因为别人的意见，就不用自己的脑子思考。

历史是后人写的；历史人物管不住后人的非议。孟子曰：“自反而不缩，虽褐宽博，吾不惴焉？自反而缩，虽千万人，吾往矣！”

三

2008年7月，欧阳健忽见《红楼艺苑》网有张义春《“治”红学的那些人》。据介绍，张义春为山西电大大同分校副教授，此书是从有无趣味的角度，为一些个性峥嵘的红学人物作的评传。最初公布的目录是：

1.弦急琴摧志未酬——吴恩裕

2.虚心竹有低头叶——茅盾

3.及观标格过于诗——何其芳

4.梦魂可以相周旋——启功

5.处士风流水石间——王朝闻

6.可怜举目非吾党——戴不凡

7.浮云不共此山奇——王利器

8.千古文章未尽才——朱南铣

9.我辈岂是蓬蒿人——王国华

10.月在梧桐缺处明——蔡义江

11.酒浇胸次不等平——刘梦溪

12.一生傲岸苦不谐——欧阳健

13.欲寻何地看春归——徐恭时

14.旧说王侯无世种——邓遂夫

15.方信留侯似妇人——孙逊

16.瘦蝉有得许多气——张锦池

17.丈夫感慨关时事——王昆仑

18.人情练达即文章——郭豫适

19.长念有容方谓大——胡德平

20.天上碧桃和露种——梁归智

21.尘寰消长数应当——周思源

22.旦夕云山成画图——顾平旦

23.问谁有泪似情痴?——蒋和森

24.床头孤剑空有声——陈林

25.荆钗布裙难掩国色——邓云乡

26.是真名士难风流——林冠夫

27.嫁与东风春不管——余英时

28.不知云与我俱东——宋淇

29.眼界无穷世界宽——梅节

30.野老苍颜一笑温——赵冈

31.眼高四海空无人——夏志清

32.曲解歪缠乱士林——林语堂

33.烂额焦头得买书——阿英

34.窗前谁种芭蕉树——阎红

35.一句未吟泪满衫——林希翎

36.不还清白怎罢休——严中

37.栏边为汝最伤神——白盾

38.人道横江好,侬道横江恶——陈毓罴、刘世德、邓绍基

39.池塘水满蛙成市——霍国玲、紫 军、霍纪平、霍力君

40.与人非故眼犹青——胡文彬

41.别梦依依到谢家——吴新雷

42.爱臧生能诈圣——土默热

43、44.艨艟巨舰一毛轻——胡适

45.人到无求品自高——俞平伯

46.觅知音故难得兮,唯天地作合——周汝昌、吴世昌

47.壮心未与年俱老——冯其庸

48.小儒唯有涕纵横——李希凡

49.断云幽梦事茫茫——刘心武

初读便生了钦嗟,感到意向与当年构想拟写的《红学演义》颇为相似。学术是人做出来的,此书采用列传体,不啻为红学立一“录鬼簿”,抓住红学中“人的性情”,关注其秉性、品格,既写学术的“是非”,也写现实的“利害”,开创了红学史撰写的新模式。

张义春僻处雁北,觌面红学人物不多;但这种“陌生化”,对撰红学“录鬼簿”,倒是有利的因素。因为“隔膜”,下笔方能“无情”。《红学那些人》之可夸者,首先在对所谓“名公”并不顶礼膜拜。《壮心未与年俱老——冯其庸》开头云:

冯其庸之轮廓酷似启功——面微圆、少棱角;然眼角偶露杀气,令人不寒而栗,容易令人敬畏,不易让人亲近。冯其庸少年老成,识高低、善应对,喜旁敲侧击,发言吐气有藏有露,富言外之意、弦外之音;冯其庸关键时刻有主意,每临大事有静气,“眼中形势胸中策,缓步徐行静不哗”,不说狠话,不做软事,山崩于前地裂于后而面不改色。冯其庸已臻神人之化境——不行而知,不见而明,无欣欣、无畏惧;厚重的镜片后,低垂的眼帘掩盖了眸子,说话不慌不忙,慢声细语,言语不多道理深,态度不卑又不亢。冯其庸属大器晚成型,性格有超人的稳定性,一旦下赌注,就有把握赢。

> 冯其庸交游虽多、知心却少——他过于庄重,难以与人推心置腹;过于智慧,令人面对他太伤脑筋。冯其庸更好专制好独裁好刑名之学,无所谓平等的原则,不在乎他人权利,曾经对正统红学而外的门派进行过冷酷的打击,言无二贵,法不两适,是伟大的权力红学的缔造者。在主持中国红学会的日子里,曾以组织的名义对杨向奎、欧阳健等进行过严酷的虐杀,开创了以组织和学术运作红学的双重体制。

为冯其庸画像,传神之极;心灵刻画,入木三分。特别是"曾经对正统红学而外的门派进行过冷酷的打击,言无二贵,法不两适,是伟大的权力红学的缔造者",是迄今为止对其作为的最准确定性,没有一点胆量,是不能如此下笔的。

在公布的目录中,写欧阳健的一章排在第12位,而在用黑体标出的已经成文的章节中,则排在第10位。虽然在王军代序《纵横诗笔见高情》中已经预告:"描写欧阳健的豪杰不受羁绊,一片热血直喷而出,直让懦夫挺身有勇",还是令欧阳健饶有兴趣地等待下文。到了2008-08-08下午,终于在网上读到《一生傲岸苦不谐——欧阳健》,令他感到震撼:

> 欧阳健,字健之,属穿草鞋、短打的红学家——全日制学历仅只初中,后来也没弄个成教文凭,坚苦力学,无师而成。一九四一年八月生,江西玉山人,一九五六年五月参加工作,曾为中学教师,一九八〇年参加中国社会科学院招收研究人员考试,被江苏省社会科学院录取为助理研究员。曾任江苏省社会科学院文学研究所副所长、《明清小说研究》杂志主编。一九九五年九月调福建师大中文系工作,现为山西大学文学院教授。有著作《红楼新辩》、《红楼辨伪论》、《曹雪芹》、《百年红学

风云录》、《明清小说新考》、《古代小说版本漫话》、《中国通俗小说总目提要》(主编)、《水浒新议》(与萧相恺合作)等多部。

欧阳健素性刚方,不随时好,甚至皇帝剃光头——不要王法(发)。“一生傲岸苦不谐,恩疏媒劳志多乖。”可以为他绝好评语。“文革”前就顶风放屁,不怕自己搞臭自己,写日记没遮拦,终于撞出祸来(见附录)。改革开放后,飞雪化春水,春色换人间,但他还犯贱、不安分,本来在江苏省社会科学院也得意,可他骑着驴骡思骏马,官居宰相望王侯,为了做所谓的博导和享受六十五岁退休的待遇,来到福建师大,博导没做成,且因此耽误了妻子的病情,没奈何一怒之下又背起行囊北上山西大学。欧阳健曾经宣言,自己要“在人家以为没有问题的地方发现问题,在人家以为问题很多的地方看出并无问题”。

欧阳健秉斯文气象——骨骼清癯、形容瘦弱。但三军可以夺帅,匹夫不可夺志,千年的铜钟——经得起打击。落难时少戚戚之态,不忧不惧,更不作兴讨饶,潦倒而不减壮怀。“文革”期间,时令不好风雪来得骤急,他被关押在江苏淮阴王营看守所,谁知他浑身是胆雄赳赳,千难万险自应酬,兴奋处抒豪情寄壮志面对群山,烦闷时等候喜鹊唱枝头。在他的博客上,我曾见过他那时的几首诗,读之使人气壮。

在引用几首狱中诗后,继续评论道:

欧阳健以研究《水浒》起家,一九七九年三月,发表第一篇论文——《柴进·晁盖·宋江》,其成名作是《〈水浒〉为市井细民写心说》(与萧相恺合作)。“为市井细民写心”是鲁迅对《三侠五义》主题的描述,欧阳健把鲁迅的意见移植过来,宣称这也可以概括《水浒》的主题。他的证据很多,如:《水浒》真正的农民少，而吃商品粮的市民却多；《水浒》酒楼、勾栏林立，表现了商业气息很浓的生活；梁山好汉多数的思想感情属于市民阶级——此说影响极大，曾经风闻一时。

大体在上世纪八十年代末，欧阳健兴趣有所转移，爱上了《红楼梦》这一口。欧阳健是个顶天立地的人，凡事总有自己的主意，绝不随了大众，与世浮沉。所以他的红学研究也惊险而不同凡响，或曰“一肚子不合时宜”。一九九一年第五期，《复旦大学学报》发表欧阳健的署名文章——《〈红楼梦〉“两大版本系统”说辨疑——兼论脂砚斋出于刘铨福之伪托》，对历来为学界所认同的脂本早于程本说提出质疑，鼓吹脂本乃是出于后人伪托，脂砚斋实为刘铨福托名。为扩大“脂批伪托说”的影响，一九九二年，欧阳健狠命用心，又做了八篇文章。

这些文章是：《脂本辩正》，《贵州大学学报》1992 年第 1 期；《脂斋辨考》，《求是学刊》1992 年第 1 期，中国人民大学复印报刊资料《红楼梦研究》1992 年第 1 期全文复印；《〈春柳堂诗稿〉曹雪芹史料辨疑》，《明清小说研究》1992 年第 1 期；《脂批伪证辨》，《贵州社会科学》1992 年第 7 期，中国人民大学复印报刊资料《红楼梦研究》1992 年第 3 期全文复印；《脂批年代辨析》，《求索》1992 年第 5 期，中国人民大学复印报刊资料《红楼梦研究》1992 年第 4 期全文复印；《脂本“本事”辨析》，《明清小说研究》1992 年第 3～4 期；《〈红楼梦〉“探佚”辨误》，《海南大学学报》1992 年第 4 期；《程甲本为〈红楼梦〉真本考》，《淮阴师专学报》1992 年第 4 期，中国人民大学复印报刊资料《红楼梦研究》1993 年第 2 期全文复印。

与欧阳健提出“脂批伪托说”差不多同时，春风文艺出版社 1992 年出版了署名宛情的脂本研究专著：《脂砚斋言行质疑》，同样认为脂砚斋作伪。大体赞同这一观点的还有林辰、曲沐、吴国柱、克非、王珏等人。

欧阳健等的观点针对的是近百年来的整个红学研究，试图动摇整个新红学的研究基础，关系到新红学在整体上是否具有学术价值的问题，所以其受到了强烈的批评。

1993 年《红楼梦学刊》第 2 辑，慎刚发表《1992 年的红学界》，标志着对他们的讨伐正式展开。同年第 4 辑《红楼梦学刊》又发表五篇批评文章，对这些人进行全面反驳。这些文章是：《张宜泉的时代与〈春柳堂诗稿〉的真实性、可靠性——评欧阳健同志的若干观点》（刘世德）；《〈史记〉抄袭〈汉书〉之类的奇谈——评欧阳健脂本作伪说》（蔡义江文，至第 4 辑续完）；《脂砚斋能出于刘铨福的伪托吗？》（宋谋玚）；《甲戌本·刘铨福·孙桐生——兼与欧阳健先生商榷》（杨光汉）；《同君共斟酌——与欧阳健“新说”商讨》（唐顺贤）。一九九四年，莱阳举办第七届全国红楼梦学术研讨会，冯其庸又进行动员，指责他们剥夺曹雪芹对《红楼梦》的著作权，是蒙骗读者的不良学风，希望与会学者“要为真理而争，要为扫除谬论而争”。

欧阳健是个向前看的人，一旦认准了自然就干，根本不在乎别人的脸色，“风波之言不足虑”。现在他仍然挺胸昂头，目光炯炯，“直道而行”。

有人说，古人若从坟墓中跑出来，面对后人的描述，都一定会惊愕地问：“这里说的真是我么？”欧阳健不认识张义春，和他从没有过联系（虽然在山西有不少朋友），他是通过什么方法掌握“别人没有的资料”，来做大致不差的绍介？但毕竟是“隔了一层”，在事实的表述和理解上，还存有距离。然既自许为“历史人物”，他人评骘的高下，自不应置喙，毁誉由之，宠辱不惊。

《治“红学”的那些人》2010 年 1 月由文化艺术出版社出版，然迫于相关红学家的强烈反对，装订成册的六千册书籍不向市场发行。2010年9月易名《红学那些人》，由东方出版社再度出版。出于职业积习，欧阳健将网络版与纸质版比对一番：文章从原先的3100字增加到4300字；分段加上小标题："丈夫气度"、"倒跨驴背上红坛"、"全面开火打倒他"、"揖别红楼去"，显得更为醒目，色彩也更为浓烈。其具体文字修改是：

1.楔子第一节，在"属穿草鞋、短打的红学家"句前，添加"好女红善裁剪"，删去"后来也没弄个成教文凭"，加上"填表于文化程度一栏，始终填'初中毕业'"。——不知"没弄个成教文凭"之妙语，作者是如何想到的，删去未免可惜。盖欧阳健1964年参加徐州师院函授，后来好些人都因此弄到了正规文凭("弄个成教文凭")，欧阳健却不谙此道，未去奔走。1995年作为"人才"引进福建师大，然依"高教法"不给教师证，故"填表于文化程度一栏，始终填'初中毕业'"，此或可作"一生傲岸苦不谐"之一证。

2.第一段将"'文革'前就顶风放屁，不怕自己搞臭自己，写日记没遮拦，终于撞出祸来(见附录)"句后之"(见附录)"删去，篇末附录《十年日记四载冤狱》(原载《群众》1979年第3期)4200字亦全部删去。——删去附录可能是因为有"英明领袖华主席"的话头，也可能是为了节缩篇幅。

3.同节"改革开放后，飞雪化春水，春色换人间，但他还犯贱、不安分……自己要'在人家没有问题的地方发现问题，在人家以为问题很多的地方看出并无问题'"一段，压缩为"改革开放后，飞雪化春水，春色换人间，但还不安分，骑着驴骡思骏马，官居宰相望王侯"。——删去"他还犯贱"四字，是恐有骂人之嫌；将"骑着驴骡思骏马，官居宰相望王侯"之后文删去，可能是担心对其来福建的动机叙述不准，下笔称得上慎重。福建师大最吸引欧阳健的不是博导和享受六十五岁退休待遇，而是声称要成立的中国古代小说研究所和要创办的《中国古代小说研究》杂志。要说他是"骑着驴骡思骏马，官居宰相望王侯"，自然亦无不可；不过福建师大开的是空头支票，于是乎又有了“恩疏媒劳志多乖”的结果。

4.第七节“欧阳健秉斯文气象——骨骼清癯、形容瘦弱。但三军可以夺帅，匹夫不可夺志，千年的铜钟——经得起打击。落难时少戚戚之态，不忧不惧，更不作兴讨饶，潦倒而不减壮怀。“文革”期间，时令不好风雪来得骤急，他被关押在江苏淮阴王营看守所，谁知他浑身是胆雄赳赳，千难万险自应酬，兴奋处抒豪情寄壮志面对群山，烦闷时等候喜鹊唱枝头。在他的博客上，我曾见过他那时的几首诗，读之使人气壮”，后两句改为“在他的博客上，我曾见过他那时的几首诗词，内容绝对精神”。欧阳健其时于格律实未入门，但却是用生命和血泪写成的，称其“内容绝对精神”，不失公允。

5.第二段“倒跨驴背上红坛”，删去了第一、二节，第一节的内容，化为开头添加的“好女红善裁剪”：其实欧阳健何尝“好女红善裁剪”？当时一家四口，只靠妻子唐继珍一月 40 元工资存活，唐自己又患了胸膜炎，欧阳健不自己动手做衣，怎么过活？他还记得曾以 4 尺 4 寸零头布，用“一片裁”的方法为妻子做了一件上衣，确是非常得意的。至于用“边余角碎料”缝出“栗色布小帽”，亦是快意之事。

6.在“欧阳健以研究《水浒》起家”前，加上“冷眼看世界，抽离情感，喜欢独立思考”；其后，加上“最早的文章是《〈水浒〉中的梁山泊聚义不能算农民起义》，写于 1978 年 6 月，想扣开《文学评论》的大门，但遭遇退稿”。在“1979 年 3 月”后加上“欧阳健含苞 38 年，才好不容易在《学术研究》开了花——”。又删去“把鲁迅的意见移植过来，宣称这也可以”。——这些都是为了叙事的委婉。

7.下文把“此说影响极大，曾经风闻一时”，改为“在听腻了《水浒》歌颂农民起义的俗套后，欧阳健这篇文章能给人新奇而高明的感觉，再说他自学成才还曾经在监狱混过，所以，当时坊间传他很‘牛’：有的说他身高八尺，后脑勺隆起，如魏延突着反骨；有的说他生来有白发九九八十一根，小学毕业半白，初中毕业全白；更有人坚定地认为他学问了得，熟悉六七个国家的语言，能写五种茴香豆的‘茴’字……”——所谓“坊间传他很‘牛’”，不知作者从何坊间听到？

8.把“欧阳健兴趣有所转移”，改为“移情别恋”。在“爱上了《红楼梦》这一口”后删去“随了大众”，将“所以他的研究红学也惊险而不同凡响，或曰‘一肚子不合时宜’”，改为“‘玩’的就是心跳。‘在人家以为没有问题的地方发现问题，在人家以为问题很多的地方看出并无问题’，是他的人格魅力，也是他的学术宣言。”在“《复旦大学学报》发表欧阳健的署名文章——《〈红楼梦〉‘两大版本系统’说辨疑——兼论脂砚斋出于刘铨福之伪托》”后，加上“以张果老倒跨毛驴的新异”。在“1992年，欧阳健”后，删去“狠命用心”四字。——“在人家以为没有问题的地方发现问题，在人家以为问题很多的地方看出并无问题”确是他的学术宣言，但与“‘玩’的就是心跳”并不相干。

9.新增第三段“全面开火打倒他”。将第一、二节“欧阳健等的观点针对的是近百年来的整个红学研究，试图动摇整个新红学的研究基础，关系到新红学在整体上是否具有学术价值的问题，所以其受到了强烈的批评”删去，重新写了一段话：“欧阳健属正统红学而外的异端，极具打击价值，具体表现为四点：一是个人层次高，欧阳健学历差劲，但他是专业研究机构的研究员，一定程度代表国家学术，不是霍国玲、陈林、土默热等的民间性质；二是影响大，欧阳健的论文可以被权威学术刊物接受，有自己专门的发表阵地（如他任主编之《明清小说研究》），甚至《红楼梦学刊》对他也敞开过大门；三是观点危害大，欧阳健观点的核心是否定脂本与脂砚斋，直向近百年来的红学研究，试图动摇整个新红学的基础，关系到新红学在整体上是否有价值；四是‘团伙犯罪’，欧阳健之外的其他异端主要是个体作乱，而欧阳健则是团伙犯罪，且团伙成员都有庙堂身份，欧阳健提出‘脂批伪托说’前后，另有林辰、曲沐、吴国柱、克非、王珏等，也从不同角度质疑脂本以及脂砚斋，他们与欧阳健同声相应，同气相求——因为这几点，欧阳健曾被正统红学界作为重案要案对待。”——新增内容把“受到了强烈的批评”，改为“曾被正统红学界作为重案要案对待”，比较接近事实，惟把“春风文艺出版社 1992 年出版宛情的《脂砚斋言行质疑》”删去，稍欠全面。又介绍 1994 年莱阳举办第七届全国红楼梦学术研讨会，冯其庸进行动员，希望与会学者“要为真理而争，要为扫除谬论而争”，“标志着清算欧阳健到达高潮”，交代得更具体详细。

10.新增第四段“揖别红楼去”，内容较为翔实。前面说“对正统红学灭绝性地打击，欧阳健曾经奋起反击”，而结尾处：“几个回合过后，欧阳健没辙了，加上过往坎坷，晚来富贵也有些娇气”，与原来的结尾大为不同：“欧阳健是个向前看的人，一旦认准了自然就干，根本不在乎别人的脸色，‘风波之言不足虑’。现在他仍然挺胸昂头，目光炯炯，‘直道而行’。”

本书关于欧阳健的一章，笔下是有神采的。以《一生傲岸苦不谐》为标题，也是出于作者的好意。“一生傲岸苦不谐”出李白《答王十二寒夜独酌有怀》，是绝对的好诗。说欧阳健“素性刚方，不随时好”，“秉斯文气象——骨骼清癯、形容瘦弱。但三军可以夺帅，匹夫不可夺志，千年的铜钟——经得起打击。落难时少戚戚之态，不忧不惧，更不作兴讨饶，潦倒而不减壮怀”，虽说奖掖过甚，欧阳健读了并不推辞。也许是遇上了好时代，他发文章从未交版面费，评职称从不拜揖请托；平日从不去领导家串门，从不离席敬酒；见佛像从不下拜，遇强暴从不讨饶。旧释“不谐”为不能随俗；谐又有和合、协调的意思。“一生傲岸苦不谐”，但更有“谐”的一面；“恩疏媒劳志多乖”，但更有心想事成的一面。欧阳健回首坎坷一生，幸尚收获得治学的无穷乐趣，更收获得挚友的无限真情。做《水浒》研究，他想扣开《文学评论》的大门，遭遇退稿；但却得到《学术研究》、《群众论丛》、《学术月刊》的支持。80 年代初他因《水浒传》研究受到第一拨冲击的时候，素不相识的凌左义、杨海中、黄毓文挺身而出,仗义执言;90 年代初因《红楼梦》研究受到第二拨冲击的时候,侯忠义、曲沐、吴国柱与他结下了战斗的友情,更不要说老一辈学者朱一玄、刘冬、魏子云的鼓励了。很多从来没有谋过面的人写了信,有的非常动情,这些,岂是降志辱身谋来之奖项所能及乎?

四

虽要做“历史人物”,网上的叫阵总不能老是装作听不见。2007 年 9 月,“文化护卫者”贴出《浅谈脂本与程本的辩证关系——兼论欧阳健的版本学、校勘学、辨伪学》,批评 1994 年花城版《红楼梦》第二十三回,将原作“只昨只是旺儿晚上”,校改为“只是昨儿晚上”,且出校记:“据程乙本和王评本改。”据查,程乙本原作:“我问你我昨儿晚上”,王评本原作:“但只一件昨日晚上”;改为“只是昨儿晚上”,所据乃脂本文字,这是“赤裸裸地既骂武王,又食周粟的行径”。对于声称“与脂本划清界限”的欧阳健来说,确是严重的原则问题。据他回忆在从化工作时就发现,原本“只昨只是旺儿晚上”不通,然手头唯北师大校注本,其“校注说明”谓底本是“程甲本的翻刻本”,便据以做了改动;又见其校记作“从诸本删”,误以为“诸本”亦包括程乙本和王评本,遂加上“据程乙本和王评本改”。后去北师大查看程乙本,又没留意这条校记,遂造成了错误。他主观上是想“不理会后出的脂本”,却留下了脂本的印记,实属不应该的错误。经与曲沐商量,欧阳健贴出《欢迎批评,欢迎监督——敬答“文化护卫者”先生》,对他的善意批评和严格监督,表示欢迎和感谢,说:“版本校订是极为细致的事情,任何粗心和马虎,都是要出差错的。这个教训,是很深刻的。俟花城本再版时,当坚决予以改正,使之成为名副其实的‘决不理会后出的脂本,未用脂本改动底本的一字一词’的有权威性的《红楼梦》原本和善本。”

“文化护卫者”11 月 10 日贴出《欧阳健先生对我的“浅谈脂本与程

本的辩证关系”一文的回应》,道:“其礼遇规格之高,恐怕连写了《〈史记〉抄袭〈汉书〉之类的奇谈》反驳文章的蔡义江先生都无法享受得到,使我这个红学的门外汉受宠若惊。”又指出花城版第三回“我带了外孙女过去”是“外甥女”之误,并质问道:“对程甲本明显的谬误不作校改,又怎么能考证出‘程前脂后’来呢?”考虑到要不要校改“程甲本明显的谬误”,属另外性质的问题,欧阳健未做回复。有匿名者12月7日指出,“就连红学家所推崇的程本以外的脂本也存在外甥外孙不清的问题,那么校勘时依据什么标准必刻意改‘正’呢?可见,欧阳辈保留程甲本的‘外孙女’而不随意从脂本或乙本改掉,也并不违背校勘原则罢。”见此,欧阳健引“撇开版本谈红学,那只不过是空中楼阁”的话,评论道:“共识。也是进一步讨论的基础。”“可惜我已经没有太多的时间和精力了。”“寄希望于青年学人。”

2010年5月21日网上报道,有正书局小字本《国初抄本原本红楼梦》重印本出版发行新闻发布会在北京举行,与会专家一致认为:此次重印,填补了国内学界此前关于此版本研究的许多空白,具有重大学术意义,并将引发更多关注此版本的考证相关的学术研究。新版小字本在书籍的装帧设计上十分考究,函套采用有正书局小字本原书插式制作,方正美观。内文选用安徽产仿古宣印刷,墨色均匀,字迹清晰,手工包角,装订整齐精细,翻开书页,墨香扑鼻。据云此本具有很高的研究、收藏价值。红学的是非,欧阳健自然是领教了的。惊诧之余,5月26日他贴出《主流红学的历史大倒退》的博客文章:

> 读着报道,我有点怀疑自己是不是看错了;仔细端详,没有错——在有一群当今红学名家(除冯其庸、周汝昌两位大师)聚会照片的大幅横标上,确实醒目地写着“国初钞本原本红楼梦”几个大字,不由得感慨主流红学的历史大倒退。
>
> 大家知道,中国的主流红学是在胡适开掘的掌子面上运

作的。对于有正本，胡适明确地说过一段大众熟知的话："有正书局的老板在这部书的封面上题着'国初钞本《红楼梦》'，又在首页题着'原本《红楼梦》'。那'国初钞本'四个字自然是大错的。那'原本'两字也不妥当。"(《胡适红楼梦研究论述全编》第109页)

不肖弟子，不仅违背祖师教诲，尤为可笑的是，有正大字本上集宣统三年辛亥(1911)出版，同年八月《小说时报》"国初秘本原本红楼梦"的广告词说："《国初秘本原本红楼梦》出版：此秘本《红楼梦》与流行本绝然不同，现用重金租得版权，并请著名小说家加以批评。"书局老板狄葆贤将此本题为"国初秘本原本红楼梦"，绝无版本上的根据，只是为了经济效益，是一种"商业行为"。站在宣统三年时间点上，他之所谓"国初"，指的乃是清国之初。至于有正小字本，是民国九年(1920)石印的，又有民国十六年(1927)的再版本。到了二十一世纪，还将民国石印的有正小字本，称作"国初钞本原本红楼梦"来推销，不是太滑稽了吗?

由于市场的功劳，一大堆《红楼梦》伪劣版本，诸如甲戌本、己卯本、庚辰本，甚至蒙府本、卞藏本之流，都被以豪华的包装、考究的版式大肆重印，蒙骗读者，攫取不义之财，呈现出"红学末路"的又一景观。

——难免的是，市场对红学是非的混淆，也冲击到了欧阳健。2010年7月8日，"水木求鱼"在博客上留言："欧阳老师，由您校订的程甲本《红楼梦》现在很难买到，不知以下网页所售的版本是否是您1994年校订的版本?"欧阳健将所指网页打开，发现这部《红楼梦》4册(精)/彩色古典名著，花城出版社2007年6月第1版；作者简介是："曹雪芹(1715/1724—1763/1764/1765)，清代小说家。名霑(读作zhān)，字梦阮,雪芹是其号,又号芹圃、芹溪。祖籍辽宁辽阳(一说辽宁铁岭,一说沈阳,一说河北丰润),先世原是汉族,后为满洲正白旗‘包衣’人(‘包衣’系满语音译,意思是家奴)。”他感到大为惊诧,即贴出《我也不知道这程甲本〈红楼梦〉是否我们1994年校订的版本》,说:“我和曲沐先生曾多次与花城出版社联系,希望他们再版程甲本,都未得到肯定答复。此版没有署我们几个人的名字,也没有我写的前言;其作者简介,则是我们绝对不会同意的。具体情况,尚待进一步了解。”7月11日又贴出《花城新版程甲本〈红楼梦〉的问题》,指出:

1. 我与曲沐先生2009年曾多次给花城出版社负责人萧建国、谢日新先生打电话、写信,反映学术界对我们校点整理的程甲本《红楼梦》的肯定评价,希望他们组织重印,以满足读者需要,并提出根据研究的进展,我们可以对校勘和注释进行必要的补充和改订。他们回答可以研究,之后再答复我们。此后便杳无音信。此新版程甲本《红楼梦》早在2007年6月就出版了,证明社方对我们隐瞒了实情。

2.1994年花城版《红楼梦》的最大亮点,是首次推出真正的程甲本,在学术界产生了极大影响;现在宣传的卖点,却是“彩色插图”版,所谓“力求图文双剑合璧,相得益彰。书中所选古代绘本插图,风格平实质朴,线条流畅,蕴藉有致,与大气磅礴的四部书浑然一体。每一回目的插图,均与情节发展桴鼓相应,意在描摹环境,渲染氛围,刻画人物,传其形神,增加视觉的直观感受,令读者过目难忘。值得一提的是,这些精美的图片均经过专业美术人员纯手工上色,不仅具有较高的收藏价值,更能使读者在栩栩如生、色彩斑斓的视觉印象与博大精深、回味无穷的文字融为一体的情境下,感受阅读过程中的无尽曼妙。”丢掉了真正的价值,却在媚俗上下功夫,实为不智。

3.前言中说:“本版《红楼梦》,全书由欧阳健、曲沐、陈年希、金钟泠校注(本次出版时,酌情对原版注释略有删减),特此鸣谢!”既然承认“全书由欧阳健、曲沐、陈年希、金钟泠校注”,却不在封面、扉页、版权页署我们之名,单单一句“特此鸣谢”,就能交代过去?新版不但删去我原先的序言,还在不征求我们意见的情况下,毫无道理地“对原版注释略有删减”(须知这都是全书的有机组成部分)!尤其严重的是,把完全错误的、与程甲本《红楼梦》完全相悖的“作者简介”塞进书中,更是极其严重的、不能令人容忍的学术错误。

想九十年代的花城出版社,钟缨、袁宝泉、徐巍先生,以犀利的学术眼光、博大的学术胸怀,支持我们整理真正的程甲本《红楼梦》,在红学史上留下了浓重的一笔。希望新一代的花城人,不要辜负广大读者的期待才好。

曲沐 7 月 12 日在博客留言:“看了花城新版程甲本《红楼梦》,将我们整理校注的程甲本《红楼梦》搞得面目全非,令人愤慨。但此事比较复杂,如何解决,怎样处理? 请欧阳想想办法,也请网友帮助想想办法,集思广益,可行者即行。”

7 月 19 日,接花城出版社李谓电话,转达社领导对图文本处置不当的歉意,表示会支付校注费用。欧阳健说,我们珍惜与老花城人的友谊,“程甲本《红楼梦》热”与花城息息相关,决不能丢掉这面旗帜。经与曲沐、金钟泠、陈年希商议,众人提出不要支付的注释费,从而促成 1994 年原版重印,以吴国柱《“首次”之功堪称颂》为代序,将《脂本掺假离析录》作为附录,用以突出花城版三大特点:一、“首次”还程甲本以真本地位;二、“首次”不以脂批本为参照系;三、“首次”将著作权还归曹雪芹。9 月 14 日欧阳健给李谓信中特别强调:为贯彻全书的体例,重印时请将第 352 页第 19 行“只是昨儿晚上”,改为“我问你我昨儿晚上”,将校记(二)改为:“据程乙本改。”从而使这个本子成为名副其实的“决不理会后出的脂本,未用脂本改动底本的一字一词”的有权威性的《红楼梦》善本。

2011年1月,花城版程甲本《红楼梦》再版。19日,欧阳健正要询问陈年希有没有收到样书,突然接到陈鸣短信,告知他父亲于凌晨2点30分因脑溢血去世。噩耗传来,简直难以置信,自己又失去了一个好朋友!

为了给花城版张目,1月30日他在博客贴出《红楼梦八不买》:

有朋友问:时近春节,想买部《红楼梦》,给自己和孩子读读;苦于书市上《红楼梦》琳琅满目,开本大大小小,版式疏疏密密,封面花花绿绿,价格低低高高,实不知该选哪种《红楼梦》为是。

回答说:由于市场的推动,确有一大堆《红楼梦》的伪劣版本,以豪华的包装、考究的版式,充斥书肆,蒙骗读者;亦有盗版偷印,以次充好者,攫取不义之财,淆乱红学视听。广大读者亟须提高鉴别能力,以免受骗上当。在选购《红楼梦》时,千万不要迷信“著名红学家”,也不要迷信“权威出版社”;不要以为定价高的定是好的,也不要图便宜买那价格低的。我虽不能告知“该选哪种《红楼梦》”,却可以告知“不该选哪种《红楼梦》”,这就是《红楼梦》的“八不买”:

一、署“曹雪芹、高鹗著”的不买;

二、将后四十回作“附录”的不买;

三、没有前言或后记的不买;

四、没有署校点者的不买;

五、没有交代以何种本子为底本的不买;

六、没有交代是否据别的本子校改了的不买;

七、没有出校记的不买;

八、宣扬文字“择善而从”的不买。

2月25日,又贴出滕金明孙女滕舒悦所作注释,第八条注释是:

> 作为对古典文学的传承,我们应该本着“尊重原著”的精神。校注本首要目的是为读者呈现最接近曹雪芹原著的本子,而不应当据后出的本子擅自肆意改动,更不能妄自揣度,将文字按现在的理解进行删改、增加。这不仅是对原著的亵渎,也是对读者的不负责任。在校注古小说的过程中,“择善而从”的原则是行不通的。校注者宣称的所谓通俗本、汇校本,就是“以今度古”思维的典型,是不尊重原著的表现。请注意,宣扬文字“择善而从”的校注本,切记不买!

简介道:“滕舒悦,女,1991年生,江苏省淮安市淮阴区人。2007年至2010年就读于江苏省淮海中学,任校‘红学会’会长,在《淮海潮》等刊物发表了《林黛玉VS薛宝钗》等文章,现大学在读。”

此举对扩大花城版程甲本的发行有多大作用?只有天知道。

第十一章　洞中方七日

一

2013 年 9 月赵建忠的一个电话，真正迫使欧阳健从蛰居中醒来。赵说胡文彬发表了《一部鲜为人知的清代抄本〈红楼梦〉——试魁手抄〈红楼梦诗词选〉的特别报告》,预言:“不仅以无可辩驳的事实证明早期脂评抄本确实存在,而且必将对早期抄本演变和流传的研究提供一个崭新的内容。”有人见欧阳健八年缄默不语,便认定其已经“哑口无言”。对于这条脂砚斋是否出现于“新红学”之后的“反证”,赵建议他不要回避。

欧阳健感到世态起了变化。待到赵建忠将《红楼梦学刊》2005 年第 3 辑寄到,拜读一过,他忽忆王质石室观棋,局未终而伐薪柯已烂的故事,顿有“洞中方七日,世上已千年”之感。

胡文彬是个善变之人。他 1995 年说:“从前年南京的欧阳健先生提出‘甲戌本’是刘铨福伪造的‘新论’以来,红学界公开的、私下的,都有点热血沸腾。想一想,自胡适发现此本至今半个世纪,多少文章、多少专著,都在欧阳健先生的挑战面前似乎要黯然失色了,那众多人的心血岂不付之东流,留下的只有一番痛苦的回忆!于是,我们看到刊物上是‘剑拔弩张’的批驳,据说还要继续讨伐下去,大有不批倒批臭终不收兵之势。”(《红楼放眼录》,华艺出版社 1995 年版第 391 页)2000 年,天津师大筹备第三次青年红学研讨会,胡文彬却代表红学会下达对欧阳健的“封杀令”。到了 2005 年,却在告诫:“否定一切,把 20 世纪百年红学描绘得一团漆黑,只剩下了‘他’自己,这并不是真正红学史家的眼光!”

透过这篇打着“不仅要学还要问,问书本,问贤人”旗号的考证文章,欧阳健发现了几个明显的矛盾:一、千山试魁选录的是《红楼梦》诗词,因何把不是《红楼梦》的《续红楼梦》中的酒令抄进去?二、“特别报告”强调的是八十回脂抄本,因何《红楼梦诗词选》却抄进后四十回诗词?三、秦子忱《续红楼梦》,最早刊本是嘉庆四年所刻,哪来的嘉庆三年秦雪坞(子忱)撰《续红楼梦》?四、抄本《红楼梦诗词选》,怎么能在嘉庆三年抄自嘉庆四年的《续红楼梦》?

胡文彬最核心的证据是抄本的“题记”:“嘉庆三年雪坞秦氏作,嘉庆二十二年二月十九日清明日书”,宣称“《红楼梦诗词选》是清嘉庆初年的抄本”,凭的就是这一条。主编《中国通俗小说总目提要》的欧阳健知道,秦子忱《续红楼梦》三十卷,初刊于嘉庆四年(1799)抱瓮轩,千山试魁在嘉庆三年怎么可能抄到书中的酒令?《续红楼梦》除嘉庆四年抱瓮轩本外,其他版本均在光绪八年之后,还有 1920 年、1921 年的石印本,怎么不见得是从这些本子抄得的呢?为了掩盖这一事实,胡文彬《特别报告》加了一条注释④:“秦雪坞(子忱)撰《续红楼梦》,嘉庆三年戊午年(1798)抱瓮轩刊本第 9 回。”如果说未能审察“嘉庆三年”抄录“嘉庆四年”的不可能,是属于治学上的粗疏,则杜撰出“嘉庆三年”的版本,这只能算是学术上的造假。

为此,欧阳健写了《千山试魁抄本〈红楼梦诗词选〉解析》,分从《特别报告》特别的开头、抄本《红楼梦诗词选》抄录年代辨析、抄本《红楼梦诗词选》所据底本辨析、“异文”探讨的反思、“读抄本《红楼梦诗词选》感言”五个方面进行解析,驳斥“试魁所据的‘底本’也是一部‘脂评’本”的判断，强调：

书籍在传写刻印过程中，发生鲁鱼亥豕的文字错误，是极平常的事，《特别报告》的特别之处，是坚信此类“异文”一定有其底本，并且千方百计要找这个“底本”，以见“庐山真面目”。那么请问，你那个“底本”上的“异文”，又是从哪里来的？将“木石前盟”写作“水石前盟”，分明是粗心、不负责任造成的错误，哪里会有什么“底本”可寻？如果顶真起来，甲戌本将“杜撰”误作“肚撰”、“膏肓”误作“膏盲”、“池沼”误作“池沿”，难道也要找出“底本”来么？

对于胡文彬的红学地位，还是给了公允的评价：

毫无疑问，胡文彬先生是有建树的红学家，在一定程度可以说是“新红学”后期、或曰“当代新红学”与周汝昌、冯其庸鼎足而三的人物。与冯其庸拥有权势、周汝昌拥有粉丝不同，胡文彬拥有的是对史料的精研。他的最大功绩，是发现了程伟元的第一手资料，考证出程伟元的生卒、籍贯和家世，特别是与盛京将军晋昌的关系，从而摘掉了“普通书商”的帽子，确定了程伟元在红学史上的地位。胡文彬先生本来是可以成为确立程甲本真本地位的领军人物的。可惜的是他在“新红学”体系中浸润太久，虽然受够了肮脏之气，洞悉个中的污浊，但毕竟有牵扯不完的瓜葛，不能也不愿做彻底的撇清。他之呼吁不要否定一切，原因就在这里。

胡文彬先生的困惑与焦躁，实与红学形势的变化有关。经历了二十年风云的冲决激荡，“对脂评不加任何鉴定和研究就完全无批判的接受”的时代，已经一去不返，现在反而轮到拥脂派来为脂砚斋的存在辩护了。当原有材料被驳得体无完肤之后,又将希望寄托于"新的材料"。极普通的《红楼梦诗词选》忽然被"发现",忽然被捧为珍贵材料,确实"蕴含了它的必然性",所谓大千世界的奇妙之"缘",就是企望借助它挽救脂砚斋的颓势,为脂本的存在寻找新的支撑。由于它迎合了多少红学家的心理,一时便呈现出一边倒的景象。长于考证的曹震先生,能够一眼看穿下藏本的作伪,却丝毫没有察觉"嘉庆三年雪坞秦氏作"的假象,毫无保留地肯定:"这是一个很好的证据,证明不晚于嘉庆二十二年的时候,带脂批的本子还在世间流传,而嘉庆时期有人默认了脂批的创作时间是在嘉庆三年《续红楼梦》成书之前的。"揭露脂砚斋的伪造,不是要"把20世纪百年红学描绘得一团漆黑",而是要将"新红学"把粗劣、浅陋、破绽百出的赝品八十回脂本当作《红楼梦》"真本"的历史重新颠倒过来。俞平伯先生说过:"历来评'红'者甚多,百年以来不见'脂研'之名,在戚本亦被埋没,及二十年代始喧传于世,此事亦甚可异。"可以断言,不论今后还会发现什么"新材料",脂砚斋及其抄本为"新红学"之后出现的事实,是改变不了的。

《千山试魁抄本〈红楼梦诗词选〉解析》刊于《红楼》2013年第4期,未得胡文彬的任何回应;只听说其责怪赵建忠不该"多事",把《红楼梦学刊》寄给欧阳健,以至惹出了事端。

二

一梦醒来,发现另一个变了的人是张俊。欧阳健与张俊的友谊,建立于编纂《中国通俗小说总目提要》、《古代小说评介丛书》。他质疑脂砚斋的来龙去脉,张俊是清楚的,虽从未公开表态,私下却表示“双方打了平手”。欧阳健说:“你的话对我是莫大的鼓励:他们搞了几十年,我只搞了几年,就打个平手,这不是鼓励么?”北京师范大学发现了一个脂本,张俊开始也很起劲,如获至宝。欧阳健打电话对他说:你们不要搞错了,如果只有一个甲戌本,咬死说这就是曹雪芹的本子,那还好办;可惜贪心不足,再搞个己卯本,再搞个庚辰本,现在又出现了北师大抄本,越多越坏事!后来曲沐去北师大想看看这个本子,竟被张俊峻拒,不欢而归。

到了2013年,张俊与沈治钧推出以程乙本为底本的评点本。可怪异的是,原来是白文本的程乙本,在张俊手里首次呈现的“批点”,却以不寻常的热情大量转录不见得高明的脂砚斋批语。此举引起了欧阳健的警觉:整理的是程伟元的排印本,为何将异质的脂砚斋掺和进来呢?

读着读着,他突然悟到:张俊是为了贯彻程本“删掉”脂评的理论!果然,《前言》说:“乾隆五十六年(1791年)辛亥腊月,程伟元和高鹗用木活字摆印了《红楼梦》,是为程甲本。遗憾的是,他们把前八十回原有的批语悉数删除了,说明他们对脂批的价值缺乏应有的认识,对评点也缺少热情。”《前言》接着写道:“此后的情形或许大出乎他们的意料之外,据程甲本重刻的本子几乎都带有评点。”行文逻辑似乎是:后来重刻的本子都将这些批语恢复了,于是“大出乎他们的意料之外”;如果真是这样,“删除批语”说便成了铁案。遗憾的是,所有据程甲本重刻的本子,带的是王希廉、张新之、姚燮等人的批语,而不是脂砚斋的批语。试想,如若程甲本底本上真有众所周知的脂批,怎么会在一二十年中消失得无影无踪呢?

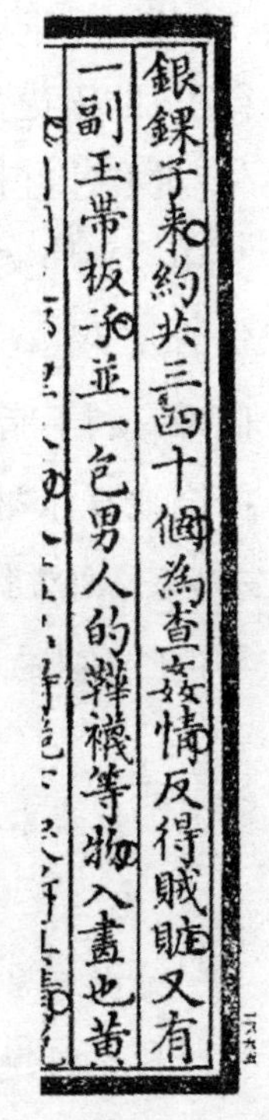
銀錁子來約共三四十個爲查姦情反得賊贓又有
一副玉帶板子並一包男人的鞾襪等物入畫也黃

有正本1

更令人诧异的是,冯其庸举“为察奸情,反得贼赃”为“脂本的批语误入了正文”,也被张俊作为证据拾掇过

来,第七十四回评批道:

"为察奸情,反得贼赃"八字在庚辰、戚序、蒙府诸本中为批语。按其语意口吻,当以作批语为是。列藏、甲辰、程甲诸本均衍入正文。梦稿本原无,后作正文补入。或疑诸脂评本为伪,乃据程甲本所抄录改窜,此例可释其疑乎?(第 1325 页)

"或"字之所指,当然是欧阳健了。可怪的是张俊虽以程乙本为底本,但"身在汉营心在曹",不惜改变程乙本的本来面貌,大量抄录甲戌、己卯、庚辰三脂本,甚至"脂本系统"的梦稿、列藏、蒙府、戚序、戚宁、舒序、甲辰、郑藏诸本的正文与批语,目标不是与八十年来"扬脂抑程"的逆流针锋相对,而是要为三十年来"程前脂后"的思潮拨乱反正,在冰炭不容的程脂对立中,悍然宣布"脂本不伪"。看来闭口不谈已不行了,欧阳健便写了《纵借程本之躯壳,难招脂斋之游魂——商务版〈新批校注红楼梦〉烛幽》,通过大量例证,剖析了张评的下列三种情况:一、当异文比对似乎有利于程本时,其立说是:"删削得好"——换句话说,程本虽优,却是后出的,所以还是"脂先程后"。二、当异文比对似乎有利于脂本时,评批者更旗帜鲜明地宣布"脂本不伪",甚至不加掩饰地直斥"程本文字,既误且劣",忘记了自己选择的底本,就是程本。三、面对脂本暴露出来的大量破绽,或装聋作哑,或强词夺理;即便不得已承认程本为佳,仍要刻意为脂本辩护。欧阳健郑重指出:

程本与脂本立说之是非之中的最大是非,可以"真伪"、"先后"、"优劣"六字概括之。什么是真?曹雪芹原稿或接近于曹雪芹原稿的是真;什么是伪?经他人篡改的本子是伪。真伪的鉴别,可从把握文本的先后、亦即版本的早晚入手。当年胡适肯定脂本的理由,就是"甲戌为乾隆十九年(1754),那时曹

> 雪芹还没有死”。曹雪芹已经死了,谁有权力有资格来改动哪怕一个字?曹雪芹既是天才作家,“优”的自是他的手笔,“劣”的则系他人之妄改,或传抄之致误。评批者不想想:《红楼梦》原稿“劣”得如此不堪,还能算伟大作品?如要等程伟元高鹗将“赘疣”“败笔”“径直删去”,方显简净润饰,岂不应了张国光之“脂本的前八十回写得乱七八糟,是高鹗续写了后四十回,又把前八十回改好了”吗?

在“起发”与“起法”的异文上,张俊参与的程甲本翻刻本为底本的北师大本,都将“起发”改为“起法”,第1812页校记②云:“‘这正是会作诗的起法’,‘法’原作‘发’,据庚辰、戚序、稿本和金本改。”唯花城版程甲本《红楼梦》保留底本“起发”,并加注云:“起发——起首发端,这里指作诗的开头。”在《红楼梦》传播史上,花城本是数十种整理本中唯一采用“起发”并加注释的本子。欧阳健《红楼新辨》亦说:“起者,发也,‘起发’二字,本指起首发端,而脂本不明此义,改为‘起法’,大误。且不论‘一夜北风紧’之句,构不成什么‘方法’,单就大观园中人一向反对‘诗歌作法’,就可见其之不通了。”(第33页)2001年欧阳健购得尹小林的《国学宝典》,试着将“起发”和“起法”分别检索,写成《“起法”,还是“起发”?——《国学宝典》用于红学版本校勘之一例》,发于国学网。文中说:

> 从词性看,“起发”是一个联合复词,起、发两字意思相近,互为补充。起,《说文》:“能立也,从走,巳声。”段注:“本发步之偁。引伸之训为立,又引伸之为凡始事、凡兴作之偁。”又有启的意思,《释名·释言语》:“启一举体也。”又有兴的意思,《吕览·直谏》:“百邪悉起。”又有发的意思,《论语·八佾》:“起予者,商也。”又有始的意思,《礼记·乐记》:“凡音之起”。发,也有

起、初的意思,又有出的意思,《礼记·月令》:“雷声乃发”;开的意思,《书·武成》:“发钜桥之粟”。从《红楼梦》文本看,王熙凤脱口而出的“一夜北风紧”五个字,确是此诗的“起发”(起首发端)。作为此诗的开头,看起来虽粗了一点,却留了写不尽的多少地步与后人,所以被称赞为会作诗的“起发”。可见,程甲本确实字字有据,绝不会是随便妄用“起发”一词的。

2009年,“知砚斋”在新浪网发表《也谈“起法”,还是“起发”》,结论是:“‘发’、‘法’,孰对孰错,不言自明。错在现代人不了解古代人。于是,想起了那句古话:‘纸上得来终觉浅,绝知此事要躬行’!”

张俊已经意识到脂本之谬,仍要添上一句:“发,通‘法’,见《管子》‘兵法’篇‘号制有发也’句。郭沫若等集校:‘发’与‘法’通”,可谓强词夺理。尤其不该的是,无论何等琐屑之见,评批者都要列出论者之名,以示“尊重学术规范”,然此条所论之“起发”,分明从“或见”处攘取,却不肯注名以示出处。

末了欧阳健的结论是:

> 脂砚斋作伪的基本动机,是炮制几条“极关紧要之评”(俞平伯语),以“证实”胡适的“大胆假设”。但他从来就不是独立的存在,只是寄居在脂本上的无根游魂。经历二十年风云的冲决,其拙劣伎俩已经暴露无遗。在这濒临灭顶的当口,商务版《新批校注红楼梦》就像特洛伊城下的木马,试图从内部来瓦解程本,把脂砚斋的货色往里面添加,实际上是在肢解程本,帮程本的倒忙。针对评批者对程本“既误且劣”的总体评价,人们不禁要问:程本若劣,何必用力?程本若佳,何必掺沙?如果程乙本是劣本,何必花力气去整理呢?如果程乙本是佳本,何必将脂本的沙子掺到里面去呢?说到底,是企图借程乙本之躯

壳，招脂砚斋之游魂而已。事实证明，他们是没有完成自己的使命的。

三

2010年7月，忽接《南方周末》记者向阳电话，说想就《红楼梦》版本进行专访。欧阳健其时抱定要做“历史人物”，婉言拒绝。9月10日又接向阳电话，说在北京遍访红学家，惟蔡义江同意接受访谈，为了给读者以鲜明对比，务请能同意采访。第二天他又发来了详尽访谈提纲，问题虽十分散杂，却见出水平与思考，欧阳健为真情所感，便答应了。13日晚两人电话中谈了一个多小时。12月2日《南方周末》刊出《“就是一层薄纸，拿手指一捅就破”——欧阳健再批“脂伪本”》，同版还有《为什么一天到晚在版本上纠缠？——蔡义江检讨“新红学”》。

在回答记者“你们这批学者对脂批作伪论的提出和研究已经持续那么长时间了，为什么‘主流红学’基本上没有被动摇”的提问时，欧阳健说，“主流红学”尽管在口头上没有任何改变，实际上在内心里是张皇的，理论上是孱弱的，他们这种表现倒反而增加了我的自信。用曲沐先生的话讲，这个问题实际上是一层薄纸，任何人只要看清了拿手指头一捅就可以捅破了，但是他们不愿意把这张薄纸捅破。

同时接受采访的蔡义江，则是红学界的“首席发言人”。每逢年节与特殊时段，他都会居高临下地发表谈话；接受采访的次数又最多，往往是来者不拒，是红学家中出镜率最高的一位。最出彩的要数《社会科学报》2014年1月15日接受萧凤芝的访谈——《红学还是要走一条正路，一条新路》，要点是：“红学的发展，有斜路、老路、正路三条路。”以欧阳健、土默热为代表的“斜路”只是陪衬，他的锋芒直指的却是胡适开创的“新红学”，他对胡适的“基本教义”作了根本性修正：

> 曹雪芹出生太晚，抄家时年纪太小，没有那种钟鸣鼎食的生活经历；
>
> 脂砚斋并不是“最了解曹雪芹生活经历情况和小说创作意图的人”，脂批不是第二次评，而是相对于在他之前的“诸公”之评的。
>
> ——所以，《红楼梦》不是曹雪芹的“自叙传”，它是作者听祖母及婢仆“闲坐说玄宗”式的“聊聊金陵旧事”，靠“想象之翼”在“广阔无垠的空间里飞腾驰骋”的产物。（《红楼梦是怎样写成的》第7—8页，文化艺术出版社2006年1月版）

为此，欧阳健写了《论蔡义江对“基本教义”的修正》，指出蔡义江既否定了“新红学”核心的“自叙传”说，更将锋芒直指作为支柱的两翼——曹学与脂学，但并没有向真理靠拢得更近。如蔡义江感受到“脂评自相矛盾”，为了摆脱困境，采取将脂砚斋与畸笏叟切割的妙策，把脂砚斋降格为曹雪芹的“合作人”，说他的批语“是写给读者看的”。“由于他对雪芹幼年情况并不清楚，有不少误会，因而所言也多属不符实际的猜想”，一举取消了脂砚斋批语的文献性。但蔡又不甘心彻底抹杀《脂砚斋重评石头记》，便将脂批中的一小部分畸笏叟批语剥离出来，并将他升格为“家人”——曹雪芹的父亲曹頫，将其吹得神乎其神，从而保护十几条“极关紧要之评”。

蔡义江始终没弄明白，畸笏叟不是独立的存在，他是与“粗劣的过录本”庚辰本（为蔡义江自己认定）相伴而来的。脂砚斋好歹还有个《枣窗闲笔》可勉强拉来作为脂本以外的“证明”，而畸笏叟连这样可怜的旁证也找不到。冯其庸说过：现存的这个庚辰本，并非庚辰原抄本，而是一个过录本，过录的时间约在乾隆三十三、三十四年。在乾隆三十三、三十四年以后过录的“庚辰本”上，再添上两种笔迹的畸笏叟批语，恐怕曹頫的墓木已拱，还可能写“叹不能得见宝玉悬崖撒于（手）文字

丁亥春間偶
識一浙省發
其白描美人
真神品物甚
合余意奈彼
因宦緣所纏
無暇且不能
久留都下未
幾南行矣余
至今耿耿悵
然之至恨與
阿顰結一筆
墨緣之難若
此嘆嘆
丁亥夏
畸笏叟

庚辰本畸笏叟批语

为恨”一类的批语吗？

庚辰本署有“畸笏”、“畸笏老人”、“畸笏叟”的评语总计49条，仅分布于第十一回至第二十八回，即第二、第三两册。尤其值得注意的是，畸笏叟的批语不仅不与他人之批相混；同样署畸笏叟的批语还有两种形态：一是墨写的回后总批，一是朱笔写的眉批，居然是两种完全不同的笔迹。但蔡义江“辨析和分梳”畸笏叟的批语，靠的不是笔迹，而是语气，把许多不是畸笏叟的批语说成是畸笏叟的，而对署名畸笏叟的批语却噤口不言。最可议的是他有意篡改畸笏叟的批语。如“丁亥春间，偶识一浙省发，其白描美人，真神品物，甚合余意。奈彼因宦缘所缠无暇，且不能久留都下，未几，南行矣。余至今耿耿，怅然之至。恨与阿颦结一笔墨缘之难若此，叹叹。——丁亥夏，畸笏叟。”为了牵合己意，蔡义江将“浙省发”改为“浙省新发”，“考证”道：“余集（1738—1823），字蓉裳，号秘室，浙江仁和人。‘乾隆时以白描美人著称于世。’乾隆三十一年丙戌进士。丁亥年（1767）为余集中进士的次年，时年三十岁。”于是便出现了这样的情景：曹雪芹的父亲曹頫，于乾隆三十二年丁亥（1767），从一赴浙江赴任的官员（余集）手中，看到了一幅黛玉葬花的神品。可怪的是，对于“壬午”“癸未”区分得异常清楚的蔡义江，却将“乾隆三十一年丙戌”，错成了“乾隆三十二年丙戌”——批中明明有丁亥，那才是乾隆三十二年（1767）！清代的会试在春季举行（称为春闱），将“浙省发”错成“浙省新发”，正是为了坐实浙江新进士余集；而将“乾隆三十一年”进士错成“乾隆三十二年”进士，为的是正好让畸笏叟在丁亥春间，得以偶识这位“浙省新发”，目睹其白描美人。若没有这两错，余集早已在1766年离京赴任，畸笏叟怎能在1767年和他碰面？再据蔡义江考证，曹頫因“骚扰驿站”获罪，“两代孀妇”及家属能混口粗饭吃就不错了。“废人”的曹頫还有心思请高手来为“黛玉葬花”作画，那高额的润笔从哪里开销呢？

1993年，蔡义江写有《〈史记〉抄袭〈汉书〉的奇谈》，名噪一时；而今大谈的“‘重评’的含义不是第二次评，而是相对于在他之前的‘诸公’之评而言的”，实源于欧阳健刊于《贵州大学学报》1993年第1期的《脂本“原稿面貌”辨证》：“实际上，所谓‘重评’，并不是脂砚斋自己的‘第二次’批评，而是针对风行于世的大量批评的再批评，‘重评’云云，本身就意味着它的晚出。”与《贵州大学学报》1994年第3期的《脂批性质辨析》：所谓“重评石头记”，不是什么脂砚斋自己的“第二次”批评，而是针对“诸公”之评的批评”，白纸黑字，历历分明。蔡义江不仅看过，还在《红楼梦学刊》发文大加批驳。二十一年过去了，居然发生了“蔡义江抄袭欧阳健的奇事”，你说怪否？欧阳健的结论是：

> 蔡义江并没有大彻大悟，他不过是从混乱的“惯性思维”中，作出了自己无奈的选择而已。他拾了胡适的余唾，固然坐实了曹雪芹为曹頫之子的身份，却抽掉了其核心——“自叙传”。从本质上讲不是“新红学”的叛徒，而是“新红学”营垒中的修正主义者。他砍去了“新红学”的头颅，又将其溃烂的下肢，换上了两根不经折的芦苇。蔡义江现象的出现，既是“新红学”危机的必然趋势，更加速了“新红学”的消亡。

四

当然也有不变的人物，那就是冯其庸。2014年1月24日《文艺报》

编发专访《老骥伏枥　壮心不已——访文化学者冯其庸》。欧阳健拜读之下，最强烈的印象是其自省意识太差。欧阳起鸣《论范》曾发挥荀子“君子博学而日参省乎己，则知明而行无过矣”，道：“善为学者，不忧天地万物之难知，而忧一己之难省。一旦反观而内省，境彻而理融，则八荒洞然，皆在吾闼。”欧阳健遂写了《不忧天地万物之难知，而忧一己之难省》，载于《文学报》2014 年 3 月 27 日。

文章指出，冯其庸以“红学巨擘”自居，专访看不到丝毫的自省意识，却借“冯其庸学术馆”自我大肆标榜。其实，冯其庸有关《红楼梦》作者与版本的“成果”，无一不疑团重重，根本经不起“历史的大浪淘沙”。冯其庸心知肚明，访谈对敏感论题采用鸵鸟政策，装聋作哑，敷衍搪塞。如对“程先脂后、程优脂劣”并不正面回应，仅以“我曾为马来西亚国际汉学会议作有《论红楼梦的脂本、程本及其他》的长文，你可以参考”，就轻描淡写地滑过去了。

他的《论红楼梦的脂本、程本及其他》长文说了些什么呢？说的是：“被欧阳健认为是最早的《红楼梦》的程甲本，它实际上是一个脂本”，“如果说脂本是伪本，那末程本岂不同样也是伪本了吗？”既然“脂本程本同一”，还有什么先后、优劣之分？欧阳健在《明清小说研究》1994 年第 4 期发表《真伪判然 岂可混同》，反驳了冯其庸的观点。二十年过去了，没见冯其庸有过回应，如今他装着“没事人”的样子，脸红也不红一下，这能叫扫清疑云？

要说冯其庸一点改变也没有，也不尽然。2010 年出版的《红楼梦》校注本，将作者署名由原来的“曹雪芹、高鹗著”，改为“前八十回曹雪芹著；后四十回无名氏续，程伟元、高鹗整理”，就是最突出的一条。面对这一质疑，冯其庸解释说，“不少红学研究者重新审视胡适当年立论的内证、外证，发现根据并不很充分。”折腾了近一个世纪，他终于将“高鹗伪续”之说抛弃了，但仍不肯把《红楼梦》后四十回的“著作权”也归曹雪芹。岂有此理？——冯其庸既然认为“程高序言是可信的”，则其中“原目一百廿卷,今所得只八十卷”,也应该是可靠的。一百廿回目录的存在,表明底本是一个全本;程伟元后来陆续搜罗到的残卷,不仅情节“尚属接笋”,回目上亦与总目契合,证明它正是散失的部分。承认高鹗“从时间上看,数月之内续成四十回大书殊不可能”,那位“无名氏”又怎么知道程伟元要刊刻《红楼梦》全书,急忙续成后四十回,并通过“鼓担”送到程伟元手中的呢?明明意识到错了,却咬紧牙关不认账,这种红学研究竟会伴随名著一同长存于世?

冯其庸不情愿承认一百廿卷的全本《红楼梦》统出于曹雪芹之手,目的是为了坚守他的“庚辰本”是曹雪芹生前的最后一个改定本,是最接近作者亲笔手稿的完整的本子之谬见。他大概忘记了自己《重论庚辰本》中说过的话:“现存的这个庚辰本,并非庚辰原抄本,而是一个过录本,过录的时间,据我的考证,约在乾隆三十三、三十四年。”冯其庸要证明庚辰本的价值,就要以己卯本与曹家的“特殊亲密关系”为中介,但又不得不承认现存己卯本不是“己卯原本”,而是乾隆三十二年丁亥以后的过录本。既然这样,此后再过录的本子就必在丁亥以后,就绝对不能称作“庚辰本”,哪里还会是曹雪芹生前的最后一个改定本?

对于陈林揭露陶洙伪造《红楼梦》脂本,考证卖甲戌本的胡星垣就是陶洙的化名,连他发信的马霍福德里三百九十号与作假的窝点“安平里”都给找了出来,还画了详细的地图,冯其庸与主流红学一律噤若寒蝉,不予回应,沉默、沉默、再沉默。但在“冯其庸学术馆”张挂的己卯本批语中,冯其庸明白地写道:“此页起方是怡府抄己卯本原抄,此前都是陶洙所补,此本已删除。”“凡陶洙所录甲戌、庚辰两本文字,悉加清除,以复怡府抄己卯本今存原貌,且陶抄错漏甚多,不足为据。删除陶抄,亦可免贻误。”冯其庸可以说是最早知悉陶洙炮制脂本内幕的人,却说“安平里”是在上海;面对陈林指证这个“土作坊”就在北京、确认就是陶洙造假的窝点,冯其庸难道不该站出来说点什么吗?

冯其庸还说:“在具体校注《红楼梦》时,更重要的还是要选择好底本。校勘学的原则，一定要有一个底本作为依据，然后再采纳各个不同的本子参考。从完整性和早期性来说，现存脂砚斋《石头记》系统的其他抄本都无法与‘庚辰本’相比。庚辰本上有错别字，抄错的、抄漏的都存在，但没有有意修改、歪曲的文字。”这完全不是事实。俞平伯说庚辰本“不能卒读”；苏雪林说它“别字连篇”，“文理蹇涩”，“造句常不自然”，严重糟蹋了《红楼梦》；周策纵从第一回第一页就指出其中不少文字“不通”“累赘”，甚至“大煞风景”“大不合情理”，一点也不过分。冯其庸说他在“文革”中曾手抄过“庚辰本”，对这个本子的文字也比较熟悉，居然会品不出其中的错乱、悖谬，真是令人匪夷所思。出自多人之手的人文本《红楼梦》校注本，注释也有许多不该有的毛病。如不知第九十七回“林黛玉焚稿断痴情　薛宝钗出闺成大礼”的“通书”即历书，俗称皇历，加注道：“这里指旧时男家通知女家迎娶日期的帖子”（第 1366 页），就是极其低级的错误。

外飢則食蜜青菓為膳渴則飲灌愁海水為湯只因未酬报灌溉之德故甚至五内便鬱結着一段纏綿不盡之意恰近日這神瑛侍者凡心偶熾乘此昌明太平盛世意欲下凡造歷幻緣已在警幻仙子案前掛了號警幻亦曾问及灌溉之情未償趂此到可了結那絳珠仙子道他是甘露之恵我並無此水可还他既下世為人我也去下世為人但把我一生所有的眼淚还他也償还得過他了因此一事就勾出多少風流冤家賠他們去了結此案那道人道果是罕聞實未聞有还眼淚之説想來這一段故事比歷來風月故事更加瑣碎細膩了那僧道歷來几个風流人物不過傳其大槩以及詩詞篇章而已至家庭閨閣中一飲一食總未述記再者大半風月故事不過偷香窃玉暗約私奔而已並不曾將兒女之真情發洩一二想這一干人入世其情痴色鬼賢愚不肖者

冯其庸己卯本批语

冯其庸一面将“错别字，抄错的、抄漏的都存在”的庚辰本作为底本校注的《红楼梦》发行了四百万套，糟蹋经典；一面又反对研究《红楼梦》的文本,口口声声要“知人论世”,为的是要替他的“曹学”张目。冯其庸宣扬的曹雪芹著作权的“证据链”,全是遭到严重质疑的老生常谈,了无新意。至于他发现的“曹雪芹家谱”,里面没有曹雪芹的名字;判定是真文物的“墓石”,显为时人所造假。面对自己曾据书箱“芳卿悼亡诗”判定曹雪芹卒于“癸未年”,张家湾发现“曹雪芹墓石”后又判定卒于“壬午年”的发问,冯其庸慌不择言地说:“我现在的认识,认为雪芹确实死于‘壬午除夕’,因为壬午年的十二月二十二日即已立春。按旧俗,立春以后,已是来年的节气了,也就是已入羊年的节令了。”既然立春以后已经进入羊年的节令,那十二月二十二日八天以后的除夕,不就更是羊年的癸未么?口口声声要“知人论世”的冯其庸,一心要坐实曹雪芹的“包衣”身份,离《红楼梦》所包含的“民族主义”相距十万八千里。曹学越昌,“红学”越晦。

冯其庸关于曹雪芹的所有“常识”,都是胡适早已“考证”好了的,他是胡适的徒子徒孙,铁板钉钉。冯其庸与周汝昌是“胡俞派”的两大支,在曹雪芹问题上,一主辽阳说,一主丰润说;在版本问题上,一主庚辰本,一主甲戌本,异曲同工,半斤八两。不同的是,冯其庸拥有权势,周汝昌拥有粉丝。梁归智在悼念周汝昌时说:“有些人把他想象得很狡猾,这是误解。他性情天真,对后辈们都热情无私地支持和帮助。”应该是发自内心的评语。有些人拼命攻击周汝昌,又竭力恭维冯其庸,不是历史主义的态度。

冯其庸的红学研究,始于1974年以“洪广思”笔名写出的《阶级斗争的形象历史》,第一本著作《曹雪芹家世新考》出版于1981年。当1975年受命校注《红楼梦》之时,职称仅是讲师的冯其庸,需要借重二十一年前就名扬天下的李希凡。然自1986年谋得中国红学会会长,又陆续成了《红楼梦》研究所所长、《红楼梦学刊》社长兼主编、文化艺术研究院副院长之后,冯其庸就逐渐将李希凡变成了帮衬。二人虽并列《红楼梦学刊》主编,但冯其庸固执专断,凡涉及曹雪芹身世与质疑《红楼梦》版本的文章,都必须经其点头方能发表。冯其庸排斥异己,压制青年。在 1994 莱阳全国红楼梦学术研讨会上,“南批欧阳健,北批杨向奎”,连李希凡也十分恼火,说:“批我的老师杨向奎,连招呼都不打一个!”在无锡“冯其庸学术馆”中,张挂着 1993 年 11 月在马来西亚大学演讲的照片,却没有 1994 年 8 月莱阳会议的照片和任何材料,因为这是冯其庸学术生涯中最不光彩的、日后不敢正视的一页。

第十二章　又陷重围

一

2011 年 7 月 2 日，欧阳健去西溪参加“杭州与红楼梦”研讨会，会到《红楼梦》作者洪昇说的倡导者土默热，及浙江籍的红学家蔡义江、吕启祥、杜春耕、周思源、丁维忠，与非浙江籍的红学家吴新雷、段启明、孙玉明、张书才、赵建忠、郑铁生等。与主流红学家一起以“贵宾”身份平等参会，这在欧阳健还是头一次。

西溪会议的主角是土默热，是横空出世的“土默热红学”的创建者。红学家们既要看主人的情面，又不肯放弃旧说，只得顾左右而言他。唯欧阳健以“包容曹雪芹‘异质思维’，激活《红楼梦》研探因子”为题，旗帜鲜明地说：如果《红楼梦》作者确是洪昇，土默热先生功德无量，应该立一块碑；即使后来证明别人可能比洪昇更像是原作者，土默热的辛苦并没有白费，因为他拨正了航向，让大家把握了那个时代、那个土壤、那个氛围，帮助大家更好地理解了《红楼梦》。探讨曹雪芹的人无不充满激情，对作品解读比一般人深入。这就激活了《红楼梦》研探的因子，千万不要一听不同声音，就“围剿”就“讨伐”。

2015 年 1 月 7 日，欧阳健贴出博文《〈红楼梦〉作者新考大盘点》，按“作者候选人”、“提出者”、“可见之成果”三项，暂列了一十六家：

1.崇祯皇帝朱由检，温外姓，见于网络。

2.崇祯太子朱慈烺，俎永湘，见于网络。

3.郑克塽，赵国栋，见于网络。

4.顺治皇帝，鉴石，见于网络。

5.洪昇，土默热，见于《土默热红学》。

6. 吴梅村，"烛影摇红"、"斯园幽兰"，及傅波、钟长山，《〈红楼梦〉作者新探》(《中国社会科学院研究生院》2006 年第 6 期)

7.李渔—高景芳，"朱楼公子"，见于《红颜·红雪·红楼》。

8.顾景星，王巧林，见于《红学研究》。

9.谢三娘(曼)，谢志明，见于《红楼梦作者新考》(江西人民出版社，2012 年)。

10.查继佐，李明鸟，见于网络。

11.严绳孙，"铁说红楼"，见于网络。

12.方以智，"科苑柳浪闻莺"，见于网络。

13.康熙朝废太子胤礽，蒋国震，见于网络。

14.张廷瓒，"宝石蓝贝壳"，见于网络。

15.袁枚，"东郭先生"，见于《东郭先生红学》(沈阳出版社，2014 年)

16.高鹗，"小驻红楼"，见于网络。

1 月 10 日，网友"科学红学"贴出《〈红楼梦〉六十种作者论》，既考出"作者候选人"生卒年，还略加评判：

朱建军的朱允炆卒年无考。

温文的崇祯（1611 年 2 月 6 日—1644 年 4 月 25 日)，俎

永湘的朱慈烺(1629—1644),孙维中的陈洪绶(1599—1652),王梦阮的顺治(1638—1661),陈贤富的方以智(1611—1671),傅波、钟长山、陈斯园、吴雪松、金俊俊、何玄鹤的吴伟业(1609—1672),隋邦森、隋海鹰的查继佐(1601—1676),李明鸟的张岱(1597—1679),朱江兵的李渔(1611—1680),郭励的曹溶(1613—1685),何新的纳兰性德(1655—1685),王巧林的顾景星(1621—1687),杨军康的王夫之(1619—1692),冒连泉的冒襄(1611—1693),卫艳春的吴乔(1611—1695),冯作会的林云铭(1628—1697)等16人死早了。

黄砚堂的万斯同(1638—1702),美国人铁安的严绳孙(1623—1702),2人死的时间还不错,只是死的精度不够:这两种胡说只能精确到年,不能精确到月。

包秦的洪昇(1645—1704),加拿大人崔虎刚、孙慧敏的曹曰玮(1671—1706),钟云霄的石涛(1642—1707),袁登华的曹寅(1658—1712),刘同顺的曹顒(1689—1714),张许文的蒲松龄(1640—1715),兰晓东的郑克塽(1670—1717),唐铃砚的何焯(1661—1722),蒋国震、张师定的胤礽(1674—1725),王诚基的雍正(1678—1735),寿鹏飞的曹一士(?—1736),齐玉瑞、李信田、董耀昌的弘皙(1694—1742),张志坚的赵执信(1662—1744),刘宗玉的方苞(1668—1749),蔚来愚的允禵(1688—1755),胡适、周汝昌的曹家"雪芹"(1715—1764),周传授的弘晓(1722—1778),陈传坤的永瑢(1743—1790),李红旗的敦诚(1734—1791),奉宽的高兰墅(1758—约1815)等20人死迟了。

马兴华的朱由樾,陈林、郑忠权的曹頫,李雪菲的曹硕,戴不凡的曹竹村,刘润为、赵国栋的曹渊,徐乃为的曹颜,张杰的曹骥,张放的墨香,台湾岛民王以安的查澄,孙华天的弘皎,蒋友林、程丽萍的永琛，陈志烨的高霑，张登儒的李霞，王洪军的李鼎，马孝亮的马锜，谢志明的谢再诏，王喜山的薛香玉，胡荣荣的秦玉，霍国玲的柳惠兰，童力群的程日兴，段晴也、吴玲的李含章，邓牛顿的施廷龙等22人，要么无名，要么卒年无考，均与作者论候选人无缘。（http://bbs.tianya.cn/post-372-1179-1.shtml）

“异质思维”盛况空前的成果，表明人们对曹雪芹说的不买账、不认可；寻找自己心目中的原始作者，显示了红学研究的深入。如顾景星说倡导者王巧林的《推翻新红学“曹雪芹说”的N个理由》，与反证曹雪芹生于曹寅死后好多年，绝不可能“随其先祖寅织造之任”不同，指出曹寅之孙童年时代在极度恐惧中度过，错过了儿童智力开发和就学读书的黄金时间；复从“曹雪芹所交友人”、“曹雪芹社会阅历”等九方面，论证考证派笔下的曹雪芹写《红楼梦》之说不能成立，为《红楼梦》作者不是曹雪芹的识见增添了新的依据。

二

令人咋舌的六十种新说，固然不是欧阳健召唤的，但他在西溪会议上的讲话，似在舆论上为原始作者的探寻营造了宽松的空间，在理论上为原始作者的探寻提供了坚实的支撑。而博友“诤人”却在2015年1月9日发出《奉劝欧阳先生赶紧收手》的警告：

欧阳先生提出“包容曹雪芹异质思维”，而新考出的《红楼梦》作者，竟然涌现出几十位候选人！千万不要沉醉于这一“盛况”，要清醒地意识到：这几十份答卷中，正确的最多一个，甚至一个也没有。如果赞同其中的一个，就会遭到其他人的反对；如果一个也不赞同，便会遭到所有人的反对。尚未突出“主流红学”重围的欧阳先生，岂不又要陷入“反曹学”营垒新的包围？你提倡“包容异质思维”，但“持不同政见者”不见得对你“包容”。奉劝欧阳先生赶紧收手，停止无意义的“大盘点”，让自己过一个安稳的晚年。

果不其然，欧阳健这位自告奋勇的护法，却成了“反曹学”倡导者反驳的对象，网上的质疑接踵而至，大有陷入新的重围之势。

先是土默热2011年9月19日贴出《我为什么不能接受曹雪芹“异质思维”——兼与尊敬的欧阳健商榷》，表示既很感谢欧阳健对土默热红学以及诸多红学“异端邪说”，在被“消毒”、“围剿”的困境中所给予的理解和支持；也很欣赏欧阳健这篇文章的文风，愿意学习这种大气的为人和宽厚的为文，但却不能接受欧阳健的建议。因为他既不能把土默热红学放在“曹雪芹异质思维”的位置上，也不赞成通过扩大“曹学”的内涵外延来“激活《红楼梦》研探因子”，当然更不可能摇尾乞怜去接受主流红学的“包容”。

俨然大家的土默热，不愿接受和其他“异质思维”平等一元的待遇，他持这种态度是可以理解的。“土默热红学”的支持者逄冠卿，批评作者考证的“扬己贬人派”，说：“自己也搞了点红学索隐，提出了一个《红楼梦》作者新说，就自我膨胀起来，认为土默热学说是挡在门前的绊脚石，于是便感觉似乎与土默热不共戴天、无法和平共处了，为此便借攻击别人以扫清道路抬高自己。”——反过来讲，“土默热红学”何尝不如此？有网友指出：“如今在贴吧常见索隐一派称自己找到《红楼梦》真相，更是摆出真理舍我其谁的气势，似乎天下红学界皆有负于他。这便失了学问之道的本心。”

每一种观点的提出者，都有十万百万言的著述，有的已出版问世，有的在网络广泛传播。欧阳健读过任辉主张袁枚的《东郭先生红学》、俎永湘主张朱慈烺的《红楼梦砧解》、王巧林主张顾景星的《谁是红楼梦里人》，也大体了解钟云霄主张的石涛说、赵国栋主张的郑克塽说、“朱楼公子”主张的李渔说、“铁说红楼”主张的严绳孙说，他们对《红楼梦》书中的一枝一叶都关注到了，还发掘了好多前人不知道的资料，这都是难能可贵的。从“立”的方面作整体关照，“异质思维”间确有重大差别：以“论世”讲，有主张康熙与乾隆的歧义；以“知人”讲，又有曹氏与非曹氏的歧义；以“主题”讲，又有反清复明与非反清复明（痛悼家族衰落或揭示宫闱秘史）的歧义。三者之间，又有交叉重叠，情况复杂，不可一概而论；但落实到某一位具体人头上，分歧就更难免了。与土默热的“浙西发源论”不同，支撑王巧林的是“楚蕲文化情结”，他以为：

> 综观是书，无论是大量楚蕲方言、楚风蕲俗，还是诸多对于湖南、湖北或大江南北名胜的刻意描写，以及间杂着为数不少的“吴侬软语”，必定与作者家乡蕲州及其避难江南长达八年之久的经历有关，必定与他娶了一个家居苏州的扬州美妻有关，必定与他历经明亡的乱离生活有关，必定与其游历的足迹有关，也必定与其对于故国之思的情感有关！而这些现象无一不吻合顾景星的特殊身世。故作者在写此书时，往往无须拧须，便可信手拈来。观清初时期的文人，没有哪一个文人的故事、家事、家乡事，能像顾景星那样如此吻合《红楼梦》！以此毫无悬念足以证明《红楼梦》一书为顾景星所撰。

但与蕲州有关（当然也与顾景星有关）的方言、民俗、风物，乃至佛道巫等文化元素琐细的论证，确有难以一一核实的苦恼：这方言，这民俗，这风物，难道只有蕲州一地才有？这佛道巫文化，这医药针灸知识，这精于琴棋书画，这天文地理和五行八卦，难道只有一个顾景星吻合？异质思维激发出来的异质思维，最容易引发另外的异端：讲述者越是执拗地肯定,而倾听者便越是执拗地怀疑。表态说某个答案正确或接近正确,其他五十九个就不高兴了,于是支持探索的人反而成了攻击的目标,倒是主流红学根本不睬他们,也就不会遭到攻击。

欧阳健赞成土默热“多歧为贵,和而不同”的主张,希望新索隐派们懂得“相反相成”的道理:人的学养是有限的,不可能穷尽所有的知识。在提出自己的“异质思维”时,同时要尊重别人的“异质思维”,并且耐心地倾听别人的“异质思维”。在得出最终结论之前,又得承认其他方案同样可能有合理之处,更得承认他们有探索的权利。还可从自己的圈子中跳出来,从更高处、更大处综合关照所有候选人,从中寻绎线索与轨迹。明清鼎革时人称为“天崩地拆”,其时的名士,或起而反抗,或隐居林泉,或降而复悔,到底谁最合乎作者的要求?

为此,欧阳健建议创立一个平台,邀认同“《红楼梦》是晚明文化气脉氛围中清初顺治康熙年间作品”的同道,增强相互沟通、寻求共识的意愿,进行平等而友善的对话,在确认“按照这个历史背景、社会特征和文化色调来正确解读《红楼梦》”的同时,各自阐述“在顺康年间探索考证其他作者的可能性”。千万不要以自己的观点为准去判断对方的对错:由于我认为曹雪芹是张三,所以你认为是李四的观点是错的;也不是以学术公理去判断对方的对错:考证一书的作者,应当掌握若干条件,因你的论述有所欠缺,所以你认为是李四的观点是错的;更不是从对方论述中设身处地判断对方的对错:你认为曹雪芹是李四,是依据了若干材料,但对材料的认知以及运用材料的方式都是错的,所以你认为是李四的观点是错的。最好不要忙于作结论,而是分别就若干问题,如方言、民俗、风物等等进行深入的讨论,尽量举出足够多的证据,逐渐接近那可能为人所接受的目标。这样才可能有沟通,和平共处,求同化异。耐心倾听人家的发言,看谁的表述最具说服力,最能呈现出解决基本问题的潜力;或者最能对己说进行有效的辩护,最能消解一切异议和不和谐,从而在比较各说的同异短长中,或继续完善己说，或最终放弃已说，取得真正的突破，求得完满的答案。

三

但认真追问起来，欧阳健之受到围困，却是由于“脂伪程真”的红学观。

所有《红楼梦》原始作者的提案，都面临匮乏原始材料的状况。他们努力的方向，主要是解析小说文本，挖掘地方史料，但据片言只字，实难敷衍成文。他们就把目光转向脂砚斋批语与“曹雪芹史料”，脂砚斋闪烁其词的批语，一时似乎能满足需要。他们便把脂批当作现成证据加以使用，反将“程前脂后”说当成最大的障碍，攻击不遗余力。于是红学界出现了主流红学崇脂声浪逐渐微弱，倒是欧阳健的包容“异质思维”召唤来一批新的崇脂派，这种情势是二十五年来所没有的。

土默热对于脂批开始也是厌恶的，后来发现某些脂批颇有用处，便开始关注起来，认定脂批中的人物，乃是京东盘山的拙和尚（拙道人）及梁清标（棠村）、王士祯（东鲁孔梅溪）、吴乔（吴玉峰）、赵执信、吴仪一夫妻及洪昇的妻妾黄蕙、邓雪儿等。脂批中的典故、暗示，他也十分乐于采用。如第二回脂批曰：“盖作者实因鹡鸰之悲、棠棣之威，故撰此闺阁庭帏之传。”他以为“鹡鸰之悲、棠棣之威”就是兄弟失和、父子反目，说明作者创作《红楼梦》的直接动因，是发生了家庭悲剧。而洪昇夫妇确实是因为家难而逃离家庭的，没有证据显示曹寅也遭受过此类家难。洪昇立意要作传奇，就很好解释了。那么为什么最终写了小说《红楼梦》呢？据土默热分析，是身边妻妾怂恿的结果。蒙府本的批语“因为传他，并可传我”可说明原因：妻妾即批书人，也有一肚皮的话要说，所以有此举动。

再如傅波的吴梅村说。将甲戌本看作“较早版本的《红楼梦》”，正文中有：“吴玉峰题曰《红楼梦》；东鲁孔梅溪则题曰《风月宝鉴》。”批语中有:"《风月宝鉴》一书,乃其弟棠村序也。"于是采用"递进取字法",首先取吴玉峰的第一字"吴",取孔梅溪第二字"梅",这样就出现一个新名字"吴梅",再取批语中棠村最后一字"村",从而组成"吴梅村"这一人名。设问:

这是巧合,还是巧妙的暗示?其实不用这样复杂地分析,只吴玉峰三个字就可联想到梅村。梅村祖籍有一名山称为"玉峰山",按古之习惯称梅村为"吴玉峰"是可以的。我们感到批书人可能是吴梅村的至友亲朋,因惧怕文字狱,故甲戌以下各抄本都删去"至吴玉峰题曰《红楼梦》"这样一句容易暴露作者身份的话。

从"吴玉峰""孔梅溪""棠村"几个人名抽出一个字,便成了"吴梅村"。但程本没有"吴玉峰题曰《红楼梦》",因此非肯定脂砚斋不可。

再如王巧林,引顾景星《王宝臣赠文石》诗曰:"君知黄石我前身,谷城他日非生客。"认定他前生就是《石头记》书中的"石头"、"石兄"或"顽石",为了加强这一印象,又据甲戌本"昔子房后谒黄石公,惟见一石"的眉批发挥道:《石头记》是描述自己未能挽救大明王朝的忏悔之作,正如甲戌本凡例中所言'是自譬石头所记之事也'"。他甚至设想顾景星托名脂砚斋、畸笏叟等弄了题名《脂砚斋重评石头记》的八十回本子,在首回就告诉人们"壬午除夕,书未成,芹为泪尽而逝",目的是告诉读懂该书的清廷执政者,写书者在明亡前夕的崇祯壬午除夕书未完成时就死了。为了弥合其说的内在矛盾,王巧林解释说:

由于《红楼梦》一书作者为了制造混乱,有意假托批书人脂砚斋制造了一些前后矛盾,乃至谬误百出的批语,新红学吃亏同样也就在于此。就表象来讲,因晚清至民国初年上海某些

> 媒体刊登过高额悬赏文人点评《石头记》的广告，也是不争的事实，故脂批本确实有伪造之嫌，导致欧阳健先生被此乱象所迷惑，而得出一个错误的推论，就像新红学被乾隆以来的一些假象资料所迷惑一样，最终亦未能将脂砚斋真正“还原”。

问题在于，王巧林既说脂砚斋是顾景星为扰乱人们视听而以批书人名义所署的托名，又说甲戌本和庚辰本是顾景星的孙子顾三经，根据其祖父假托脂砚斋、畸笏叟等托名批点本而抄录的，却没有考虑第一回正文有“至脂砚斋甲戌抄阅再评仍用石头记”十五个其他版本没有的字。此本既题脂砚斋甲戌抄阅再评，脂砚斋就只能是抄阅再评的顾三经，而不是他的祖父顾景星了。

攻得最凶的是“铁说红楼”，他主张：

> 真正的红楼梦作者是康熙年间的翰林史官和他们的西堂：严绳孙、秦松龄和陆楣，是康熙年代的雪芹。脂批是真的，脂批是康熙年代的评批。脂砚是严绳孙，畸笏是秦松龄，立松轩是陆楣，陆楣是秦松龄府西堂（陈镛所云正确）。陆楣家族“一宗二氏”，“曹陆一家”，陆楣可用“曹”姓。（《再答欧阳健及鼓吹程先脂后谬论的盲从者们》）

他的研究方法，是将脂本中的“甲戌”、“己卯”、“庚辰”、“壬午”等干支前推六十年，认为“甲戌”是康熙三十三年，“己卯”是康熙三十八年，“庚辰”是康熙三十九年，“壬午”是康熙四十一年（王巧林更前推了一百二十年，认为壬午是崇祯十五年）等等，结论是：“严绳孙去世日期是康熙壬午正月十四日，秦松龄去世日期是康熙甲午五月初一日，这是铁说考证的史实。”所以，“胡适新红学错因为甲子纪年出现一甲子的偏差，把康熙年代的作品弄成乾隆年代。欧阳健反对胡适新红学是对的，但通过反脂批就错了。脂批是有的，脂砚就是作书的石头，玉兄。”“晴雯的本事是顺治十五年进士王士禄，小红的本事是王士祯的哥哥。二人都是康熙年代有名的文人。红楼梦传他传我并传诗。程先脂后是继胡说之后的又一胡说。”这些推测简直叫人无法应对。

他们都忘记了重要的一点：脂批是为曹学服务的。甲戌本在1927年出现，胡适说它是“世间最古的《红楼梦》写本”，是“雪芹最初稿本的原样子”，就是因为“壬午除夕（1763年2月12日）芹为泪尽而逝”的脂批，证实了胡适的“大胆假设”。有人也许会辩解说，将脂批“甲戌”、“己卯”、“庚辰”、“壬午”定为乾隆是误读，但庚辰本第七十五回回前另页有条以乾隆纪年的墨批：“乾隆二十一年五月初七日对清，缺中秋诗俟雪芹”，确证了视脂批为康熙年代只是某些人的一厢情愿。俞平伯晚年悟到一个铁的事实：“历来评‘红’者甚多，百年以来不见‘脂研’之名，在戚本亦被埋没，及二十年代始喧传于世，此事亦甚可异。”（《俞平伯致毛国瑶信函选辑》，《红楼梦学刊》1992年第2辑）脂批是20世纪20年代为迎合胡适炮制的，“异质思维”既是对“新红学”体系的冲击，却又拾了建构它的零砖碎瓦，岂非大谬不然乎？

第十三章　对话有益

一

在红潭中扑腾二十多年,欧阳健发现,面对的是同一文本与文献,不存在完全一致的红学家,也不存在绝对相异的红学家;往往是你中有我,我中有你,同中有异,异中有同。——这就是对话交流的前提。与观点相同或相近者对话,是愉悦的,相互启迪、相互鼓励、相互支持,其快乐非外人所能得知。与观点相异或相反者对话,是艰辛的,相互问难、相互质疑、相互驳辩,其快乐尤非外人所能得知。

在那黑云压城的日子里,欧阳健也遇有心平气和的对话。

第一位是郭树文。《红楼梦学刊》1995 年第 4 辑发表郭树文撰于 1993 年的《〈脂本辨证〉质疑——与欧阳健先生商榷》,肯定欧阳健的探索,是一种研究的"思路"。欧阳健觉出其传达出的信号:郭文不于 1993 年与蔡义江、宋谋玚诸文一道发表,却延至 1995 年刊出,可能与红学形势变化有关,遂写了一篇答文《论红学辨伪的思路和实证》,同样以平和友善的语调来写,借机把许多话说了出来,还顺便对同期另外两篇文章做了反应,即寄《红楼梦学刊》。学刊编辑曲江回信说他认为应该发表,呈副主编张庆善审阅,最后经冯其庸点头,刊于《红楼梦学刊》1996 年第 2 辑。

第二位是曲江。在处理答郭文时通信往返,欧阳健与曲江由此建立起相互的信任。后来《红楼梦学刊》1997年第2辑发表了曲江的《明义〈题红楼梦〉绝句二十首真伪辨正——与欧阳健先生商榷》,对他在《北方论丛》1993年第6期发表的《明义〈题红楼梦〉辨疑》提出商榷,欧阳便写了《明义〈题红楼梦〉的辨伪和袁枚〈随园诗话〉的认真》进行答辩,刊于《红楼梦学刊》1998年第1辑。曲江又写了《再辨明义〈题红楼梦〉二十首之真伪》,刊在《红楼梦学刊》1998年第2辑,欧阳健复了一封短信:

我从张家界参加中国近代文学第九届年会归来,即读到《红楼梦学刊》第二期上的大作《再辨明义〈题红楼梦〉二十首之真伪》,获益良多。

几个回合讨论下来,我想将你我之间的主要分歧,归结为以下两条:

一、曹雪芹是曹寅的儿子还是曹寅的孙子?

二、如何正确诠释"红楼"与"青楼"?

如果您同意我的归纳,就会清楚地看到,前者讨论的是曹雪芹的生平与时代,后者则涉及《红楼梦》的取材,二者都是红学研究的关键论题。有鉴于此,我决定停止用和您论辩的方法来阐述自己观点的做法。这首先是因为,既然它们是大家都极关注的大问题,再用与个人论辩的方法,就难免使行文拖沓,话语不畅,倒不如自说自话更为得宜;还有一层原因是,虽蒙《红楼梦学刊》诸公的大度,给我多次刊出答辩文章的荣幸,但《学刊》上需要我答辩的文章实在太多,我总不能指望所有答辩文章均能一一及时获得发表的机会,而将与《学刊》争鸣的文章转投其他刊物,显然是不会被采纳的。基于上面的考虑,我拟另撰专文来正面阐述自己对以上两大问题的观点,这些文章如能刊出，则仍望得到您的批评指教。

于是他另写了《曹雪芹的时代》一文，发表于《明清小说研究》1999年第1期。

第三位是丁维忠。程俊仁寄来了丁维忠的《红楼梦：历史与美学的沉思》，希望欧阳健能写一篇书评，他遂写了一篇《一位可以对话的红学家》。一开篇就说：

> 红学研究的实质，可以用一句话来概括，那就是对话。
>
> 首先是和曹雪芹对话。"满纸荒唐言，一把辛酸泪。都云作者痴，谁解其中味？"当曹雪芹以作者的身份，向心目中悬拟的读者设问"谁能解我书中之味"时，他的期望值是很高的。曹雪芹离我们已经很远了，但作为读者，我们的心和他是相通的。我们要如陈寅恪先生所说，"应具有了解之同情"，把他当作可以交心的朋友，这样才能"解"出蕴涵于《红楼梦》中之"味"。我们的答案可能有千百种，但都应当是对曹雪芹心灵的贴近，而不应将主观意愿强加给曹雪芹。
>
> 其次是和红学界同行的对话。其最佳境界是：当时人的高见深契于己心的时候，我们应当报以会心的赞赏；当他们的观点与己偶有不合的时候，又将以友善的态度作心平气和的商兑。因为这种对话，乃是推动研究深入的触媒和动力。
>
> 已经逝去的二十世纪，是"现代红学"形成并日趋兴盛的时期，又是不同学术观点"聚讼而如狱"的时期。一个毋庸置辩的严酷事实是：与争鸣是推进学科发展的普遍规律相反，各家各派都极为投入、极为动情的一场场红学论争，不仅没有解决包括作者生平、版本源流、文本解读在内的几乎所有红学难题，反而使相互之间的歧义越出越多，以至弄成了一团团谁

“都休想解开”的“死结”。之所以造成这种谁也不愿看到的局面，根源就在于在红学界无法对话；而这种窘境的酿成，可以一直追溯到新红学的开山祖师胡适。

文章称赞丁维忠“从不宣称自己的主张为唯一真理，更没有将不同观点视为异端邪说”，“既旗帜鲜明地阐明自己的见解，又提供出充分的材料依据，并在材料的考订解读诸方面，揭示种种不同的可能性，从而为对话创造了必要的氛围和基础”，体现出欧阳健倡导的对话观。书评虽得程俊仁欣赏，但“冯老爷子不高兴”，《红楼梦学刊》不发，只好转给梅玫，刊于《红楼》2003 年第 2 期。

进入了新世纪第二个十年，是非利钝已充分展现，纠葛脉络已基本显露，欧阳健的对话意识就更加自觉了。

二

欧阳健初次听说黄一农与“E 考据”，是在 2014 年，对媒体称赞他以“第三者”的身份，“以一人之力，独自撑起了红学研究的另一片天地”，印象深刻。黄一农发表在《红楼梦学刊》2013 年第 6 期的《析探〈春柳堂诗稿〉作者宜泉之交游网络》，从“交游网络”考证宜泉是乾隆间人还是道光间人，从而判定诗中的曹雪芹是否《红楼梦》作者，应该是有价值的思路。加之黄一农以为宜泉“可能还获授县训导或县丞之类的低阶职位，且历陞江东某地之地方官”，与欧阳健所持观点相近，而与刘世德、蔡义江以其“一生与官场无缘”有别，遂写了《踏破铁鞋“龙二府”》与之对话。

黄一农的聪明之处在选择《和龙二府在滇游螳螂川赠空谷先生原韵》的“龙二府”为突破口，根据诗中提供的信息：姓龙，在滇（云南），官“二府”，游螳螂川，赠诗空谷先生。他的得意之笔，是发挥神奇的“E 考

和龍二府在滇遊螳螂川贈空谷先生原韵
紫府瑤臺有是夫。道來方見景多殊。雲封空谷鶯車蓋。花滿晴川憶畫圖。昔博才名留雁塔。今銷丹汞出仙爐。宦遊何幸逢高士。一曲陽春與不孤。工於製局色聲香味兼而有之是詩之以韻勝以度勝者

《春柳堂诗稿》

据”，遍搜云南方志，从道光《云南通志稿》查到一位龙廷栋其人，可谓踏破铁鞋无觅处，得来全不费功夫。

综合相关材料，龙廷栋字宇一，安徽望江人，由监生考授升州同，借补直隶清河县丞，升授云南新兴州知州、临安府知府、师宗州知州，乾隆二十四年（1759）授镇沅府威远厅同知。黄一农以为，他是唯一符合相关条件的人：一、龙为罕姓，在滇（云南）没有发现其他龙姓人任过相当级别的官员；二、“二府”为同知之别称，龙廷栋是威远厅同知，则“龙二府”非龙廷栋莫属。

从职衔看，龙廷栋是威远厅同知，是货真价实的“二府”，但细校一番，则又不然。清代的厅，是与州县平级的行政机构，其长官虽叫同知，但不是作为佐贰的“二府”（“第二知府”）。龙廷栋的仕宦经历，乾隆十七年（1752）任新兴州知州，乾隆十九年（1754）任临安府知府，乾隆二十一年（1756）任师宗县知州，乾隆二十四年（1759）任威远厅同知，乾隆二十五年（1760）调广州知府。不论州里的知州，府里的知府，还是厅里的同知，他都是主官（第一把手），宜泉诗呼之为“二府”，是对其地位的贬损。

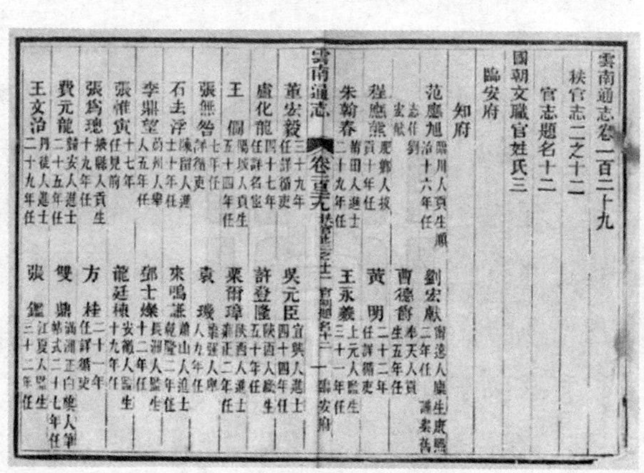
雲南通志卷一百二十九
秩官志二之十二
官志題名十二
國朝文職官姓氏三
臨安府
知府
范應旭　劉宏獻
程應熊　黃明
朱翰春　王永綬
董宏毅　吳元臣
盧化龍　許登隆
王佩　粟爾璋
張無咎　袁璣
石去浮　來鳴謙
李鼎望　鄒士燦
張惟寅　龍廷棟
張為璁　方桂
費元龍　雙鼎
王文治　張鑑

《云南通志》

龙廷栋任职的

威远厅，即今天的景谷县，位于云南省西南部、思茅市（今普洱市）中部偏西、横断山脉无量山西南段，他的任期在乾隆二十四年（1759）至乾隆二十五年（1760）九月，时间短促，公务繁忙，也不大可能越境到千里之遥的螳螂川“宦游”。

考索名不见经传的“龙二府”，为的是弄清他是如何与宜泉“交游”的。对黄一农来说，难在“尚不知龙廷栋与宜泉之间有何交情”。为此，他便设想宜泉有“一生当中最远且最久的一次出游”，“宜泉滇游考”的文章，便是为解决其入滇原因、时间、人际关系、入滇路线等一系列问题而生发的：

1.何因。黄一农判断：“宜泉的家境并不特别优渥，故他远赴昆明应非单纯游历”，答案是：“由于宜泉晚年似在江东地区任官，而低阶官吏通常都是在同一省内迁转，故他很有可能曾以佐杂的身份被其所属省分派往云南采买铜斤。”

2.何时。龙廷栋出任威远厅同知是乾隆二十四年（1759）至乾隆二十五年（1760）九月（只有此时可称“龙二府”），黄一农断定：“宜泉应是在二十四、二十五年间与龙廷栋会面”的。查阅《铜政便览》，见乾隆朝江苏购买滇铜只有五、七、十二、二十七等年，江西是七、十、十一、十八、十九、二十、二十六等年，浙江是五、十、十四、二十四、二十六等年，“而在宜泉赴滇那年江东诸省只有浙江刚好买铜，此事很难视作纯属巧合，故宜泉奉派于乾隆二十四年至云南买铜回浙的可能性颇高”。

3.与何人往还。入滇是为了买铜，又为何与龙廷栋交往？黄一农先考出龙廷栋之子龙承祖在京寓所，位于宣武门外珠巢街，与王文治乃同街近邻；而王氏与周于礼相熟；周于礼原籍云南帽峨县，恰紧邻龙廷栋所任职的威远厅——“宜泉游滇时，或有可能向时任御史的周于礼索取荐函，而获龙廷栋招呼游览滇池和螳螂川”。

4.入滇路线。黄一农清楚地知道：“两省所派之办员即奉旨至四川永宁（毗邻兴文县）领铜”，“若宜泉滇游之任务确是运铜，则其回程应是先至永宁领铜，次循永宁河水路至泸州，再接长江航道。”既然如此，有什么必要跑到云南西南部横断山脉的威远去呢？

云南地图

有关“宜泉滇游”的考证，看似丝丝入扣，细查都是想象。而一切都源于黄一农对诗题的错解，不应标作《和龙二府，在滇游螳螂川，赠空谷先生原韵》，而应标为《和龙二府〈在滇游螳螂川赠空谷先生〉原韵》。宜泉不过是读了龙二府《在滇游螳螂川赠空谷先生》的诗，依其原韵奉和了一首，并非亲自到了云南。黄一农将诗标作《和龙二府，在滇游螳螂川，赠空谷先生原韵》，是不能不走一条曲线。——若以龙廷栋为“龙二府”，就必须回答宜泉为何与之会面，让他辛苦往云南跑一趟了。

黄一农认为，乾隆二十四年（1759）的宜泉“应该”还在壮年，否则经不起长途跋涉的折腾，便设想奉派购买滇铜时应至少已三十五岁，最可能生于康熙六十年（1721）至雍正三年（1725）间。那怎么解释光绪十五年（1889）嫡孙张介卿还活着？黄一农假设其父就是宜泉在五十岁（乾隆三十五至三十九年）或之前一两年所生的季子麟，则介卿刊刻《诗稿》时的岁数 a，与他出生时其父的年龄 b，需满足 $115 \leqq (a-1)+(b-1) \leqq 121$ 之条件，其中 121 就是光绪十五年与张麟生年上限乾隆三十三年（1768）的时间差，115 则是与生年下限乾隆三十九年的时间差，公式中的（-1）乃考量虚岁的算法。这一数学公式，将数据尽量朝有利方向夸大：宜泉五十岁（乾隆三十五至三十九年）生介卿之父张麟（？），张麟在五十五岁至六十一岁间生介卿，结论是：“宜泉与介卿即可符合祖孙关系”。即便以最有利的算法,宜泉生于康熙六十年(1721),乾隆三十五年(1770)生张麟,张麟六十一岁(1831)生介卿,则光绪十五年(1889)介卿为五十八岁。若以折衷的算法,宜泉生于康熙五十三年(1714),四十岁(1754)生张麟,张麟四十岁(1794)生介卿,则光绪十五年(1889)介卿为九十五岁。欧阳健说:“‘生年不满百,长怀千岁忧。’人的生命的天然局限,是无法超越的,这注定了考证宜泉的生活年代,只能有一种可能的抉择。……从‘唯一能够肯定’的前提——光绪十五年‘张介卿还活着’出发,结合《诗稿》的内证和外证,只能得出唯一的结论:宜泉就是兴廉,字宜泉,道光二十九年(1849)任侯官县令,咸丰八年(1858)任鹿港同知,同治三年(1864)复任,从年龄上看,正是张介卿祖父一辈的人。”剥去捆绑的“交游网络”,黄一农判定的宜泉,是“江东某知县之流的正印官”,与《八旗艺文编目》著录的道光间官光泽、侯官知县的兴廉,不是吻合了吗?

欧阳健指出:将“龙二府”轻易说成是龙廷栋,就是“E 考据”过度利用的例证。没有任何材料证明宜泉与敦诚、敦敏有过联系,也没有任何材料证明宜泉与脂砚斋有过联系,黄一农却将龙廷栋→龙承祖→王文治→陈本敬→周于礼→敦诚→瑚趴任意串联,为的是证明“宜泉游滇时,或有可能向时任御史的周于礼索取荐函,而获龙廷栋招呼游览滇池和螳螂川”。姑且不论这一让人眼花缭乱的“交游圈”是否存在,周于礼乾隆十六年(1751)中进士,选庶吉士,授翰林院编修,大半生在京为官,怎会关心帽峨县的紧邻威远厅,于乾隆二十四年(1759)调来的一位新同知龙廷栋?再说赴滇买铜乃官家事,还须向御史索取荐函,以便得到当地官员的照拂。文章结末说:

> 我同意黄一农先生的意见:“别以为你每天坐在电脑前面,就可以做出不一样的搜寻。‘E 考据’是建立在传统基础之上的,是要把传统的东西做出一个有效的梳理。在这个过程

中，我们需要培养不一样的问题思维，问些不一样的问题。”

2014年3月8日文成，欧阳健给《文学遗产》主编刘跃进、竺青写信，中言：“为了响亮地发出自己的声音，拙文需要一个相当的刊物发表，也好让人知道海峡此岸，并非无人。因念竺青兄在天津会上，曾言《文学遗产》有介入红学之意，故冒昧寄上，请予审处。拙文不论如何匿名，一眼就可看出系鄙人所为。若请蔡义江先生来审，肯定过不了关；若请曲沐先生来审，又肯定竭力赞成。用与不用，还希二位决断。若不合要求，亦请早日告知，以便另觅他途。”2014年6月11日《文学遗产》编辑部石雷发来邮件：“请将大作电子版寄到本邮箱，以便送专家匿名评审。”欧阳健回复：“十分抱歉，我自二十二年前发表《超前于史籍编纂的小说创作——明清时事小说新论》后，已与贵刊无多联系，依稀记得投寄过两篇文章，一时竟记不起是哪一篇了。”石雷回复：“大作是《再辩〈春柳堂诗稿〉》。”欧阳健回复：“此文纵然匿名，一望亦知出鄙人之手，关键是编辑部的态度，是否愿意介入此纠葛中也。”又四个月后，接竺青电话，以《文学遗产》“不与别的杂志商榷”为由，不予采用。欧阳健旋投《河南教育学院学报》，承主编范富安青睐，即刊于该刊2014年第6期。

三

2014年6月，赵建忠与陈传坤同时发来台湾中山大学《文与哲》第24期黄一农的《裕瑞〈枣窗闲笔〉新探》，希望欧阳健有所回应。金品之9月3日新浪博客转帖黄文，评论道：“刚刚读过黄一农大作《裕瑞〈枣窗闲笔〉新探》的全文，认为此文足可证伪‘程前脂后’论。”欧阳健9月29日留言：“似不尽然。请观后续。”金品之回复：“谢先生！乐观后续。节日快乐！”于是欧阳健写了《众里寻他“凄香轩”》，与黄一农进行新一轮对话。

与《春柳堂诗稿》辨伪“首难”不同，质疑《枣窗闲笔》却是由潘重规1966年发端的。他在《萋香轩文稿》影印本序中说：“文学古籍社影印《枣窗闲笔》，原稿字体颇拙，且有怪谬笔误，如‘服毒以狗’之‘狗’误为‘狗’，显出于抄胥之手，谓为原稿，似尚可疑。”欧阳健作《〈枣窗闲笔〉辨疑》，以为印章刻成“淒香轩”，结论：“《枣窗闲笔》不惟出于‘抄胥之手’，且抄手非受裕瑞之请托，而系后人之伪作。”

黄一农凭着“E考据”的功能，在茫茫网络中“众里寻他千百度”，居然从苏富比公司网页上，搜得余嘉惠所临罗聘《鬼趣图》，见钤有的两枚“淒香轩”印章，遂大喜过望，宣称“裕瑞是否拥有‘淒香轩’印一事，近亦因相关文物的出现而有了重大突破”：“裕瑞于嘉庆九年在八幅图上各题七言咏鬼诗一首，末记‘甲子二月录旧作’，并分别钤用‘思元主人’、‘淒香轩’、‘莺思蝶梦’、‘淒香轩’、‘水珮风裳’、‘江南春’、‘墨华’、‘清艳堂’、‘思元主人’等九印，册后还有张问陶于嘉庆二十一年所题的八首七言咏鬼诗，末还有一跋。”

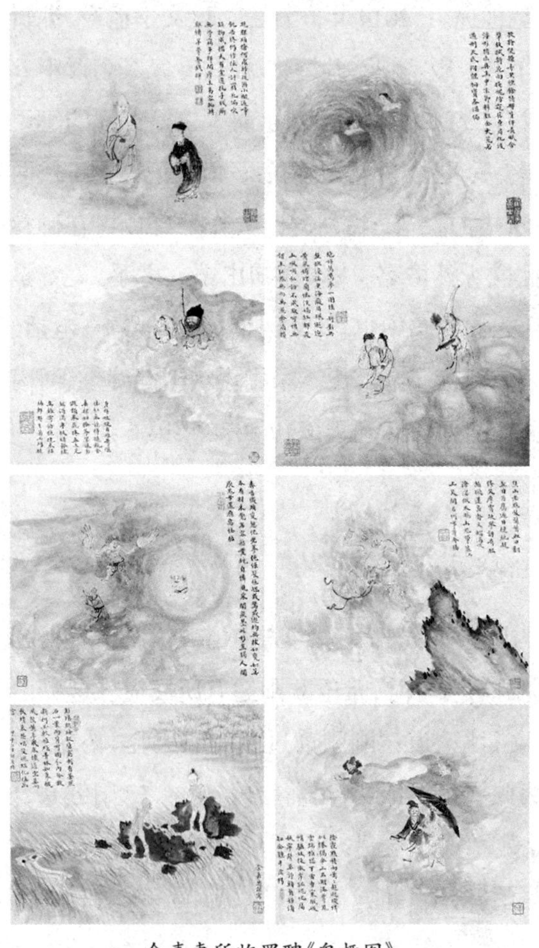

余嘉惠所临罗聘《鬼趣图》

欧阳健早就听说

拍品信息			
估价	15,000至25,000	成交价	69,440
类别	国画	作者	畲嘉惠
年代	暂无	规格	23×27.2cm×8
预展时间	2009-04-10 08:00--2009-04-11 18:00		
预展地点	河南省洛阳市新区博物馆新馆A厅		
拍卖公司	中国嘉德国际拍卖有限公司	拍卖时间	2009-05-30
拍卖会名称	2009世界集邮展览专场拍卖会	拍卖会专场	中国古代书画
拍卖地点	河南省洛阳市新区博物馆新馆报告厅		

世界集邮展览专场拍卖会相关拍品信息

苏富比纽约拍卖会相关拍品信息

苏富比是全球知名的老字号，近年来却连连拍出赝品，如董其昌《自书诗卷》《高士传》、王铎《草书临晋帖》、恽寿平《秋菊竹石阁》，均被指为伪作，成交价700多万元；齐白石《虎》为赝品，成交价3200万元；林风眠《渔获》亦为赝品，被一亚洲藏家以1634万港元拍得。最轰动的是苏轼《功甫帖》，以822.9万美元落槌成交，被上海博物馆书画研究部研究员钟银兰、单国霖、凌利中鉴定为“双钩廓填”伪本，钩摹自晚清鲍漱芳辑《安素轩石刻》，制作时间在道光四年（1820）至同治十年（1871）之间，拍品上留有色泽相同的六方朱印，除许汉卿鉴藏印为真外，其余鉴藏印皆伪。

欧阳健又从网上查得，这幅《临罗两峰鬼趣图》至少拍卖过两次。一次是中国嘉德国际拍卖有限公司2009年5月30日于洛阳“2009世界集邮展览专场拍卖会”，将《临罗两峰鬼趣图》册页（八开）设色纸本（编号:1312），以估价15,000～25,000元拍卖，成交价为69,440元。作者栏为:“畲嘉惠”，年代栏为:“暂无”。（博宝拍卖网 http://auction.artxun.com/paimai-23803-119011648.shtml）

三年以后的2012年9月13日，苏富比公司在纽约将佘嘉惠《临罗聘〈鬼趣图〉》设色纸本八开册拍卖，估价35,000～50,000美元，作者栏变为:“佘嘉惠（活跃于18世纪）”，年代栏变为:“一八〇四年作，张问陶题跋”。成交价虽未披露，显然大有增值。而其抬高拍卖价的奥秘，就在黄一农所谓:“册后还有张问陶于嘉庆二十一年所题的八首七言咏鬼诗,末还有一跋”。“扬州八怪”之一的罗聘(1733–1799),与无名小子“畲嘉惠”,其身价实有霄壤之别;如果你是张问陶,此前已为罗两峰之杰作《鬼趣图》原画题了诗,还乐意将其重抄一遍,附在“畲嘉惠”的仿作上吗?

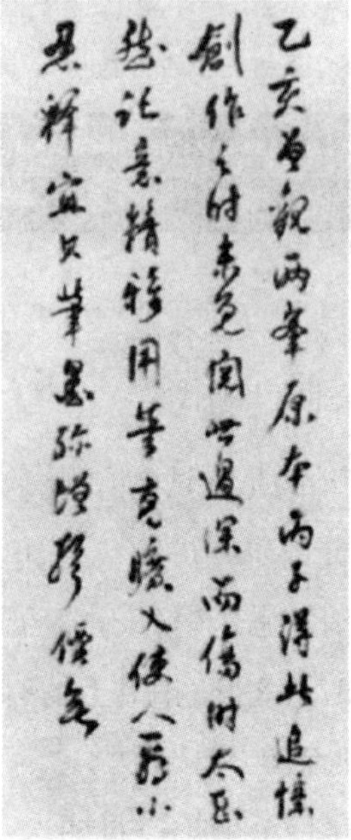

张问陶题跋

至于将题跋判为张问陶所作,就更荒唐了。其末记云:“乙亥曾观两峰原本,丙子得此,追忆创作之时,未免阅世过深而伤时太甚。然托意精雅,用笔高旷,又使人看不忍释,宜其笔墨弥增声价矣。”张问陶生于乾隆二十九年(1764),嘉庆十九年(1814)三月初四日病卒于苏州。跋中之“乙亥”,或为乾隆二十年(1755),或为嘉庆二十年(1815);“丙子”,或为乾隆二十一年(1756),或为嘉庆二十一年(1816)。若是前者,张问陶尚未出生;若是后者,张问陶已经去世:其非张问陶于嘉庆二十一年所题,至为显然。可见,苏富比公司为图暴利,已到了不顾常识的地步,而黄一农随声附和,不是太危险了么?

黄一农又以“萋”与“凄”二字可以通用,来为裕瑞之轩名“萋香”刻成“凄香轩”辩解,说:“今本《诗经·小雅》中的〈大田〉篇可见‘有渰萋萋’句,然《汉书·食货志》及段玉裁《说文解字》则均引作‘有渰凄凄’,且段氏释‘凄凄’为‘雨云起貌’,这与《诗经·毛传》对‘萋萋’的释义‘云行貌’是一致的,故‘凄香轩’印文与‘萋香轩’书斋名两者之首字,确实是可通假的。也就是说,《枣窗闲笔》上的‘凄香轩’朱文方印并非伪造者所露出的马脚。”殊不知通假也是有先决条件的。“萋”“香”相连名其书斋,无疑是取茂盛、华丽之义,是不应与“凄其”、“凄切”相混,误为“凄香”的。“E 考据”不懂盖章的规矩,印者,信也,室名“萋香轩”,请人刻章刻成“淒香轩”，能说是合理的吗？如果《临罗两峰鬼趣图》八首诗都是裕瑞所题，“淒香轩”之印应盖在最后一幅落款处，而不应只盖在第四、第五幅。

网友“扫花斋”说：“《枣窗闲笔》是新红学关于脂砚斋与脂批的唯一历史文献，其珍贵程度不亚于基督徒之于圣经。任何一位认可脂批的聪明红学家，是绝不会把毫无退路的最后一根救命稻草拿出来做“有”与“无”的探讨。把这个问题放在阳光下，对于本就有所犹豫的主流红学家们来讲，并不是一种明智的选择。”（http://blog.sina.com.cn/s/blog_954d9cde0100vrbf.html）黄一农恃其握有的“E考据”，大胆“把这个问题放在阳光下”，尝试着“把毫无退路的最后一根救命稻草拿出来做‘有’与‘无’的探讨”，不仅没有达到预期目的，反倒将问题进一步明朗化了。由《枣窗闲笔》的来源，《枣窗闲笔》的史事，《枣窗闲笔》的时代，与《枣窗闲笔》同现存《脂砚斋重评石头记》实物的矛盾，都只能导出一个结论：对有些人来说，《枣窗闲笔》也许是有用的；但在考证的层面上讲，却是无效的，不能采信的。

四

周文业是计算机专家，早在1999年就提出《三国演义》版本数字化工程的设想，欧阳健是在行动上第一个表示支持、在理论上第一个表示肯定的学者。2005年欧阳健在《数字化与〈三国演义〉版本研究论》中说：“数字化带给古代小说版本研究的是革命性贡献。以往的版本比对，靠的是逐行、逐页、逐本翻检的手工操作，辛辛苦苦寻出来的例证，往往带有偶然性、片面性、不确定性甚至主观随意性。有了版本资料多、检索速度快、使用功能新的电子史料库，情况就大为改观了。……研究者不仅从繁琐的手工劳动中解放出来，还能做出前人难以想象的数字统计及量化分析，增强研究成果的科学性，提高研究成果的说服力。”

随着数字化工程的深入与研究领域的拓展,周文业开始关注《红楼梦》版本,写了《谈欧阳健先生和“程前脂后”》,对这一红学的热点发表见解。欧阳健对此自然是欢迎的,但他发现,周文业对概念的把握含糊不清:如将所有抄本(不论有没有题“脂砚斋重评”),都一律认定为脂本,却又认为抄本中的批语并非都是脂批,只有署名脂砚斋的才能算“真正的脂批”。针对这种脂本界定过于宽泛、脂批界定又过于严苛的双重尺度,欧阳健提醒道:甲戌、己卯、庚辰三本一律题“脂砚斋重评石头记”,其中所有的批语(除特别署名者外)皆当视为出自脂砚斋之手。从著作权角度看,甲戌本无一条批语署“脂研”,恰是正规的本子;己卯、庚辰本在少量批语下署“脂研”、“指研”、“脂砚”,倒反而是心虚的表现。如果没有署名就不算脂批,那不题“脂砚斋重评”的梦觉主人序本、戚序本、梦稿本、舒序本、郑藏本、蒙古王府本、列藏本等,又怎么可以当作“脂本”呢?循名责实,脂本指的是题为《脂砚斋重评石头记》的三个抄本,脂批指的是三个脂本中的批语,这是探讨问题的前提。

周文业介入红学又较晚,所以较少先入之见,如承认“现存脂本基本都是过录本”,他说庚辰本是“曹雪芹生前最后改定的本子”的看法有问题,甚至点出:“庚辰本是个粗制滥造的本子,但碍于冯先生的面子,没有人敢公开说明这一点,这岂不是皇帝的新衣吗?”然而正因为不是研究小说出身,周常去请教心目中的红学专家刘世德,不经意间接受了他的一个观点:“现存的各种《红楼梦》的早期抄本,无论是甲戌本、己卯本、庚辰本,还是列宁格勒藏本、蒙古王府本,本身都没有留下关于它们的抄写时间的直接的、确凿可靠的证据”,唯有舒元炜序本《红楼梦》是“唯一的例外”、是“确凿可信的乾隆年间的钞本”;并且以此为依据,强调对“程前脂后”说最不利的证据是舒序本:此本抄写于乾隆五十四年(1789 年),即程甲本问世之前二年,“程前脂后”说认为脂本都是程本之后造假的,那如何解释程本之前的舒序本?这就是“程前脂后”说面临的一个难题了。

欧阳健这才发现周文业采用双重标准，是为了赋予不题“脂砚斋重评石头记”的舒序本以脂本资格；而对脂批界定的严苛，则是为了让其规避鉴定的风险。因为他认定的“现存最早的‘脂本’舒序本”，居然没有一条脂砚斋的批语！按照周文业的逻辑推论下去，“现存脂本都是过录本，过录时间可能在程本之后，因此这些批语就肯定有很多并非来自脂本的祖本而是后加的”。事实真如此吗？

对话的关键，是要让周文业明白：舒元炜序本“唯一的例外”说不能成立，只需揭露刘世德论证的要害所在。刘世德列举的第一个证据是：舒元炜序文末尾所署“序并书”三字，可以证明“序文不仅为舒元炜所撰，而且也为舒元炜亲笔书写”；实际上，紧接序后其弟澹游所题的《沁园春》词，字体与序文完全一致，恰恰证明舒本也是一种过录本。欧阳健发现，舒元炜序有一段话：

> 主人曰：自我失之，复自我得之。是书成而升沉显晦之必有缘，离合悲欢之必有故，吾滋悟矣。麈鹿：麈寰，茫：大地。色空幻境，作者增好了之悲；哀乐中年，我亦堕辛酸之泪。

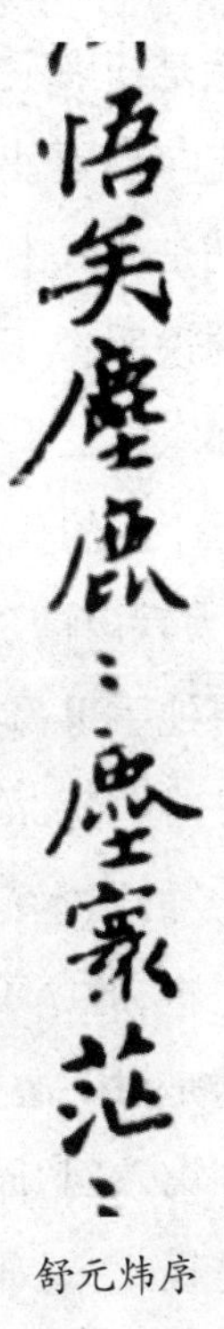

舒元炜序

按“麈”字为“鹿”下加“土”(今简化作“尘”)。“麈鹿：麈寰，茫：大地”中，“：”为迭字，即“麈鹿鹿麈寰，茫茫大地”。“鹿鹿”有三义：1.平凡，言在凡庶之中也；2.车轮转动声，引申谓奔走于道途；3.忙碌。抄写者不懂“鹿鹿麈寰”，眼睛看花，将第一字误写成“麈”字，又不知修改，遂多出了一个字，版本学术语叫衍文。如此序果为舒元炜“序并书”，这种低级错误是不应存在的。

刘世德列举的第二个证据是：序文下端的两方印章，"印泥的颜色和书中句读打圈所用的颜色一样"，"可见，印章钤盖之时正是舒元炜序文书写之日"。其实，印章与序文的同时，不能证明"确为两百年前的旧迹，断非出于后人的伪造"。读书过程中所加的圈点，或表句读，或表精彩、重要，也能显示读书的进度。要将舒序本八十回统统加上圈点，须俟全书读完方可。因"计吏之暇"来到此地的舒元炜，会将自己的印泥留给别人吗？

欧阳健又指出，红学家关注的仅是"乾隆五十四年"的落款，很少推敲舒序本身，我们就来补做这个工作。舒序本是原抄本还是过录本，要看舒序对底本来源的交代："就现在之五十三篇，特加雠校；借邻家之二十七卷，合付钞胥。"也就是说，筠圃主人家藏五十三篇，又从邻家借得二十七卷，并在一起刚好八十卷，于是合付钞胥，这不是过录本吗？再说，筠圃主人五十三篇是从哪里来的？邻家的二十七卷为什么恰恰是筠圃主人所缺？从后文"返故物于君家，璧已完乎赵舍"与夹注"君先与当廉使并录者此八十卷也"看，似乎筠圃主人与当廉使"并录"的就是此八十卷，如今不过是从邻家要了回来。再看舒元炜对所做工作的说明："于是摇毫掷简，口诵手批，就现在之五十三篇，特加雠校；借邻家之二十七卷，合付钞胥。"舒元炜是否对原本做过"雠校"？他只有八十回的孤本，凭什么进行"雠校"？《红楼梦》的要义"大旨谈情"，抄作"大旨该情"，旁改作"言"，表明舒元炜所谓"特加雠校"，并非事实。如果他手里另有版本"雠校"，舒序本就不能算最早的脂本。耐人寻味的是"摇毫掷简，口诵手批"八个字。舒序本题《红楼梦》，原不属题"石头记"的脂本范围。序署"乾隆五十四年"，向被视为早于程伟元、高鹗的史料，此序不仅未说有脂砚斋的批语，还宣称批语是他们弟兄之所为，这是对一心要将其归入脂本范畴的第一手否定性物证。翻遍全书，只在第六回"周瑞家的又问板儿"句侧，找到一条批语："周家的如何认得是板儿？"难道这就是舒氏的"作品"?！可见说"摇毫掷简，口诵手批"，完全是谎言。至于第十五回末页的“但不知宝玉在馒头庵与秦钟那日晚间算何账，叫某好不明白也。然亦难免风月行藏，大关风化矣。可笑之至!”与第四十回末页“万事情长，有限光阴，吾不乐其山水哉，偶笔。”更是将《红楼梦》当作“闲书”，随心所欲地胡批。

问题是：好端端的一部书，怎么会零零散散分隔两处，为什么并在一起又合榫无缝？“现在之五十三篇”与“邻家之二十七卷”，究竟是分成前后两截，还是各章回相互交叉？“现在之五十三篇”如果是完好的，只要补抄“邻家之二十七卷”就可以了，何必要“合付钞胥”重新誊录？其实，只要考察一下舒本的笔迹，真相就了然于胸了。抄手分工的情况是：1—4 回一个人抄，5—6 回一个人抄写，7 回一个人抄，8 回一个人抄，9 回—12 回一个人抄，13—16 回一个人抄，17—18 回一个人抄，19—20 回一个人抄，21—22 一个人抄，23—24 一个人抄，25—32 一个人抄，33—35 回一个人抄，36—39 回一个人抄，40 回一个抄手。从版本学角度看，款式的要点在半页多少行，每行多少字。“现在之五十三篇”与“邻家之二十七卷”“合付钞胥”时，显然统一了规格，要求抄成半页八行，每行二十四字。抄手固然遵循了此一规格，却没有注意纸张大小与留空比例，遂造成了天头大小之别。

出于数字化的客观性要求，周文业最爱强调存在各种可能性，既承认“现存的脂本都是过录本，不是脂本的原本，因此‘程前脂后’认为现存脂本晚于程本，是有可能的”；但又断言“这些脂本的祖本肯定是早于程本的”，“虽然理论上现存脂本有可能晚于程本，但‘程前脂后’认为现存脂本都是在程本之后故意造假的，还是没有可靠的根据。”破除了“唯一例外”的舒序本的“铁证”，他的“理论上存在现存的各种脂本过录本，有可能有的抄录时间是在程本之后”中的“有可能有的”可能性，就几乎不存在了。

周文业常有所谓“折中的看法”，如说：“现存脂本中 98%批语并非是脂砚斋批语，而是后人所批，至于到底是何时、何人所批，目前已经无从考证。”他没有弄明白“程前脂后”的核心观点有二：第一，我们所说的脂本之伪，主要是指它冒充“原稿面貌”；第二，我们所说的脂批之伪，主要是指它冒充曹雪芹同时的“至亲”所写。他更没有弄明白，《红楼梦》版本历过两次大的造假，一次是1911年的“国初钞本”，有正书局老板狄葆贤出于商业目的，其对象是买书的广大读者，所以用新式的石印批量生产；一次是1927年的甲戌本，胡星垣自然也怀有商业目的，但只有在迎合胡适的前提下才能实现利润的最大化，所以打定主意只卖给胡适一个人，而胡适一眼看到“至脂砚斋甲戌抄阅再评仍用石头记”十五个字，就判定“甲戌为乾隆十九年(1754)，那时曹雪芹还没有死”，就出重价把此书买了。从那以后，短短三十多年中竟发现了十几个抄本，这难道是正常的吗?

周文业还强调“要全面看问题，不能只找对假设有利的证据，而对假设不利的证据要么是不注意，要么是故意不提，这样研究的结论就会出问题”，这自然是正确的。但数字化的程序是人设计的，数字化产出一大堆数据，一连串百分比，但数据与百分比自身不会说话，还须经由人脑的筛选。如“从林黛玉眉毛、眼睛描写看‘程前脂后’”，列出各种版本林黛玉眉毛和眼睛的文字差异：

甲戌原：两湾似蹙非蹙龙烟眉，一双似□非□□□□。

甲戌本：两湾似蹙非蹙笼烟眉，一双似喜非喜含情目。

己卯原：两湾似蹙非蹙　烟眉，一双似目。

己卯本：两湾似蹙非蹙　烟眉，一双似笑非笑含露目。

庚辰本：两湾半蹙鹅眉，一对多情杏眼。

舒序本：眉湾似蹙而非蹙，目彩欲动而仍留。

戚序本：两湾似蹙非蹙罥烟眉，一双俊目。

杨藏原：两弯似蹙非蹙罥烟眉，一双似目。

杨藏本：两弯似蹙非蹙罥烟眉，一双似喜非喜含情目。

列藏本:两弯似蹙非蹙罥烟眉,一双似泣非泣含露目。

下藏本:两湾似蹙非蹙　烟眉,一双似飘非飘含露目。

甲辰本:两弯似感非感笼烟眉,一双似喜非喜含情目。

程甲本:两湾似蹙非蹙笼烟眉,一双似喜非喜含情目。

程乙本:两弯似蹙非蹙笼烟眉,一双似喜非喜含情目。

然后对各种版本文字演化进行"仔细分析":

甲戌本底本此处文字不清,导致其他版本文字也非常混乱;

可能因为庚辰本底本原文不清,庚辰本抄写者干脆简化缩写为"两湾半蹙鹅眉,一对多情杏眼";

戚序本后一句可能因为其底本和甲戌本类似,原文都不明,就简化为"一双俊目";

列藏本把"一双似笑非笑含露目"改为"一双似泣非泣含露目",把"笑"改为"泣",意思完全相反了,可能修改者觉得林黛玉是个忧郁女子,不宜用"笑",因此改为"泣"。

……

不知是扫描仪出了问题,还是眼睛出了毛病,程甲本、程乙本其实不是"似蹙非蹙",而是"似感非感"!这就让周文业的判断出了偏差。曲沐在花城版程甲本《红楼梦》中加注道:"似慼非慼——慼,忧愁,悲伤。与下句'似喜非喜'相对。慼,音 qī 。"白居易《如梦令》:"蹙损一双眉黛",让林黛玉眉头紧皱蹙缩而损其容颜,难道会是曹雪芹的真意?可以肯定,程甲本的"两湾似感非感笼烟眉,一双似喜非喜含情目"在前,

兩灣似感非　感籠烟眉

程甲本

甲戌本的“两湾似蹙非蹙龙烟眉，一双似□非□□□□”在后，己卯本的“两湾似蹙非蹙　烟眉，一双似目”、庚辰本的“两湾半蹙鹅眉，一对多情杏眼”在更后，至于舒序本的“眉湾似蹙而非蹙，目彩欲动”就更后到不能申说的程度了。为什么？甲戌本的抄录者不识“慼”字，错抄为“蹙”；又将“笼”错抄为“龙”，“似□非□□□□”的空格，盖因底本不清而待补。己卯本的抄录者失了依据，抄成“一双似目”，庚辰本的抄录者自作聪明，抄成“两湾半蹙鹅眉，一对多情杏眼”，舒序本的抄录者无所适从，改为“目彩欲动”。问题不是“甲戌本、己卯本和庚辰本在此处故意把本来很完整的文字搅浑”而造假，而是这班抄手水平太低而又不负责任；要不然，你能说清他们是根据什么“祖本”抄成这副模样的吗？

文末曰：“周文业称我为挚友，真正的挚友应该是诤友。古人云：‘士有诤友，则身不离于令名。’正因为关注周文业的事业，期望小说版本数字化有更好的发展，所以直率地写了这么些话，欠当之处，自在不免，敬请鉴谅。”此文蒙《红楼》主编黄祖康、王本中厚爱，连同附图一字不易刊于 2015 年第 3 期。

五

2015 年 7 月，忽收裴世安寄赠的《一瓢谭红》(上海文艺出版社 2015 年 6 月版)，从题为“对话有益”的自序中，欧阳健听出了诚恳，听出了正直，听出了期待。

早在 1999 年 12 月 7 日，七十三岁的裴世安就给欧阳健写过一封长信，挑出《关于脂批的“针对性”和锋芒所向》16 处错误，欧阳健做了诚恳的回复，如今自己也迈过七十三的门槛，亦拟仿效裴世安，“挑精拣肥”诉之于文，以继续十五年前的对话。

欧阳健和裴世安都是“全璧说”的祖护者，都认为百廿回是个整体，——这是“同”；但在对待脂本，又存在不小的“异”。他十五年前认为:“脂本也是一个系统之本子,不存在你真我伪,我伪你真的问题。专家们把脂本说得神乎其神,恐也未必”;今天的态度是:“抄、摆并存,互补长短,无须非此即彼,水火不容。”欧阳健便借裴世安的“一问一疑”(自己给自己提出问题,自己促自己寻找释词),让“往日模糊的事,逐步清晰起来”。

《一瓢谭红》卷一《读〈红〉散记》中,问疑的是版本的细微差异,属微观研究范畴。能否发现问题并找到最佳“释词”,靠的就是慧眼与慧心。如《“二十四两”与“三四千两”》,说的是有关秦府家业的矛盾,裴世安一眼看出:积有“三四千两银子”的秦业,怎么倒要“东拼西凑”“二十四两贽见礼”呢! 前后文有矛盾,是毫无疑问的。但错的是“二十四两”呢,还是“三四千两”? 答案肯定是后者。——如果秦家果真积有“三四千两银子”,就绝不会让秦钟委屈入贾氏家塾去受人白眼。那么,“三四千两”的异文是怎么造成的? 裴世安的“释词”是:被甲辰、摆甲、乙“删去”了。——“为什么甲辰、摆甲、乙要删去‘三四千两’这一句呢,因为雪芹注意到前后有矛盾。”为了袒护“全璧说”,裴世安还存心为程、高开脱道:“若果真删‘错’了,这个罪名也落不到程、高头上,因甲辰本删在前也。”

欧阳健认为,不妨设想另一种可能性:即“三四千两”一句,不是被甲辰、摆甲、乙删去(不管删得“错”还是“对”),而是被甲戌、有正等抄本添上的。连小学生作文都懂得,绝不该前文写秦业“东拼西凑”方拿出“二十四两贽见礼”,后文又写家里“留积下的三四千两”,何况曹雪芹这样高明的作家? 稍稍考查一下体现在有正本(戚本)眉批和正文中的银钱观,问题就清楚了。因为戚本的好些眉批,就是从版本的差异入手,竭力证明“原本”(指有正本)如何优于“今本”(指当时的通行本),“今本”如何对“原本”进行窜改,实际上是蹈袭金圣叹的故技,自加批语为窜改的本子作伪证。因此,决不能既冤枉曹雪芹,以为他犯了先写“二十四两”,又写“三四千两”的低级错误;也不能冤枉程伟元、高鹗,以为他们违背校勘原则,犯了擅自删去“三四千两”的错误。最好的处置办法,是按裴世安的意见,将“又记挂着父亲还有留积下的三四千两银子”一刀砍去,而不是把“三四千”修修补补地改为“一些”,更不能固守“三四千”不动摇,因为那“肯定不能给《红》书增光”。

裴世安《读〈红〉散记》48 条,面对“句句都有异文,甚者一句话,每本与每本都不全同,令你目迷五色,绕得人头晕而莫所适从”的众多版本,依然“无法检验哪些话说错了,哪些还是有些进益”,从而陷入了无端的苦闷之中。这种苦闷,既有对“以‘脂优’这个‘屁股’为准的‘潜规则’”的反感,又恪守“脂先程后”的红学 ABC 的准则,这就是矛盾的裴世安。

欧阳健提出:唯有坚持程先脂后、程优脂劣、程真脂伪,在版本校勘中信赖程甲本,一切自会顺畅起来。既相信脂本,又要回护程本,就必然蹈入处处是“陷阱”,是“沼泽地”的窘境。如忠厚的裴世安,为弄清“花王”“花主”“花玉”之区别,费心在己卯本找到“黛王笑道”以为佐证(其实此处并非干干净净的“王”字)。况且即便真写作“黛王”,也只是“代王”而已,对于这种拆烂污的抄本,根本没有较真的价值。“花主”、“花王”的异文,既然摆甲、摆乙作“花主”,宝玉是花之主人,而不是花,“花主”无疑是对的。脂本抄作“花王”,丢了一点,乃其惯犯之病;王府本作“花玉”,更不值一哂。

结末说:“对话,是交流、沟通、讨论、驳辩,是通向真理的必由之路。对话之所以有益,因为可以聚同化异。我和裴世安之间的异,也许就在思维方式的不同。如果确立了程甲本正确的理论自信,就不须提醒读《红》书宜粗不宜细,更不必担心一旦掉入‘陷阱’,就要吃‘苦头’了,不知裴世安先生以为然否?”

六

2015 年 12 月 25 日，欧阳健应台湾“中央大学”明清研究中心主任王成勉之邀，作了《横看成岭侧成峰——清代小学的批评与赏析》的演讲，开始对话台湾红学界。

欧阳健说：

“中央大学”是研究型的顶尖级大学，我能来和大家交流，是非常荣幸的。我在南京工作了十五年，学到了江浙一带的学术传统，比较重视文献，比较重视基本功。“中央大学”的校训是“诚朴”两个字，今天就想按你们校训的指导，用“诚朴”的态度来谈一谈我的想法。

古人说过这样的话：“诗无达诂。”诂，就是训诂。诗，没有绝对的、一成不变的解释，诗歌的鉴赏，可以超越字词的训诂，在想象的意境中飞翔。诗的篇幅短小，小说可不一样了，它的容量很大，对小说的解读，更有无限丰富的空间。小说，特别是白话小说，读起来容易，教起来就不容易了。一首唐诗，一首七绝，你可以讲两节课，一个字一个字地讲，倒过来讲，颠过去讲，串起来讲。但小说怎么讲，请问《红楼梦》两节课怎么讲？小说好懂，但不好讲；好讲，但不好研究。所以小说研究，可提供发挥的潜能是非常大的。“不识庐山真面目，只缘身在此山中”，这是千古名句，是极富哲理的；但不应该反过来说：“要识庐山真面目，必须置身此山外。”正确的态度是——既要深入其中，对文献、文本作充分的把握；又要超乎其外，“独上高楼，望尽天涯路”，要把握这门学问总的趋势，它的来龙去脉，它的过去和未来，它的问题之所在。

“横看成岭侧成峰”的旨趣,就在于自然景象会随你的观察点的转移而改变。对于文学作品的批评或者鉴赏,如果换一副眼光,换一副心肠,对于同一个问题,可能会有与前人不一样的发现。这个问题,前人已经讲过很多的话,如果换一副眼光,换一副心肠,说不定会有新的见解,新的发现。当然,新发现不一定必然超胜前人,“不一样”不等于高明,但毕竟是不一样了。现在不是讲求多元吗?你在多元诠释中增添了一元,这就是对学术研究的贡献;至于各元之间,不是平等的,这里会有精粗高下之分,到底谁精、谁粗,谁高、谁下,不是你说了算,也不是我说了算,有待于历史的检验、历史的去取。——这是对正题“横看成岭侧成峰”的诠释。

说到《红楼梦》,“横看成岭侧成峰”的情况就更加突出了。不但众说纷纭,而且肝火甚旺,“几挥老拳”的事,从古到今,层出不穷。过去研究生做论文,我都劝他们不要做《红楼梦》,为什么呢? 第一难做;第二很难过关。答辩的时候,你说别人不对,他不高兴;你说别人对,另外一些以为他不对的人不高兴。但我搜索台湾的网站,好像以《红楼梦》为题的博士论文、硕士论文大约有一千七百多篇,说明台湾的年青学子还是很有勇气的。

红学之纠葛,吵了一百年,百年红学,吵了此什么?关键在什么地方? 不妨询问一下:都读《红楼梦》,都讲《红楼梦》,“红楼梦”三个字是什么意思? 是睡在“红楼里”做了一个梦,还是做了一个“有关红楼”的梦?

前人的答案,多半是倾向于后一个:《红楼梦》写的是一个“有关红楼”的梦。梦的内容是红楼。

下面问题就来了:“红楼”的寓意又是什么呢?有两位大名人给出了各自的答案:

第一个大名人是胡适先生，他的答案是："红楼"是富贵人家之所居；作者曾经历过繁华旧梦，后来潦倒了，他就怀念过去的日子，把它写出来，《红楼梦》是他的自叙传。

第二个大名人是潘重规——潘先生仙逝的时间并不久。我当年在南京做《明清小说研究》主编的时候，潘先生还给我投过稿。我没有见过他，但知道他是台湾很有名的红学家。他的答案是："红楼"是"朱楼"；《红楼梦》就是《朱楼梦》。红就是朱，明朝的皇帝又姓朱，作者是反清复明的爱国志士，《红楼梦》是"朱楼血泪史"。

我们就来换一副眼光，换一副心肠，对他们的观点作一点评论。我这个评论，是按"中央大学"的校训"诚朴"的态度来的，如果我评得不恰当、不准确，欢迎当场批评，不要客气。我们要尊重前人，要尊重学术，要诚诚恳恳，朴朴实实。朴实还有一层意思，就是不要故弄玄虚，不要耍花枪，把道理讲明白了，就是朴。有些人要叫别人看不懂，他认为这叫学问，我们不敢恭维，我们还是朴实一点比较好。

胡适 1921 年作《红楼梦考证》，他这个考证本身不怎么样，但那"大胆假设，小心求证"的八字箴言，被后人推崇得不得了。想想也对，你思想不解放，胆子很小，不敢去想，当然不行。我过去也非常赞同这个说法。后来一想，胡适的假设，说《红楼梦》是曹雪芹的自传，这又算什么"大胆"？——如果说明天是世界的末日，或者地球就要坍塌了，这当然算得上"大胆"；那么胡适的假设"大胆"在哪里？当他拿到《红楼梦》的时候，还没有对《红楼梦》作深入研究，还没有搞清楚《红楼梦》作者是谁的时候，他就假定《红楼梦》是曹雪芹的自传了。

什么是自传？——作者写出自己的生平，还原一个活生生的自我。《红楼梦》作者生平还没有搞清楚，你怎么敢说《红楼梦》是曹雪芹的自传呢?如《儒林外史》中的杜少卿确有吴敬梓的影子,说《儒林外史》有自传因素,就会令人信服。胡适是怎么证明的呢?他采用的却是类比法:曹寅有个亲生儿子曹颙,又有个过继儿子曹頫。曹颙无子(有人说曹雪芹是他的遗腹子),曹頫有没有儿子?不清楚;胡适却说有,并且就是曹雪芹。曹頫算是曹寅的次子(严格说来是他抱来的养子),做过员外郎;对照《红楼梦》里的贾政,也是次子,也是员外郎。——所以,贾政即是曹頫;贾宝玉即是曹雪芹,即是曹頫之子。曹雪芹"生于极富贵之家,身经极繁华绮丽的生活","但后来家渐衰败,大概因亏空得罪被抄没","《红楼梦》一书是曹雪芹破产倾家之后,在贫困之中做的"。所以,"《红楼梦》是一部隐去真事的自叙:里面的甄、贾两宝玉,即是曹雪芹自己的化身;甄贾两府则是当日曹家的影子"。——他的"小心求证",就是如此的简单!

在胡适考证《红楼梦》三十年之后,"第一次有人否定他全部的学说"(这句话我打了引号,它是潘重规的原话),他就是在台湾红坛上,继新红派代表人物胡适之后,"堪称一大家"的潘重规教授。我买到三民书局版潘重规的《红楼梦新辨》(1990年)、《红楼梦新解》(1990年)、《红学六十年》(1991年)、《红学论集》(1992年),系统地拜读了他的大作。潘重规批评"贾政也是次子、也是员外郎",从而推定贾政即影曹頫、贾宝玉即是曹雪芹的逻辑说:贾政还任过学差,主管一省科举,员外郎的官职远不及学政之高贵清华,但遍查清代史料,从无曹頫任学差之事,自传说岂非存在一个大漏洞了么?

潘重规认为红楼是朱楼,《红楼梦》就是《朱楼梦》,有没有根据呢?第五十二回有真真国女子"昨夜朱楼梦,今宵水国吟"、"汉南春历历,焉得不关心"的诗,可见《红楼梦》就是《朱楼梦》，不是潘重规杜撰的。他的研究方法，是将《红楼梦》看作运用“隐语”抒写亡国“隐痛”的“隐书”，它是民族血泪铸成的。这一意见立刻遭到胡适的强烈反驳，指责其“还是索隐式的看法”。“索隐派”在红学界是很大的帽子，给你扣上这顶帽子，就意味着你是谬论，你是错误，你是不科学。他把这个帽子抛出来，以为潘重规接不住。其实，索隐是传统文化的正宗，司马贞有《史记索隐》，与裴駰《史记集解》、张守节《史记正义》合称“三家注”，有极高的学术价值。所以索隐是科学的，不是荒谬的。对于《红楼梦》来说，作者明确宣示“真事隐去”；将隐去的事相“钩索”出来，不是很对头吗？考证派也好，索隐派也好，探研的都是小说“本事”，即素材来源。作家、版本、本事，是小说文献考证的三大支。由本事考证的歧义，方派生出作家考证与版本考证的歧义。胡适研究《红楼梦》作家与版本，就是为了证明它是作者的自传；潘重规研究《红楼梦》作家与版本，就是为了证明它是“朱楼梦”。作家考证与版本考证，是为本事考证服务的，而小说研究的最后指向就是文本，只有把本事搞清楚，明白本事到文本之间的飞跃怎么完成的，对我们的研究才有意义。

“自传说”的最大弊端，在于无助于《红楼梦》的诠释。胡适推定“《红楼梦》的真价值正在这平淡无奇的自然主义”，天天吃饭，作诗，闹别扭，发脾气，固然很煞风景；“自传说”的继承者们——我发现有个奇怪的现象：在台湾，潘重规的弟子很多，他们并不都反对胡适的观点；大陆是批胡适的，但百分之九十的红学家是胡适的忠实信徒——竭力强调家庭衰败，是曹雪芹创作《红楼梦》的内在驱力。但出身“包衣下贱”的曹家，因充当皇室耳目而“饫甘餍肥”，并无多少令人歆羡的光环；曹家这样的家庭得罪抄没，更算不上真理和正义的失败，不值得为之洒下同情之泪。

我这次到台湾来，在师大旧香居买了潘重规的《红楼梦新辨》、《红楼梦新解》、《红学六十年》，他的《红楼血泪史》在大陆出版过，这三本书却是我来台湾以后才读到的。潘重规的看法，是将《红楼梦》看作运用“隐语”抒写亡国“隐痛”的“隐书”。如宝玉说“除明明德无书”，不说“除四书无书”，他从文字狱的角度考察，表示明朝才是正统；贾宝玉代表传国玉玺，林黛玉影射明朝，薛宝钗影射清室，林薛争取宝玉，即是明清争取政权，林薛的得失，即是明清的兴亡；贾府指斥伪朝，贾政指斥伪政。结论是：《红楼梦》的原作者不是曹雪芹，全书不是曹雪芹的自叙传，后四十回也不是高鹗续作。三个结论，掷地有声。

潘重规讲这话的时候，还是年轻人，而胡适却如日中天。他敢于这样讲，是颇有勇气的。“索隐派”的鼻祖蔡元培早就指出，《红楼梦》是“清康熙朝政治小说”，“吊明之亡，揭清之失，而尤于汉族名士仕清者寓痛惜之意”。蔡元培不是凡人，他光绪十八年(1892)，二十五岁就中进士，点翰林院庶吉士。他是清政府的精英，是那个阵营出来的，他的感受应是有迹可循的；不像我们，隔了一百多年，好些事情是想当然。刚才和王成勉先生在中大门口照相，我说过去的校徽都是三角形的，他感到很惊讶。王先生德高望重，但比我小了几岁，就没有见过三角形的校徽。这就是经验在起作用。

欧阳健有意识地不讲《红楼梦》版本“程前脂后”的争论，在演讲结束时提到与康来新的交往，说他们于 1990 年海峡两岸明清小说金陵研讨会相识；1997 年武夷山国际小说史研讨会又同游天游峰，一起畅谈红学研究、“发迹变泰”、神怪小说、民间信仰；2005 年欧阳健出席嘉义大学国际小说戏曲研讨会，讲《清初三大小说家(陈忱、丁耀亢、李渔)合论》,康来新教授以“讨论人”身份评论说:“能听欧阳先生分享研究心得,非常高兴;他这么尊重钱穆先生,我很感谢。”

演讲结束之后康来新在评议时说：谢谢远道而来的欧阳老师,谢谢王成勉主任安排这么棒的主题演讲。她在说了“今天领略了亦文亦史,小说与历史的关系,文史互证”等话之后,提及欧阳健“最有名的事情”、“勇猛精神”,是对脂砚斋的挑战,赞扬他怀着实事求是的精神,不惜引起红学界的轩然大波,一人独战群雄,颇有战斗力。她还提到黄一农对曹雪芹的研究,认为有重大突破;4 月 22 日有一场对话活动,希望欧阳健能够参加。最后,王成勉赠以感谢状,大约是从网上得来的信息,将欧阳健的工作单位写成“山西大学文学院”。

2016 年 4 月 23 日，收康来新学生汪顺平发来邮件中说:“谨呈上今日黄一农院士新书精读会录音档及精读会之活动流程,希冀您不吝赐予参考指教。”附活动方案如下：

台湾中文学会新书精读计划之十五

黄一农《二重奏:红学与清史的对话》

策划主持:中大中文系康来新教授

特约讨论：中华大学景观建筑系讲座教授马以工（出版《红楼梦与曹雪芹》),宜兰大学人文暨科学教育中心副教授朱嘉雯(发表〈红楼梦与苏州美学〉),台湾大学外文系教授廖咸浩(出版《红楼梦的补天之恨:国族寓言与遗民小说》)

议程:黄一农“作者开场白”,康来新老师“对话先说画”,马以工“曹家这家人”,朱嘉雯“红学园柳事”,廖咸浩“清初政所争”

欧阳健 4 月 24 日回复：

你好!来信收到,谢谢告知黄一农院士新书精读会录音档及精读会之活动流程,可惜录音档打不开,无法聆听,不知能否发来较详细的记录或报道?

黄一农先生在大陆也受到推崇,有关红学、满学的文章,在《中国社会科学》、《文学遗产》、《清史研究》、《红楼梦学刊》、《文史哲》、《中国文化研究》集中喷发,媒体欢呼“文史研究迎来‘E考据’时代”,“文史研究的‘一个3D、立体的文史研究新环境正扑面而来’的憧憬,令人眼前一亮”,甚至说他以“第三者”的身影,“以一人之力,独自撑起了红学研究的另一片天地”。实际上,我认为其论证是存在问题的,尤其是要看到“E考据”的局限,不能夸大,更不能迷信。二月间去中央大学交流,康来新教授曾提到这次活动,可惜我已订下三月四日返程,不能躬逢盛会。兹奉上两篇相关旧作,请批评。

汪顺平当即回复:“谢谢老师寄来大作,不胜感激!录音档因容量太大,故无法直接在网站上聆听,须请老师下载档案后方可开启,有劳了!关于精读会详细的记录,已请另外一位助理撰写会议记录以及誊打逐字稿,待助理完成后,会再寄给老师,请老师稍待。”

海峡悬隔,隔不断学术交流与对话。

2016年5月26日 于福州

附　录

“就是一层薄纸，拿手指一捅就破”

——答《南方周末》

[按]《南方周末》记者 2010 年 9 月 13 日电话采访，9 月 23 日发来整理稿，12 月 2 日在 E27“红学那些破事”专栏刊出，题《“就是一层薄纸，拿手指一捅就破——欧阳健再批“脂伪本”》。记者态度严肃，或因篇幅关系，略有删削，稍感可惜。兹将访谈完整版录后，以存其全。

记者：我先按着提纲走，走了以后咱们再随时调整。我有一个特别好奇的问题，你们这批学者对脂批作伪论的提出和研究已经持续那么长时间了，为什么“主流红学”基本上没有被动摇呢？为什么会出现这种情况呢？

欧阳健：这个问题的确是很耐人寻味的。从 1990 年到现在已经 20 年了，“主流红学”的意见好像没有任何动摇，但我觉得这还是现象。实际上从他们的反应来看，他们内心还是有很大的变化的。

记者：怎么会看出来呢？

欧阳健：他们对我的态度，20 年来可以分为三个阶段。1991 年，我在贵阳的会上提出这个问题的时候，云南大学杨光汉先生——他是著名的红学家，红学会的理事——在会上表态说：欧阳先生的观点是我做梦都没有想到的，真是振聋发聩。他说，如果我的观点能够成立，以脂批为依据写成的文章，将会成为一堆废纸，回去以后他要好好向红学界介绍我的观点。后来张俊给我写信，说杨光汉在北京开红学会时，的确详细介绍了我的观点，但“主流红学”在报道的文章中，把发言中有关我的内容全部删掉了。第一个阶段他们是不作反应，认为我的观点是奇谈怪论，不予理睬，到时候就会自生自灭。

到了 1993 年，看到我的文章一篇接一篇地发，影响越来越大，他们决定全力围剿，想一举把我燃起的野火扑灭，《红楼梦学刊》一下子发了5篇文章进行围攻；不止这样，他们还采取了非学术的手段。如在莱阳会议上对我进行人身攻击，冯其庸、张国光还到江苏省委宣传部与社科院去活动，给我制造了很多麻烦。他们当时的目标，不但要让我沉默，而且想让我主编的《明清小说研究》不再和他们抗衡。因为当时《明清小说研究》大张旗鼓地组织了一场“《红楼梦》大讨论”，和《红楼梦学刊》形成南北对峙的局面。他们就动用行政、组织手段，1995年迫使我南下到福建，到现在已经整整15年了。须知当时我是在位的江苏省社科院文学研究所副所长，是江苏社科院明清小说研究中心主任，是《明清小说研究》杂志主编。

记者：那件事情到了什么程度呢？

被访者：我一离开南京，他们以为紧张局面就消解了，意想不到的是，我到福建以后，又出版了《红学辨伪论》、《红学百年风云录》等书，他们便决意“封杀欧阳健”。这个口号是他们内部说出来的，不是任何人杜撰的。冯其庸做《红楼梦学刊》主编的时候，还能发我几篇文章；后来换了主编，就不再发我的文章了。《红楼梦学刊》的“红学书窗”从来不介绍我的红学著作，新编《红楼梦大辞典》，也不列有关我的条目。天津师大和中国红学会合办《红楼梦》讨论会，天津师大一定要我参加，但红学会的人坚决反对，就用了“封杀欧阳健”这样的话。在我出版《还原脂砚斋》过程中，现任中国红学会的会长还打电话过去，想极力阻止这本书的出版。

记者：就是原来老一版的吗？

欧阳健：对，《还原脂砚斋》。

记者：我知道，当时是不是出过两版？

被访者：对，老一版是2003年出的。我感觉“主流红学”在我的问题上失去了常态，尽管在口头上没有任何改变，实际上在内心里是张皇的，理论上是孱弱的，他们这种表现倒反而增加了我的自信。他们不愿意承认输，用曲沐先生的话讲，这个问题实际上是一层薄纸，任何人只要看清了拿手指头一捅就可以捅破了，但是他们不愿意把这张薄纸捅破。

记者：这中间好像曾经有过一次两次的正面讨论。

欧阳健：你是问有没有学术含量比较高的论辩？在第二阶段是有的。《红楼梦学刊》发了5篇文章以后，我写了一篇《红学辨伪论》，这篇文章发表在《明清小说研究》上。还有一篇发表在《红楼梦学刊》，是和蔡义江讨论《红楼梦》版本问题的《眼别真赝心识古今》。还发过一篇回答冯其庸《论〈红楼梦〉的脂本、程本及其他》的文章，叫《真

伪判然 岂可混同》。1996年发表了一篇评论周汝昌的文章，题目叫《红学的体系和红学的悲剧》。我觉得这几篇文章所讨论的问题学术性还是比较强的。但我的文章发了以后，除了蔡义江后来发了篇实际上没有什么招架之力的文章外，其他人都没有再作回应，我想他们也讲不出什么道理来，实际上是理屈词穷。

关于红学界的现状，我有一个总的评价。有一个博友叫文若水，他在博客上发了一篇文章叫作《无赖+无聊=红学》，转述“红学那帮人可以用两个‘无’字来形容，一个是无赖，一个是无聊”，实际上这个话是我跟他讲的，但是他并没有理解我的意思。

记者：你的意思是什么呢？

欧阳健：我觉得红学界一是无聊。无聊是什么意思呢？比如说“秦学”、脂砚斋是曹雪芹之妻之类，我觉得是很无聊的。还有一种是无赖，无赖就是不按学术规范办事，你和他讨论红学，提出了很多问题，他只当作没听见，装着“没事人”的样子，依旧说那些老话，脸红也不红一下。当然，他们的支持者有时也来“商榷”一番，好像振振有词，但对关键问题，却根本不作反应，所以我就感到很无赖。

举一个例子，关于脂本的避讳问题。“玄”是玄烨的名字用字，这(未避讳)不管怎么样总是一个问题，但他们千方百计证明小说可以不避讳，讲了很多，给人的印象是不避讳是正常的，避讳倒是不正常的，其实是没有道理的。避讳是正常的，不避讳是偶然的，绝对不能拿偶然事件当作必然的事情来讲。

再比如“造化主”。脂砚斋中有一句话“今而后惟愿造化主再出一芹一脂”，他们就讲“造化主”中国“古已有之”，不是近代受基督教影响才会产生的，找出了好几条把“造化主”三个字连在一起的例句。实际上这个理解是错的，和脂砚斋中的“造化主”完全是两回事。而对重要的要害问题，他们从来不回答。比如说《红学ABC25问》提出来以后，就没有一个“主流红学家”站出来回答过，因为他没法回答。

我后来发现了一个要害。甲戌本后面有刘铨福的跋，其中说了一句话：“此批本丁卯夏借与绵州孙小峰太守刻于湖南”，甲戌本中间还有一个“左绵痴道人”的眉批。他们理解“左绵痴道人”就是孙小峰，也就是孙桐生，这个本子在光绪的时候借给孙桐生看了，他就在这个本子上留下了一条眉批，这两条是互相引证的。我通过对孙桐生笔迹的搜集，证明了甲戌本上的“左绵痴道人”不是孙桐生的手迹，由此进一步论证孙桐生从刘铨福那里借到甲戌本，并在上面做过批点的事情，根本就不存在。而且刘铨福跋语的两张纸是后来装订到本子上去的，因为从照片上看这两张纸有被人为叠过的痕迹。像这个问题在考证上是非常要害的，但到现在为止没有一个红学家出来回应，因为他没有办法回应。对关键问题避而不谈，从来不敢碰最硬的问题，却专寻找枝节上的“漏洞”，只要找到一个，就“得胜而回”，这难道不是无赖吗？

记者：你论证造伪的文本众多，是否打击面过大？

欧阳健：事情恰恰要倒过来。打仗有一种“人海战术”；在红学中有“本海战术”。把许多本子都摊出来，又从各个本子当中找出无数的例证来，让问题永远处于纠缠不休的状态，这就是红学的“本海战术”。

曹雪芹不是罗贯中，《红楼梦》版本更不同于《三国演义》。曹雪芹不写《红楼梦》，谁也不会知道贾宝玉。贾宝玉是曹雪芹的产儿，是他的专利。有人主张掌握全部版本，再逐个进行专门探索，然后对全部版本进行综合考察。抽象地讲这种“大量占有资料”论并不错，却不符合小说版本的实际。《红楼梦》不是先秦古籍，它是伟大作家曹雪芹心灵的独特袒露；找来一大堆与曹雪芹无关的版本相互对勘，“择善而从”，是完全错误的。发现于1960年的所谓“蒙古王府本”，谁也说不清它收藏于哪个“蒙古王府”，此王府后人与《红楼梦》有何渊源；抄本中“柒爷王爷”四字，后一“爷”字竟未书写完整，它绝不是《红楼梦》的早期抄本。请问，谁有依据这种来历不明的本子修改曹雪芹的哪怕一个字的权力呢！汇校本不可能成为“真本”。

脂砚斋的主要意图，是为了推销那几条“极关紧要之批”，脂本的文字如何，不是最重要的。我从来不认为一个版本的作伪，必须“依据”什么别的本子；那种将几个版本放在一起对勘，企图证明这一句是根据这个版本的，那一句是根据那个版本的——我在《还原脂砚斋》结末引用我小学时代金慈舟老师的游戏，就善意地打趣过这种天真的做法，想您一定也注意到了。

至于脂本作伪的时间，我开始只确定其上限——即不可能早于曹雪芹写作《红楼梦》的时代。但当我发现脂批的主体是从有正本抄来的证据以后，则脂砚斋不可能早于1911年，就是毫无疑问的了。我又对“秦可卿淫丧天香楼”观念的来龙去脉作了分析，对脂批出于胡适之后、是为迎合胡适的“观念”、靠克隆源自胡适的话语而炮制的看法，坚信不疑。我心目中从来没有悬拟的“乾隆抄本”的抽象标准。我的看法是：第一，后来“发现”的所有抄本，都不是乾隆抄本；不是稿本、但弄得像“稿本”的样子，必是伪本；书画的作伪是乱真，版本的作伪是立异。红学家不懂小说创作，修改小说绝不是专在人名上（如彩云或彩霞）打圈圈的。第二，程甲本是最早以乾隆抄本为底本的印本，它反映了乾隆抄本的面貌，所以它是《红楼梦》的真本和善本。1993年由我和曲沐、陈年希、金钟泠整理的花城版程甲本，是与脂本彻底划清界限的本子，受到了读者的肯定,现在将重新印刷。历史证明它是经得起检验的本子。

新版电视剧《红楼梦》拍120回本,是出于冯其庸的授意。但冯其庸的新校本,前八十回是以“庚辰本”为底本的。我在偶然情况下看了新版电视剧第一集的后半集和第二集,发现若干版本上的问题。如贾政,一会儿叫“老爹”,一会儿叫“老爷”,没有将两个区别分辨清楚。又如护官符,只是一个“私单”,道士的“符”是一张薄薄的纸;只有自作聪明的脂本才在各府下注明房次,变成一个本本。电视剧采用脂本的描述,是完全错误的。

记者:“主流红学”是铁板一块吗?他们回应或者不回应没有限制吗?

欧阳健:不是铁板一块。在我看来,在中国乃至世界上没有两个完全相同的红学家,红学家的观点每个人都不一样。比如说,冯其庸和周汝昌都是“主流红学家”,但是两个人的观点非常对立,胡文彬和他们的观点也很不一样。但是他们有一条是一样的——他们都是把自己的学问建筑在脂砚斋的基础上的。我开始也是相信红学家的,因为我有一个体会,任何学习着的人,总是把自己最先碰到的当作现成的真理来接受的,如说《红楼梦》曹雪芹写了80回、高鹗续了40回,这种观点任何一个学习的人都是接受的,包括我也是接受的。后来为什么会怀疑呢?因为当年侯忠义先生让我写小说版本的小册子,进入状态以后,我就发现不对,有问题了。比如他们说甲戌本是曹雪芹自己的写本,“第一个定型的精钞本”。我一看里面很多错别字,杜撰的“杜”写成肚皮的“肚”,“病入膏肓”写成“病入膏盲”,这是不可解释的。特别是书的右下角被撕掉了一块,胡适也承认这是有意撕掉的。古书的书写是竖行,在右面一侧装订,如果撕掉的一角是左上角、左下角的,这种情况很可能;在封面的装订下面少了一角是绝对不可能的,是人为的。为什么他要撕?因为他不撕就会露马脚。我这一怀疑,就立刻把自己置于整个红学界的对立面,尽管有千差万别,但是他们总是支持脂批的。我是彻底否定脂批的,就和他们形成了一个对立;他们不会改口,他们在对待我的问题上始终是站在统一战线上的。

记者:除了以红学为生的这些人,其他学术界的人有没有对您有回应呢?您比较亲密的同行我都知道,除了正常的古典文学研究界之外有没有一些人开始怀疑或开始接受呢?

欧阳健:这个问题问得太好了。我现在家里面收藏了学术界朋友写给我的将近1万封信,其中有很大一部分是从来没有谋过面的人写给我的,这些信当中很多人是赞同和支持我的红学观点的。我编了一本《三地书》来记录我与曲沐、吴国柱之间的通信往来。曲沐和吴国柱年龄都比我大，曲沐研究红学比我早了十几年，吴国柱接触红学也比我早，他们和我关系非常紧密，所以这《三地书》我认为是很有价值的。同时我想编一本书叫作《友朋论红信札》，这本书编制出来大概也有五六十万字。我在我的博客上面已经发了几篇，因为我太忙，没有时间把所有的信录入电脑然后发出来。这些信中有的写得非常动情；有的读者年纪很大，也有年纪小的。

记者：对不起，因为我是做媒体的，有时候可能显得比较功利和势利，这些人中有没有比较知名的学者呢？

欧阳健：比如说胡文彬，说起他来就非常让人感慨。他在1993、1994年的时候，就写信给我和曲沐，对我们表示支持，认为真理在我们这边。在《三地书》里也附了一两封他的信。其时他受到冯其庸压制，希望通过支持我表示他的一种态度；情况好转了就反过来了，“封杀欧阳健”的话就是他提出来的。倒是业余的红学爱好者，完全没有任何的功利，就是喜欢《红楼梦》，喜欢红学。像这样的信如果有可能，我倒真想印出来看看，我将来写回忆录，这些人是不会忘记的，非常让人感动。

记者：一个是国内主流红学界的态度，海外研究《红楼梦》的人呢？他们是否知道你们这一派的观点呢？是否接受呢？

欧阳健：先讲台湾。魏子云先生是著名的研究《金瓶梅》的专家，我和他是从1989年开始交往的。他到南京来，两次住在我家，我保存的他给我的信有136封。他刚开始想拉我去搞《金瓶梅》，但受我的影响，结果就卷入《红楼梦》研究里面来了，他支持我的观点。台湾还有一个刘广定，是台湾大学化学系教授，在很多问题上也和我有共鸣，也是支持我的。我很早的一篇文章《重评胡适的〈红楼梦〉版本考证》，是1991年发在台湾的《书目季刊》上的。日本《中国古典小说研究》发表过伊藤洪二的《红楼新辨》书评，也刊载过我的《胡适“新红学”体系和悲剧》，韩国《中国语文论译丛刊》发表了我的《“秦可卿淫丧天香楼”证谬》、《从胡适的“求证”到脂砚斋的“证实”》。韩国古代小说研究会还对我做了专访，有本集子收了对我的两篇专访，我不懂韩文，也没有翻译出来。所以海外支持我观点的也还是大有人在的。

记者：比如说余英时、潘重规他们这些人是否知道你主张的这些观点呢？是否也接受呢？

欧阳健：余英时没有联系。台湾的潘重规和翁同文，魏子云曾经跟他们讲过我的观点。潘重规是非胡适派，他是索隐派。潘重规有些观点我是赞成的，比如说他认为《红楼梦》反映的是民族情绪，反清复明，我认为《红楼梦》也有这个情况；《红楼梦》成书于康熙年间，这个观点我也是赞同的。但他搞得很细的索隐我倒并不欣赏。翁同文认为胡适的红楼考证，可以说是漏洞百出；胡认定此书乃曹雪芹自传的看法，也不是不可予以推翻的，但必须有强有力的证据。

记者：实际上，您写出那段话是2003年还是2001年的事情呢？就是最早申明自己关于《红楼梦》的研究要告一段落。

欧阳健：其实，我只是在权衡支配余生的利弊。2003年，山西大学聘我去做他们的教授，他们希望做一个俗文学的项目，对我寄予很大希望。我还想写一本详细的《大清代小说史》，还想搞“古代小说学”的构架，这些还在古代小说研究的范畴；2006年则是要从战略上实行转移，要对“自身资源”进行挖掘，在有生之年完成三本带有自传性的书。总之，我觉得有意义的事情很多，不必在红学一条路上走到黑。但就红学本身计，确实也有不想“耗”下去的意思。我觉得在学理上，已经把该讲的话都讲清楚了，是非曲直已经非常明显了，但为什么形势还是这个样子呢？我认为有这么几个原因。

一是因为多数人还处在教科书的思维定式下。他们还是在讲那几句老话，看过我书的人可能有所变化，但大多数没有看过你的书，你不可能把每个人都拉过来给他讲一讲；有些问题在这个人是解决了，那个人还没有解决，思维定式太厉害了。二是市场的势力太可怕了，出版商要的就是利润。假到不能再假的《蒙古王府本》，人民文学出版社还是要塞进所谓的“红楼梦古抄本丛刊”中去，搞得很精美，宣称有重要的文献价值、学术价值。此从书售价530块钱，非常好卖，当礼品书很合适，装点门面也很好。这就造成谬种流传，难以肃清。市场对是非的混淆与冲击，不可小觑。反过来说，我们这些人已经边缘化了，没有任何科研资源，我自号“六〇居士”，立项、津贴、得奖，数据都是0。我的《红楼新辨》增订本、《红学辨伪论》增订本、《红学三地书》，有几个出版社的编辑看好，主动来联系，但终因得不到补贴，学术性著作赚不了钱，下不了决心出版。真理不是越辩越明，更不是优胜劣汰。脂砚斋说：“世上原宜假，不宜真也。谚云：‘一日卖了三千假，三日卖不出一个真。’”现在看来，倒真说得不差。十年前《光明日报》发了一篇文章宣传《甲戌校本》，我随即写了《且慢叫好》，却被拒绝发表。道理很简单：人家是为脂砚斋做广告，若再发这篇“反广告”，揭发脂砚斋假冒伪劣，岂非自打耳光？若当年《光明日报》刊发此文，则今日所谓“红楼梦古抄本丛刊”或者不致如此泛滥。主管者的不作为乃至放任，出版商的推波助澜，是“主流红学”能够支撑下去的根本原因。

动摇"新红学",要"掘到胡适的根"

——答《南方都市报》

[按]2016 年岁杪,应《南方都市报》深度新闻部记者李玲之邀,畅谈脂本辨伪问题,兹据采访录音整理,录于后。

记者:欧阳先生,您好。我是《南方都市报》深度新闻部记者李玲。您在 20 世纪 90 年代初发起脂本辨伪问题,与曲沐、吴国柱等学者围绕脂本、脂批写了很多论述周严的文章,引发了七十年来红学界前所未有的惊涛骇浪,在学界产生了重大的影响,动摇了脂砚斋的权威性。有一位学者陈林,也对脂本的真伪提出了质疑。《南方都市报》今年 7 月 4 日发表了他的《红楼作者是曹頫? 百年红学梦一场》。您是脂本辨伪方面的资深专家,我们想就此向您请教一下,对陈林提出的学术证据有何评价和看法。

欧阳健:李玲同志,您好。我和陈林没见过面,通了几次电话。我觉得陈林是很有智慧的,文章用词可能比较尖锐,有人会说他骂人。我曾在他的博客留言:"得理须大度,临笔勿伤人。"后来他跟我讲,他这是为了激怒对方,是一种策略,自己并没有失去思维的冷静性。我一听倒很欣赏,你看现在,杜特尔特、特朗普,不也是这样么。讲话讲得冲一点,有时也有好处。我们读书人有时过于斯文,文质彬彬,人家不把你当一回事。

陈林的出现是一种好现象。他这个人很聪明,也很敏锐,功夫也下得很深,资料也查得很多。我有些极好的朋友,像北京大学侯忠义教授,贵州大学的曲沐教授,电话聊起陈林来,常问:陈林哪去啦? 有什么高见吗? 对他很是欣赏。陈林当年很敏感地发现脂本的笔迹问题,我觉得他是抓住了要害,并向纵深推进的。

记者:陈林指称红学界高层人物从 20 世纪 50 年代初开始,就已经知道陶洙亲笔伪造各种"脂本"的事实,你怎么看这个问题?

欧阳健：过去我们讲脂砚斋靠不住，但好些人不明白这场争论的意义，不明白我们为什么讲脂砚斋有问题，他们说："脂砚斋怎么会是假的呢!？"

我说，脂砚斋是存在两个问题的，首先第一个问题是脂批。脂砚斋本子是一个手抄本，不像刻印的本子，印好以后就不好变了，如果明确了刻印年代，讨论起来就比较有把握。但是抄本不一样，由于是手抄的，抄完后可以不断地添加文字。抄本是开放性的，它的时间是不确定的，纸张是旧的，字却可以是后写的。

脂砚斋号称有七八千条批语，大部分是没有价值的，只有不到二十条批语有用，可以证明胡适当年的假设。比如曹雪芹什么时候写《红楼梦》，曹雪芹什么时候死，《红楼梦》没有写完只写到八十回，等等。这是胡适当年的"大胆假设"，而脂砚斋在乾隆甲戌年间的批语，竟然将胡适的假设证实了，这多有用处呵。如果倒过来看，胡适是在 1921 年讲的话，脂砚斋是 1927 年才冒出来的(在这之前没有任何人知道他)，批语又与胡适的话完全吻合，这胡适也太有先见之明了。所以脂砚斋的批语，首先是值得怀疑的。

陈林注意了"壬午除夕"，他这一发现我觉得是很对的。我们过去过年，过的就是阴历年。民国以后才有阳历年，便将过去的"元旦"，改叫作"春节"。过去也没有公元，纪年用的是干支，什么甲午、辛丑之类。大家知道，春节和大年三十是不固定的，每年不一样，但二十四节气是固定的。陈林考证干支的转换，不是在除夕，不是在春节，而是在立春。因此，"壬午除夕"是不对的，这个词"壬午除夕"本身就是伪造的。伪造的人不懂干支转换的规律，是民国以后的人才闹了这个笑话。

脂批实际上就那十几条批语有用。但如果那个本子上就批了十几条，那岂不是太显眼了吗？所以他要制造出大量的批语来把它给掩盖住。那怎么办呢？底本用的是辛亥三年和民国元年上海狄葆贤石印的本子，再把那个有正书局本的批语往里面抄。我有很多证据证明脂砚斋的批语，是从这个本子里抄过来的。他就把这十几条批语混到里面去，这就掩盖住了真相，这是一种造假的手法。

为了使脂砚斋的文本得逞，他又把"程甲本"的文本也做了一些改动，制造出了许多"异文"来，以此标榜我这个就是"古本"，你那个是后来的本子。可以说，脂本里有好多问题，也是很明显的。天津《今晚报》副刊约我写一组名曰"灯下谭红"的随笔，每篇 1000 字左右，隔周发表。我先写成一篇《从"吃茶"说起》，居然颇得青目，后来陆续写出《赵姨娘的欠契》、《秦业的家财》、《林黛玉的眉和目》、《"一坯净土掩风流"？》四十多篇。如凄美哀怨的《葬花吟》，程甲本、程乙本是"一抔净土掩风流"，但甲戌本是“一坯净土”,庚辰本是“一堆净土”,舒序本是“一坏净土”,杨藏本是“一杯净土”,列藏本是“一盃净土”。我证明某些专家用“文字通假”来维护脂本“原稿”的说法不能成立,还是很有趣味的。随笔这种形式,可以打开思路,触动灵感,想到的话题越来越多,兴趣也高了起来。将来配上插图,真可出本论红千字文《灯下谭红》呢。

记者:听说您因此遭遇了不公平的对待。我们认为,红学研究应有一个开放探讨的空间,而不应存在绝对的思维定式,不容讨论和质疑。

欧阳健:我是在1991年开始提出这个问题的,距今已经25年了。当年那些权威们以为这是“奇谈怪论”,不屑一顾,只要鼻子哼一哼,你就会自生自灭。后来发现不行了,就来了个全国性的猛烈围剿。我当时是江苏省社会科学院文学所副所长,《明清小说研究》主编,正组织“《红楼梦》大讨论”,热气腾腾,如火如荼。他们害怕了,一心想把我的阵地搞垮,好让他们的《红楼梦学刊》搞一言堂。1995年逼得我南下福建,以为我只有偃旗息鼓,他们就可以“天下太平”了。但来到福建师大之后,我又出了好几本有关红学的书,如《红学辨伪论》(1996)、《曹雪芹》(1999)、《红学百年风云录》(1999,与曲沐、吴国柱合作)、《还原脂砚斋》(2003)、《红楼诠辨》(2014)、《红谭2014》(2015),说明还是没有被剿灭,这星星之火还是在坚持。

记者:胡适长期隐瞒“甲戌本”的来历,谎称没有跟卖书人“胡星垣”通信,是这样吗?胡适称“庚辰本”是陶湘、董康等人介绍给他的。陈林指称“脂本”是胡适伙同陶湘、董康和陶洙共同炮制的谎言,你怎么看这个问题?

欧阳健:我特别赞赏陈林的,是他把我的猜疑,落实到具体的人,这个很了不起。我当时排查了谁有可能是作案嫌疑人,猜这个人可能是个南方人,因为脂砚斋批语里面有很多“阿”字,如“阿经过否”,这就是标准的吴方言。陈林能够落到常州人陶洙身上,这个很了不起,没有天才是做不到的。他注意到了陶洙的笔迹,证明陶洙有作案的可能,又从内因外因、条件背景进行了考据,我们是很佩服他的。

胡适当年说,他从海外归来收到一封信,说要卖一本《脂砚斋重评红楼梦》给他,但是他没有理会。后来这人把书送过来了,胡适看了一眼,就断定有极高的价值,于是出重金把它买来了。可是胡适又说,他太匆忙,忘记了这个人的姓名和地址。这种情况就很值得怀疑。搞古玩的人都要问是哪来的,是祖上传下来的,还是哪个墓地挖出来的,他们都懂得传承是很重要的。一个古代抄本,如果不问明来历,对于专家来说是不可想象的。

后来我在《档案研究》上发现了胡星垣写给胡适的信,陈林认为这封信的笔迹跟陶洙的笔迹很相近。他还考证了胡星垣的宾馆,离胡适的新月书店有多远,从那个地方到这个地方应该怎么走;考证出陶洙和董康是在董康的北京寓所法源寺伪造各种刊本,他们雇佣的“文楷斋”刻字工在盛时多达300人,有作伪的便利条件。他将这些都搞清楚了,这也很了不得。

另外一点,陈林提出,胡适这个人是非常勤于写日记的。很多人说他做学问很认真,胡适的日记,反映了近代的很多大事,那个余英时就很推崇他。陈林提出,既然胡适勤于写日记,那么在1927年有人把“甲戌本”卖给他,这件事情为什么没有记录?他怀疑胡适可能把它毁掉了。

记者:关于胡适的日记问题,您有什么新的发现吗?

欧阳健:陈林提出这个事情引起了我的关注。去年(2015年)11月16号我去台湾访问,在台湾呆了将近四个月,编了我跟古代小说研究专家魏子云先生的通信集。——我跟他通信了十几年,大概有三百多封信吧。我在台湾有空的时候,就到“国家图书馆”去查胡适日记的原稿影印本。我一看日记,有非常惊人的发现。

——开始是为了一个很小的目的,想了解到底这个人是如何把“甲戌本”卖给胡适的,什么时候上门来的,两个人怎么谈的,“重价”到底卖了多少钱,是三百个银圆还是五百个银圆。

但我发现,胡适的日记从1927年2月5日至1928年3月22日,有十三个月的空白。胡适得到“甲戌本”之后,写过一篇《考证红楼梦的新材料》,这篇文章是1928年3月份发表的。胡适是一个快手,写东西很快。但是他1927年7月份拿到“甲戌本”,拖了八个月后才写文章,这个值得怀疑。他还把“甲戌本”原来的装订拆毁了,重新装裱过,又加了自己的题跋印章,破坏了“古籍”原本的状貌,这都犯了收藏界的大忌。

后来我有更大的发现。胡适写了五十年日记,其要点是时事的观察、感情的生活与学术的著作。现存胡适日记,竟缺失了累计十年以上的十多个时间段,皆与三方面密切相关:时局的评论,既可能与时人见解不一,更可能与日后形势冲突;感情的经历,牵涉个人隐私,难免引起意外的纠葛;学术的见解,尤会因材料发现与观念变化而改移,一旦发现与现实有所抵牾,最简单的处理办法,就是隐没与毁弃。删除1927年2月5日至1928年3月22日的日记,就是要隐瞒卖书人的地址和姓名,从而掐断寻访甲戌本流传的线索。

为什么“主流红学”这么顽固?我开始以为,这些人是靠《红楼梦》研究而功成名就的，一下子否定，如何受得了？这种就事论事的想法，到了台湾有了一个升华：红学问题的根源在胡适身上。正如陈林所说，胡适、陶洙、陶湘和董康等人，是造成红学走入歧途的始作俑者。但八十年代以后，台湾对胡适说得越来越好，对他的评价高得不得了。《南方人物周刊》2007 年第 26 期有一篇专访，“胡适纪念馆”主任说胡适在台湾是“一等一的英雄”。我到台湾，读了几本台湾学者写的书，发现他们对胡适的评价不但不是那么高，有些责难甚至比大陆学者还要尖刻，以至从根本上质疑胡适的学问、学位和观念，归来后我写了一篇《胡适在台湾所受到的批评》，这个月将要发表出来。

我查了“知网”，大陆学者肯定胡适的文章是从 1979 年开始的，当年有 19 篇文章。1980 年则有 13 篇，其中就有我发在《学术月刊》1980 年第 5 期的《重评胡适的〈水浒传考证〉》，对他的《水浒传》考证给以极高评价。到了 1991 年，我又在台湾《书目季刊》发表《重评胡适的〈红楼梦〉版本考证》，批评他《红楼梦》版本考证的谬误，都不是率尔而为的。现在到台湾跑了一趟，发现胡适的问题太大，必须要正视他对中国文化带来的负面影响。“新红学”为什么不能动摇？不是这帮老爷们不肯让，而是胡适的风头太盛，谁也不肯去否定胡适，害怕别人说自己“左”。要从根本上解决问题，就要正面直指胡适的问题。胡适研究过佛经，但是没有人说他是佛学家。胡适研究过敦煌文书，但没有人说他是敦煌学家。胡适搞过《水经注》，但是没有人说他是郦学家。胡适不过写过一篇《红楼梦考证》，但就被捧为红学家，甚至被捧为“红学泰斗”。《红楼梦考证》不过是两万字的文章，这里面的漏洞太多了。如果他的“新红学”被否定，他的“大师”形象就会砉然倒塌。魏子云先生给我的信中说：“我们都掘到了胡适的根。”胡适的问题既是学术问题，也是政治问题，再来一次解放思想来重新评价胡适，可做的文章实在是很多的。

记者：陈林认为，小说情节之下隐藏了一条从 1706 年到 1724 年的真实年代序列，元春的生辰八字隐藏并暗示了曹佳氏的确切生日，证明 120 回小说的真正作者是生于 1706 年的曹頫，一切所谓“曹雪芹生平史料”都是伪造的，你怎么看这个问题？

欧阳健：陈林倡导 120 回《石头记》的作者是曹頫，上海广百宋斋于光绪十一年（1885）铅印绘图本《石头记》是最接近原著的版本。我的看法是，在脂砚斋这个问题上，存在“破”和“立”的关系。先要把胡适通同陶洙伪造脂砚斋破掉，这点我跟他完全是一致的。主要是破两个：一个是曹雪芹，作者是谁的问题；第二个是版本，到底哪个版本是曹雪芹的版本，是“程本”还是“脂本”，是 120 回本还是 80 回本。

那么“立”呢，就相对更难一点。现在关于作者的探索，有人大概统计了一下，有68个候选人。深圳有一个王巧林，最近也写了一本书，也是探讨《红楼梦》作者的，他认为是顾景星，不久在北京要出版，我给他写了一个序。68个候选人有个共同点，就是否认胡适的“曹雪芹”说。

我认为可以先“破”。“破”还没解决，忙着“立”，效果恐怕不太好。大“破”才能大“立”，进一步把“破”的功业建起来，再慢慢“立”。对于他人的探索，可以采取统一战线的态度，互相启迪，互相切磋，不要“唯我独革”，要留给别人思考的空间，承认别人质疑的权利，这才是有自信的表现。

我在2001年底就退休了，2003年又宣告“揖别”《红楼》，陈林的广百宋斋铅版《石头记》我没有看过，以后也没有条件再去研究。在版本问题上，我还是认为“程甲本”是最好的。我心里有个疑问，说“脂本”是造假的，我认同；但“程甲本”活字本排印，陶洙要把活字一个个排出来，恐怕难度太大。在作者问题上，陈林讲是曹頫，河南《开封晚报》的赵国栋，也认为曹頫是作者，而且是他早就提出来的。陈林通过元春原型曹寅女儿曹佳氏的确切出生日期去论证，也很复杂，如果没有时间去钻研，也很难搞清楚。我毕竟七十六岁了，要做的事情还很多，不可能一下子再陷进去，这点只能表示遗憾了。

陈林是你们《南方都市报》的同志，他提出胡适的说法是建立在假材料基础上的，报社应该给予肯定，7月4日发表他的文章，就做得很好。当年冯其庸攻击我，我们社会科学院书记是他的学生，我就跟这个书记讲，现在要反对“家长制”，但没有一个家长会帮助外人来欺负自己家里人。对于陈林，单位领导应该仗义执言，要保护他，不要一听别人风言风语，就给他穿小鞋，至少他研究的积极性、他的权利应该得到保护。这是我的基本态度。

人名索引

D

E

F

G

M

N

O

P

Q

R

S

X

Y

Z